★广西高等教育教学改革工程项目研究成果之一
（项目编号 2013JGA310）

当代儿童文学

陈振桂 编著

ZHEJIANG UNIVERSITY PRESS
浙江大学出版社

前　　言

　　儿童文学是幼儿师范学生的一门基础课和专业课。说它是基础课,是因为它是语文的一个重要组成部分。语言是人类交际的工具,是人们从事各种活动的基础。试想一个语文基础很差的人,他是怎么当老师的。说它是专业课,那是因为它跟幼儿教育息息相关。无论幼儿园哪一门课程、哪一种活动,甚至家庭教育,都离不开儿童文学。可以毫不夸张地说,不懂得儿童文学的人,就不是一位合格的幼儿园老师,也不是一位称职的父母。所以说,学好儿童文学,不仅本人受益,而且惠及子孙后代。

　　儿童文学课的教学目标,是让学生经过系统学习,了解并掌握儿童文学的基本理论,培养学生对儿童文学的鉴赏能力和改编、创编能力,具有一定的儿童文学修养,使之成为合格的幼儿园老师和称职的父母。

　　儿童文学对于培养合格的幼儿园老师起着举足轻重的作用。因此各幼儿师范学校都开设儿童文学课。但使用的教材五花八门,内容多少不一,深浅程度很不一致,甚至连名称也不同。有的叫儿童文学,有的叫幼儿文学。有的教材只讲理论,没有实践,致使一些学校一些老师把本来实践性很强的儿童文学当做一门理论课程来教。有些教材照搬外国的,儿童文学理论是外国,儿童文学发展史是外国,甚至连作品举例也是外国的;举例作品不但学生感到茫然,就连上课的老师也很难找到;本来趣味盎然的儿童文学变成了老师不愿教,学生不愿学的乏味课。我想,这不能完全怪罪于这些老师和学生,这与教材有很大的关系。因为现在的教材大多是联合编写,出版社为了扩大发行量,一般都组织同类的学校每校派一位老师负责一个章节的编写,然后找有关的领导担任编委会主任和主编。这样主编如果能从头至尾统一修改全书稿件,就能起到集思广益的作用。否则,编出来的教材,各章节不但体例不统一,风格不统一,水平参差不齐,甚至连内容也前后重复。因此我决定独立写一些教材,2007年在广西人民出版社出版的《新儿童文学教程》,将儿童文学分为婴儿文学、幼儿文学、童年文学、少年文学,用理论篇、文体篇、文史篇、鉴赏篇的形式构建了儿童文学的理论框架体系;研究了包括中国大陆、台湾、香港的中国儿童文学史;提出了儿童文学的评价标准;重点解决儿童文学的理论研究问题。现在出版《当代儿童文学》,写作的宗旨是以中国为主,外国为辅,选择文体篇为主要内容,构建儿童文学教学体系,重点解决教学实践问题。

《当代儿童文学》共九章,内容包括儿童文学的内涵、特点、分类、发展概况及其儿歌、谜语、儿童诗、童话、寓言、儿童故事、儿童散文、儿童科学文艺、儿童戏剧、儿童图画书等儿童文学基本理论和儿童文学体裁常识。每章前面有【学习目标】,为学生提供学习要领,为老师提供检测依据。每章的【学习内容】主要介绍各种文体的起源、发展、特征、作用、分类、创作、改编等,让学生掌握儿童文学各种体裁的基础知识。每章还有【阅读赏析】,这一部分主要选取与本章文体相对应的古今中外名家作品进行赏析。这样把文学理论和具体的文学作品放在同一本书同一章节里,目的是更好地把理论和实践有机地结合起来,方便老师讲解、分析、举例;便于学生阅读、理解;也直接为学生提供了作品赏析和写作的范例。最后是【目标检测】,这一部分是检测和落实学习目标的具体思考题和练习题,是学生动脑、动手进行阅读、思考、练习的重要部分,是学生复习考试的依据。这样既方便老师教学,也方便学生自学。另外,为了方便老师教学,还设置了教学方案,将每一章节的课件刻成光碟,供老师教学参考使用。

《当代儿童文学》的创新点主要有三:一是文史结合。把儿童文学史放到各种文体的起源发展中来介绍,使各种文体的发展脉络更加清楚。同时也避免了集中讲儿童文学史的纯理论教学的枯燥无味。二是文理结合。把抽象的儿童文学理论讲解和具体的儿童文学作品赏析有机地结合起来,每类文体讲完基础理论后,都附有若干篇作品供学生阅读和老师分析。改变了以往其他教材文学理论和文学作品分开的弊端。这样既能更好地理解儿童文学理论,同时也能更深入地分析研究儿童文学作品。三是教、学、考、读、写、练结合。全书每一章都有学习目标、学习内容、阅读赏析、写作要求、思考和训练题目。这样老师可以有目的地教,学生可以自主自由地学习。

　　欢迎开设儿童文学课的学校使用《当代儿童文学》教材,希望能得到使用本教材的老师和学生的认可和支持。

陈振桂　教授

2013 年 5 月 4 日

目　录

第一章　儿童文学概说 //1

【学习目标】 ……………………………………………………… 1

【学习内容】 ……………………………………………………… 1

第一节　儿童文学的内涵 ………………………………………… 1

第二节　儿童文学的特点与分类 ………………………………… 3

第三节　儿童文学与成人文学的异同 …………………………… 5

第四节　儿童文学与儿童读物的区别 …………………………… 7

第五节　儿童文学的发展概况 …………………………………… 10

目标检测 …………………………………………………………… 13

第二章　儿　歌 //14

【学习目标】 ……………………………………………………… 14

【学习内容】 ……………………………………………………… 14

第一节　儿歌的形成与发展 ……………………………………… 14

一、儿歌的概念 …………………………………………………… 14

二、儿歌的起源 …………………………………………………… 15

三、儿歌的发展 …………………………………………………… 15

第二节　儿歌的作用 ……………………………………………… 17

一、增添幼儿生活的乐趣 ………………………………………… 17

二、陶冶幼儿的性情 ……………………………………………… 17

三、开启幼儿的心智 ……………………………………………… 18

四、培养幼儿的语言 …………………………………………… 18

第三节　儿歌的特点 ……………………………………………… 19

一、感情健康,主题单一 ………………………………………… 19

二、音韵和谐,节奏鲜明 ………………………………………… 20

三、通俗易懂,篇幅短小 ………………………………………… 22

四、形象具体,想象丰富 ………………………………………… 22

五、生动有趣,娱乐性强 ………………………………………… 23

第四节　儿歌的分类 ……………………………………………… 24

一、从来源看,分为民间儿歌和创作儿歌 ……………………… 24

二、从内容看,分为知识性儿歌和生活性儿歌 ………………… 27

三、从行数看,分为绝句型儿歌和自由型儿歌 ………………… 28

四、从字数看,分为三言、四言、五言、六言、

七言、三三七言、杂言 ……………………………………… 29

第五节　儿歌的传统艺术形式 …………………………………… 30

一、摇篮曲 ………………………………………………………… 30

二、游戏歌 ………………………………………………………… 32

三、数数歌 ………………………………………………………… 34

四、问答歌 ………………………………………………………… 35

五、连锁调 ………………………………………………………… 38

六、绕口令 ………………………………………………………… 39

七、颠倒歌 ………………………………………………………… 40

八、字头歌 ………………………………………………………… 42

第六节　儿歌的创作 ……………………………………………… 44

一、要写出儿歌的样 ……………………………………………… 45

二、要写出儿歌的味 ……………………………………………… 46

三、要深入生活捕捉新颖的题材 ………………………………… 48

四、要用敏锐的眼光选择新的角度 ……………………………… 49

五、要透过现象开掘积极的主题 ………………………………… 50

六、要展开想象的翅膀 …………………………………………… 51

七、要运用多种艺术表现手法增强儿歌的趣味性 ……………… 52

八、认真修改,去粗取精 …………………………………………… 54

第七节　谜语 …………………………………………………… 55

一、谜语概说 ……………………………………………………… 55

二、谜语的作用 …………………………………………………… 56

三、谜语的分类 …………………………………………………… 60

四、谜语的创编 …………………………………………………… 61

【阅读赏析】……………………………………………………… 67

1.摇　篮 ……………………………………………… 黄庆云 67

2.小熊过桥(游戏歌) ……………………………… 蒋应武 68

3.比尾巴(问答歌) ………………………………… 程宏明 69

4.四和十(绕口令) ………………………………………… 70

5.好孩子(子字歌) ……………………………………… 圣　野 71

6.矮矮的鸭子(四言) ……………………… (中国台湾)谢武彰 72

7.路　灯(五言) ………………………………………… 望　安 73

8.小河和白鹅(六言) ……………………………… 程逸汝 73

9.蚱蜢(三三七言) ………………………………… 张继楼 74

10.生活用品谜五则 ………………………………………… 75

目标检测 ………………………………………………………… 76

第三章　儿童诗 //81

【学习目标】……………………………………………………… 81

【学习内容】……………………………………………………… 81

第一节　儿童诗概说 …………………………………………… 81

一、儿童诗的含义 ………………………………………………… 81

二、儿童诗的发展概况 …………………………………………… 82

三、儿童诗与儿歌的区别 ………………………………………… 84

第二节　儿童诗的作用 …………………………………… 88
　一、滋养儿童的心灵 …………………………………… 88
　二、开启儿童想象之门 ………………………………… 89
　三、给予儿童美的熏陶 ………………………………… 90
第三节　儿童诗的特点 …………………………………… 91
　一、抒发儿童浓烈的情感 ……………………………… 91
　二、适合儿童思维的精巧构思 ………………………… 93
　三、儿童式的丰富想象 ………………………………… 94
　四、充满儿童情趣的优美意境 ………………………… 95
　五、浅近、形象、凝练的语言 ………………………… 97
第四节　儿童诗的分类 …………………………………… 98
　一、抒情诗 ……………………………………………… 98
　二、叙事诗 ……………………………………………… 100
　三、童话诗 ……………………………………………… 101
　四、寓言诗 ……………………………………………… 103
　五、讽刺诗 ……………………………………………… 104
　六、题画诗 ……………………………………………… 105
　七、朗诵诗 ……………………………………………… 106
第五节　儿童诗的创作 …………………………………… 109
　一、阅读欣赏仿写创新 ………………………………… 110
　二、用儿童的视角去体味生活 ………………………… 111
　三、根据儿童的思维进行艺术构思 …………………… 112
　四、创造儿童能理解和感受的优美意境 ……………… 113
　五、用儿童的语言写儿童诗 …………………………… 114
　六、运用多种表现手法写出儿童情趣 ………………… 116
【阅读赏析】 ……………………………………………… 121
1.我喜欢你狐狸（抒情诗） …………………… 高红波 121
2.鞋（抒情诗） ………………………（中国台湾）林武宪 122

3. 风(抒情诗) ……………………………………（中国台湾）谢武彰 123

4. 帽子的秘密(叙事诗) ………………………………… 柯　岩 125

5. 小讨厌(叙事诗) …………………………………… 鲁　风 129

6. 字典公公家里的争吵(童话诗) ………………………… 金逸铭 130

7. 圆圆和圈圈(童话诗) …………………………………… 郑春华 132

8. 下巴上的洞洞(讽刺诗) ………………………………… 鲁　兵 134

目标检测 …………………………………………………… 136

第四章　童　　话 //137

【学习目标】 ……………………………………………………… 137

【学习内容】 ……………………………………………………… 137

第一节　童话的含义 …………………………………………… 137

第二节　童话的起源与发展 …………………………………… 138

第三节　童话的作用 …………………………………………… 142

一、传承思想,培养品德 …………………………………… 142

二、增长知识,激发想象 …………………………………… 144

三、培养美感,愉悦身心 …………………………………… 144

第四节　童话的分类 …………………………………………… 145

一、从童话的形成过程和作者看,可以分为民间童话和创作童话

……………………………………………………… 145

二、从童话的人物形象看,可分为超人体童话、常人体童话和拟

人体童话 ………………………………………………… 146

三、从童话的体裁看,可分为童话故事、童话诗、童话剧、童话

影视片 …………………………………………………… 147

四、从童话的篇幅长短看,可分为微型童话、短篇童话、中篇童

话、长篇童话和系列童话 ……………………………… 147

第五节　童话的特征 …………………………………………… 148

一、融进儿童心理特点的艺术幻想………………………… 148

二、自由和广泛的人物形象 …………………………………… 149

三、有严格的童话逻辑性 ……………………………………… 150

四、单纯有趣的叙事 …………………………………………… 151

第六节　童话的表现手法 ………………………………………… 152

一、极度的夸张 ………………………………………………… 152

二、美妙的象征 ………………………………………………… 153

三、突出的拟人 ………………………………………………… 155

四、有意的颠倒 ………………………………………………… 155

五、出色的荒诞 ………………………………………………… 156

第七节　童话的改编 ……………………………………………… 157

一、谨慎选材，熟读原文 ……………………………………… 158

二、主题单纯，叙事明快 ……………………………………… 158

三、结构紧凑，脉络清晰 ……………………………………… 158

四、情节简练，语言浅近 ……………………………………… 159

第八节　童话的创作 ……………………………………………… 160

一、编织离奇的童话故事 ……………………………………… 160

二、创设奇异的童话境界 ……………………………………… 162

三、塑造丰满的童话形象 ……………………………………… 164

四、运用浅易的儿童语言 ……………………………………… 167

第九节　寓　言 …………………………………………………… 168

一、什么是寓言 ………………………………………………… 168

二、世界寓言的发展概况 ……………………………………… 169

三、中国寓言的发展概况 ……………………………………… 170

四、寓言与童话的区别 ………………………………………… 170

五、寓言改编成童话的方法 …………………………………… 171

【阅读赏析】 ……………………………………………………… 175

1.萝卜回来了(拟人体童话) ………………………… 方轶群 175

2.小马过河(拟人体童话) ………………………… 彭文席 177

3.猫小花和鼠小灰(拟人体童话) …………………… 杨红樱 179

4.爱读童话故事的树(拟人体童话) …………………… 陈丽虹 182

5.天蓝色的种子(超人体童话) ………… 〔日本〕中川李枝子 185

6.丑小鸭(自传体童话) ………………… 〔丹麦〕安徒生 187

目标检测 ………………………………………………… 197

第五章　儿童故事 //200

【学习目标】 …………………………………………………… 200

【学习内容】 …………………………………………………… 200

第一节　儿童故事的含义及其发展概况 ……………………… 200

一、儿童故事的含义 ……………………………………… 200

二、儿童故事的发展概况 ………………………………… 201

第二节　儿童故事的作用 ……………………………………… 203

一、开发智力 ……………………………………………… 203

二、丰富知识 ……………………………………………… 204

三、陶冶情感 ……………………………………………… 205

第三节　儿童故事的特点 ……………………………………… 206

一、题材广泛,主题集中 ………………………………… 206

二、情节生动,故事性强 ………………………………… 207

三、叙述明快,趣味盎然 ………………………………… 209

四、语言质朴,口头性强 ………………………………… 209

第四节　儿童故事的种类 ……………………………………… 211

一、儿童生活故事 ………………………………………… 211

二、儿童动物故事 ………………………………………… 212

三、儿童历史故事 ………………………………………… 213

四、儿童民间故事 ………………………………………… 214

第五节　儿童故事的改编 ……………………………………… 215

一、选择可改编的原作 …………………………………… 215

二、根据不同情况采用不同的改编方法 …………………………… 216

第六节　儿童故事的创作 ………………………………………… 224

一、注意观察,选好角度,提炼有意义的主题 ………………… 224

二、抓住人物,塑造鲜明的形象 ………………………………… 226

三、巧设结构,把情节写得引人入胜 …………………………… 227

四、语言流畅、通俗、口语化 …………………………………… 228

五、创编儿童生活故事的几种方法 ……………………………… 229

【阅读赏析】 ……………………………………………………… 230

1. 张老师的脸肿了(生活故事) ………………………… 朱庆坪 230

2. 谁勇敢(生活故事) …………………………………… 杨福庆 233

3. 瓜瓜吃瓜(生活故事) ………………………………… 马光复 234

4. 三个伙伴(生活故事) ………………………… [俄罗斯]奥谢叶娃 236

5. 六个娃娃七个坑(生活故事) ………………… [捷克]彼齐什卡 237

6. 没有牙齿的大老虎(动物故事) ……………………… 冰　子 238

7. 马车走在大路上(动物故事) ………………………… 黄衣青 240

【目标检测】 ……………………………………………………… 243

第六章　儿童散文 //244

【学习目标】 ……………………………………………………… 244

【学习内容】 ……………………………………………………… 244

第一节　儿童散文概说 …………………………………………… 244

一、什么叫散文 …………………………………………………… 244

二、什么叫儿童散文 ……………………………………………… 245

三、儿童散文的发展概况 ………………………………………… 246

第二节　儿童散文的特点 ………………………………………… 248

一、内容广博,描写真切,贴近儿童生活 ……………………… 248

二、感情真挚,意境优美,充满儿童想象 ……………………… 250

三、有故事情节,童心跃动,童趣贯穿全篇 …………………… 252

四、篇幅短小,形式灵活,语言明丽清纯 ·············· 254

第三节　儿童散文的种类 ················· 256

一、儿童叙事散文 ····················· 256

二、儿童抒情散文 ····················· 258

三、儿童写景散文 ····················· 258

四、儿童游记散文 ····················· 259

五、童话散文 ······················· 260

六、儿童知识散文 ····················· 261

七、儿童散文诗 ······················ 262

第四节　儿童散文的创作 ················· 264

一、要对儿童怀有诚挚的感情 ··············· 264

二、从儿童角度感受生活,确定内容 ············ 265

三、用儿童想象构思作品,创造意境 ············ 266

四、根据儿童心理找到合适角度,准确切入 ········· 268

五、组织安排活泼多样的艺术结构 ············· 268

六、按儿童水平斟酌语言,落笔成文 ············ 269

【阅读赏析】 ······················· 270

1. 一只小鸟(叙事散文) ··············· 冰　心 270

2. 房顶上面该有个烟囱(叙事散文) ········· 陈伯吹 271

3. 很大很大的爸爸(叙事散文) ··········· 郑春华 273

4. 太阳,你好(抒情散文) ············· 韦　苇 273

5. 春雨的色彩(童话散文) ············· 楼飞甫 275

6. 初次的拜访(童话散文) ············· 郭　风 276

7. 瀑　布(散文诗) ················ 吴　珹 277

目标检测 ·························· 278

第七章　儿童科学文艺 //279

【学习目标】 ······················· 279

【学习内容】 …………………………………………………… 279

第一节 儿童科学文艺的起源与发展 ……………………… 279

　　一、儿童科学文艺的含义 ………………………………… 279

　　二、儿童科学文艺的发展概况 …………………………… 280

第二节 儿童科学文艺的作用 ……………………………… 282

　　一、激发儿童对科学的兴趣 ……………………………… 282

　　二、帮助儿童学习自然科学知识 ………………………… 283

　　三、引导儿童认识人与自然的关系 ……………………… 283

第三节 儿童科学文艺的特点 ……………………………… 284

　　一、广泛的知识性 ………………………………………… 284

　　二、生动的艺术性 ………………………………………… 285

　　三、严肃的科学性 ………………………………………… 287

　　四、深刻的思想性 ………………………………………… 288

　　五、浓郁的趣味性 ………………………………………… 290

第四节 儿童科学文艺的分类 ……………………………… 291

　　一、科学童话 ……………………………………………… 291

　　二、科学故事 ……………………………………………… 292

　　三、科学诗 ………………………………………………… 294

　　四、科学小品 ……………………………………………… 296

　　五、科幻小说 ……………………………………………… 298

第五节 儿童科学文艺的创作 ……………………………… 299

　　一、准确严谨的科学知识是创作的坚实基础 …………… 299

　　二、生动形象的文学表达是塑造文本的关键 …………… 300

　　三、多层次的全面认知彰显文体特色 …………………… 301

【阅读赏析】 …………………………………………………… 303

1. 圆圆和方方(科学童话) …………………………… 叶永烈 303

2. 小蝌蚪找妈妈(科学童话) ……………………… 方惠珍　盛璐德 305

3. 穿救生衣的种子(科学童话) ……………………… 杨红樱 308

4.我们的土壤妈妈(科学诗) ························· 高士其 309

5.一个树木的家庭（科幻小说）············· ［法国］儒勒·列那尔 313

目标检测 ·· 315

第八章　儿童戏剧 //316

【学习目标】 ··· 316

【学习内容】 ··· 316

第一节　儿童戏剧的形成与发展 ················· 316

一、儿童戏剧的概念 ························· 316

二、儿童戏剧的发展概况 ····················· 316

第二节　儿童戏剧的特征 ······················· 318

一、浓厚的游戏性和趣味性 ··················· 319

二、单纯而有趣的戏剧冲突 ··················· 319

三、形象化、动作化的语言 ··················· 320

第三节　儿童戏剧的分类 ······················· 321

一、从作品内容、性质和美学意义分 ··········· 321

二、从容量的大小分 ························· 322

三、从题材范围分 ··························· 322

四、从表现形式分 ··························· 323

第四节　儿童戏剧的改编 ······················· 325

一、选择儿童喜爱的剧本题材 ················· 325

二、搭好改编剧本的架构 ····················· 326

三、掌握剧本的书写格式 ····················· 329

第五节　儿童戏剧的排演 ······················· 329

一、选择恰当的剧本 ························· 330

二、分配角色 ······························· 330

三、排练语言和动作 ························· 330

四、布景和道具 ····························· 331

【阅读赏析】 ·· 332
　1."妙乎"回春(童话剧) ···························· 方　园 332
　2.小蝌蚪找妈妈(童话剧) ······················ 耿延秋 338
　3.回　声(话剧) ···························· [日本]坪内逍遥 343
　4.小熊请客(小歌剧) ···························· 包　蕾 346
　目标检测 ··· 354

第九章　儿童图画书 //355

【学习目标】 ·· 355
【学习内容】 ·· 355
　第一节　儿童图画书的含义 ························ 355
　　一、什么是儿童图画书 ························ 355
　　二、儿童图画书与其他画书的区别 ············ 357
　第二节　儿童图画书的发展概况 ·················· 357
　　一、国外儿童图画书的发展简况 ·············· 357
　　二、国内儿童图画书的发展简况 ·············· 359
　第三节　儿童图画书的作用 ······················ 362
　　一、图画书可更好地引儿童入文学之门、培养阅读兴趣 ·········· 362
　　二、图画书是亲子共读的最佳文学样式 ········ 362
　　三、图画书可以增加儿童阅读的主动权 ········ 363
　　四、图画书更有利于儿童观察与想象能力的培养 ···· 363
　　五、图画书可以更好地培养孩子的语言表述能力 ···· 363
　　六、图画书可以培养幼儿对绘画的审美能力 ···· 363
　第四节　儿童图画书的分类 ······················ 364
　　一、文学类图画书 ···························· 364
　　二、非文学类图画书 ························· 365
　　三、故事图画书 ···························· 366
　　四、科学、知识图画书 ······················ 366

五、设置"机关"的图画书 …………………………………… 366

六、婴幼儿图画书 ………………………………………… 367

第五节　儿童图画故事的特点 …………………………… 367

一、形象的直观性 ………………………………………… 367

二、构图的连续性 ………………………………………… 368

三、画面的趣味性 ………………………………………… 368

四、整体的传达性 ………………………………………… 369

第六节　儿童图画故事的创作和改编 …………………… 370

一、文字要求 ……………………………………………… 370

二、绘画要求 ……………………………………………… 373

第七节　儿童图画书的鉴赏 ……………………………… 376

一、认真阅读细节 ………………………………………… 377

二、仔细观察色彩 ………………………………………… 377

三、细心分析线条 ………………………………………… 378

第八节　儿童图画书的教学 ……………………………… 379

一、选择合适的儿童图画书 ……………………………… 379

二、解读图画书 …………………………………………… 380

三、设计和组织教学活动 ………………………………… 380

四、教师在教学活动的回应策略 ………………………… 382

【阅读赏析】 ……………………………………………… 383

1.老鼠嫁女 ………………………… 鲁风写　缪印堂画 383

2.小猫刮胡子 ……………………… 叶永烈设计　丁小三画 384

3.喂食 ………………………………………………… 张乐平 385

4.阿宝的耳朵 ……………………………… 王汶写　詹同画 386

5.鼠小弟的背心 ………………… ［日本］中江嘉男　上野纪子 387

目标检测 …………………………………………………… 389

第一章　儿童文学概说

学习目标

掌握儿童文学的概念、作用、特点、分类，了解儿童文学的发展概况。

学习内容

第一节　儿童文学的内涵

儿童文学是以儿童为读者对象，具有丰富审美内涵和艺术价值，又适合于儿童阅读理解和欣赏，悦心益智，寓教于乐，使儿童受到真善美的熏陶，又为他们所喜闻乐见的文学作品的总称。

儿童文学作品包括儿歌、谜语、童话、寓言、儿童故事、儿童小说、儿童剧本、儿童影视文学、儿童科学文艺、儿童绘本等样式。

一切事物的基本构成，都有内容和形式两个部分。儿童文学作品的内容因素主要包括题材、主题、人物、环境四个方面；儿童文学作品的形式因素主要包括结构、语言、体裁、媒介四个方面。儿童文学的主题，是指儿童文学作者通过所说、所唱、所写的事物而表现出来的基本思想。儿童文学的题材，是指儿童文学作品中具体描绘的事件和现象。题材的选择，由作者的创作意图和作品所要表现的主题决定。儿童文学的结构，是指儿童文学作品的组织方式和内部构造。儿童文学语言的意义，不仅表现在内容的表达上，而且还表现在对读者的示范性上。儿童时期是学习语言掌握词汇的时期。儿童文学作品应担负起对儿童进行语言教育与训练的任务,使他们从中学习语言,丰富词汇,懂得如何运用准确、鲜明、生动、简洁的语言描绘客观事物,表达自己的思想感情。

儿童文学的题材类型大致可以概括为以下 18 种:

1. 家庭生活型。如里柯克的《我们是怎样过母亲节的》。

2. 学校生活型。如亚米契斯的《爱的教育》。

3. 社会生活型。如马克·吐温的《哈克贝里·费恩历险记》。

4. 异域生活型。如斯威夫特的《格列佛游记》。

5. 成长型。如斯坦培克的《小红马》。

6. 浪子回头型。如科洛迪的《木偶奇遇记》。

7. 英雄型。如雨果的《法兰西小英雄》。

8. 集体奋斗型。如罗大里的《洋葱头历险记》。

9. 少男少女型。如秦文君的《男生贾里》、《女生贾梅》。

10. 冒险型。如史蒂文森的《金银岛》。

11. 苦儿型。如马洛的《苦儿流浪记》。

12. 顽童型。如林格伦的《长袜子皮皮》。

13. 童趣型。如任溶溶的《爸爸的老师》。

14. 异思异想型。如卡洛尔的《爱丽丝漫游奇境记》。

15. 动物型。如比安基的《尾巴》。

16. 自然风物型。如冰心《寄小读者》中的部分章节。

17. 知识型。如伊林的《隐身人》。

18. 寓言型。如《伊索寓言》。

上述 18 种题材类型显然只是儿童文学创作中常见的和主要的。由于题材类型列举的难以穷尽性,人们在对题材研究时,又引入了"母题"这一概念,尝试将"题材类型"转换成"母题类型"来研究,并将上述 18 种题材类型归结为"三大母题":①爱的母题。②顽童的母题。③自然的母题。

儿童文学是文学,就包孕了属于文学的丰富内涵。作者对人生的思考,对历史的回顾,对人类情感世界的认识,对美好生活的向往,对美好理想的追求,对美好品格的赞颂无一不包罗其中。正是文学作品内容的丰富性和作品内涵的巨大包容性，使文学从产生之初就有着明显的社会作用，儿童文学既然是文学，则自然拥有了文学所应具有的各种作用。但是，儿童文学毕竟是属于儿童的，因而它的社会作用与成人文学相比，又有其侧重点的不同。如果说，在成人文学中，文学的作用体现为以审美为核心的多种功能的统一，那么，在儿童文学中，由于儿童客观上处于接受教育的特定阶段，因而儿童文学的社会作用不可避免地具有了相应的教育功利性和较大的融合性。

儿童文学的作用可归纳为五个方面：教育作用、认识作用、审美作用、启智作用和娱乐作用。这五者是相互联系、相互渗透的，儿童文学总是包含有明确的教育目的和认识目的，然而这目的又必须通过审美和娱乐途径来达到。

第二节　儿童文学的特点与分类

要搞清楚儿童文学的特点，首先要从读者方面来研究。成人文学的读者基本上是成人，而儿童文学的读者有成人与儿童两个群体。细细推究起来，成人阅读儿童文学作品，主要有以下三类情形：

第一类成人读者是因为自身的职业而阅读儿童文学。如儿童文学编辑、儿童文学评论家和儿童文学作家等。

第二类成人读者是与儿童成长有密切关系的养育者，主要是家长与教师。

第三类成人读者是儿童文学爱好者，主要是那些童心未泯者与有志于儿童文学者。

上述三类成人读者加入儿童文学读者队伍，对儿童文学的接受有着积极的影响。首先，成人读者可以给儿童读者提供阅读指导。不仅将优秀的作品供给儿童，而且指导儿童正确地接受作品。其次，成人读者参与儿童文学阅读也有其自身的意义和价值，因为今天的成人即是昨天的儿童，阅读儿童文学作品可以让他们走进早已忘却了的孩子世界的边疆去，得到灵魂的洗礼和情感的满足。再次，成人读者的阅读还是衡量一部儿童文学作品艺术生命力的重要标尺。一部优秀的儿童文学作品,必然是得到儿童与成人共同喜爱的作品。那些不能吸引成人读者的儿童文学作品,也同样不能吸引儿童读者。最后,成人读者的阅读在一定程度上决定着儿童文学创作的方向。因为儿童文学的创作者、生产者、评论者、评奖者都是成人,而成人主要是根据自己的阅读经验来进行儿童文学的创作、生产、评论、评奖等活动的。

关于儿童读者的特点,可以从不识字和识字两个方面去研究。不识字儿童接受文学的特殊性主要表现在以下三个方面:

1."听赏"是儿童接受文学的主要方式。

2."图画"是儿童理解文学的重要途径。

3."感受"是儿童欣赏文学的主要特征。

识字儿童接受文学的一般特点:

1.感受性阅读方式。

2."玩"文学的态度,即以游戏的心态来阅读文学,追求快乐体验,所以儿童文学被人称为"快乐文学"。

3.阅读过程中始终伴随着对"自我"的反顾。

4.儿童的文学接受往往在历时性阅读中得以最终完成。

儿童文学的文本特点,主要表现在以下几方面:

1.儿童文学是开启心智的启蒙文学。

2.儿童文学是童心活现的文学。

3.儿童文学是形象鲜明的文学。

4.儿童文学是深入浅出的口语文学。

5.儿童文学是趣味盎然的快乐文学。

6.儿童文学是培育人文精神的情感文学。

幼儿文学的美学特征主要表现为"四美":

1.稚拙美;

2.纯真美;

3.质朴美;

4.荒诞美。

儿童文学分类的目的,是更好地认识儿童文学的特点,以利于儿童文学的鉴赏和创作。儿童文学主要从年龄、文本、文体三个方面进行分类。

根据不同年龄阶段儿童的特点,儿童文学可分为婴儿文学(0~3岁)、幼儿文学(3~6岁)、童年文学(6、7~11、12岁)与少年文学(11、12~15、16岁)四个层次。

按文本的媒介形式分类。儿童文学呈现在读者面前的时候,已经是作家、画家、出版家共同努力劳作的结晶,变成书籍了。以书籍形式出现的儿童文学文本,大体上可以分成文字书和图画书(或称为"绘本")两类。

按文体的表现形式分类,文体即文学体裁,又称文学样式。在我国曾经产生过多种文学分类法:例如,"二分法"把文学作品分为韵文和散文;"三分法"把文学作品分为叙事类、抒情类和戏剧类;"四分法"将文学作品分为诗歌、小说、散文和戏剧。儿童文学的文体划分有自己的特殊性。它除了涵盖上述"四分法"的四种文体(儿童诗、儿童小说、儿童散文和儿童戏剧)外,还应增加儿歌、谜语、童话、儿童寓言、儿童故事、儿童科学文艺、儿童报告文学、儿童影视文学和儿童绘本九种文体。

第三节　儿童文学与成人文学的异同

儿童文学与成人文学作为大文学中的两个分支,都具有文学的属性,那就是以语言文字为物质媒介,通过塑造生动、具体、可感的文学形象,表达作者对生活的认识、感受和评价。同时,由于儿童文学与成人文学一样都是以语言为传达手段的审美载体,因而它们在艺术生命力的标准面前,没有丝毫高下之分。艺术生命力是检验儿童文学与成人文学质量高低的共同尺度。但是,儿童文学之所以是儿童文学,就在于它与成人文学相比较,仍然有着属于它自身的特性。可以说,儿童文学与成人文学是文学大范畴中的两个同中有异、异中有同的类别。与成人文学相比较,儿童文学应属于与之并立的另一类文学,这就决定了它与成人文学有相区别的地方,具体表现在以下几个方面:

1.目标指向的差异。从作者创作的目标指向看,儿童文学在目标指向的定位上有别于成人文学。儿童眼中的世界是神秘而充满疑问的,儿童的天性又有着率真欢愉,无所顾忌的特点。儿童文学义不容辞地承担着拓展儿童视野,开发儿童心智,传儿童以知、导儿童以行、给儿童以美的责任。因此,儿童文学作家创作的目标指向一般定位于儿童能够并乐于接受这一点上。这种定位的结果,是使儿童文学作品得以充分地张扬自身的特性,以它所体现的童趣,所渗透的游戏精神,所表现出来的神奇惊险吸引着儿童,以它所特有的纯真美、欢愉美、变幻美和简洁美更贴近儿童,更适合儿童,也更利于儿童文学社会功能的充分发挥。与之相比,成人文学的作者其创作的目标指向与他的创作动机密切相关,相形之下,成人文学作者的创作动机往往是比较复杂的,因而创作的目标指向也显得比儿童文学要复杂得多。

2.文化底蕴的差异。就作品所包容的文化底蕴看,成人文学的作者讲究从时代的高度和历史的深度去开掘题材,以创作具有民族特色而又具有历史文化积淀的作品,塑造能够世代相传的艺术典型为文学创作的最高目标。在成人文学作品中,民族的、历史的、文化积淀的厚重程度,标志着作品本身品位的高下。因此,成人文学的世界,是一个融注着作家深沉思考和丰富内心体验的情感世界。儿童文学创作则强调以儿童为本,表现他们的天性,他们的心理,他们的本体世界和他们与成人世界的种种联系;儿童文学即使表现成人世界,也仍需以儿童为本位。这就使儿童文学在客观上没有成人文学般厚重的历史文化内涵,而表现出虚化的时空,淡化的背景,活泼的儿童生活。不论是童话还是民间传说故事,抑或是反映不同时代儿童生活的作品,都充满美丽的幻想和美好的理想。安徒生笔下的《海的女儿》,埃林·佩林笔下的《比比扬奇遇记》,施比丽笔下的《海蒂》等作品莫不如是。可以说,儿童文学的世界,是一个涌动着生命活力,驰骋着奇特想象的世界。儿童文学所包容的底蕴,更偏倚人道精神、温暖与快乐、想象与幻想、幽默与巧智。因此,儿童文学最易于为不同民族、不同国籍的儿童所接受,所以被叫做"最世界、最人类的文学"(韦苇语)。

3.社会功能侧重点的差异。儿童时期作为人的生命历程的早期,接受教育,具有应有的社会道德,社会情感,懂得明辨是非,学会分清美丑是十分重要的。在不同题材的儿童文学作品中,在儿童文学作家笔下众多的人物和故事中,渗透着不少形象化了的人类美好品格和精神财富。白鹅女几经磨难找野葡萄,让村里的盲人都重见光明(葛翠林《野葡萄》);野天鹅为了救哥哥,默默地忍受百般的误解与侮辱(安徒生《野天鹅》);小神童巧使画笔惩治贪婪的财主和皇帝(洪汛涛《神笔马良》)……这些作品对儿童良好品质和人格的形成产生着十分重要的作用。因此,以教育功能为儿童文学的重要功能,成了儿童文学有别于成人文学的又一独特之处。正是这一特点,使儿童文学成为一种更为理性的文学,它要求儿童文学作家以强烈的社会责任感,借儿童喜爱的文学形象去引导他们分辨真理与谬误,正义与非正义,高尚与卑鄙,美善与丑恶,诚实与虚伪,勇敢与懦弱,促使儿童逐步学会思考自己的社会责任,学会思考人生的价值和意义。

4.文学接受对象的差异。由于儿童文学与成人文学所表现的内容不同,因而决定两者的接受对象各有侧重。一般说来,儿童文学的接受对象侧重于儿童,而成人文学的接受对象侧重于成人。应该强调的是,优秀的文学作品,不论是儿童文学还是成人文学,都会以它们非凡的魅力吸引着不同年龄的读者。因此,很多儿童文学作品同样成为成人的喜爱之作,而很多成人文学作品也同样被孩子们占为己有。安徒生的众多童话为"大人们"称赞,《海蒂》被成人爱不释手,而奥斯特洛夫斯基的《钢铁是怎样炼成的》、笛福的《鲁宾逊漂流记》等,则为广大少年儿童所传阅,就是最好的例证。

第四节　儿童文学与儿童读物的区别

儿童文学与儿童读物都是根据少年儿童的年龄特点而编写,适合少年儿童阅读的文字,都是对少年儿童进行思想品德教育、知识教育和审美教育的教材。它们的共性是"适合于儿童阅读"。它们的不同之处,主要是下面四点:

1.范围大小不同。儿童文学是指适合儿童阅读并能为他们乐于接受的文学作品,包括儿歌、儿童诗、童话、寓言、儿童故事、儿童小说、儿童剧本、儿童电影、儿童电视、科学文艺等,是儿童读物的一个门类。而儿童读物则包括一切适合儿童阅读、为他们所理解接受的文字材料。即儿童读物除儿童文学作品外,还有适合儿童阅读的政治读物、自然地理读物、历史知识读物、文学知识读物、科学知识读物、卫生知识读物等,范围非常广泛。在这些读物中,成人文学作品,如《西游记》《水浒传》《聊斋志异》《钢铁是怎样炼成的》《卓娅和舒拉的故事》等,能为少年儿童所理解和接受的,也可列入儿童读物的范围。

2.内容要求不同。儿童文学作品要求艺术的真实性,即通过典型化的手法来揭示生活的本质和规律,特别是儿童小说、儿童电影、儿童戏剧和寓言童话等,"所写的事迹,大抵有一点见过或听到过的缘由,但决不全用这事实,只是采取一端,加以改造,或生发开去,到足以几乎完全发表我的意思为止。人物的模特儿也一样,没有专用过一个人,往往嘴在浙江,脸在北京,衣服在山西,是一个拼凑起来的脚色。"(鲁迅:《南腔北调集·我怎样做起小说来》),而一般的儿童读物(文学作品除外),则要求做到内容真实、准确,符合事物的本来面目,人物、事件、时间、地点、原因、结果、做法、成就、影响,都要做到事实的真实,不能添枝加叶、移花接木、偷梁换柱,更不能捏造虚构、无中生有。

3.表现方法不同。儿童文学作品是在现实生活的基础上,通过塑造形象的办法来反映现实的。普列汉诺夫指出:文学"既表现人们的感情,也表现人们的思想,但是并非抽象的表现,而是用生动的形象来表现,这就是艺术的最主要的特点。"(普列汉诺夫《艺术与社会生活·没有地址的信》)这里所指的形象,即指作家根据现实生活的各种现象所创造出来的具有一定思想内容和艺术感染力的生活图画和人物(包括人格化的动物、植物、矿物与其他无生物)。要刻画这样的形象,就要运用叙述、描写的手法。优秀的文学作品,正像高尔基所说的,具有"惊人浮雕般的描写",它"刻画的形象巧妙到这样的程度,你会感觉到仿佛他的主人公的肉体的存在,他仿佛站在你面前,你想用手指去触摸他。"(高尔基《同进入文学界青年突击队员的谈话》)而非文学作品的儿童读物,则较多地运用介绍、分析、说明、议论的方法去反映客观世界。虽然也可能有一定的形象性,但与文学完整而鲜明的形象相比,却是局部的、片断的、个别的。

4.起作用的方式不同。由于儿童文学作品以形象反映生活,所以对儿童起作用的方式是潜移默化的,让他们在如闻其声、如见其人、如临其境的审美过程中认识生活、明辨是非、分清善恶、陶冶性情、接受教育。而一般的儿童读物,则靠翔实的事实、具体的说明、科学的分析、准确的判断、严密的论证来说服小读者、教育小读者。

例如小学自然常识课本中,有一段介绍鸡的文字:

> 鸡的身体分为头、颈、躯干、尾、四肢五部分。鸡的头上有鸡冠,嘴上有很硬的角质喙,能啄坚硬的食物。鸡的前肢是一对翅膀,后肢是一对脚,脚健壮,善于行走,脚上有爪,便于扒土找食。鸡没有牙齿,不能嚼食物。食物进嘴就吞下,吞下的食物先藏在嗉囊里泡软,再送进胃里。胃里有沙粒,沙粒能代替牙齿磨碎食物,所以鸡时常要吃一些沙粒。

这里介绍了鸡的身体结构、机能与生活习性等,内容真实,准确,不夸大,不缩小,完全符合鸡的实际情况,讲求科学性。写作方法上,以介绍、说明为主,有时作简短的议论,少用叙述与描写。而小学语文课本中的寓言《美丽的公鸡》,则迥然不同。寓言写道:

> 从前有一只公鸡,自以为很美丽,整天得意洋洋地唱:
>
> 公鸡公鸡真美丽,大红冠子花外衣,
>
> 油亮脖子金黄脚,要比漂亮我第一。
>
> 有一天,公鸡吃得饱饱的,挺着胸脯,唱着歌,来到一棵大树下。

他看见一只啄木鸟,说:"长嘴巴的啄木鸟,咱们比比谁美。"啄木鸟冷冷地说:"对不起,老树生了虫子,我要给它治病。"公鸡听了,唱着歌,大摇大摆地走了。

下面写到公鸡要和蜜蜂、青蛙比美,它们都忙着工作,不想跟他比。后来老马告诉他:"美不美不光在外表,还要看能不能帮助人们做好事。"最后写道:"公鸡听了很惭愧,再也不去跟谁比美了。他每天天不亮就喔喔喔地打鸣,一遍又一遍地催人们早起"。

这里,作者发挥了充分的想象与幻想,把鸡写成有思想、有感情、会说话、能办事的人,虽然也提及鸡的外观,但"只是采取一端,加以改造,或生发开去",没有科学地分析它的身体构造与器官的功能。运用叙述与描写的方法,来塑造形象,通过"人物"从只爱外表美到懂得行为美的思想发展过程,让小读者受到潜移默化的教育。

第五节　儿童文学的发展概况

儿童文学是个比较年轻的文学门类,17世纪末、18世纪初是其萌发期,此前主要是口头创作和成人文学中为孩子所喜爱并能部分接受的作品,如《五卷书》《一千零一夜》等。1658年,捷克教育家夸美纽斯出版的第一本儿童画册《世界图解》,将儿童文学作品作为儿童教育的教材开了先河。1697年法国文学家夏尔·贝洛出版了童话集《鹅妈妈的故事》,被人们称作"开儿童文学的新纪元。"标志着儿童文学从口头文学走向了文字记载,儿童文学的历史从此开始。之后,格林兄弟——雅各·格林和威廉·格林他们花了数十年的时间搜集民间传说和故事,并整理编写成集。以《儿童和家庭童话集》(后来叫《格林童话》)之名于1812年出版。18世纪中叶,儿童文学有了进一步发展,最有代表性的作品是让·雅克·卢梭的儿童传记性小说《爱弥尔》。19世纪丹麦安徒生等童话问世,标志着世界儿童文学进入第一个繁荣期。20世纪英、苏、美、法、意、瑞典等国家大量优秀作品的涌现,则标志着世界儿童文学进入第二个繁荣期。

中国由于几千年的封建统治,儿童及儿童教育问题长期不受重视,故儿童文学出现较迟。有史可考的专为孩子们创作的儿童诗、儿童小说、儿童戏剧等直到晚清才开始陆续问世。在中国,有意识地供给儿童文学读物的第一人是商务印书馆的孙毓修。他于1909年创办了《童话》丛刊。这里的童话,在没有"儿童文学"这一名称前,它其实就是儿童文学的代名词。泛指凡适合儿童阅读的所有体裁的文学作品。儿童文学成为一个独立的文学门类则始于20世纪初、五四新文化运动之后。中国现代儿童文学的奠基之作是叶圣陶创作发表于20年代初的童话《稻草人》和稍晚几年问世的冰心的书信体儿童散文《寄小读者》。而我国的"儿童文学"一词,也产生于五四时期,即周作人于1920年10月26日在北京孔德学校所作的演讲——《儿童的文学》，后发表在 1920 年 12 月 1 日出版的《新青年》8 卷 4 号上。这篇"中国儿童文学的宣言书"，是周作人受到美国"小学校里的文学"这一提法及其内容的启发与影响而提出的。

"五四时代开始注意儿童文学是把'儿童文学'和'儿童问题'联系起来看的。"（参见茅盾：关于"儿童文学"，1935 年。）"儿童问题"的核心是儿童教育问题，而儿童教育的改革，一是制度或法制，二是教员和教材。1905 年废除了科举制度，推行学校教育。学校教育亟需大量的新式教科书，孙毓修编撰《童话》就是为当时补教科书之不足。随着五四新文化运动的深入，白话文不仅在文学领域里取代了文言文，而且影响到学校教育。1920 年，北洋政府教育部通令全国小学一、二年级采用白话的语文教材。1921 年，全国中等和高等师范学校，减少文言文课程，增加白话文课程。白话文进入课堂，为儿童文学走近儿童打开了方便之门。于是出现了"教师教，教儿童文学"；"儿童读，读儿童文学"的"蓬蓬勃勃、勇敢直前"的新局面。（参见魏寿镛、周侯予：《儿童文学概论》，商务印书馆 1923 年版，第 1 页）

五四以后，我国的学校教学，主要是小学国语课与幼儿师范、普通师范文科专业重视儿童文学已蔚然成风。儿童文学已经成了国语课的主要教材，而且开展了对儿童文学教材、教法的研究。1923 年 8 月，商务印书馆还出版了由魏寿镛、周侯予编写的我国第一部《儿童文学概论》，对儿童文学的来源、性质、文体分类、教材教法等进行了系统探讨，标示着我国儿童文学学科建设的确立。

五四时期，出现的具有里程碑性质的儿童文学新体裁主要有为六种。

第一，产生了童话。1923 年，叶圣陶的童话集《稻草人》，是我国有史以来第一部作家创作的童话集，被鲁迅誉为"给中国的童话开了一条自己创作的路"，也为我国现代儿童文学奠定了基础。张天翼的《大林和小林》，是我国第一部长篇创作童话。

第二，产生了儿童散文。1920 年刘半农的《雨》、《饿》，1922 年许地山的《落花生》，可以说是中国最早的现代意义上的儿童散文。冰心于 1923 年至 1926 年间从大洋彼岸的美国寄回 29 篇充满爱意的通讯，于 1926 年结集为《寄小读者》，被看做是典型意义上的"儿童散文"。

第三,产生了儿童戏剧。儿童歌舞剧以一种崭新的姿态登上舞台。1920年,从事小学教育的黎锦晖,借鉴了中西戏剧传统,并加以融会贯通,在1922年创作了儿童歌舞剧《麻雀与小孩》之后,又创作了《葡萄仙子》、《三蝴蝶》、《月明之夜》、《苹果醒了》、《小羊救母》、《七姐妹游花园》等,以充满诗意的幻想,童话般优美的意境,赢得了千万小观众的喜爱,曾风行全国。它对我国儿童戏剧的发展具有开创性的历史意义。

第四,产生了图画故事。从事这一开山事业的作家,有郑振铎、赵景深、黎锦晖等人,其中尤以郑振铎付出的心血更多。1922—1923年,郑振铎在他主编的《儿童世界》发表了《两个小猴子的冒险》、《河马幼稚园》等46篇长短不一的图画故事,它们集知识性、教育性、游戏性于一体,画面活泼、文字简明,形象生动逼真,不仅为儿童提供了他们渴望的精神食粮,而且填补了一项少人垦殖的儿童文学园圃的空白,图画是儿童文学不可缺少的成分,张乐平(1905—1993)在这方面为儿童文学作出了贡献。1935年在他的儿童趣味画中首次出现"三毛"形象。"三毛"是一个城市流浪儿的形象,由于画家赋予他特殊的艺术个性,同时赋予他深刻的艺术内涵,很快获得社会承认,几乎家喻户晓,人人乐道,低幼儿童尤为喜爱。《三毛从军记》、《三毛流浪记》等长篇"三毛"系列曾在广大读者中引起强烈反映。"三毛"漫画对发展我国图画书有特殊意义。

第五,产生了儿童科学文艺。1902年,梁启超在其主编的《新小说》上首辟"科学小说"专栏,发表了"荒江钓叟"的科幻小说《月球殖民地小说》(1904)、陈衡哲(莎菲)的科学童话《小雨点》(1920)等。1934年陈望道先生主编《太白》半月刊开设"科学小品"专栏,发表克士(周建人)的《白果树》、贾祖璋的《萤火虫——生物素描之一》、顾均正的《昨天在哪里》、刘薰宇的《白昼见鬼》等科学小品。随后,高士其出版了《我们的抗敌英雄》、《细菌与人》、《抗战与防疫》、《菌儿自传》等,成为中国儿童科学文艺最重要的奠基人。

第六,产生了儿童小说。五四时期的儿童小说不像儿童诗、童话、儿童散文那样纯系创作的,而是带有创作性质的译述、改写,出版了孙毓修、朱天民等参照史书以及外国作品《雾海孤帆》等所编写的儿童小说。

《小朋友》、《小说月报·儿童文学专栏》和《儿童世界》三个刊物的创办对于中国儿童文学诞生具有标志性意义,其中 1922 年创办的《小朋友》主要是面对幼儿。郑振铎(1898—1958)为低幼儿童创作图画故事《河马幼稚园》等发表在《儿童世界》,为幼儿文学新样式的开创提供了园地。

新中国成立后,儿童文学教学得到了更进一步的重视。1956 年,人民教育出版社出版了由陈伯吹编著的《师范学校儿童文学讲授提纲》。1957 年,高等教育出版社又出版了由潘尔尧翻译的《苏联儿童文学大纲》。不幸的是"十年动乱"彻底破坏了刚刚起步的"社会主义新型儿童文学"的建设。直到 1978 年,形势才有了改观。同年 8 月,国家教育部在武汉召开了文科教材会议,决定恢复高校儿童文学课,儿童文学由此进入了全面的恢复和重建时期。也就在这一年,北京师范大学和浙江师范大学都在中文系恢复了儿童文学课程,并创建了儿童文学教研室。1979 年又开始招收儿童文学研究生。1981 年 4 月,人民文学出版社出版了一部《1949—1979 幼儿文学作品选》,"幼儿文学"这一名目,从此独立于儿童文学之中。

新时期改革开放,受世界经典儿童文学的影响,海峡两岸儿童文学的交流,促进了我国儿童文学观念的更新,这对我国儿童文学的健康发展和繁荣昌盛起到了推波助澜的作用。

目标检测

1.什么是儿童文学?儿童文学内容和形式的四个主要因素各是什么?儿童文学三大母题是什么?儿童文学的作用主要表现在哪几个方面?

2.不识字儿童接受文学的特殊性主要表现在哪几个方面?识字儿童接受文学一般有哪些特点?儿童文学的文本特点,主要表现在哪几方面?幼儿文学的美学特征是什么?根据不同年龄阶段儿童的特点,儿童文学可分为哪四个层次?

3.简述儿童文学与成人文学的异同。

4.儿童文学与儿童读物的主要区别是什么?

5.简要叙述儿童文学的发展概况,并列举出一些具有里程碑性质的代表性作品。在我国"儿童文学"这一概念最早是谁提出来的?五四时期,我国出现了哪些具有里程碑性质的儿童文学新体裁?

第二章　儿　　歌

学习、了解并掌握儿歌、谜语的基本知识,学会赏析儿歌,能创编儿歌,会制作谜语。

第一节　儿歌的形成与发展

一、儿歌的概念

儿歌是以低幼儿童为主要对象,由儿童自己编创或成人拟作、民间流传通俗易懂顺口押韵,适合婴幼儿吟唱、欣赏的歌谣,又称为"童谣"。

所谓"歌谣",是民歌、民谣、童谣的总称,是劳动人民口头诗歌创作的一个重要组成部分。在我国古代,以合乐为歌,徒歌为谣,意思是有音乐、乐器伴奏的叫"歌",没有音乐、乐器伴奏的叫"谣",现代统称为歌谣。歌谣词句简练,大多押韵,风格朴素清新,表达人民群众的感情与愿望,在民间广为流传。童谣作为歌谣的一个部分,专指在儿童口头广为流传的、没有音乐伴奏的短小有韵的歌谣。

现代意义上的儿歌,包括了民间流传的童谣和作家创作的儿歌两部分。

14

　　"儿歌"这名称最早出现是在《歌谣》周刊上。1918 年,北京大学成立了歌谣征集处,随后又成立了歌谣研究会、创办了《歌谣》周刊,他们从征集到的大量歌谣中挑选出传统儿童歌谣,并冠以"儿歌"的名称在周刊上发表。从此以后,"儿歌"作为儿童文学的一个专用术语沿用至今。

二、儿歌的起源

　　儿歌起源于民间,历史悠久。童谣在各种文献中还有"童子歌"、"儿童谣"、"婴儿谣"、"小儿谣"、"小儿语"、"孺子歌"等称谓。古代文献中就有这样的记载:"尧微服游于康衢,闻儿童谣。"(《列子·仲尼》)因此有研究者把儿歌比喻为"会唱歌的百灵鸟,已经不倦地唱了三千年"。

　　我国最早有文字记载的儿歌是《左传》中的《卜偃引童谣》:"丙之辰,龙尾伏辰,均服振振。取虢之旗,鹑之贲贲。天策焞焞,火中成军,虢公其奔。"它反映了当时晋侯灭虢的社会现实。由于时代、阶级的局限,也由于我国长达数千年的封建社会轻视儿童教育的缘故,古籍中的童谣大部分是反映当时政治变故的"谶语"(即时政歌)。人民群众在教育后代的生活实践中编创的童谣很少流传下来。古籍中真正供儿童吟唱的童谣不多。总的说来,童谣不受重视,在古代诗歌总集中比重也极小。

三、儿歌的发展

　　到了明代,社会对儿歌的认识有了变化,一些有识之士着手从儿歌世代口耳相传的实际情形出发,来诠释儿歌的特点及作用,并出现了由吕坤个人搜集整理的我国第一部儿歌专集《演小儿语》(1593 年)。《演小儿语》共收河南、河北、陕西、山西等地民间童谣 46 首。吕坤在《演小儿语》序言中指出:"余不愧浅泰,乃以立身要条,谐以声音,其如鄙俚,使童子乐闻而易晓焉,名曰《小儿语》。是欢呼戏笑之间,莫非理义身心之学。"吕坤强调了儿歌的内容要饶有趣味、形象生动,语言要通俗谐和,使儿童乐于接受。这表明,以吕坤为代表的明代知识分子对儿歌的创作及研究已经有了较大的突破。

　　清时,儿歌的搜集整理和研究工作有所发展。在江浙地区先后出现了优秀的儿歌集《天籁集》《广天籁集》，北方也出现了无名氏的抄本儿歌。当时儿歌研究突破了阴阳五行说的桎梏，开始肯定它的思想和艺术价值，但又附会曲解，以为儿歌"神秘莫测"有"至理存焉"，这种过高的肯定也是错误的。清末，改良主义者和资产阶级革命者也看到了儿歌的作用，编创了不少童谣宣传鼓吹他们的观点。如黄遵宪的《爱国》《爱群》《崇历史》《劝自强》等儿歌，都体现了资产阶级民主主义革命思想，起过一定积极作用。

五四新文化运动中，在蔡元培、沈尹默、刘半农等人倡议下，创建了歌谣研究会。研究工作者也开始重视儿歌的搜集整理工作，揭开了现代儿歌史的序幕。中国现代儿童文学的奠基人鲁迅也曾关注儿歌的搜集整理工作。1914年他亲自搜集各地儿歌，寄赠给正从事这一体裁研究的周遐寿。1923年，鲁迅还亲自为《歌谣周刊》的增刊、儿歌集《月光光》设计了封面。五四其间对传统儿歌的采集与研究促使不少人开始为儿童写儿歌，出现了《儿歌》（周作人）以及用儿歌体写的《卖布谣》（刘大白）等，江苏第一师范还编印了《儿歌集》(1923)。

第一、二次国内革命战争，抗日战争和解放战争期间，全国各地流传着许多儿歌。如广东海陆丰地区流传的澎湃编写的《田仔骂田公》，流行在江西苏区的《儿童团》《红军哥哥》等儿歌，反映了当时苏区人民和儿童的思想愿望，也激励鼓舞了群众的革命斗志。

新中国成立后，我国儿童文学取得了长足的进展，儿歌的搜集整理得到充分的重视和发展。20世纪50年代至60年代中期，儿歌的整理创作进入繁荣兴旺阶段。当时，出版了大量儿歌专集如《红色儿童歌谣》《革命红旗满山冈》、《少年歌谣》等，中国少年儿童出版社选编的《中国儿歌选》（资料本）选入一千五百多首各地各族儿歌，为儿歌研究工作提供了有利条件。这一时期的儿歌搜集整理和创作，无论在质量和数量上，都超过了以前的水平。儿歌创作也出现了欣欣向荣的景象，50年代的儿歌创作被誉为我国儿歌创作的黄金时期而写在儿童文学史册上。在此期间，涌现一批热心儿歌创作的作家，鲁兵、圣野、张继楼、刘饶民、柯岩等是其中成就较高者，他们为繁荣儿歌的创作作出了重要的贡献。

"十年动乱"期间，儿歌也未能逃脱厄运，许多优秀的儿歌被诬为毒草，横遭封锁禁锢。粉碎"四人帮"进入新时期以后,我国儿童文学揭开了崭新的一页。随着人们对儿歌的功能认识的深化,儿歌的研究与创作步出了"教化论"的狭隘圈子,儿歌的题材更加广泛有趣,内容更加丰富多彩,风格更加新颖多样,儿歌的艺术品位大大提高,更多的作家投身于儿歌创作,更多的儿歌专集问世。古老的儿歌正携带着远古的美丽,碰撞现代文明,焕发出智慧和情趣,展示它新的风采,伴随着孩子们走向未来。

第二节　儿歌的作用

儿歌是人一生中最早接受的文学样式,是孩子成长不可缺少的精神乳汁,恰如儿童文学研究者王泉根教授所指出的:"这是文学女神在未经开发的幼者心田播下的第一粒诗之花种,洒下的第一瓢美之甘露,投下的第一束爱之光泽。"1976 年在比利时举行的国际诗歌会议上,将每年的 3 月 21 日定为"世界儿歌日",可见儿歌在幼儿成长过程中的启蒙作用是不可低估的。

一、增添幼儿生活的乐趣

游戏是幼儿生活中极大的快乐。对幼儿来说,无论是听长辈给自己念儿歌,还是自己念儿歌,都是听觉上充满了愉快情绪的游戏。可以说,听赏诵读音韵和谐的儿歌是幼儿的天性需求。婴儿在襁褓中听妈妈念摇篮曲,得到听感上的愉悦,孩子稍大一点儿开始在游戏歌的伴随下游戏,更是一种身心的愉悦,我们还可以看到,在幼儿园里,孩子们高声诵读儿歌时的那份开心,是其他娱乐所不能取代的。因此儿童文学作家黄庆云说:"很难设想,一个没有唱过儿歌的孩子能快乐地成长起来。"

二、陶冶幼儿的性情

婴儿时期,儿歌那和谐悦耳的韵律加上长辈温柔的吟唱,能使他们的神经得到舒缓,由烦躁不安步入宁静平和的境地,同时也使他们感受到亲人的爱抚,得到情感上的满足;当孩子渐渐长大,能够大致听懂儿歌的内容或自己诵读儿歌、与小朋友一起诵读儿歌时,儿歌率真自然、健康乐观、活泼风趣的品格,能使幼儿得到熏陶,这对培养幼儿美好的情感、开朗的个性以及良好的道德行为习惯、审美情趣都有积极的作用。读着"天黑啦! 天黑啦! 钓鱼的,回家吧! 你的妈妈在等你,鱼儿的妈妈在等它"(柯岩《钓鱼》)成长起来的孩子,必然得到情感与心灵的净化。

三、开启幼儿的心智

幼儿的生理、心理特点决定了他们喜欢率真自然、音乐感强、简明易懂的作品,儿歌因之成为引导孩子认识世界最早的窗口。内容丰富多彩、风格千姿百态的儿歌能使幼儿的视野得以开阔,知识得以丰富,思维、想象得以发展,帮助他们认识自然、认识社会、认识自己。儿歌是开启幼儿心智、促进幼儿身心发展的一把金钥匙。

四、培养幼儿的语言

幼儿期是人的一生中语言发展的关键期,幼儿在听、读儿歌的愉快过程中,能得到发音的训练,更能学到丰富的词汇、句子,从而有效地促进幼儿语言的发展。尤其是传统的绕口令、连锁调、颠倒歌等,对训练幼儿的语言有着得天独厚的功能。

可见,儿歌与幼儿的生活、娱乐、情感、思维、语言紧紧相关,同人一生的发展有千丝万缕的联系。童年时通过儿歌播撒在孩子心田的种子,最初激起的或许仅仅是孩子们的喜悦,最终却能开出真善美的花朵。可谓"童时习之,可为终身体识"(吕坤《演小儿语·序》),一首儿时读过的好的儿歌,往往到了白发苍苍的老年,还能背诵,还值得体味。

第三节　儿歌的特点

"耳口相授传万代,它是长生不老歌。"(张继楼语)儿歌之所以能够穿越时空,成为深受小朋友们喜爱的文学样式,缘于它独特的艺术魅力和特殊的作用。儿歌的主要特点有以下几方面。

一、感情健康,主题单一

由于儿歌主要以年幼的儿童为对象,而幼儿生活经验少,知识有限,对事物的分辨能力弱,模仿性强,因而它比一般艺术形式更须具有明显的教育方向性,为此要求内容正确,观点鲜明,感情健康,通过具体的艺术形象体现教育的方向性。并且,要在短小的篇幅中清楚地说明问题,使幼儿受到深刻的教育,这就要求儿歌的主题要单一;一首儿歌集中说明一个意思,不要在一首儿歌中表达多重意思,写得很散,使幼小的儿童抓不住中心。例如传统的儿歌《摇摇船》:

摇摇摇,一摇摇到外婆桥,外婆叫我好宝宝。

糖一包,果一包,还有饼儿还有糕,吃了糕饼上学校。

这首儿歌因为集中表现了外婆疼爱外孙,外孙依恋外婆的主题,历来为幼儿所喜爱。歌末四句常因地因时因人而异,但前三句从未有过变化,这主要是因为这三句,充分突出了作品集中而单一的主题。

有些儿歌说不出什么意思含义,只是对幼儿进行知识启蒙教育,或只是为了锻炼他们的口语能力,但整首歌只包含一个目的,即只有单一的主题,如有一首绕口令,题名为《一个瓜》:

金瓜瓜,银瓜瓜,瓜瓜落下来,打着小娃娃。

娃娃叫妈妈,妈妈抱娃娃;娃娃怪瓜瓜,瓜瓜笑娃娃。

这首绕口令,能集中矫正幼儿有关"ɑ"韵母的发音部位,使之能辨清"瓜"、"妈"、"娃"等字的读音,其创作目的是十分明显的。我国民间流传的大部分绕口令都属于这一类。

二、音韵和谐,节奏鲜明

儿歌是朗朗上口的,这是因为它具有和谐的音韵、明朗的节奏。儿歌的音韵和谐,主要是指通过句子的押韵、词句的回环复沓以及模拟声响等手段所形成的音乐感。

押韵是造成儿歌音韵和谐最重要的手段。所谓押韵是指儿歌中相关句子最后一个字的韵母相同或相近,使儿歌读起来产生音韵上的和谐美。因是最后的一个字,所以又叫韵脚。怎样判断几个不同韵母是不是相近的呢?主要是看韵腹和韵尾是否相同。一个完整的韵母可以分为韵头韵腹韵尾三部分,首先看发音最响的韵腹是否相同,然后看有没有韵尾,有韵尾的,韵尾也要相同,韵头不管。儿歌押韵的方式主要有:连韵(句句押韵,一韵到底)、隔行押韵(一般是首行及偶数行押韵)、几行一转韵(转韵要自然和谐)。例如:

星星,月亮,(iang)　　抬头望望,(uang)

摘来点灯,　　　　　　宝石光光,(uang)

借来梳头,　　　　　　照我模样。(iang)

这首儿歌有四个韵母,"iang"和"uang"不是同一韵母,但它们的韵腹和韵尾相同,韵腹是"a",韵尾是"ng",属同一韵。隔行押"ong"韵,听感响亮,再加上叠音词"望望、光光"的使用,产生了悦耳动听的乐感,读来十分上口,便于幼儿口头传诵。

词语、词句的回环复沓以及直接模拟声响也是形成儿歌音韵和谐不可忽视的手段。例如金波的《雨铃铛》,不仅选择了发音开口大、响亮的"ong"韵母作为韵脚来取得音韵效果,还调动了各种艺术手段,使作品飘荡出优美的韵律:如,运用了"沙沙响、沙沙响"的词语反复,采用了"房檐上"接"房檐上"的重复,使用了叠音词"串串"、"快快",还反复运用了音响质感十分突出的象声词"丁零当啷"。由于多种手段的共同作用,使这首儿歌产生了奇妙的音乐效果,唤起幼儿听觉的直感,仿佛淅淅沥沥的春雨声、丁零当啷的铃铛声就在耳边。

音韵和谐是儿歌的生命。可以不夸张地讲,音韵不和谐的、没有韵律的"儿歌"是不能称之为儿歌的。儿歌语言的音乐性,主要是由节奏和押韵造成的。

节奏鲜明是儿歌的灵魂。节奏——又叫节拍,它是由音节的组合、诗句的停顿决定的。节奏要鲜明,句式要大体整齐,过于参差不齐的句子常会导致节奏不鲜明,甚至紊乱,拗口难唱。儿歌的句式一般以整齐的三言、四言、五言、七言为多,还有三、三、七言或三、四、五、七言交错的。行数以成双为多。大致节奏是三字句为二拍,五字句为三拍,七字句为四拍。例如郑春华的《排好》:

排好,排好,	×× 　××
小狗,小猫,	×× 　××
小白兔别跳!	× 　×× 　××
小黑马别跑!	× 　×× 　××
我们排好队,	×× 　×× 　×
一起做早操。	×× 　×× 　×
花鹿姐姐喊口令,	×× 　×× 　× 　××
脖子伸得高又高。	×× 　×× 　× 　××

《小白兔乖乖》

小白兔乖乖,	▲▲▲/▲▲
把门开开,	▲▲/▲▲
快点开开,	▲▲/▲▲
我要进来,	▲▲/▲▲
不开不开就不开,	▲▲/▲▲/▲▲▲
妈妈没回来,	▲▲/▲▲▲
谁叫也不开。	▲▲/▲▲▲

小白兔乖乖,	▲▲▲/▲▲
把门开开,	▲▲/▲▲
妈妈回来,	▲▲/▲▲
我要进来,	▲▲/▲▲
快开快开快快开,	▲▲/▲▲/▲▲▲
妈妈回来了,	▲▲/▲▲▲
我来把门开。	▲▲/▲▲▲

三、通俗易懂,篇幅短小

儿歌的主要接受对象是幼儿。幼儿的思维、语言等尚处于人生的起步阶段,深奥抽象、冗长复杂的内容是不利于幼儿理解接受的。因此,为了适应幼儿的思维特点和学习语言的需要,儿歌总是在有限的字数之间,在短小的篇幅之内,用浅显明白的语言对人、事、物作简明扼要、通俗易懂的描写,使幼儿一听就懂、一学就会,便于他们记忆传诵。一般来说,一首儿歌大多在四行至十余行之间,二十行以上的儿歌就算是篇幅长的了。例如传统儿歌《丫头丫》:

> 丫头丫,打蚂蚱,蚂蚱叫,丫头笑,
>
> 蚂蚱飞,丫头追,蚂蚱跳,吓得丫头一大跳。

儿歌句短行少,不到三十个字,内容就是娃娃在绿草地上追打蚂蚱的生活场景,动感十足;语言通俗易懂,全是生活中口语化的词语,其中简单的名词"丫头"、"蚂蚱"还各重复了四次。整首儿歌自然真切,好念、好学、好记。大概正因为如此它才流传至今吧。

不但传统儿歌如此,现代作家创作的儿歌也是通俗易懂、篇幅短小的。例如常瑞的《两只小象》:

> 两只小象河边走,翘起鼻子钩一钩,
>
> 好像好朋友,见面握握手。

儿歌只有二十四个字,通过两只小象在河边钩鼻子嬉戏的情景,很自然地运用好像好朋友握手的比喻,直观、生动地表达了小象之间的友情。幼儿不必思考就能感受到儿歌的温馨。但凡背离了通俗易懂、篇幅短小原则的儿歌,必然是得不到幼儿喜爱的。

四、形象具体,想象丰富

集中地形象地描写一件或几件具体事物,达到单纯、具体、形象的要求,这不仅因为形象是文学的基本特征,作为文学形式之一的儿歌也不能例外。而且,因为儿童(特别是幼儿)的思维是直观的、具体的,他们对客观事物的认识是从具体形象开始,通过客观事物的形状、色彩、声音来思考,来理解周围的世界的,因此要求儿歌写得形象、具体。只有通过具体的事物或鲜明的形象,有声有色的把事物最突出最具体的特征表现出来,说明一个单纯突出的主题,才容易被儿童接受,并且感兴趣。例如张继楼的《下雪了》:

　　下雪了,下雪了,半天云里飞鹅毛。

　　块块水田镶银边,座座青山戴白帽,

　　青松长起白头发,翠竹反穿羊皮袄。

　　小狗跟我上学去,朵朵梅花撒满道。

　　这首儿歌描绘的人事景物都很具体,开头两句不仅具体地写出雪花的形色,也能形象地感触到孩子见到雪花的那种喜悦的心情。中间四句雪景的描绘,都是儿童的眼光里的具体形象,最后两句描写人和小狗的活动,虽比较概念,却以雪地上留下的足迹,补足了这个不足。作者以他那丰富的想象,勾画了一个个非常具体的形象。

　　丰富的想象是诗歌的一个重要的艺术特点,作为诗歌一个门类的儿歌,当然也不可缺少这一因素。因为想象可以使形象达到高度集中,境界更加开阔,并使感情随之飞驰。当然,儿歌的想象要符合儿童的年龄特征。例如,刘饶民的《海水》就是一首想象丰富的儿歌。请看第一节:

　　海水海水我问你,你为什么这么蓝?

　　海水笑着来回答,海的怀里抱着天。

　　作者把海水之所以呈现蔚蓝的颜色,说成是因为它怀里抱着天。这是多么有趣的想象。再看第二节:

　　海水海水我问你,你为什么这么咸?

　　海水笑着来回答,因为渔人流了汗。

　　作者把海水的咸味归之于渔人流了汗,这想象既平凡又出奇。读来诗意盎然,洋溢着健康的儿童情趣。

五、生动有趣,娱乐性强

　　最早的儿歌产生并流传于"母与儿戏,歌以侑之"或"儿童自戏自歌"的游戏环境之中:母亲给婴儿念摇篮曲,追求的只是愉悦婴儿,使之恬然入睡,不带其他目的;孩子边做游戏边诵读游戏歌,更是为了寻求玩的乐趣;即使是高声吟诵那些绕口令、颠倒歌、连锁调、字头歌等形式的儿歌,也首先是为了享受音韵节奏上的乐趣、满足听觉上的快感,继而才在不经意间得到思维、语言的训练。所以周作人在他的《儿歌之研究》中有这样的论述:"盖儿歌重在音节,多随韵接合,义不相贯……儿童闻之,但就一二名物,涉想成趣,自感愉悦,不求会通。"可见,儿歌是最具娱乐性质的,而娱乐性质总是与趣味性紧紧连在一起的。例如传统儿歌《菊花开》:

> 板凳,板凳,歪歪,菊花,菊花,开开!
>
> 开几朵? 开三朵。爹一朵,妈一朵,妹妹头上戴一朵。

儿歌并非专门的游戏歌,但在富于变化的节奏中,在和谐流利的韵律中,在自问自答的设想中,在童心可掬的表演动作中,充满着游戏的快乐。失去了趣味性与娱乐性的品格,儿歌本真的特性就消失了,儿歌就会变成成人手中的政治工具、教化工具。

总之,儿歌同玩具、游戏一样,是幼儿天然的朋友,这个天然的朋友对儿童来说是有趣的、好玩的,他们才乐于听、喜欢念。

第四节　儿歌的分类

儿歌内容丰富、形式活泼。从不同的角度、按照不同的标准,儿歌可以有不同的分类。

一、从来源看,分为民间儿歌和创作儿歌

1.民间儿歌。是指那些作者不是唯一某人,而是经过众多人加工修改又无法考证作者,并在民间广为流传的儿歌。如流传在四川的儿歌《金银花》:

> 金银花,十二朵。大姨妈,来接我。
>
> 猪打柴,狗烧火。猫儿煮饭笑死我。

民间儿歌并不是专为儿童创作的,这形成它在内容上的多样性、无定向性。

民间儿歌的诞生,大抵出于两种情况:一是儿童自己在游戏时随口吟唱;二是成人为了哄孩子,或劳作后舒解疲劳、聊以娱乐,或心中有所感而发。所以民间儿歌在内容上很多样:表现儿童游戏的、表现民间生活的,而更多的是无连贯的意思、无主题的,只取其趣味。形式上以连锁调、问答歌、绕口令、颠倒歌等为主体。例如《打起锣鼓接姑娘》:

> 大月亮,二月亮,哥哥起来学木匠,妈妈起来扎鞋底,嫂嫂起来蒸
>
> 糯米,
>
> 娃娃闻到糯米香,打起锣鼓接姑娘,姑娘高,要剪刀,姑娘矮,要
>
> 螃蟹,
>
> 螃蟹上了坡,姑娘还在河里摸,螃蟹上了坎,姑娘还在河里喊,
>
> 螃蟹爬进屋,姑娘还在河里哭。

这些表现民间生活的饶有趣味的歌谣,因为极富情趣,又十分流利顺口,孩子很喜欢唱。

民间儿歌不论从语言、风格、内容特色上,都带有浓郁的民间生活气息。比如《摇篮曲》:

> 摇一摇,摇一摇摇到狗儿睡觉觉。
>
> 摇一摇,睡一觉,捡柴烧,挑一挑,
>
> 卖了买个花帽帽。摇一摇,睡一觉,
>
> 哦喂,哦喂喂,摇到狗儿睡觉觉。

这首质朴的民间儿歌,带着民间土俗的乡村气息,母亲亲昵地把宝宝称作狗儿,摇其入眠。

大胆的谐趣,是民间儿歌在艺术上突出的特点。产生于民众中的儿歌,富有村落山野间特有的野趣。这种原生态的、富有生气的大胆诙谐,几乎可以在每一首民间儿歌中都见到。最典型的莫过于颠倒歌,荒诞离奇,有让人笑破肚皮的喜剧效果。

2.创作儿歌。是指那些作者是唯一某人,受著作权保护的儿歌。如望安的《路灯》:

> 太阳刚下山。路灯亮一串,

一、二、三、四、五，数呀数不完。

风里站得稳。雨中亮闪闪，

一盏又一盏，一直到天边。

创作儿歌与民间儿歌相比，创作儿歌设定有明确的读者对象——幼儿，在创作时更注意幼儿心理特点和接受特点，更适于幼儿听赏；在内容上也更有的放矢，大多数创作儿歌不仅有连贯的意思，更有明确的寓意。表现幼儿生活、游戏的儿歌与知识性、教育性儿歌在创作儿歌中是主体。如圣野的《扮老公公》：

老公公，出来了。白胡子，白眉毛，

点点头，弯弯腰，脚一滑，摔一跤，

一摸胡子掉下了，乐得大家哈哈笑。

创作儿歌的服务对象是幼儿，作家要很细致地观察幼儿的生活，撷取富有表现力的场景。

知识性、教育性儿歌在创作儿歌中占了很大比重。而这些儿歌因作家的巧思也一样的活泼风趣。如胡木仁的《弹钢琴》：

黑屋子，白屋子，小手儿，敲敲门。

屋子跑出七兄弟，1234567。

作家把琴键想象成一个个小屋子，娃娃的手指来"敲门"，屋子里跑出了一串小音符！想象奇特，构思新巧，非常有趣。

创作儿歌在思想上更具深度，艺术上也更纯粹些。其语言、内涵、表达技巧等各个方面，都比民间儿歌来得成熟。创作儿歌在思想、艺术上的成熟得益于创作主体的艺术修养与有意为之的反复锤炼。试比较以下两首儿歌，它们在形式上都采用了连锁调。

民间儿歌《盖花楼》：

盖！盖！盖！盖花楼。花楼低，碰着鸡。

鸡下蛋，碰着雁。雁叼米，碰着小孩就是你。（河南儿歌）

创作儿歌《野牵牛》：

野牵牛，爬高楼；高楼高，爬树梢；

树梢长，爬东墙；东墙滑，拥篱笆；

篱笆细,不敢爬;躺在地上吹喇叭:

嘀哒嘀嘀哒!　嘀哒嘀嘀哒!(金波)

二、从内容看,分为知识性儿歌和生活性儿歌

1.知识性儿歌。是指那些专门介绍知识的儿歌。幼儿有旺盛的好奇心与求知欲,儿歌是帮助他们认识自然事物、社会生活中一些现象的有益渠道之一。在儿歌中,知识性儿歌占有相当大的比重。这些知识性儿歌大多是咏物的,如刘御的《骆驼》:

四腿长长脖子弯,背上驮着两座山。

膝盖上面带软垫,大脚掌儿分两半。

眼睛外面挂窗帘,鼻孔有门能开关。

冬天翻穿大皮袄,夏天又把单衣换。

一次吃饱水和草,几天不饿口不干。

担上重担走沙漠,不怕烈日和风寒。

它的名字叫骆驼,外号"沙漠里的船"。

这首儿歌以通俗易懂的语言向孩子较全面地介绍了骆驼的外形特征、生活习性和用途,是一首简明易懂的知识儿歌。

有一些咏物儿歌,用了奇妙的想象和拟人、类比手法,更增风趣。如林锦城的《玉米演戏》:

玉米娃娃,演戏玩耍;

扮演竹笋,穿上层层衣褂;

扮演石榴,长着排排小牙;

扮演山羊,挂了胡子一把。

2.生活性儿歌。生活性儿歌又称情趣儿歌,取材于幼儿的现实生活,着重表现他们的生活状态及生活情趣。如培养幼儿良好生活习惯的《刷牙歌》:

小牙刷,手中拿。我呀张开小嘴巴,

上面的牙齿往下刷,下面的牙齿往上刷,

大牙齿,来回刷,刷得牙齿白花花。

有的儿歌专门反映幼儿园生活的,如张继楼的《共伞》:

> 风来了,雨来了,幼儿园里放学了。
>
> 看一看,谁来了,妈妈撑着伞来了。
>
> 走出门,回头瞧,屋檐下站着张小宝。
>
> 招招手,笑一笑,伞下多了一双脚。
>
> 一二一二齐步走,踏着水花回家了。

这首儿歌主题鲜明,教育孩子要互相关心,在别人有困难的时候,要主动帮助。

儿歌往往用拟人体形象来风趣委婉地指出幼儿的一些缺点,这样有利于幼儿的接受。如徐焕云的《小狗》

> 小狗,小狗,毛脚,毛手。
>
> 早晨洗脸,湿了袖口;
>
> 中午喝汤,烫了舌头;
>
> 晚上睡觉,掀了被头。

这首歌里的小狗,简直就是一个活灵活现的小孩子的样子。幼儿前期,注意力和动作的协调性还很不够,难免会出现这样那样的"失误"。不过,也要学会在失误中记取教训。"湿了袖口"还不要紧,要是常常"烫了舌头",那可不是好玩的。

当然,儿歌中更多的是用幼儿正面形象直接作好行为示范的,如皮作玖的《小鸟学我操操》:

> 风吹杨柳飘飘,小鸟学我操操:
>
> 我伸腿,它踢脚;我拍手,它跳跳;
>
> 我把腰儿弯弯,它把尾巴翘翘。
>
> 操好了,再见了,小鸟"噗哧噗哧"飞走了。

三、从行数看,分为绝句型儿歌和自由型儿歌

1. 绝句型儿歌。是四句为一首的儿歌。如广东传统儿歌《月亮弯弯》:

> 月亮弯弯弯上天,牛角弯弯弯两边,

镰刀弯弯好割草,犁头弯弯好犁田。

2. 自由型儿歌。是行数多少不论的儿歌。可以是三句,也可以是十句。如张铁苏的游戏歌《我像小鸟》:

我学老鹰飞飞,我学小鸡逃逃。

我学青蛙跳跳,我学小狗叫叫。

我学鱼儿游游,我学马儿跑跑。

我学花儿笑笑,我在美丽的花园,

快乐得像只小鸟。

四、从字数看,分为三言、四言、五言、六言、七言、三三七言、杂言

1. 三言。又叫三字歌,每句由三个字构成。如圣野的《懒猪》:

小白猪,圆又胖,吃饱了,地上躺,

呼噜噜,睡得香,眼一睁,大天亮。

2. 四言。又叫四字歌,每句由四个字构成。如冯幽君的《小鹿》:

小鹿小鹿,毛衣毛裤,身上开花,头上长树。

3. 五言。又叫五字歌,每句由五个字构成。如陈子典的《椰子》:

椰子圆又大,长在树顶丫。不怕海风吹,不怕热雨洒。

壳外披蓑衣,壳内结冰花。果肉贴边生,肚里装甜茶。

4. 六言。又叫六字歌,每句由六个字构成。如程逸汝的《小河和白鹅》:

一条弯弯小河,一群大大白鹅。

小河哗哗鼓掌,白鹅憨憨唱歌。

小河欢迎白鹅,白鹅跳进小河。

小河笑了笑了,一笑一个酒窝。

白鹅乐了乐了,一乐一首欢歌。

5. 七言。又叫七字歌,每句由七个字构成。如陈益康的《学好样》:

走路要学小花猫,脚步轻轻静悄悄。

不要像那小螃蟹,横冲直撞真糟糕。

坐着要学小白鹅,挺起胸膛精神好。

不要像那大青虾,像个老头弯着腰。

唱歌要学百灵鸟,迎着春风多美妙。

不要学那小乌鸦,张开嘴巴哇哇叫。

6.三三七言。每节有三句,前两句每句有三个字,最后一句由七个字构成。如盖尚铎的《水蜜桃》:

水蜜桃,嘴巴歪,怎么歪的你猜猜?

笑鸭梨,尖脑袋,嘴巴一撇咧到腮。

笑鸭梨,脸太白,嘴巴一歪出怪态。

今天撇,明天歪,养成习惯很难改。

7.杂言。各种句式的综合运用,一般是三言、五言、七言等几种句式的综合运用。如望安的《小蝌蚪》:

小蝌蚪,细尾巴,身子黑,脑袋大。

水里生,水里长,长着长着就变啦!

多了四条腿,少了细尾巴,

脱了黑衣裳,换上绿衣褂。

咦! 变成一只小青蛙。

第五节　儿歌的传统艺术形式

儿歌在长期的发展演变及流传过程中,形成某些固定的格式,这些固定的格式犹如我国古典诗词中的"格律""词牌"一样,一经形成,又反作用于作家的创作,使儿歌的艺术形式更加丰富、更臻于完美。儿歌的主要传统艺术形式有如下几种。

一、摇篮曲

摇篮曲又称摇篮歌、催眠曲,是人的一生中最早接触的文学样式。它是由母亲或其他长辈哄幼儿睡觉时所哼唱、吟诵的歌谣。它节奏柔和、韵律和谐,给幼儿听觉上的享受,其作用主要在于催眠。摇篮曲儿歌中常常出现"宝宝"、"宝贝"、"睡觉"一类字眼,浅显明了的语句中,往往寄托着母亲或其他长辈对孩子的爱与祝福,再加上吟诵者轻柔的语音和轻拍幼儿的声响或晃动摇篮的声音,易使幼儿的情绪趋于平稳并渐渐入睡。例如马业文的《宝宝睡着了》:

星星眨眼扒窗瞧,床上躺着小宝宝,

拍着布娃娃,嘴里哼歌谣:

风别吹,虫别叫,娃娃快点睡觉觉,

妈妈改作业,咱们不能闹……

歌声轻,歌声小,钟儿嘀嗒静悄悄,

布娃娃没合眼,宝宝睡着了。

摇篮曲包含由母亲或其他长辈在哄孩子入睡时的即兴吟诵和作家的自觉创作两种类别。例如鲁迅先生为了哄他的儿子小海婴入睡,嘴里哼唱着的"小红,小象,小红象,小象,小红,小象红;小象,小红,小红象,小红,小象,小象红",鲁迅的哼唱虽然只是三个音节的顺序变化,但节奏鲜明,其实就是即兴的摇篮曲。

作家创作的摇篮曲更多地寄托着创作者对下一代的祝福与希望,它们往往被谱曲传唱,例如《海外侨胞摇篮曲》:

月光光,明晃晃,小宝宝,睡摇床。

摇啊摇啊眼闭上,摇啊摇啊入梦乡。

月光光,明晃晃,小宝宝,快快长。

长啊长啊过海洋,长啊长啊回故乡。

对即将入睡的孩子而言,摇篮曲的内容并不重要,重要的是舒缓温柔的节奏变化与和谐优美的韵律交织在一起所营造出的静谧温馨的氛围。当然,摇篮曲带给孩子的还有最初的情感滋养与语言熏陶。

二、游戏歌

游戏歌是指配合儿童进行游戏活动的儿歌。与一般儿歌不同的是,它具有指挥游戏动作或统一节奏快慢的特殊作用,相当于游戏活动中的一个口令,而且具有约定俗成的动作要求,动作促使儿童熟记儿歌,儿歌反过来又提示儿童按照内容和节拍做出动作,二者相得益彰,带给孩子极大的愉悦。正如高尔基所说:"游戏是儿童认识世界的途径。"儿童在游戏过程中吟唱歌谣,能提高幼儿游戏的兴趣,获得更多的快乐与知识,促进身心健康发展,也无形中模糊了模仿成人活动的明确界限,有更多的真实感,有益于寓教育于娱乐之中。

歌谣可以增添游戏的愉快气氛、协调游戏的进行、有很多游戏是离了歌谣无法进行的。如《脚驴斑斑》:

> 脚驴斑斑,脚踏南山,南山北斗,养活家狗,
>
> 家狗磨面,三十弓箭,上马琵琶,下马琵琶,
>
> 驴蹄马蹄,缩了一只。

这是我国最早有文字记载的游戏歌,它被收入明代杨慎所编的《古今风谣》里,唱这首歌时,一群孩子排排坐,逐字传唱,每唱一字点一脚,点到最后一字的人则缩一脚,如此继续,两脚都缩的便立起,最后立起的人为输。

游戏歌的种类繁多,如配合体育游戏的儿歌《丢手绢》:

> 小朋友,围一圈,大家来玩传手绢,
>
> 小手绢,真好看,不能拿在手中玩,
>
> 我传你,你传他,谁也怕当"终点站"。

再如配合跳橡皮筋的儿歌《摇花线》:

> 摇花线,十二四,马兰花开二十一。
>
> 二五六,二五七,二八二九三十一。
>
> 三五六,三五七,三八三九四十一。
>
> 四五六,四五七,四八四九五十一。
>
> 五五六,五五七,五八五九六十一。
>
> 六五六,六五七,六八六九七十一。

七五六,七五七,七八七九八十一。

八五六,八五七,八八八九九十一。

九五六,九五七,九八九九一百一。

当代作家或幼教工作者所创作的游戏儿歌,往往还附有游戏规则的说明,更便于教师、家长指导幼儿进行游戏活动。例如《黑猫警长》:

黑猫警长,黑猫警长喵喵喵,(身体前倾,五指张开,放嘴边学猫叫)

开着警车,开着警车呜呜叫,(双臂向前伸直,双手作握方向盘状)

小小老鼠,小小老鼠哪里逃,(双手五指并拢放嘴边,作小老鼠状)

一枪一个,一枪一个消灭掉。(左手叉腰、右手做开枪动作,念“消灭掉”时,“石头——剪子——布”分出胜负)

作品句式活泼、错落有致,通过词语的反复和拟声的运用,形成响亮铿锵的韵律,并对游戏动作与规则作了明确具体的提示。小朋友们一边高声诵读,一边随着鲜明的节奏做出相应的简单动作,让孩子们感到其乐融融。

游戏歌中还有一种独特的“拍手歌”,它由两个小朋友相对而坐,互相伸出双手左右击掌对拍,边拍手边念儿歌,念最后一句时两人的双手同时对拍,拍手的快慢由念儿歌的节奏决定,一般要从一拍到十,因此有的地区也叫做“十对唱”。拍手歌一般要通过十拍手或十问十答的形式,把同一类事物或现象集中在一起加以比较,表现它们的某些特点,让幼儿在拍手对数的过程中加深对事物或现象的认识并分享游戏的快乐。例如在许多幼儿园广泛流传的《爱清洁,讲卫生》:

你拍一,我拍一,不睡懒觉早早起。

你拍二,我拍二,洗脸漱口自己做。

你拍三,我拍三,指甲长了剪一剪。

你拍四,我拍四,打死苍蝇和蚊子。

你拍五,我拍五,消灭臭虫和老鼠。

你拍六,我拍六,瓜皮碎纸别乱丢。

你拍七,我拍七,吃饭细嚼别着急。

你拍八,我拍八,桌子椅子要常擦。

你拍九,我拍九,饭前便后要洗手。

你拍十,我拍十,大家不要吃零食。

爱清洁,讲卫生,身体健康不生病。

身体好,学习好,人人夸我好宝宝。

三、数数歌

数数歌是数字与文学巧妙结合的儿歌。在儿歌中嵌入一些简单的数字、序数、数量词或者简单的计算,把抽象枯燥的数与具体鲜活的事物巧妙地结合起来,使幼儿在轻松愉快的诵读中,掌握一些基本的数字,学会简单的数数。数数歌对促进幼儿思维的发展有着不可低估的作用。

数数歌的形式灵活多样、生动活泼。有的对数字加以形象化的介绍,引发幼儿学习数的兴趣。例如郭明志的《数数歌》:

"1"像铅笔细长条,"2"像小鸭水上漂,

"3"像耳朵听声音,"4"像小旗随风摇,

"5"像秤钩来称菜,"6"像豆芽咧嘴笑,

"7"像镰刀割青草,"8"像麻花拧一遭,

"9"像勺子能吃饭,"0"像鸡蛋做蛋糕。

有的利用数字的韵来结构儿歌,达到教幼儿数 1 到 10 的数。例如金近的《数字歌》:

一二三,爬上山,四五六,翻筋斗,

七八九,拍皮球,伸出两只手,十个手指头。

有的利用序数的变化来结构儿歌,增加数数的难度与趣味性。例如庄永春的《外婆有只花猫咪》:

一二三,四五六。外婆家,有舅舅;

六五四,三二一。外婆家,有小姨;

一二三四五六七。外婆有只花猫咪。

有的数数歌把数字与量词结合起来,使数数更加活泼有趣。例如寒枫的

《数一数》：

> 一条虫，两条虫，小虫喜欢钻洞洞。
>
> 三头猪，四头猪，肥猪睡觉打呼噜。
>
> 五匹马，六匹马，马儿一跑呱哒哒。
>
> 七只鸡，八只鸡，公鸡打鸣喔喔啼。
>
> 九朵花，十朵花，桃花树下是我家。

有的数数歌加入了简单的计算，使数数与运算融为一体，既加大了难度，又形成竞赛式的游戏效果，受到年龄稍大一些的孩子喜爱。

还有的把月份与花卉、水果、农作物等时令知识结合，开阔幼儿的眼界，使他们既获得数数的训练，又了解一些花卉、水果、农作物等方面的知识。例如传统儿歌《十二月花》：

> 正月梅花香又香，二月兰花盆里装，
>
> 三月桃花红千里，四月蔷薇靠矮墙，
>
> 五月石榴红似火，六月荷花满池塘，
>
> 七月栀花头上戴，八月丹桂满枝香，
>
> 九月菊花初开放，十月芙蓉正上妆，
>
> 十一月水仙案上供，十二月腊梅雪里香。

四、问答歌

问答歌又称问答调、对歌，还有称为"盘歌"的。它有意设疑，然后给出明确的答案，通过这种设问作答的方式，引导儿童认识事物的特征，培养儿童观察、分辨事物的能力。

有的问答歌采用一问一答的形式，这种形式的问答歌问得明确，答得快捷，很符合儿童急切想知道答案的心理。例如传统儿歌《谁会跑》：

> 谁会跑？马会跑。
>
> 马儿怎样跑？四脚离地身不摇。
>
> 谁会飞？鸟会飞。

　　鸟儿怎样飞？张开翅膀满天飞。

　　谁会爬？虫会爬。
　　虫儿怎样爬？许多脚儿向前爬。

　　谁会游？鱼会游。
　　鱼儿怎样游？摇摇尾巴点点头。

　　有的问答歌采用几问几答的形式，先提出一连串的问题，然后再集中对所提的问题进行连续性的回答。这种形式的问答歌，先让幼儿对问题有一个基本的了解，便于他们开动脑筋、思考答案，也便于他们发散思维，找出与答案接近的回答。中班以上的小朋友更喜欢这种问答歌。

　　有的问答歌和数数歌结合起来，就成了对数谣。如陈振桂的《十数辨鸟歌》：

　　我说一，谁对一，什么双双水中做游戏？
　　你说一，我对一，鸳鸯双双水中做游戏。
　　我说二，谁对二，什么学嘴学舌话最多？
　　你说二，我对二，鹦鹉学嘴学舌话最多。
　　我说三，谁对三，什么每窝只下两个蛋？
　　你说三，我对三，白鸽每窝只下两个蛋。
　　我说四，谁对四，什么开屏最美丽？
　　你说四，我对四，孔雀开屏最美丽。
　　我说五，谁对五，什么梁上做窝住？
　　你说五，我对五，燕子梁上做窝住。
　　我说六，谁对六，什么白天睡觉晚上游？
　　你说六，我对六，猫头鹰白天睡觉晚上游。
　　我说七，谁对七，什么春天飞到北方去？
　　你说七，我对七，大雁春天飞到北方去。
　　我说八，谁对八，什么报喜叫喳喳？

你说八,我对八,喜鹊报喜叫喳喳。

我说九,谁对九,什么最好泡烧酒?

你说九,我对九,毛鸡最好泡烧酒。

我说十,谁对十,什么能在河里捕鱼吃?

你说十,我对十,鸬鹚能在河里捕鱼吃。

这首儿歌主题鲜明,内容集中,全篇介绍了鸳鸯、鹦鹉、白鸽、孔雀、燕子、猫头鹰、大雁、喜鹊、毛鸡、鸬鹚十种鸟,通过一问一答,既帮助儿童掌握一至十的序数,又让孩子在对数的认识过程中,了解到一些鸟的生活习性、作用、特征,掌握一些关于鸟的常识性知识。这首儿歌的押韵比较特别,每四句换一韵,问句和答句最末一个字完全相同,随着十个序数的韵变化而变化。

有的问答歌采用连环扣的手法,根据前一句的回答继续发问,使问与答不断延伸,巧妙地将一些不相干的问题合理地联系起来,跳跃性大、活泼风趣,能扩展幼儿的思维并营造出浓烈的游戏氛围,给小朋友带去快乐。例如《我唱歌儿骑着马》:

青青的草,红红的花,我唱歌儿骑着马。

什么马? 大马。什么大? 天大。

什么天? 青天。什么山? 高山。

什么高? 塔高。什么塔? 宝塔。

什么宝? 国宝。什么国? 我爱中华人民共和国!

问答歌有时还和连锁调结合,采用顶真的手法,从每一句中不断提出新问题,如四川地区流行的一首儿歌《不晓得》:

你姓啥? 我姓唐。啥子糖? 芝麻糖。

啥子芝? 桂枝。啥子桂? 肉桂。

啥子肉? 豆腐肉。啥子豆? 菜豌豆。

啥子菜? 大头菜。啥子大? 天大。

啥子天? 火烧天。啥子火? 钢炭火。

啥子缸? 盐缸。啥子盐? 锅巴盐。

啥子锅? 铁锅。啥子铁? 不晓得。

五、连锁调

连锁调也称连锁歌、连珠体儿歌、衔尾式儿歌。它用顶真的修辞方法来结构整首儿歌,将上一句末尾的字或词作为下一句的起头,首尾相连、环环相扣。正是这种首尾相衔接、随字词变化而换韵,形成了连锁调丰富的韵律变化和内容上的趣味性、娱乐性。连锁调能训练幼儿思维的多向性与开放性。例如传统连锁调《猪八戒嘴巴长》:

> 猪八戒,嘴巴长,嘴巴长,吃生姜,
>
> 生姜辣,吃西瓜,西瓜甜,吃捞面,
>
> 捞面长,吃谷糠,谷糠粗,吃豆腐,
>
> 豆腐香,做菜汤,菜汤咸,再加盐,
>
> 八戒吃得肚儿圆。

传统的连锁调往往是"随韵接合,义不相贯"(周作人语),逗乐成分重;当代作家笔下的连锁调往往更讲究立意,更注重内容的表达,使内容与形式达到更好的统一。例如邓德明的《做习题》:

> 小调皮,做习题,习题难,画小雁;
>
> 小雁飞,画乌龟;乌龟爬,画小马;
>
> 小马跑,画小猫;小猫叫,吓一跳。
>
> 学文化,怕动脑,看你怎么学得好。

当代作家还创造出"隔行相衔接"的方式,使得连锁调这种传统儿歌形式的表现力更强了。例如樊家信的《孙悟空打妖怪》:

> 唐僧骑马咚那个咚,后面跟着个孙悟空。
>
> 孙悟空,跑得快,后面跟着个猪八戒。
>
> 猪八戒,鼻子长,后面跟着个沙和尚。
>
> 沙和尚,挑着箩,后面跟着个老妖婆。
>
> 老妖婆,心最毒,骗过唐僧和老猪。
>
> 唐僧老猪真糊涂,是人是妖分不出。
>
> 分不出,上了当,多亏孙悟空眼睛亮。

眼睛亮,冒金光,高高举起金箍棒。

金箍棒,有力量,妖魔鬼怪消灭光。

作品虽然隔了一行才形成字词的首尾黏合,但这种粘合十分紧凑、自然,两句换一韵,铿锵有力,妙趣横生,成为全国各地小朋友最喜爱的儿歌之一。

六、绕口令

绕口令又叫急口令、拗口令,它有意识地把一些发音相近、容易读混淆的字词组成诙谐风趣的儿歌,要求用比较快的速度诵读出来,而在快速的诵读中往往会出现发音吐字的错误而引人发笑。天性好奇、好强、好乐的幼儿就会一遍又一遍地进行这种有趣的语言游戏,通过从读不畅到读顺畅的过程,幼儿不但得到语言与思维方面的训练,同时还培养了他们的自信心与取胜心。

传统的绕口令特别强调语音上的相近性,对内容并无过多的要求。例如传统绕口令《墙上挂面鼓》:

墙上挂面鼓,鼓上画老虎。

老虎抓破鼓,拿块布来补。

不知是布补鼓,还是鼓补布。

在这首绕口令中,鼓、虎二字的声母同为舌根音,韵母又都一样,极易混淆;布(bù)、补(bǔ)二字同音不同调,稍不留意也会出错。

作者创作的绕口令更追求形式与内容的结合,达到既训练幼儿的发音、培养幼儿语言的能力,又陶冶他们情操的目的。例如《刘小柳和牛小妞》:

路东住着刘小柳,路南住着牛小妞。

刘小柳拿着九个红皮球,牛小妞抱着六个大石榴。

刘小柳把九个红皮球送给牛小妞,牛小妞把六个大石榴送给刘

小柳。

牛小妞脸儿乐得像红皮球,刘小柳笑得像开花的大石榴。

这是一首具有一定叙事性的绕口令,写的是刘小柳和牛小妞两个孩子互赠红皮球和大石榴,突出表现两个孩子的天真、活泼、可爱的情态,两个孩子的行为顺乎生活情理,符合孩子快乐的天性。这首绕口令引导孩子们从小养成和善

待人、互相友爱的思想品德。最让读者感到奇趣的是最后两句,当两个孩子交换了礼物后,"牛小姐脸儿乐得像红皮球,刘小柳笑得像开花的大石榴","红皮球"和"大石榴"这两个喻体,正是两个孩子的可爱形象的生动写照。读诵这首绕口令,可以训练孩子 n 和 l 的发音。"刘"、"柳"和"榴","牛"、"妞"和"球","六"和"九",是三组或声母相同、或韵母相同的字,发音容易混淆,诵读起来颇有难度。

有些绕口令还有故事情节,例如陈振桂的《小虎买醋》:

> 小虎穿新裤,拿瓶去买醋。
>
> 走过山边路,看见一只兔。
>
> 小虎放下瓶,急忙去抓兔。
>
> 刚刚走几步,勾勒勾着裤。
>
> 烂了裤,跑了兔,不知道是去买醋,
>
> 还是回家要布来补裤。

有些绕口令只有两句,在形式上是对偶句,如:

> 吃葡萄不吐葡萄皮,不吃葡萄倒吐葡萄皮。
>
> 妈妈骑马,马慢妈妈骂马;妞妞赶牛,牛拗妞妞拧牛。
>
> 程凤上城,城缝夹着程凤脚;指挥烧纸,纸灰落到指挥头。

还有少量的绕口令是单句的,如:"门上吊刀刀倒吊"属一句式,训练儿童"dao"与"diao"这两个音节的发音。

有些民间绕口令地方特色十分浓厚,不少人把它当做谈资笑料,如流传于桂林地区的《柑子和刚死》:

> 柑子一个,柚子一双,楼上谷子一大堆。

用桂林话读,语音稍有不正,就会读成:

> 刚死一个,又死一双,楼上哭死一大堆。

七、颠倒歌

颠倒歌又叫古怪歌、错了歌、稀奇歌、滑稽调。它故意违背常情常理,将自然界或生活中事物的特征、正常关系加以夸张性的错乱颠倒,造成荒唐可笑的效果,使他们在开心的笑声中加强对正常事理的认识,从而增强辨别事理的能力。颠倒歌独特的诙谐幽默,对引导幼儿辨别是非真伪、认识事物的本质以及培养他们的幽默感都有一定的作用。

传统的颠倒歌往往没有什么明确的主题,但充满快活的游戏精神,同时具有较丰富的知识内容,很契合幼儿的心理,易激发幼儿的兴趣。例如《小槐树》:

小槐树,结樱桃,杨柳树上挂辣椒。

吹着鼓,打着号,抬着大车拉着轿。

蝇子踢死驴,蚂蚁踩塌桥。

木头沉了底,石头水中漂。

小鸡叼个饿老雕,小老鼠拉个大狸猫。

你说好笑不好笑?

这首儿歌曾在中央人民广播电台"小喇叭"节目中播放,是一首由河南飞向全国各地的"长了翅膀"的颠倒歌。整首儿歌所故意错乱之处形成两两对照的关系,便于让幼儿在忍俊不禁中快速地加以纠正,知识面较广;整首儿歌押 ao 韵,响亮有力,句式富于变化,节奏明快活泼,音乐性强,极易为幼儿所传诵。

当代的颠倒歌更注重贴近生活,选择孩子们熟悉的动植物、孩子们容易理解的现象与事理来组成儿歌。例如寒枫的《稀奇歌》:

罗罗嘿,嘿罗罗,听我唱支稀奇歌。

公鸡下蛋呱嗒叫,黄狗会把老鼠捉,

母猪嘴里长象牙,鸭子有双大耳朵,

两只白兔飞起来,石榴树上摘菠萝。

太阳听了哈哈笑,不往西落往东落。

颠倒歌在形式上表现出大胆的想象、夸张,吟唱这样的儿歌,给孩子轻松、诙谐的感觉,也有助于培养他们丰富的想象力和幽默感。比如北京儿歌《太阳从西往东落》:

太阳从西往东落,听我唱个颠倒歌。

天上打雷没有响,地上石头滚上坡;

江里骆驼会下蛋,山上鲤鱼搭成窝;

腊月酷热直淌汗，六月寒冷打哆嗦；

姐在房中头梳手，门外口袋把驴驮；

咸鱼下饭淡如水，油煎豆腐骨头多；

黄河中心割韭菜，龙门山上捉田螺；

捉到田螺比缸大，抱了田螺看外婆；

外婆在摇篮里哇哇哭，放下田螺抱外婆。

这首儿歌开门见山，一语破题。颠倒歌本是将事物的本质推向其反面，旨在引起幼儿警觉，有助于幼儿识别真伪，从而达到消化巩固所学知识的目的。这首儿歌将常见的自然现象与社会常识组织在一起。"太阳从西往东落，听我唱个颠倒歌"，显然是有意采用误会法，点明下文所叙内容都是颠倒的。然而，内容的颠倒并非机械的错位，尚须运用多种形象化的艺术手法，如"江里骆驼会下蛋，山上鲤鱼搭成窝"，想象多么奇特；"龙门山上捉田螺，捉到田螺比缸大"，夸张也够强烈的。"天上打雷没有响，地下石头滚上坡"，这种显而易见的错位现象，很能引起幼儿判断的兴趣，目的自然在于引起幼儿从反面获得事物的正确认识。颠倒歌把不可能出现的事物现象描写得绘声绘色，让人产生一种反常的、奇特的、滑稽的感受。颠倒歌在引发孩子们的好奇心之后，促使他们从相反的角度去思考问题，从而提高他们辨别事物的能力，同时培养他们的想象力和幽默感。

八、字头歌

字头歌也叫字尾歌，是一种每句末尾的字词完全相同的儿歌。它的特点是一韵到底，有较强的韵律感。由于儿歌每句的结尾都是同一个字，形成了独特的形式美，能给人留下比较鲜明的听觉印象。字头歌多用"子"、"儿"、"头"、"了"等字作句尾，形式亲切、有趣，易于记诵，是幼儿及幼儿教师、家长喜爱的一种儿歌形式。

1. 子字歌。是每句以"子"字结尾的儿歌。例如江渠的《椅子上的钉子》：

小猪坐上小椅子，屁股扎了一下子。

摸摸小椅子，上面有钉子，

悄悄换给小兔子。小兔坐上小椅子，

也被戳了一下子。找来小锤子，

修好小椅子，大家都夸小兔子。

2. 儿化歌。是每句以"儿"字结尾的儿歌。这儿化了的"儿"字，读音很特别，它不是一个音节，而是附在前面一个字的尾音，在中国汉字中，只有儿化了的才是两字一音。例如王铁栓的《月牙像小船儿》：

月牙弯弯像小船儿，我坐船儿上蓝天儿，

摘下星星串成串儿，挂在脖子当项链儿。

3. 头字歌。是每句以"头"字结尾的儿歌。例如传统儿歌《头字歌》：

天上日头，地上石头，嘴里舌头，手上指头，

桌上笔头，床上枕头，背上斧头，爬上山头，

喜上眉头，乐在心头。

4. 来字歌。是每句以"来"字结尾的儿歌。例如《来来来》：

太阳来，太阳升起来，鸟儿来，鸟儿飞过来，

鱼儿来，鱼儿游过来，青蛙来，青蛙跳过来，

白兔来，白兔蹦过来，马儿来，马儿跑过来，

雨儿来，雨儿掉下来，云儿来，云儿飘过来，

风儿来，风儿吹过来，我们来，我们走过来。

作品用"来"字作为每一句的结尾，一连串准确的动词使儿歌充满强烈的动感，词语的反复还帮助幼儿记住各种不同的动物及其动作特征，同时节奏富于变化，是一首具有新意的字头歌。

5. 了字歌。是每句以"了"字结尾的儿歌。例如张继楼的《做手影》：

兔来了，狼来了，螃蟹爬上墙来了。

电灯一关都跑了，电灯一开都来了。

6. 瓜字歌。是每句以"瓜"字结尾的儿歌。例如圣野的《瓜儿谣》：

长丝瓜，嫩黄瓜，花花脸儿是西瓜，

胖胖个儿是冬瓜，雪白雪白的白梨瓜，

黄底白条的黄金瓜，地上躺着一个大南瓜。

7. 人字歌。是每句以"人"字结尾的儿歌。例如张光昌的《游湖人》：

> 东是人，西是人，来往往都是人。
>
> "阿拉阿拉"上海人，"俺们俺们"山东人。
>
> 戴花帽的新疆人，穿长袍的西藏人。
>
> 外地人，本地人，说说笑笑像亲人。
>
> 他们说我们是西湖的小主人，我们说大家都是一家人。

8. 一字歌。是每句以"一"字开头的儿歌。例如《一架飞机嗡嗡响》：

> 一架飞机嗡嗡响，一列火车呜呜响，
>
> 一辆汽车嘟嘟响，一条船儿噗噗响，
>
> 一匹马儿哒哒响，一样样交通工具任你选，
>
> 一幅幅美丽景色任你望。
>
>
> 一只蜜蜂嗡嗡叫，一只乌鸦哇哇叫，
>
> 一只白鹅嘎嘎叫，一只公鸡喔喔叫，
>
> 一只小猫咪咪叫，一种种动物声不同，
>
> 小朋友们要分辨好。

第六节　儿歌的创作

学会创作儿歌，把精美的精神食粮提供给孩子们，是一名幼儿教师和小学教师的责任。因此，从这个意义上讲，能否创作出反映当代幼儿生活、具有幼儿情趣的儿歌，是检验幼师生师范生未来职业素养的一块试金石。

热爱是最好的老师。只要满怀爱心，以一颗童心去观察生活、观察自然、观察幼儿、勤于积累素材并认真揣摩创作儿歌的一般规律与方法，就一定能写出孩子们喜爱的儿歌来。

儿歌作家张继楼先生曾说，一首被娃娃们欢迎的儿歌，必须具备三个条件：一是内容贴近幼儿的生活；二是语言必须浅近、口语化，做到朗朗上口；三是要

有童趣。只有从生活出发,用童心感受并掌握创作儿歌的一些规律与技巧,才能写出具有新意与灵气的儿歌来。所以,要写好儿歌,应特别注意下几点。

一、要写出儿歌的样

所谓"样",就是儿歌的样子、样式,即儿歌的形式。在章法结构上,儿歌没有一成不变的固定形式。儿歌可长可短,短者可只两三句,长者可达数十行。但由于它的特定对象关系,一般不宜过长。一首儿歌可以分节,也可以不分,儿歌一般的结构形式主要有三种:

1.一节式:儿歌比较短小,可以把全部内容一气呵成,只分行不分节。例如《大家都说普通话》:

> 鸟有鸟的话,风有风的话。
>
> 有的像唱歌,有的像吵架。
>
> 说话不能猜谜话,大家都说普通话。

一节式的儿歌,好似江河滔滔而下,缓急自如,一泻千里,直到完整地表达全部思想感情为止。它一般都由偶数诗句构成一首,但也有不少是由奇数诗句组成一首的。

2.两节式:把儿歌的全部思想内容,分成两节表达。两节之间,有时采用对比手法,有时采用重复手法,使两节前后呼应。既能充分表达思想内容,又能使结构十分严谨。例如《蛤蟆洼》:

> 从前蛤蟆洼,遍地碱巴巴;
>
> 十年有九荒,蛤蟆怨他家:
>
> "苦哇!""苦哇!"
>
>
>
> 如今蛤蟆洼,挂满绿纱纱;
>
> 风吹稻花香,蛤蟆夸他家:
>
> "富哇!""富哇!"

3.多节式:这是指三节以上的儿歌,结构比较自由,可长可短,运用于题材内容,比较丰富的儿歌。如《点豆豆》:

小锄头,竹篼篼,我和弟弟点豆豆。

黄豆金,绿豆银,豇豆是根金丝绳。

点一窝,又一窝,边点豆豆边唱歌。

点一行,又一行,蓬蓬豆苗满山梁。

点一片,又一片,珍珠玛瑙一串串。

从句式看,大致可分为三言、四言、五言、六言、七言,三三七言和杂言等七种。

所谓写出儿歌的样,就是一眼看去要像一首儿歌,形式上排列整齐、规范,要做到每行的字数基本符合儿歌句式规律。

二、要写出儿歌的味

所谓"味",就是儿歌的韵味。儿歌的韵味主要包括两个方面:

1. 节奏。由于儿歌的诗行一般都较短,因此节奏明快、单纯,一般是二拍或三拍,最多不宜超过四拍。一般有以下两种情况:

(1)采用一种节奏,每行字数相等。例如《吃了茄子留盖盖》:

吃了/茄子/留/盖盖,

拿来/当顶/军帽/戴。

见了/爸爸/行/个礼,

见了/妈妈/做/个怪。

这首儿歌共四句,每句七个字,四拍。

(2)节拍不固定,根据内容的需要,灵活运用。例如《送给外婆他老人家》:

张打铁,/李打铁,

打把/镰刀/来割麦。

麦子多,/割一坡,

颗颗大,/晒满坎。

麦子/磨成面,

白得/像雪花,

蒸个/馍馍/簸箕大,

46

送给/外婆/她/老人家。

2.押韵。从韵脚上看,儿歌押韵可以使声韵和谐协调,增强音乐性。押韵一般有四种情况:

(1)句句押韵

句句押韵的儿歌音乐感特别强,很受幼儿的欢迎。例如《大白鹅》:

　　大白鹅,头一昂,眼睛生在脑门上。

　　说这个:"戆,戆,戆!"说那个:"戆,戆,戆!"

　　"咚"一下,撞墙上,头上长出个红囊囊!

这首儿歌每句都以"ang"韵母结尾,响亮有力。值得注意的是,如果采用句句押韵的形式,除了字头歌外,不要总是用相同的一两个字来押韵,要尽量避免单调的重复。

(2)第一、二、四句押韵

"绝句型儿歌"(即四句为一首的儿歌)采用这种押韵的方式比较多,例如李少白的《小狗》:

　　小狗小狗,尾巴当手,

　　一摇一摇,欢迎朋友。

作品由四句组成,每句四言,第一、二、四句分别以"ou"韵母结尾,读起来朗朗上口、富于节奏感。

(3)双行押韵

一首儿歌超过四句的,一般双行要押韵,这样才会形成儿歌的音乐性。例如《狐狸做衣裳》:

　　狐狸做件花衣裳,大家都说真漂亮。

　　小熊上街买来布,照样裁剪忙啊忙。

　　一样领,一样袖,尺寸大小全一样。

　　做完新衣试一试,穿了半天穿不上。

　　量量身体才明白:小熊要比狐狸胖。

这首儿歌共有10行,逢双行均以"ang"韵母结尾,形成响亮优美的韵律。这种形式的儿歌,第一行可以押韵(定韵),也可以不押韵;如果儿歌不是10行

47

(偶数)而是 9 行(奇数),在遵循双行押韵规律的同时,结束句也要押韵。

(4)第二、三行押韵

这是对三三七言句式的儿歌而言的。三三七言儿歌一般由若干节构成,每节三行,第二、三两行要押韵。可以一韵到底,也可以根据需要隔行换韵,以错落有致的变化美吸引人。例如张光昌的《送苹果》:

> 苹果鲜,
>
> 鲜苹果,
>
> 捧在手里乐呵呵。
>
>
> 鲜苹果,
>
> 苹果鲜,
>
> 一送送到幼儿园。
>
>
> 苹果大,
>
> 苹果大,
>
> 老师老师请收下。

这首儿歌由四段三三七言构成,巧妙地运用词序的变化来造成韵脚的变化,韵律活泼、节奏明快、表达空间开阔、感情真挚美好,充分体现了三三七言式儿歌丰富的表现力。

总之,只要做到节奏、押韵这两方面都符合要求,使儿歌朗朗上口、富于音乐美,就自然有儿歌的韵味了。

三、要深入生活捕捉新颖的题材

生活是创作的源泉,脱离幼儿生活是写不出好的儿歌来的。例如张继楼的《怎么来》:

> 怎么来?抱着来。怎么来?背着来。
>
> 骑在爸爸肩上来。坐在妈妈车上来。
>
> 牵着奶奶手儿来。挺着胸膛自己走——着——来!

儿歌写得朴实而深刻,用白描手法就把孩子们上幼儿园的情景真实描绘出来了,引导孩子们要"挺着胸膛自己走——着——来"。在谈到这首儿歌的创作经过时,作者说,这是我"站在幼儿园门外,观察孩子们上学的情景"所捕捉到的题材。当时"有妈妈抱着来的,爸爸背着来的,爷爷牵着来的;也有骑在爸爸肩上来的,坐在妈妈的自行车上来的;仅有少数是自己走着来的"。于是,我"心里一动,马上摸出记事本,以一位守门老爷爷的口吻写下了这首儿歌"。没有生活的沃土,便不会有像《走着来》这样的优秀儿歌。

四、要用敏锐的眼光选择新的角度

儿歌的题材是丰富的,同时儿歌的题材也要受某些限制,但这并不会影响儿歌创作的多姿多彩,因为即便是老题材,只要能够独辟蹊径、寻找到一个新的角度,依然能让儿歌获得不同的效果。比如要引导幼儿养成爱惜粮食的良好行为习惯,可以从正面直截了当地写,也可以从侧面着笔,激发幼儿去想象、感悟。例如下面的作品:

《宝中宝》

妈妈教宝宝,粮食宝中宝。

爱惜宝中宝,是个好宝宝。

《宝宝乖》

宝宝乖,宝宝乖,

宝宝的桌子不用揩,饿得抹布脸发白。

《小鸡你别看》

刚把饭碗端,小鸡跑来看:

歪着头,瞪着眼,围在身边打转转。

小鸡小鸡你别看,我早改了坏习惯:

不掉菜,不掉饭,你快捉虫去解馋。

《宝中宝》开门见山地告诉幼儿,爱惜粮食的孩子是好宝宝。尽管比较直接,但也不失简约畅达,再加上采用传统字头歌的形式,句式整齐,读起来节奏感很强,是适合幼儿诵读的。但是,这样的题材如果一味从正面落笔,就会因其枯燥单调而破坏儿歌的快乐。《宝宝乖》就找到了一个新的角度,它由侧面落笔,引发幼儿的想象与推理:宝宝乖在哪里呢?原来宝宝吃饭吃得非常干净,一颗饭粒都不掉,桌子自然就不用揩了。抹布吃不到宝宝掉落的饭菜,只能饿得"脸发白"了。儿歌拟人化地把抹布当成一个饥饿的人来写,通过写抹布的"饿"来反衬宝宝不掉饭菜的"乖",想象奇特,给人耳目一新之感。《小鸡你别看》与《宝宝乖》有异曲同工之妙,而且第一人称的口吻让幼儿易于接受,具体有趣的画面使幼儿更感亲切。作品从侧面着笔,从正面立意,褒扬改了爱掉饭菜坏习惯的好宝宝。

五、要透过现象开掘积极的主题

儿歌是孩子们的"开心果",总是给孩子们带去快乐。优秀的儿歌不是板着脸孔的说教,而是在具体可感的形象中、在率真自然而又富于生活哲理的立意中,达到对幼儿进行思想、道德、情感、意志等方面潜移默化教育的目的。因此创作一首好的儿歌更需站在提升幼儿审美能力、培养幼儿道德情操的高度,根据题材开掘积极健康的主题。例如《橘子红》:

> 橘子红,橘子黄,
>
> 橘子像个金铃铛。
>
> 金铃铛,树上长,
>
> 摘下铃铛大家尝。

比喻新巧,既有色彩、音乐的美,更有"摘下铃铛大家尝"的情感美,一个"大家尝",体现了作品立意的高度。如果换成"我先尝",就会因立意的低下破坏儿歌的美感与价值。可见开掘积极健康的主题在创作儿歌中的重要性。

特别要注意的是,儿歌的立意一定要自然,切忌人为地拔高,更不要简单地添加口号式的结尾。比如下面两首儿歌:

> 《花儿好看我不摘》

公园里,花儿开,红的红,白的白,

花儿好看我不摘,大家都说我真乖。(选自幼儿园教材《语言》)

《轻轻地》

小兔小兔,轻轻跳,

小狗小狗,慢慢跑,

要是踩疼小青草,我就不跟你们好!(郑春华)

同样是写爱护花草树木,但在立意与情趣上则有较大的差异。前者的立意比较概念化,缺乏幼儿情趣;后者的立意则比较巧妙,通过"我"提醒小兔、小狗不要踩踏青草来表达爱护花草树木的情感,充满幼儿情趣。

六、要展开想象的翅膀

想象是使儿歌走向生动有趣、富有灵气神韵的有效途径。有无大胆独特的想象,往往是检验一首儿歌优劣的试金石。例如徐青的《云》:

天上云,一层层,

像小狗,像蘑菇,

像鱼鳞,又像两个小娃娃,

坐着凳儿在谈心。

儿歌通过一系列的比喻句,把天上的云朵想象得那么逼真、形象,尤其是最后两句的想象视角独特,跳荡着童心,充满了童趣。

又如徐焕云的《海妈妈下蛋》:

鹅卵石,睡河滩。

黄的黄,蓝的蓝。

海妈妈,你真好,

下了那么多大鹅蛋。

儿歌的前四句平淡无奇,但结尾句把一个个鹅卵石想象成大海妈妈下的大鹅蛋,立刻给作品增添了浓烈的情趣,这个想象是从事物的形状入手的,入情入理,增强了儿歌的艺术感染力。由于儿歌都比较短小,想象的火花往往在结尾闪射,因此在展开想象的翅膀时,要下功夫写出具有画龙点睛之效的结束句,使作品充满美感。

七、要运用多种艺术表现手法增强儿歌的趣味性

作者在构思时要充分考虑采用哪些表现手法、选择何种艺术形式能达到更好的表达效果,要避免表现手法与形式的单一化。

要给幼儿以幽默和快活,可向传统儿歌学习那些饱蕴快乐因素的形式,如颠倒歌、扯谎歌、游戏歌、趋韵歌、问答歌等。

要给幼儿以幽默和快活,还可学习传统儿歌的一些常用的表现手法。儿歌常见的表现手法有:比喻、拟人、夸张、起兴、摹状、反复、设问等。

1. 比喻。比喻就是打比方。它借助于丰富的联想,用具体、形象的事物比方说明抽象、隐晦的事物或道理。如传统儿歌《星》:"满天星,亮晶晶,好像青石板上钉铜钉。"它用幼儿比较熟悉的事物(青石板上钉铜钉),来比喻那较陌生的天象(亮晶晶的满天星),就能引起孩子们观察的兴趣,同时也引起他们对儿歌本身的艺术兴趣。又如许浪的《月儿》:"月儿弯弯,像只小船,摇呀摇呀,越摇越圆。月儿弯弯,像个银盘,转呀转呀,越转越弯。"由于把弯月比作摇动的小船,把圆月比作转动的银盘,所以在亲切而动态的描写过程中,使月亮盈亏变化的自然现象变得趣味盎然,鲜明生动。

2. 拟人。拟人就是赋予非人的事物以人的思维、情感等,这是儿歌中常用的表现手法,如陈镒康、常福生的《长颈鹿》:"小鹿不会默生字,急得伸脖子。往左看,猴子捂住纸;往右看,小鸡瞪眼珠;脖子越伸越是长,一副怪样子。"这里把长颈鹿人格化了。本来,人类以外的自然界事物,都没有人那样的思想感情,它们的性情和行为也和人不一样。但是在幼儿心目中,往往认为它们也有和人一样的性情和行为。这首儿歌中的长颈鹿,在孩子们看来就是写他们的小伙伴,用了拟人化的手法,就会引起小读者无限的乐趣。列宁说:"如果你给儿童讲童话时,其中的鸡儿、猫儿不会说人话,那儿童便不会对它发生兴趣的。"(列宁《关于战争与和平问题的报告》)

3. 夸张。所谓夸张是指作者在创作时抓住描写对象的某些特点,借助于想

象加以夸大和强化,使所描写的对象更为突出、鲜明,这也是儿歌常用的表现手法。儿歌的夸张艺术要带点幻想的色调。如《大青菜》:"大青菜,真正大,篮子里面放不下。我跟弟弟抬回家,切一棵,煮一锅,一家大小七八个,吃了还嫌多,大青菜,哪里来? 咱们生产队里栽。"这样带点幻想色彩的夸张,是作者借幼儿的眼光来表现自己对人物、事件的强烈感受,不仅加强了形象性,而且符合幼儿富于幻想的心理特点。因此,如能从丰富的想象力出发,用夸张的手法来描绘并解释那个幼儿感到新奇的客观世界,给它抹上一层幻想的色彩,就能加浓儿歌的趣味性,使孩子们感兴趣。又如《种葵花》:"大海连青天,山高接蓝天。我来种葵花,种满高山巅。葵花叶,绿油油,葵花瓣,黄灿灿,葵花杆子如竹竿,离天只有三尺三。要砍葵花盘,需乘大火箭,掉下一颗子,渔人当小船。……"可以想见,由于夸张,这首儿歌会给孩子带来巨大的惊喜。

4.起兴。是一种联想,即托物起兴。它是通过某一事物的描绘而引起对另一事物的联想。常常用在儿歌的开头或某一个章节起始,用以造成一种气氛。如刘饶民的《摇篮》:"天蓝蓝,海蓝蓝,小小的船儿,是我的摇篮。海是家,浪做伴,白帆带着我,乘风到处玩。"开头两句好似与后文没有什么必然的关联,但仔细品味一下,下文描绘的像"摇篮"一样的小船儿,在海上飘荡,有着极为微妙的关系,不仅为整首儿歌的思想内容和节奏起了提示水天一色的辽阔壮丽的情调和气氛,增强了作品的艺术吸引力。

5.摹状。摹状就是用语言文字把所要描述的事物的外形、色彩、声音照样模拟出来。由于幼儿往往是借助于客观事物的外形、色彩、声音等进行思维活动的。儿歌中如恰当地运用这种手法,就会增加儿童的吟唱兴趣。例如江西儿歌《我的马儿真正好》:"我的马儿真正好,我的马儿不吃草,得儿! 驾! 马儿跑得快,马儿跑得好,底底得得,底底得得! 马儿真会跑。"短短的八句儿歌,却有三句是音响的模拟,这一来不仅增强了作品的音乐性,而且这样一经模拟,加强了作品的趣味性,使孩子们更有兴趣吟唱它。又如丁曲的《冬瓜》:"冬瓜,冬瓜,地上躺;呼噜,呼噜,睡得香;一个一个长得胖。"既有对形体的模拟,也有启发联想的对声音的模拟,增添了作品的情趣。

6.反复。反复为了突出某个意思,强调某种感情,有意重复某个词语或句子。它的主要作用是运用在儿歌中,起到反复咏叹,表达强烈的情感。同时,反复的表现手法还可以使儿歌的格式整齐有序,而又回环起伏,充满语言美。表现的方式有两种,一是连续反复,中间无其他词语间隔。如郑春华的《排好》:"排好,排好,小狗,小猫……","排好"连续反复两次,强调"排好"。二是间隔反复,中间有其他的词语。例如黄庆云的《摇篮》,在每一节的结尾"是摇篮",间隔四次反复,一咏三叹,把读者带进一个宁静而又深远的意境中。

7.设问。设问是为了引起别人的注意,故意先提出问题,然后自己回答。

它的作用是:引起注意,启发读者思考;有助于层次分明,结构紧凑;可以更好地描写人物的思想活动。同时也能使儿歌的抒情状物有起有伏,生动别致。如杨子忱的《雨滴滴》:"天上落下雨滴滴,浇得红花开一地。多少雨滴在飘落?一滴两滴三四滴……天上落下雨滴滴,浇得草儿绿又绿。滴滴雨滴落在哪?落南落北落东西……"这首儿歌,如果没有两个设问句式的穿插,就会显得平板。

八、认真修改,去粗取精

文章不厌千回改。好作品是"改"出来的,儿歌的创作也一样,写好儿歌后,一定要进行反复的推敲、修改。例如,一位作者写了一首叫《螳螂》的儿歌:

一只螳螂,举起两把大刀,

走了三步路,要去割青草。

幼儿文学作家圣野对这首儿歌作了修改:

一只螳螂,举起大刀,

一跳一跳,去割青草。

修改后的儿歌更加简练,突出了螳螂爱蹦跳的特点,准确生动地表现了螳螂活泼的模样;同时句式更工整,节奏感更鲜明。

儿歌写好后,还要多读几遍,读给同学听,读给小朋友们听。通过诵读检验其是否具有音乐性和节奏感,通过小朋友的反应检验其是否具有幼儿情趣、是否简洁通畅。

第七节　谜　　语

一、谜语概说

　　谜语,就是迷惑人的语言,它是一种用描写、拟人、暗喻、象征,形似,暗示等手法,用散文或韵文写成的一段文字,然后让读者猜测这段文字原指的事物。谜语古代叫"瘦辞"、"瘦语"、"隐语","谜语"这个名词在我国的出现,最早是魏晋时代。谜语大多是人民的口头创作,具有极为广泛的群众性,几乎人人都猜过谜,个个都能说出几个谜给人猜。它既是一种文学样式,也是一种游艺活动。幼儿猜谜语,既能对他们进行思想教育和知识教育,训练语言,又能训练他们判断推理的思维能力,启迪他们的智慧。因此,谜语在幼儿文学中占有一定的重要地位。

　　谜语是由谜面、谜底、谜目三部分组成。谜面就是描述被猜事物特征的语言。对于谜语歌来说,儿歌本身就是谜面,它是为揭示谜底所给出的条件或所提供的线索,必须在某一方面或某几个方面(如形象、动作、声音、性质、作用等)与谜底有共同或相通之处,使儿童能从谜面的描述寻找到通向谜底的暗示与启发,从而猜出答案。例如:

　　　　肚子大,脑袋小,胸前挂对小镰刀。

　　　　别看手脚长又细,捕捉害虫本领高。(打一动物)

　　谜面集中描述螳螂的外形特点和功能,从这两方面启发儿童,把他们引导到所要猜测的对象上。

　　谜底就是被隐蔽起来的事物,也就是答案。

　　谜目是对答案范围的提示,通常在谜面后用文字加小括弧的形式体现,如:(打一动物)、(猜一植物)、(体育用品)。谜语歌由于大多浅显易猜,常常略去谜目。

　　文学和游戏,是现实生活的反映,也是幼儿认识世界的手段,都是对孩子们进行教育的有力工具。谜语恰好把两者有机地结合在一起。

谜语的主要特点,就是运用比喻、拟人和象征等方法,以诗歌的形式,集中地描绘某一种事物的特征,让孩子们在猜测中接受教育,发展思维,锻炼智力。它通常采用寓意的描写方法,也就是先隐藏了想要说明那种事物的本体,却借用与它性质上或现象上有联系性的喻体加以比喻或隐射。喻体就是谜面,本体就是谜底。谜面与谜底之间,必须在某一方面或某几方面有共同的或相通的地方;喻体和本体必须在某几点上极其相似,使猜谜者由谜面得到一种通向谜底的暗示或启发,但又不能叫猜谜者把谜底一眼看穿、一语道破,除非是猜谜者开动脑筋,运用他的思维能力,根据他的生活知识,运用他的联想,找到喻体和本体、即谜面和谜底之间的关联,从而猜中它。所以它是一种具有文学趣味的有益的智力游戏。

二、谜语的作用

游戏在儿童生活中占有一个相当重要的位置。因为,孩子们正处于长知识、长身体的时期,有着充沛的精力、旺盛的求知欲。他们好动、好玩。只要感兴趣,什么游戏都喜爱。他们急切想了解世界上的一切事物,那些能帮助他们扩大眼界的游戏,对他们来讲就更具有吸引力。

高尔基说:"儿童要求娱乐,他的要求合乎生物学的规律,他愿意游戏,愿意玩弄一切东西,他愿意在游戏中来认识他周围的世界"。而孩子们在游戏中表现如何,等他长大以后,往往就会和它在游戏中所表现的一样。为此,教育家们历来十分重视游戏在儿童教育工作中的作用。

利用谜语作猜谜的娱乐活动,是一种很好的智力游戏,可以让孩子们自己成为游戏活动的主人,边做边猜,一旦猜中了,他们会感到一种满足和愉快。尤其是第一个猜中的幼儿更有一种自豪感。幼儿在猜谜的游戏中,满足好奇心,培养竞争力,逐步扩大他们对周围生活的认识,寓教育于嬉戏之中,从而潜移默化地受到一定的教育,对活跃孩子们的身心起到有益的作用。谜语最突出的作用是以下几个方面。

1.开阔眼界,丰富知识

通过猜谜活动,可以让幼儿认识各种自然现象,如太阳、月亮、星星、风、霜、雨、露……认识各种动植物的特征和用处,认识各种日常用品的特性和功能,认识人体各种器官的功能和作用。这就帮助他们扩大了眼界,丰富了知识。

年幼的孩子对于周围的一切事物都感到极大的兴趣,他们经常会向大人提出各种各样的问题,如果我们能多给他们猜一些谜语,就能使他们解决一连串"为什么"的疑问,而且解决得那么的有趣。例如,为了让幼儿认识一些水果,可以给他们猜下面这个谜语:

　　大姐美一美,二姐一嘟水,

　　三姐露着牙,四姐歪着嘴。

这样,孩子们就认识了苹果、葡萄、石榴、桃子四种水果,从而在猜谜的思维过程中,懂得了从事物的特征认识事物的方法。又如:

　　上边毛,下边毛,当中一颗大葡萄。

　　猜不着,瞧几瞧。　　(打一人体器官)谜底:眼睛

猜这个谜语,可以让幼儿认识自己身体上的器官和它的功能。

谜语的内容大多是常识性的,整个谜面,实际上是对自然界或社会上某一事物所作的通俗而有趣的解释。如有一个关于"云"的谜语:

　　时而不见时而有,时而像虎又像狗;

　　阴晴下雨他说(了)算,他只跟着大风走。

你看,作谜者尽量把本体隐藏起来,但又准确、贴切地加以描绘,朗朗上口,很有儿歌味道,容易记也易于传播。

猜谜和编谜有助于巩固和加深幼儿对某一事物的本质和现象的认识。因为谜语总是抓住事物的形象特征、性质或功能来表现的。例如幼儿在认识了"马"以后,自己编了以下谜语。

　　松松尾巴长头发,尖尖耳朵突嘴巴。

　　脚穿铁鞋嗒嗒嗒,骑兵连队要用它。

通过编谜说明孩子对马的外形特征和功用已掌握了。幼儿还喜欢把自编的谜语当做儿歌念,或者给旁人猜,这样,不仅给幼儿以乐趣,而且巩固了对事

物的认识,加深了对知识的记忆。

2.启迪智慧,发展思维

谜语往往把一些孩子们容易接触到的事物,如动植物、自然现象、日常用品,人体器官和社会生活等,用一种明快、生动而又富韵律的语言,把事物的特征描写出来,叫孩子们去猜想,从而培养了儿童的观察、分析、思维和综合的能力。例如:

> 面孔一团和气,身穿虎皮大衣;
>
> 闲来念念佛经,爱吃鱼肉荤腥。(打一动物)

这就引导孩子们从谜面所提示的这种动物的面貌、外表、性格、口味等作认真的思考、展开积极的思维活动,启发他们运用联想和推断能力,从而猜出谜底——"猫"来。因此,猜谜的过程,就是锻炼儿童思维,启发和培养他们想象力的过程。

又如,带年幼的孩子坐在皎洁的月光下,提一个这样的谜语:

> 有时远远看,弯弯像只船;
>
> 有时远远看,圆圆像个盘;
>
> 大家猜猜看,是船还是盘?

这就引导幼儿们从船的形状和盘的形状来展开思维活动,让他们联想到时间的转移会引起形状的变化,而且这个形状的变化又是与"远远看"联系着的,通过这一系列的思考活动,最后猜出月亮来。由此可见,它能发展幼儿的想象力和思维能力。

猜谜的过程就是幼儿的联想、推断逐渐趋于合理的过程。例如谜语《青蛙》。当幼儿听到"大眼睛、宽嘴巴"时,他们抢着说是金鱼、是河马。听到"白肚皮,绿衣裳"时,他们否定了自己的猜测,说只有青蛙才穿绿衣裳,而且是大眼睛,宽嘴巴,白肚皮。蚱蜢也是穿绿衣裳的,但不是白肚皮。听到最后两句,他们高兴地喊道:"是青蛙!"

在这种联想、推断逐渐趋于合理的过程中,幼儿的逻辑思维和分析综合能力得到了培养和训练。经常猜谜能使幼儿思路清楚,反应敏捷。

3.丰富词汇,发展语言

谜语不仅有助于幼儿对某种事物本质和现象的认识,丰富他们的知识,而且对他们扩大语汇、教会他们正确地使用词语,也有一定的作用。因为,谜语总是抓住事物的形象特征,用精确、有趣的语言,鲜明、生动而又耐人寻味地说出来的。例如:

　　水上一个铃,摇摇没有声,

　　仔细看一看,满脸大眼睛。　　（打一植物）谜底:莲蓬

这样既具形象性又富韵律感的语言,很能吸引幼儿的注意,并帮助他们更好地掌握优美的语言作为表情达意的工具。又如:

　　有风不动无风动,

　　不动无风动有风。　　（打一日用品）谜底:扇子

绕口令是当做帮助幼儿辨别字音的一种语言游戏,而这个谜语有如绕口令,可以帮助儿童练习准确发言、流畅地运用语言。

4.寓教于乐,培养品德

好的谜语,还注意贯彻思想品德教育,使孩子们在猜谜的时候,不知不觉地受到良好的道德教育。在寓教于乐的猜谜活动中,潜移默化的培养孩子优秀的品质。例如:

　　小宝宝,真正好,爱清洁,最勤劳。

　　吐出丝来做衣袄。　　（打一动物）谜底:蚕

猜这个谜语,无形中就教育孩子们要养成爱清洁的卫生习惯和热爱劳动的优良品德。

又如:

　　一个白袍公公,学习文化有功,

　　不怕粉身碎骨,为了教育儿童。（打一教学用品）谜底:粉笔

这不是在猜谜活动中自然而然地就教育幼儿:要为革命努力学习文化和为集体勇于牺牲自己而在所不惜的共产主义品德吗?

因此,谜语在智育、德育、美育等方面都能对孩子起到良好的作用,是幼儿教育的一种很好的方式。

三、谜语的分类

谜语的形式多样,名目繁多,分类复杂。按谜语制作的特点,可分为民间谜语、灯谜和特殊形式的谜语三种;按谜面的体裁,可分为格律谜、自由谜两种;按猜射的底数,可分为单底谜和多底谜两种;按谜底的性质,可分为物谜、事谜、字谜三种。下面重点介绍按谜底的性质进行分类和说明。

1.物谜。物谜是指谜底是具体物件的谜语。它多是民间谜语,是谜语中数量最多、内容最丰富、最广泛的一种。

有的以动物为谜底,如:

> 有甲没有盔,有眼没有眉。
>
> 无腿走千里,有翅不会飞。　　(打一动物)谜底:鱼

有的以植物为谜底,如:

> 节是甘蔗节,叶是碧绿色,
>
> 胡子是丝线,珍珠做颗粒。　　(打一植物)谜底:苞谷

有的以生活用品作谜底,如:

> 一座军营百个兵,列好队伍等命令。
>
> 一旦需要就出击,牺牲自己换光明。(打一生活用品)谜底:火柴

有的以人体器官为谜底,如。

> 看是看不出,摸却摸得出,
>
> 如果摸不出,就要眼泪出。　　(打一人体器官)谜底:脉搏

有的以自然现象为谜底,如:

> 一根新绸带,横挂在天外,
>
> 不是风吹去,只因太阳晒。　　(打一自然现象)谜底:虹

总之,这类谜语都以具体事物作谜底,加以形象化的描述,构成谜面,正好符合儿童形象思维的特点,易受到孩子们欢迎。

2.事谜,它的谜底既非物,又非字,而是一种动作、行为、活动的状态、事件和现象。这类谜语,有的是借比喻的手法,说明某一种现象的,例如:

> 一个小红枣,房子盛不了,

只要一开门,它就往外跑。　　(打一现象)谜底:灯光

有的用影射的手法,说明一个动作的,例如。

兄弟五六人,各进一道门,

哪个进错了,出来笑煞人。　　(打一动作)谜底:扣纽扣

又如:

十个和尚拉袋口,

五个和尚往里走。　　(打一动作)谜底:穿袜子

有的用象征手法,表示一个运动过程,例如:

一座木桥两头翘,底下有水水不流。

身在桥下走,头在桥上头。　　(打一运动过程)谜底:挑水

又如:

没在手的时候,抢着要它;

到了手的时候,又要扔它。　　(打一运动过程)谜底:打篮球

3.字谜。它是我国汉民族人民生活中特有的一种文字游戏,是根据汉字方块结构、一字多音、一词多义等特点,运用象形、形声、会意和笔画变化等方法巧妙地设计出来的。这类谜语是以"字"为谜底的,可以用来启发学龄初期幼儿识别字音、字形和字义。例如:

左边是女,右边是男,

站在一起,人人称赞。　　(打一字)谜底:好

又如:

上边两口,下边两口,

看看中间,还有条狗。　　(打一字)谜底:器

四、谜语的创编

1.要符合"五要""五不要"的制谜要求

创编谜语的基本要求可以概括为"五要""五不要"。

所谓"五要"就是:一要精。精就是谜面用字精练、含蓄、简洁、明快、文理通顺,通俗易懂,没有闲字杂语。二要新。新就是立意要新颖,题材、内容、路子力

求新鲜,不要给人以"似曾相识"之感;改编或模仿前人旧作时,也应赋予新意,有所创新。三要巧。巧就是构思巧妙,谜面要机巧多变,曲径通幽;谜底要自然奇巧,出人意料。四要有趣。趣就是要有谜味、谜趣。谜面富有文采,耐人寻味,意趣盎然。五要准。准就是谜面用字要准确,结构严谨;谜面与谜底扣合要自然、贴切,合情合理,不能生搬硬套和牵强附会,也不能似是而非和模棱两可。

所谓"五不要"就是:一不要谜面不成文。谜面除了由一个字组成的以外,一般都要求成文,能够直接或间接表达一个意思。谜面不成文,就使人摸不着头脑,无从猜起。二不要面底相撞。"打虎不见虎",就是谜底中的字不能在谜面上出现;否则,就叫"撞底"、"露面"或"面底相犯"。比如:"一座小桥真稀奇,不架水中架空地,上桥先得走楼梯,下桥哧溜滑下地。"(打一大型玩具)谜底是"滑梯"。谜中出现了"滑"和"梯"两个字,这就"面底相犯"。为了避免出现这种情况,要么用同义词代替,要么另寻他途,避而不谈。三不要谜面直陈,直则无味。避免直陈的方法是别解。"谜贵别解"。"别解"即修辞中的"双关"。利用汉字一字多义的特点,对谜面或谜底中的某个字词不作原意解释,或引申出歧义,或词组内部重新结构,或望文生义地找出另一种新的含义,给予新的解释,来使底面扣合。四不要模棱两可。谜面的特征一般是影射某一具体事物,谜底是唯一的,不能是这个也是那个。如"小朋友,练身体,好像战士爬高地。一级一级往上爬,爬到顶上笑嘻嘻。"谜底究竟是什么呢?是"滑梯"?是"攀登架"?由于事物的特征没有显示,所以令人难以捉摸,无法猜射。五不要谜义不准确。谜面与谜底的褒贬义不一致,就不能成立。谜面是褒义,谜底就不能是贬义,反之亦然。

2. 谜面的"隐"与"显"要符合儿童的理解水平

处理谜面与谜底的关系是制谜的中心,也是关键。巧妙的谜语,谜面在充分反映谜底的特点时,总是有藏有露,有隐有显,藏露相宜,隐显得当。《文心雕龙·谐隐》在谈到谜语的特点时说:"义欲婉而正,辞欲隐而显"。制谜不"隐"就不成其为"谜"。"隐"与"显"是一个对立统一的矛盾,所谓"隐",就是要将谜底隐藏在谜面之中;所谓"显",就是要在谜面的描写中,显露出谜底。"隐"是谜的生命,没有隐便无所谓谜。"显"是给猜谜者提供的猜射条件,没有"显"猜谜者就无法猜。谜面既要力求做到"隐",要把谜底巧妙地隐藏在谜面之中;但又要做到"显",使猜谜者从谜面展示的内容,经过必要的思索,能够猜出谜底来。

正如刘勰所说:"回互其辞,使其昏迷也。""回互其辞"就是闪烁其词;"使其昏迷也"就是让人猜测。然而,"使其昏迷"的目的是为了发挥和锻炼猜测者的联想、推理能力,不是让猜测者如堕云雾。因此,在"回互其辞"时仍不能忘记要用各种隐蔽的方法,把谜底显示给猜测者。这就要求在创编谜语时。要抓住谜面与谜底之间在形象、动态、性能、用途、颜色、声响等一个或几个方面相同或相似的特点,在显露的同时加以隐蔽,即"显"从"隐"出。

编谜者最重要的问题是:根据猜谜者的年龄特征、理解水平掌握好谜底隐藏深浅,谜面显露的程度。"隐"得不够,显得过多,一眼就看出谜底,幼儿没有兴趣猜。如"喵喵喵,喵喵喵,捉住老鼠立功劳。"这样就达不到猜谜的目的。但"隐"得太深,让幼儿无法猜出谜底也不是编谜的用意。例如:"大海怒潮——打一家电名称",这一谜语幼儿很难猜出谜底"扬声器"来。幼儿对自己不理解的谜语,同样不感兴趣。因此,编给儿童猜的谜语,必须适合儿童的年龄特征和理解水平。例如用"田螺"做谜底的四个谜面:

①歪歪坛子歪歪盖,里面装的下酒菜。

②小小瓶,小小盖,小小瓶里好荤菜。

③一头圆,一头尖,又喝水来又吃泥,别人都是皮包骨,唯有它是骨包皮。

④弯弯曲曲一座楼,姑娘梳的盘龙头,踱着慢步出门来,还用团扇半遮头。

①与②简洁明快,比喻浅显,适合低幼儿童的口味,③与④幽默风趣,有诗意,适合小学高年级和初中学生的口味。

3.要灵活运用制谜的方法

灵活运用制谜的方法编制谜语,能使谜语生动活泼,增强艺术效果。编制谜常用的方法有描述法、矛盾法、综合法、借喻法、拟人法等,下面分别介绍:

①描述法是通过描写谜底的形状、颜色、用途等来显示谜底。如:

银鱼钩,弯又弯,亮闪闪,挂天边,

不钓鱼儿不钓虾,钓出星星撒满天。　　（打一自然物）

谜底是"月亮"。谜语通过对缺月的形状、颜色、所处的位置,以及月亮出来时的景象的描写,把谜底暗示给猜谜者,引导人们去联想。但在运用此方法时,并非对谜底的特征泛泛地全面描写,而是抓住谜底最突出的一个或几个特点,运用各种艺术手法加以隐喻、暗示,激发猜谜者联想。例如:

紫色树,刺儿扎,紫色树上开紫花,

开了紫花结紫果,紫果熟了盛芝麻。　　（打一蔬菜）

谜底是"茄子"。谜语就紧紧抓住了"茄子"的秧、花、果实都是紫色的特点。有的谜语是通过谜底几个侧面的不同特点来描写。如:

身子像房子,耳朵像扇子,

四根大柱子,还有长钩子。　　（打一动物）

谜底是"大象"。谜语从大象的鼻子、耳朵、身体、腿等的外部特征展开描写,暗示给猜谜者。还有的谜语是从谜底的生长、变化过程方面来描写。如:

小时青蛋蛋,长大红蛋蛋,

穿着衩衩裤,露着屁股眼。　　（打一食品）

谜底是"花椒"。用描述法显示谜底应注意的是选词要恰当,比喻要贴切。用这种方法创编的谜语浅显、优美、形象,富有情趣。

②矛盾法是通过揭示谜底与一般事物规律之间的矛盾（差异）来显示谜底的方法。自然界中各种事物都有其内在规律,但任何规律也都有例外,应该说这也是一条规律。矛盾法显示谜底不是通过对谜底的形状、颜色、用途等特征的描写来显示,而是通过揭示这种"例外"来显示,使谜底这种事物看上去好像违反普遍规律（生活常规）,变得滑稽可笑。如:

生的不能吃,熟了不能吃,

只能一边烧着一边吃。　　（打一物）

谜底是"香烟"。能吃的东西不外乎生吃和熟吃,而这种东西"生"、"熟"都不能吃,这就违反了常规。再如:

一物生得奇,越洗越有泥,

不洗有人吃,洗了没法吃。　　（打一物）

谜底是"水"。能洗的东西都是固体,能吃的东西一般越洗越干净。而"水"却违反了常规。这类谜语表面上显得荒谬、反常,难以想象,待揭出谜底后,又觉得在情理之中,贴切自然。给人新奇感、幽默感。令人回味无穷。对于幼儿来讲这类谜语便有更大的迷惑性,它要求幼儿在更大范围内去联想、类比、推理、判断,根据谜面所提供的线索,灵活地调整思维方向,迅速地作出选择。这一切对于发展幼儿的发散思维能力大有裨益,同时也能给幼儿带来更多的乐趣。

运用矛盾法创编谜语时,要求编谜者准确把握谜底的本质特征,打破生活常规,从中寻找事物的特殊现象。

③综合法是指在一道谜语里同时通过描写和揭示矛盾现象两种方法来显示谜底。比如:

　　　白天睡,夜里行,

　　　尾巴上面挂星星。　　　(打一昆虫)

谜底是"萤火虫"。谜语的前两句用矛盾法。后一句用描述法。再如:

　　　屋子方方,有门没窗。

　　　屋外热烘烘,屋内冷如霜。　　　(打一家用电器)

谜底是"冰箱"。前面先用描述法,后面用矛盾法。

④借喻法是用甲物直接代替被喻的乙物,诱人猜测思索。如:

　　　铁打一只船,不推不开船。

　　　飞阵蒙蒙雨,船过水就干。　　　(打一日常用品)

谜底是"熨斗"。谜语中的"船"、"蒙蒙雨"即是一种借喻,使猜谜者先从"船"一类的东西上去想,达到迷惑的目的。

⑤拟人法是避开谜底这一物,直接写"人",以诱人思索。如:

　　　青大嫂,五尺高。怀里抱个胖宝宝。

　　　胖宝宝,真可爱。尖尖的脑袋长撮毛。　　　(打一农作物)

谜底是"玉米"。谜语中的"青大嫂"、"胖宝宝"是拟人,也就把谜底"玉米"隐蔽起来,达到了迷惑猜测者的目的。

4.掌握编谜步骤,谜面要给人美感

编谜的步骤主要是选择谜底和构筑谜面,一般分为三个步骤:选材、定目、配面。选材是选取适于制谜的素材,即择取一个好的谜底。因为不是任何事物都可以作谜底的,所以择底时一定要考虑到能否设计出好的谜面与之扣合。定目的范围以不宽不窄为宜。配制谜面是关键。制谜一般是先有谜底,后有谜面。谜面是以隐语的形式描绘谜底的形象、性质、功能等特征,供人猜射的说明文字,是为揭示谜底所提供的条件或线索,也是谜语的外在部分和提出问题的部分。文字要求简洁明了,通俗易懂。谜目是给谜底限定的范围。儿童谜语的谜目要尽量标得窄一些,难度小一些。谜底是指谜面含蓄转折所指的,要人猜射的事物本身,是谜语本意隐藏在内的部分,也是谜面所提问题的答案,谜底既要符合谜面的内在含义,又要符合谜目所限定的范围,使人一见谜底恍然大悟。例如:谜面:"远看像颗星,近看像灯笼,到底是什么?原来是只虫。"(打一昆虫)(谜目),谜底是"萤火虫"。

编谜前先要概括出谜底这一事物的主要特征,编谜时要对这些特征进行形象的描写,或者借用性质或现象上有联系的喻体加以比喻、拟人或影射。以谜底"滑梯"为例,它的特征是"高"、"大"、用于"下滑",是孩子喜欢的运动器具。编谜时就可以把它比作"桥"、"山"、"高楼"、"大象"等。

比作"大象"的,如:

一头大象尾巴长,不吃不动站地上。

你从尾巴爬上去,我已溜到鼻子下。

比作"桥"的,如:

有座小桥真稀奇,不架水中架陆地。

上桥先得走楼梯,下桥"咪溜"就落地。

谜面往往是一首诗,因此,它应具有诗歌的审美特质——简洁凝练的语言、和谐的韵律、优美的意境等。幼儿谜语诗除具备一般诗歌的特征外,还应具有幼儿诗歌独特的美感。比如:

一个小姑娘,住在水中央。

身穿粉红衫,坐在绿船上。　　　(打一植物)

谜底是"荷花"。这则谜语,把荷花拟人化,当成了一个活泼可爱的小姑娘,很富有诗意。色彩感较强,给人以美感。幼儿在猜测、诵读的过程中能享受到一种诗的美。

不能给人以美感的谜语,是不适合给幼儿猜的。如:

　　　　一间破屋子,滴溜当啷眼珠子。　　（打一植物）

谜底是"葡萄"。这个谜语就给人以恐怖感,令人毛骨悚然。

谜语歌的语言最好能抑扬顿挫,能给孩子一种音乐美的享受。如:"青石板,石板青。青石板上钉银钉。"(星)又如"驼背哥哥,牙齿多多,人人头上,慢慢爬过。"(梳子)语言都朗朗上口,铿锵有力,富于音乐性。

阅读赏析

1. 摇　　篮

⊙　黄庆云

蓝天是摇篮,摇着星宝宝,
白云轻轻飘,星宝宝睡着了。

大海是摇篮,摇着鱼宝宝,
浪花轻轻翻,鱼宝宝睡着了。

花园是摇篮,摇着花宝宝,
风儿轻轻吹,花宝宝睡着了。

妈妈的手是摇篮,摇着小宝宝,
歌儿轻轻唱,小宝宝睡着了。

【作者简介】　黄庆云,著名儿童文学作家。1920年出生,广东广州人。1939年毕业于"国立中山大学"。1947年留学美国,获硕士学位。1941年在香港创办《新儿童(半月刊)》,并创作童话、小说、诗歌及翻译外国儿童文学作品。曾设专栏与小读者笔谈,因而有"云姊姊"之称。曾任中国作协广东分会副主席、国际笔会中国广州分会副会长等职。新中国成立前出版有中篇小说《小同伴》、《庆云童话集》(五册),新中国成立后出版有童话集《奇异的红星》、诗集《花儿朵朵开》和《黄庆云作品选》等。其中诗集《花儿朵朵开》有英、法、日、西班牙等多种外文译本。作品多次获海内外奖项,包括冰心儿童图书奖、香港市政局儿童文学组双年奖、全国少年儿童文艺创作一等奖等。有些作品被译成英、法、日、西班牙等文。

【作品赏析】 《摇篮》是黄庆云为3~4岁的幼儿写的一首儿歌,1993年曾荣获上海第三届儿童文学园丁奖的低幼文学奖。这首儿歌是黄庆云的儿歌代表作,也是当代儿童诗歌不可多得的佳作。全歌共分四节,每节四行。它采用了拟人的手法:宝宝睡在摇篮里,就像星星睡在蓝天里,鱼儿睡在大海里,花儿睡在花园里。作品把蓝天、大海、花园、妈妈的手比喻为摇篮,运用拟人手法,通过重叠复沓的句式与旋律,让星宝宝、鱼宝宝、花宝宝、小宝宝在白云、浪花、风儿、歌声的陪伴下甜甜地睡去。在这四幅温馨柔婉、意境优美的画面中,爱自然、爱妈妈的意识自然而然地播撒到孩子幼小的心田。

著名儿童文学家陈伯吹曾赞美《摇篮》是"一支美妙的摇篮曲","是歌也是诗。"它以悦耳动听的音韵展现了"蓝天"、"大海"、"花园"以及"妈妈的手"这一幅幅开阔而绚丽的画面,运用拟人、比喻等艺术手法将它们和谐地联结在一起,形成一个温馨、宁谧的环境,使娃娃们陶醉在这种优美的意境中安然入睡。

为了便于儿童记忆吟唱,全诗采用重复的词语、相同的句式,造成一种声音的回环。韵脚选了"遥条"韵,烘托出一种甜美柔婉的气氛,使得美好的情致与音乐的旋律自然地统一在一体。这与歌中所抒发的抚爱之情很协调,收到了以声传情,声情并茂的艺术效果。

2. 小熊过桥(游戏歌)

⊙ 蒋应武

小竹桥,摇摇摇,有个小熊来过桥。

走不稳,站不牢,走到桥上心乱跳。

头上乌鸦哇哇叫,桥下流水哗哗笑。

"妈妈,妈妈你来呀,快把小熊抱过桥!"

河里鲤鱼跳出水,对着小熊大声叫:

"小熊,小熊不要怕,眼睛向着前面瞧!"

一二三,走过桥,

小熊过桥回头笑,鲤鱼乐得尾巴摇。

【作者简介】　蒋应武,生于1932年,浙江杭州人。1962年发表的儿歌《小熊过桥》被收入三十多种选集,并收入幼儿园教材。

【作品赏析】　《小熊过桥》是一首优美动听、充满童真童趣的儿歌。它以小熊这一幽默憨厚幼儿喜欢的动物形象为线索,展示小熊过桥的心理活动。作品采用拟人化手法,以叙事性体裁将小熊从上桥—害怕—受到鼓励—勇敢过桥的过程,反映出幼儿在生活中常会遇到的问题和心理活动,极易引起孩子们的共鸣。

3.什么尖尖尖上天(问答歌)

"什么尖尖尖上天?什么尖尖在水边?

什么尖尖街上卖?什么尖尖姑娘前?"

"宝塔尖尖尖上天,菱角尖尖在水边,

粽子尖尖街上卖,花针儿尖尖姑娘前。"

"什么圆圆圆上天?什么圆圆在水边?

什么圆圆街上卖?什么圆圆姑娘前?"

"太阳圆圆圆上天,荷叶圆圆在水边,

烧饼圆圆街上卖,镜子圆圆姑娘前。"

"什么方方方上天?什么方方在水边?

什么方方街上卖?什么方方姑娘前?"

"风筝方方方上天,丝网方方在水边,

豆腐方方街上卖,手巾方方姑娘前。"

"什么弯弯弯上天？什么弯弯在水边？

什么弯弯街上卖？什么弯弯姑娘前？"

"月亮弯弯弯上天，白藕弯弯在水边，

黄瓜弯弯街上卖，木梳弯弯姑娘前。"

【作品赏析】 这是一首传统儿歌，它流传于全国各地，特别是广西、北京等地区最流行。全歌分四段，每段由四个问句和四个答句组成。第一段要孩子认识四种"尖尖"的东西，第二段要孩子认识四种"圆圆"东西，第三段要孩子认识四种"方方"的东西，第四段要孩子认识四种"弯弯"的东西。问答歌的句子结构和场景都是重复出现的，看到重复出现的结构和场景，孩子们的思维就会开始推论，就会利用前面出现的信息，猜出谜底。文学对思维是有引导性的，可以训练幼儿的联想、归纳、判断、推理的能力，而这些能力都与语言能力息息相关。

问答歌，又叫盘歌，是壮族、苗族青年男女向对方表达心愿、显示才能的一种古老的对歌方式。男青年看中了某位女青年，便带两个年龄相当的同伴，一起去到姑娘的家，找她的长辈说明来意。若姑娘的父母亲回答："还没人家，是同班辈的。"便准许盘歌。盘歌的歌会，由女方老人安排。男女双方参加对歌的同伴，既当参谋，又为自己找对象。在盘歌中，一般是男的先唱。双方通过对唱，显示自己的才能。如果男的输了，女方便用水将男方泼走。泼水在苗家不是恶意，而是一种善意的洗礼。如果男方对答如流，唱得情投意合，还可以唱到定婚。但是如果女的盘输了，还可继续盘歌，这样的盘歌一直盘到定婚为止。定婚那天，女方的父母要及时为男方备办喜酒，一一敬给参加歌会的乡亲，最后以一对牛羊角当杯，敬给这对即将结合的青年。然后吹起芦笙跳起舞，通宵达旦为这对青年人贺喜。

4.四和十(绕口令)

四是四，

十是十，

十四是十四，

四十是四十。

谁说十四是四十，

就打谁十四，

谁说四十是十四，

就打谁四十。

要想说好四和十，

得靠舌头和牙齿。

谁说四十是"细席"，

谁的舌头没用力；

谁说四十是"事拾"，

谁的舌头没伸直。

认真听，常练习，

十四，四十，四十四。

【作品赏析】 绕口令又称拗口令、急口令。它由一些读音相近的词语或一些近似的双声词、叠韵词组合而成，增加了诵读的难度。由于语言拗口，稍不留心就会读错或念不准，而又要求清晰、快速、顺畅地念出。所以绕口令可以用来训练幼儿，使他们口齿更清楚，吐字辨音更正确，口语能力提高，思维更加敏捷。绕口令实用性强，且常常引人发笑，富有趣味性，所以受到许多家长的欢迎和幼儿的喜爱。《四和十》是一首流传很广的绕口令。它把十个数字中发音相近的"四"和"十"，巧妙风趣地放在一起，让读者区分辨别，从而训练和掌握平舌音和卷舌音的不同发音方法。

5. 好孩子(子字歌)

⊙ 圣　野

张家有个小胖子，自己穿衣穿袜子，

还给妹妹梳辫子。李家有个小柱子，

天天起来叠被子，打水扫地擦桌子。

王家有个小妮子，找了钉子找锤子，

71

修好课桌修椅子。周家有个小豆子,

拾到一个皮夹子,还给后院大婶子。

小胖子,小柱子,小妮子,小豆子,

他们都是好孩子。

【作者简介】 圣野,1922 年出生,原名周大鹿,现名周大康,浙江东阳人,当代著名儿童诗诗人。大学期间开始为儿童写作。曾任《小朋友》主编、上海少年儿童出版社副编审,现为《儿童诗》丛刊顾问。1947 年出版第一本儿童诗集《小灯笼》,自此,圣野为幼儿写作的热情一发不可收拾。漫漫岁月,由黑头而白头,他竭尽心力讴歌祖国的花朵,产诗近万首,几乎日日有诗,成为罕见的高产作家。他的幼儿诗和儿歌收在《小灯笼》、《啄木鸟》、《欢迎小雨点》、《春娃娃》、《雷公公和啄木鸟》、《爱唱歌的鸟》、《神奇的窗子》、《鸡冠花》、《瓜果谣》、《圣野诗选》等三十多种集子中,其中《竹林奇遇》、《做了一件;再做第二件》、《凌凌的故事》等诗作被译介到国外。著有儿童诗论《诗的散步》等。

【作品赏析】 《好孩子》是一首立意高远、具有现实意义和很有影响的字头歌。儿歌以"子"字为每一句的结尾,句式工整,从培养幼儿良好生活习惯及道德行为的高度着眼,从幼儿的生活细节落笔,按照每三句介绍一个好孩子良好行为的模式,简练地勾勒出四个好孩子可爱的形象。最后三句对好孩子的行为加以赞扬,是对幼儿的一种积极引导。

6. 矮矮的鸭子(四言)

⊙ (中国台湾)谢武彰

一排鸭子,个子矮矮。
走起路来,屁股歪歪。

翅膀拍拍,太阳晒晒,
伸长脖子,吃吃青菜。

一排鸭子,个子矮矮,

走起路来。屁股歪歪。

【作者简介】　谢武彰,1950 生,台湾台南县人,为台湾著名职业儿童文学作家。曾任主编、编剧、企划经理、发行人等职。现为台湾儿童文学学会常务理事、杨唤儿童文学奖管理委员会执行长。出版有诗集《春》、《布娃娃的悄悄话》、《动物的歌》、《春天的脚印》,散文集《赤脚走过田园》、《天霸王》,童话《彩虹屋》以及儿歌集、科普读物、幼儿图画书等共一百六十多种。作品多次获奖。

【作品赏析】　幼儿总是从直接观察中获得对事物的简单认识。作者把握住这个特点,着力描绘鸭子的外形、步态、神情、食性。这类直观描绘,容易被幼儿理解和引起美感体验。

7. 路　灯(五言)

⊙　望　安

太阳刚下山。路灯亮一串,

一、二、三、四、五,数呀数不完。

风里站得稳,雨中亮闪闪,

一盏又一盏,一直到天边。

【作者简介】　望安,1936 年生,中国作家协会会员、中国音乐家协会会员。

【作品赏析】　这首儿歌运用拟人手法,生动形象地描写了无数盏路灯在夜晚为人们照明的场面。小读者不仅感受到路灯的可爱,更会自然而然地联想到那些坚守岗位、栉风淋雨、不畏艰辛、默默奉献的可敬的人们。这时,他们的崇高精神和情操将如春风化雨般点点滴滴滋润着孩子的心田,使诗的空间得到充盈,使诗的意蕴得到深化。

8. 小河和白鹅(六言)

⊙　程逸汝

一条弯弯小河,一群大大白鹅。

小河哗哗鼓掌,白鹅憨憨唱歌。

小河欢迎白鹅,白鹅跳进小河。

小河笑了笑了，一笑一个酒窝。

白鹅乐了乐了，一乐一首欢歌。

【作者简介】 程逸汝，1939 年生，儿童诗歌作家，中国作家协会会员。自 20 世纪 60 年代以来，发表儿童诗歌、童话、小说、评论等千余篇（首）。着有《枕头上的米老鼠》、《辣椒大王奇遇记》、《趣味儿歌》、《火瓦寨的歌声》、《吹喇叭》、《狗熊劈柴》等。

【作品赏析】《小河和白鹅》是一首既有动感十足的优美画面，又保留童谣艺术风格的儿歌。童谣艺术风格的体现是多方面的，顺口动听，从听觉上给幼儿以美感就是其一。儿歌连用"弯弯"等四个叠音词，不但在状物拟声上生动形象，在音调上也非常响亮。"小河欢迎白鹅"到"一笑一个酒窝"，巧用"连锁调"的手法，似断若连，形成余音袅袅的音乐效果。最后四句的结构方式，似重复又不是重复，于整齐中见变化，变化中又有规律可循。韵味十足，非常难得。

9. 蚱 蜢（三三七言）

⊙ 张继楼

小蚱蜢，

学跳高，

一跳跳上狗尾草。

腿一弹，

脚一跷，

"哪个有我跳得高。"

草一摇，

摔一跤，

头上跌个大青包。

【作者简介】 张继楼，江苏宜兴人，1927 生，是我国著名儿童诗人。已出版儿童文学读物 29 种。儿歌集和儿童诗集有《唱个歌儿给外婆听》、《母鸡和耗子》、《夏天到来虫虫飞》、《东家西家蒸馍馍》、《小蚱蜢》、《在城市的大街上》等，其中有 23 篇作品在全国省（市）及儿童报刊儿童文学优秀创作评奖中获奖。

【作品赏析】《蚱蜢》是一首充满谐趣的儿歌。小蚱蜢刚能跳上狗尾草，就自以为世界冠军舍我其谁。弹腿跷脚，口出狂言。话音未了就受到惩罚，幼儿从中自会受到有益的启示。

"跳"、"弹"、"跷"、"摇"、"摔"、"跌"等动作和"哪个有我跳得高"的质问，把可笑又可叹的小蚱蜢刻画得入木三分，非常生动。

小蚱蜢无疑是不知天高地厚的顽皮孩子形象。

10. 生活用品谜五则

①一扇玻璃窗，光线明晃晃，

　　戏剧它会演，电影它能放。

（打一家用电器）

②兄弟两人同走路，摆一摆来走一步，

　　常年劳累不停歇，走来走去不出户。

（打一生活用品）

③铁笼关铁鸟，能飞跑不掉，

　　夏天刮凉风，冬天睡大觉。

（打一家用电器）

④一只没脚鸡，蹲着不会啼，

　　喝水不食谷，客来把头低。

（打一生活用品）

⑤又圆又扁肚里空，有面镜子在当中，

　　老少用它都低头，摸脸搓手又鞠躬。

（打一生活用品）

谜底：① 电视机　②挂钟　③电风扇　④水壶　⑤洗脸盆

【作品赏析】 生活用品谜，是以生活用品为谜底的一类谜语。第①个谜语，是以电视机为谜底，谜面"一扇玻璃窗，光线明晃晃"，是对电视机外形特征的描写。"戏剧它会演,电影它能放",是描写电视机的功能。第②个谜语,是以挂钟为谜底,谜面运用拟人的写法,把挂钟长针短针走动当做两兄弟一同走路来写。"摆一摆来走一步",是对挂钟走动的形象描绘。"常年劳累不停歇",既是对挂钟的真实描写,也是对挂钟勤劳精神的赞扬。"走来走去不出户",是对挂钟走动特点的概括,挂钟走动的路线是从 1 到 12,周而复始,永不改变。第③个谜语,是以电风扇为谜底,谜面"铁笼关铁鸟",是运用比喻的手法,把扇罩比作铁笼,把扇叶比作铁鸟。"能飞跑不掉",是描写扇叶转动的特点,不论扇叶怎样转动,永远跑不出扇罩。"夏天刮凉风,冬天睡大觉",是描写电风扇的季节性特点。第④个谜语,是以水壶为谜底,谜面"一只没脚鸡,蹲着不会啼",是把水壶当做鸡来写,但是这个鸡很特别,它只"喝水不食谷",平时定定蹲着,只有客人来时,它才低头迎客,招待客人。第⑤个谜语,是以洗脸盆为谜底,谜面"又圆又扁肚里空",是对洗脸盆的形状特征的描绘。"有面镜子在当中",是写洗脸盆盛水时,洗脸盆的水就像一面镜子。"老少用它都低头,摸脸搓手又鞠躬",是描写人们用洗脸盆洗脸的情景。

目标检测

1. 什么叫儿歌?简述我国儿歌的发展概况。

2. 儿歌的作用和特点是什么?从来源、主题、行数格式、字数等不同的角度看,儿歌可以分成哪些类型?

3. 儿歌的传统艺术形式一般有哪几种?下面四首传统儿歌各属于哪种传统艺术形式?它们在表现手法上各有什么特点?请抓住重点进行分析。

(1)《大河石子滚上坡》

怪唱歌,奇唱歌:

鱼儿咬死鸭大哥,

水缸里面起大波,

大河石子滚上坡,

山顶上面鱼虾多。

(2)《小小子儿开铺子儿》

　　小小子儿，

　　开铺子儿，

　　开开铺子儿两扇门儿，

　　小桌子儿，

　　小椅子儿，

　　乌木筷子儿小碟子儿。

（3）《十字歌》

　　一个小宝宝，

　　两支小铜号，

　　三棵黄角树，

　　四块白米糕，

　　五条大鲤鱼，

　　六把铁菜刀，

　　七根长甘蔗，

　　八颗老红枣，

　　九只黄鸟叫，

　　十匹马儿跑。

（4）《小板凳歪歪》

　　小小板凳歪歪，里面坐个乖乖。

　　乖乖出来买菜，里面坐个奶奶。

　　奶奶出来烧汤，里面坐个姑娘。

　　姑娘出来梳头，里面坐个小猴。

　　小猴出来作揖，里面坐个公鸡。

　　公鸡出来捉虫，里面坐个小熊。

　　小熊出来打鼓，咚咚咚咚咚咚。

　　4.创作儿歌，应该特别注意哪几个方面？下面是几位初学者写的儿歌，请找出这些儿歌的问题，然后作出你的修改并谈谈修改理由。

　　《下跳棋 》

小小跳棋花又圆，

红一颗，绿一颗，

你走来，我跳去，

大家走到一起真有趣。

《老槐树》

一棵老槐树

今年多大了？

让我数一数：

一圈、两圈、三圈、

六七八九十圈，

已经六十了。

《妈妈的手》

嘻嘻嘻，

幼儿园里做游戏。

娃娃真调皮，

裤子摔了一个洞，

脱下破裤子，

妈妈手上缝，

小洞变成小鸭子。

5. 放飞你的想象，把下面的儿歌续写完整。

《补票》

老袋鼠，看舞蹈，

买张票，往里跑。

(   )

(   )

《雨来了》

雨来了,快回家,

小蜗牛,说不怕,

我把房子背来了。

雨来了,快回家,

(   )

(   )

雨来了,快回家,

(   )

(   )

6.什么叫谜语? 谜语由几部分组成? 谜语的作用是什么? 按谜底的性质,谜语可以分为哪几类?

7.创编谜语的"五要"、"五不要"具体是什么? 常用的制谜方法主要有哪些? 以下面四首谜语歌为例,具体说说编写谜面要注意什么?

(1)小房子里,

　　住满兄弟,

　　擦破头皮,

　　立刻火起。

　　(打一生活用品)

(2)两只小船都有篷,

　　十个客人坐船中,

　　白天开来又开去,

　　夜里客去船里空。

　　(打一日常用品)

(3)看看像块糕,

　　不能用嘴咬,

　　沾水搓一搓,

　　都是白泡泡。

　　(打一日常用品)

(4)一对好兄弟,

　　天天在一起,

　　雨天出门去,

　　晴天在家里。

　　(打一日常用品)

8.请以"彩色铅笔"、"弹钢琴"为谜底,各编一首谜语歌。

9.认真阅读举例作品和名作赏析,要求背诵40首儿歌。

第三章　儿童诗

学习目标

了解并掌握儿童诗的基本知识、学会鉴赏和创编儿童诗的方法，能创编儿童诗。

学习内容

第一节　儿童诗概说

一、儿童诗的含义

儿童诗是指以是以儿童为接受对象，以优美的韵律和凝练的语言抒写儿童的情趣和心声，创造出儿童能理解、能接受，并符合其审美心理的诗歌。

儿童诗属于自由体短诗。自由体诗是五四新文化运动的产物，它以通俗的白话文写作，摆脱了古典诗词严整格律的束缚，能自由无拘地表达作者的思想感情。这种"诗体的大解放"，把中国的诗歌带进一个崭新时代。由于自由体新诗语言浅白晓畅、韵律自由，很快受到当时正蓬勃兴起的儿童文学界的青睐，专门为儿童创作的儿童诗便应运而生，同时适合幼儿听赏吟诵的儿童诗也随之产生。

儿童诗是诗的一个分支，由于它受到特定读者对象心理特征的制约，因此所反映的生活内容、所进行的艺术构思、所展开的联想和想象、所运用的文学语言等等,都必须符合儿童的年龄特征,必须是儿童所喜闻乐见的。这样才能在培养儿童良好的道德品质、思想情操,激发丰富他们的想象力、思维能力等方面,尤其在培养儿童健康的审美意识和艺术鉴赏力上,发挥自己独特的作用。

二、儿童诗的发展概况

中国是诗的王国,历来就有重视"诗教"的优良传统。从"诗三百",到屈原的《离骚》,到唐诗宋词,一代代的中华儿女在诗的海洋中受到熏陶,精神得到濡养。然而,当我们打开浩如烟海的诗歌长卷,却发现只有屈指可数的诗歌作品真正适合幼儿阅读。如骆宾王的《咏鹅》、贺知章的《咏柳》、杜甫的《春夜喜雨》、李白的《望庐山瀑布》、白居易的《赋得古原草送别》、李绅的《悯农》等。在历代文人墨客中,能真正自觉地为幼儿创作诗歌的人更是凤毛麟角。

从晚清开始,中国文坛上便出现了梁启超、谭嗣同、黄遵宪等提倡的"诗界革命",梁启超还特别重视儿童诗歌的创作,在他的《饮冰室诗话》中多处论述了儿童诗歌,把它看做是"改造国民之品质"的"精神教育之一要件",他和黄遵宪还亲自创作了不少有教育意义的儿童诗歌。其中,黄遵宪写的《幼儿园上学歌》则开了幼儿诗的先河:"春风来,花满枝,儿手牵娘衣。儿今断乳儿不啼。她去买枣梨,待儿读书归。上学去,莫迟迟!……"全诗共十节,在优美的旋律中,描绘了一幅幅情真意切、求善求真、进取向上的幼儿生活图景。但是,由于数千年封建思想的禁锢,儿童没有人权和尊严,他们没有自己独立的人格,他们对诗歌的精神需求得不到社会应有的重视和关注,因此,具有现代意义的儿童诗是伴随着五四新文化运动而出现的时代产物。

这场具有伟大历史意义的新文化运动是从诗歌的改革开始。为了适应中国现代的社会变革而出现的新诗在形式上打破了旧体诗词的格律限制,废弃了僵化的文言语词,采用了比较自由的形式、运用切合口语的白话进行创作。这一变革,使诗歌这一文学体裁,便于反映社会现实生活和表达现代人的思想感情,与整个社会发展的潮流相适应,实现了一次历史性的诗体大解放。

打破旧体诗歌桎梏的新诗采用人们日常的口语,也不受格律、字数、行数的限制,形式自由。当时,一批文化名人,如胡适、郭沫若、叶圣陶、郑振铎、俞平伯、刘半农、汪静之等,采用新诗的形式,积极为儿童写诗,在他们的大力提倡和不懈努力下,我国才开始有了现代意义上的幼儿诗。其中,胡适创作的诗歌《湖上》可谓早期幼儿诗的精品:"水上一个萤火,水里一个萤火。平排着,轻轻地,打我们的船边飞过,他们俩儿越飞越近,渐渐地并作了一个。"这首以幼儿为主要对象的白话诗,虽然结尾的"火""过""个"都押着相近的韵,已经摆脱传统儿歌那种以三、五、七言为基本格律的遣词造句模式,逐步走向自由体,逐步靠近散文化。这首诗歌还给我们打开了一个清新幽美的意境,诗歌所创造的那种自由甜美的境界,显然不是一般传统儿歌所能达到的。

五四时期,现代意义上的儿童诗从当时的新诗中萌发出来。郑振铎还在他主编的我国第一家纯文学儿童周刊《儿童世界》上,以诗配画的形式发表了他特别为幼儿写的诗。下面是汪静之1920年12月写的《我们想(拟儿歌)》:

我们想,

生两翼,

飞飞飞上天,

做个好游戏;

白白云,

当作船儿飘;

圆圆月,

当作球儿抛;

平坦的天空,

大家来赛跑。

诗写得清新活泼,符合幼儿的审美趣味,把白云当作船,把月亮当作球,把天空当作跑步比赛的运动场,真是妙不可言的想象。在幼儿诗的萌芽期就有这样优秀的诗作出现,实属难能可贵。

中国现代儿童诗从五四到新中国成立之前的30年,处于从不成熟走向成熟的萌芽期。在这个阶段,儿童诗发展的速度缓慢,因为它还存在以下缺陷和不足:第一,尚未形成一支有一定数量的儿童诗创作队伍,绝大多数诗人都是以写成人诗为主,儿童诗只是他们偶尔之作,因此就缺少独具风格的儿童诗诗人;第二,多数儿童诗作品尚残留着白话诗浅白裸露的痕迹,过分浅露的诗,往往意境平淡,缺少隽永的诗味;第三,儿童诗的理论建设几乎是一片空白,在漫漫的30年中,竟没有一篇系统研究儿童诗的论文发表,更不用说关于儿童诗的学术专著了。

1949年新中国成立,我国儿童诗歌的发展进入了一个新的阶段。具体表现如下:首先,开始出现一批风格各异的儿童诗诗人,其中颇有影响力的诗人有金近、柯岩、袁鹰、圣野、鲁兵等;其次,儿童诗的题材扩大,诗人们受到蓬勃的新气象的激发,儿童诗歌的题材内容开始跳出学校和家庭的小圈子,也突破了讴歌小英雄的单一框框,题材范围比过去扩大了,内容也比过去更丰富多彩了;再次,儿童诗歌的样式更加多样化,由原来叙事和抒情两大类衍化出许多为孩子所喜闻乐见的新形式,如寓言诗、童话诗、儿童诗剧、科学诗、幽默诗、讽刺诗等,形形色色、琳琅满目;此外,开始重视儿童诗歌的理论建设,随着儿童诗歌创作实践的发展,诗人金近、邵燕祥、陈伯吹、贺宜等开始关心儿童诗歌的理论探索。如邵燕祥严厉批评儿童诗歌创作中的不严肃的作风,指出"儿童诗首先应该是诗,并且是儿童的诗"。又如金近对儿童诗的特点、语言、感情等作了深入的探讨和论述。

进入新时期以来,幼儿诗的创作不仅在数量上成倍增加,而且在质量上也有了明显的提高,老一辈诗人的幼儿诗作品在艺术上日臻成熟,如鲁兵的《下巴上的洞洞》、《小猪奴尼》,张继楼的《东家西家蒸馍馍》等。值得一提的就是海峡彼岸的台湾,那里也有一支阵容齐整的儿童诗创作队伍,著名诗人林焕彰、谢武彰、林武宪等人也为幼儿写了不少儿童诗。1993年台湾还出版了《小白屋幼儿诗苑》季刊。与此同时,幼儿诗的批评和理论研究也空前繁荣,加强诗歌的理论建设已成为整个儿童文学界的共识,许多诗人结合自己的创作实践作了理论的探讨,对我国儿童诗歌理论建立科学体系作出了有价值的贡献。

三、儿童诗与儿歌的区别

儿童诗与儿歌都属于诗歌艺术,两者既有联系,又有区别。

儿歌起源于民间,古已有之。到了五四时期,在新文化革命的浪潮中,开始出现了形式自由的儿童诗。从某种意义上讲,儿童诗是儿歌的发展和解放,它是随着社会生活的发展而诞生的新诗体。

它们之间的区别主要体现在以下几方面:

1. 从历史的长短来看,儿童诗的历史比儿歌的短。儿童诗是在五四时期产生发展起来的新诗体,迄今为止,儿童诗还不到百年的历史;而儿歌据文献记载已有三千多年的历史了。

2. 从形式上看,儿童诗的形式比儿歌更自由。儿童诗属于自由体诗,不受句式、押韵和长短的限制,但是,必须注重诗歌内在的节奏,因为其韵律和节奏是由诗人的情感决定的。而儿歌讲究音韵和谐,每首儿歌必须押韵;同时,它还注重外在的节奏,因为句式不同,节奏也会发生变化。可见,押韵是儿歌的生命,节奏是儿歌的灵魂。

请看同样以"蜗牛"为题材的两篇作品:

蜗牛(儿歌)

小蜗/牛,爬着/走,

爬呀/爬,走呀/走,

眼看/就要/爬到/头,

一下/跌个/大跟/头。

小蜗/牛,爬着/走,

爬呀/爬,走呀/走,

不怕/再跌/大跟/头,

爬呀/爬啊/爬到/头。

蜗牛(儿童诗)

不要再说我慢,

这种话,

我已经听过几万遍。

我最后再说一次：

这是为了交通安全。

第一首是儿歌,由三言句式和七言句式组成的,三言句式读两拍,七言句式读四拍,押 ou 韵,读起来朗朗上口、趣味横生。

第二首是幼儿诗,没有押韵,诗歌以蜗牛为视角,整首诗歌弥漫着生气的情绪,诗歌的节奏随情绪的流动而产生。

3. 从语言色彩来看,儿童诗与儿歌的语言均要求凝练、简洁、有概括性。由于表现深度的不同,儿童诗的语言比儿歌的语言更含蓄、更集中、更细腻,更讲究用精练、雅致,更富有想象的张力;而儿歌的语言更通俗、更浅显、口语化更强一些。

4. 从"情"与"趣"的取向来看,儿童诗偏重于"情",主要是抒发儿童自然率真的情感,表现儿童的情趣,让儿童在听赏中得到审美愉悦和情感的陶冶。正如著名儿童诗人金波所说:"诗是儿童感情上的营养品。"而儿歌追求朗朗上口的节奏、韵律,让幼儿在诵读中感受乐趣。例如儿歌《蘑菇》和儿童诗《雨中的小蘑菇》都是以蘑菇为题材,但在情与趣的取向方面就截然不同。儿歌《蘑菇》:

蘑菇蘑菇乖乖,

个子长得矮矮。

头上顶着小伞,

去接妈妈回来。

这首儿歌押 ai 韵,每句四拍,在整齐的韵律中给人趣味盎然的感觉。而儿童诗《雨中的小蘑菇》:

蘑菇小娃娃,

春雨下了,沙、沙、沙!

她打着小伞,

站在雨中央,

沙、沙、沙,

一点儿也不害怕。

沙、沙、沙!春雨下了,

> 有好长的几个夜晚啊!
>
> 沙、沙、沙! 沙、沙、沙!
>
> 小蘑菇还是打着小白伞,
>
> 站在雨中央,
>
> 等着妈妈……

读完这首儿童诗,眼前仿佛呈现出一个乖巧的小女孩的形象,在她打着伞等妈妈的举动中洋溢着一份浓浓的爱——女儿对母亲的爱。

5. 从主题思想的表现看,儿童诗的主题思想常常以间接方式表现出来,比较深刻、含蓄;儿歌则往往是比较单纯浅易地表现它的主题思想。如儿童诗《小弟和小猫》与儿歌《洗手》都是以要讲究卫生为主题的作品,但表现方式却明显不同。柯岩的《小弟和小猫》:

> 我家有个小弟弟,
>
> 聪明又淘气,
>
> 每天爬高又爬低,
>
> 满头满脸都是泥。
>
> 妈妈叫他来洗脸,
>
> 装没听见他就跑;
>
> 爸爸拿镜子把他照,
>
> 他闭上眼睛格格地笑。
>
> 姐姐抱来个小花猫,
>
> 拍拍爪子舔舔毛,
>
> 两眼一眯"妙,妙,妙,"
>
> "谁跟我玩,谁把我抱?"
>
> 弟弟伸出小黑手,
>
> 小猫连忙往后跳,
>
> 胡子一撅头一摇,
>
> "不妙不妙! 太脏太脏我不要!"
>
> 姐姐听见哈哈笑,

爸爸妈妈皱眉毛，

小弟听了真害臊：

"妈！妈！快给我洗个澡！"

这首诗通过对小弟弟不讲卫生，不仅大人不喜欢，甚至连小猫都不和他玩的情节的描述，形象生动地把主题表现出来了。而儿歌《洗手》：

哗哗流水清又清，

洗洗小手讲卫生，

伸手比一比，

看看谁的最干净。

在这首儿歌中，以"洗洗小手讲卫生"、"最干净"等词句，把所要表现的主题，说得清清楚楚，儿童一听就会明白，不需做更多的思考。

当然，幼儿诗与儿歌的区别是相对的，在划分时不能过于刻板。比如刘饶民的《春雨》，可视之为儿歌，也可以视之为儿童诗。但儿童诗与儿歌在总体上的区别是明显的。

第二节　儿童诗的作用

一、滋养儿童的心灵

中国自古以来就有诗教的传统。我们的祖先十分注重诗教，把诗教放到重要的教育位置。在《礼记》中曾经记载了孔子的几段很值得玩味的话："入其国，其教可知也，其人也温柔敦厚，诗教也。""温柔敦厚而不愚，则深于《诗》者也。"意思是凡亲身到一个地方，那里的教育情况就可以看出来，凡是老百姓温柔敦厚的，那便是诗教的结果。老百姓不仅温柔敦厚而且还很聪明，那便是学《诗经》学得深入的结果。这说明学诗的作用在于移情，诗能改变人的性情，使人走向正路。

林语堂先生也说过，中国的诗歌特别注重"意"和"神"，这相当于一种宗教情绪,对于移情陶冶性情有重要意义。

儿童诗是专为儿童量身定做的文学样式,儿童多读儿童诗,其性情、思想也会在潜移默化中受影响。如圣野先生的《雷公公和啄木鸟》:

我装雷公公	奶奶,奶奶
轰轰轰	雷公公声音大
去敲奶奶的门	为什么听不见
敲了老半天	啄木鸟声音小
敲得越是响呀	为啥倒听得见
里面越是没声音	
我装啄木鸟	奶奶告诉我
笃笃笃	当我像小强盗的时候
请奶奶给我开开门	她的耳朵就聋了
奶奶奔出来	当我像小客人的时候
像闪电一样	她的耳朵就不聋
欢欢喜喜接小孙	

儿童在读的过程中,就可以获得一个启发:在生活中,礼貌是非常重要的,要像啄木鸟一样敲门,而不能像雷公公那样;否则,就会成为一个不受欢迎的人。

二、开启儿童想象之门

有人说:想象是人类的第三只眼睛,藏在心里,它能看见许多奇妙的事物和意想不到的东西。诗人可以借助想象,看到一个神奇的世界。儿童阅读想象力丰富的诗篇,就能领略想象在诗的世界中的特殊魅力。儿童诗对开启儿童的想象力、培养儿童的形象思维大有裨益。如徐鲁的《年夜》:

年夜的钟声刚刚敲过
美丽的小雪花
架着谁也看不见的雪橇

纷纷离开了遥远的天国……

它们降落在金色的草垛上
降落在新年的村庄和麦地里
仿佛正与大地妈妈悄声细语——
天国是辽阔的
但只有在人间
才有这温暖的灯火……

诗中"小雪花"这个拟人形象是那么引人遐想,它把幼儿带到"遥远的天国"。小雪花时而落在金色的草垛上,时而落在村庄和麦地上,仿佛与大地母亲在说悄悄话。

三、给予儿童美的熏陶

从审美的角度来看,优秀的儿童诗一般都具有许多美的因素,如语言美、意境美、音乐美等,有时是某一种美的因素产生作用,有时是美的综合因素产生效应。美能使人愉悦,使人受感染,使人受教育。儿童阅读形式和内容兼美的儿童诗作,会在潜移默化中得到熏陶,其审美能力也能逐步增强。如金波的《雨铃铛》:

沙沙响,沙沙响,
春雨洒在房檐上。
房檐上,挂水珠,
好像串串小铃铛。
丁零当啷,
丁零当啷,
它在招呼小燕子,
快快回来盖新房。

诗歌给我们描绘了一幅充满诗意的画面,房檐上挂着的雨滴,就像一串串的小铃铛,小铃铛在不停地呼唤小燕子:春天来了,春天来了,快回来吧! 整首诗押了 ang 韵,读起来顺口,听起来悦耳,给人美的享受。

第三节　儿童诗的特点

儿童诗是诗;与成人诗有着不可忽视的共性。但它又是儿童的诗,从内容到形式都要考虑到儿童的心理接受特点和教育上的要求,因此儿童诗又有它独具的特点。我们可以从共同性、独特性两个层面来理解它的特点:

首先,儿童诗具有诗歌的共同特征。诗歌与其他文体相比,一般具有以下三个特点:

1.抒情性。我国古代有"诗缘情"、"诗言志"之说,外国也有"诗是强烈的感情的自然流露"和"愤怒出诗人"等观点,这表明诗歌的抒情性是其最本质的特征。优秀的诗篇无不鲜明地表现诗人的个性特征、喜怒哀乐。一般来说,越是能够彰显诗人独特个性和感情色彩的诗篇,就越容易吸引和打动读者。

2.音乐性。诗歌的语言具有音乐性。诗歌是情感流动的产物,但诗人的情感流动恰如河流,有缓有慢,有起有伏,外显在语言上,就体现在诗行的排列和音韵的选择上,前者形成了诗歌的节奏,后者则属于诗歌的押韵问题。

3.语言的高度凝练和形象性。由于有一定的节奏、音调和格律的限制,所以与其他文体相比,诗歌的语言要求更集中、更概括地反映生活,容不得冗长的叙述和空洞的说教,因此诗歌的语言比其他文体的语言更凝练、更含蓄。

其次,儿童诗是为儿童创作的诗歌,它具有自己独特的艺术个性。具体来说,有以下几个特征。

一、抒发儿童浓烈的情感

抒情,是诗歌反映生活的根本方式。儿童诗也不例外。但由于它的读者对象的特殊性,所以要求诗歌的情感必须从儿童心灵深处抒发出来,逼真地传达出孩子们那种美好的感情、善良的愿望、有趣的情致,以激起小读者感情上的共鸣。例如,圣野的《夏弟弟》就是一首饱含着童真的激情去描摹夏天绿意的诗,诗人把夏天比喻成爱爬竿子的绿孩子,由衷地赞美他给我们带来了"多么可爱的绿颜色!"表面上诗人在赞美大自然那绿的生命力,实际上是在赞美"为了祖国四个现代化,在洒满绿阴的窗口,勤奋看书的学生,……"这些学生才是夏天真正的充满绿意的风景。这样不仅可以让儿童受到美的熏陶,更能增加儿童对知识的渴望,对生命的热爱,对社会的责任。

儿童诗所抒发的儿童情感,往往洋溢着盎然的儿童情趣,不仅能使儿童们从中获得关照和愉悦,也能把成人读者带回那童心萌动的情景中,重温儿时的梦。如获"陈伯吹儿童文学奖"的作品《十四岁,蓝色的港湾》(滕毓旭)写出十四岁这一特殊年龄段儿童对爱的理解、心事与天真、性格差别、心中的渴望,以及他们的理想与冒险精神等等,情感抒发得自然、贴切、生动、有趣。其中有这样的诗句:"要说男孩子勇敢真是勇敢,就是枪子飞来也不眨眼;要说女孩胆小真够胆小,看见豆虫一蹦老远。希望多有几个叹号,叫大人们都刮目相看,可脑子里问号总也拉不直,古怪的问题常让老师为难。……"诗人于幽默风趣的描写中,把儿童独有的内心世界和情绪活动宣泄出来,使人感到这就是活泼快乐的儿童所具有的、盎然的儿童情趣溢于言表。

应当注意的是,儿童诗中盎然的儿童情趣是儿童生活中本来固有的因素,只不过是由儿童诗人采撷发现并进行了形象化的描摹而已,而不是生硬的外加的成分。

儿童诗的作者要以儿童的眼光和心理去感受和体验生活,儿童诗要抒发儿童自然率真的情感、表达儿童的情趣。只有这样的诗作,才会深受幼儿的喜爱。如台湾诗人杜荣琛的《神气的弟弟》:

> 我弟念幼稚园大班,
>
> 神气得像个大学生。
>
> 毕业典礼那天,
>
> 我问他最喜欢什么课,
>
> 他理直气壮地说:
>
> "喝牛奶课,和吃饼干的课最好啦!"

诗中最后一句让人忍俊不禁的回答显然是出自孩子之口,这句话既增加了诗的生活情趣，也使诗成了真正表达儿童快乐和引起读者兴趣的东西。

二、适合儿童思维的精巧构思

儿童的思维方式以具体形象思维为主，儿童诗若能给幼儿较强的可视性，就能给幼儿亲临其境之感，这样对儿童理解作品大有裨益。所谓构思，是指作家在一定美学思想的指导下对作品的内容和形式的整体安排和布局。具体说来，是对题材、主题、形象、意境和语言等方面进行合理的排列组合。儿童诗的艺术构思最关键的，是要捕捉最能表现核心情感的集中的意象，以包涵尽可能大的生活和感情的能量，以便唤起儿童的生活经验和情感共鸣。赞美亲情是诗歌中一个永恒的主题，其本身并没有什么特别深刻和新颖之处，如台湾诗人林武宪的《鞋》，把一家人下班回家后脱下的鞋说成"是一家人/依偎在一起/说着一天的见闻/大大小小的鞋/就像大大小小的船/回到安静的港湾/享受家的温暖"。该诗以"鞋"作为中心意象来构思，融进了深深的亲情和对家的爱恋，使这一普通的常见的生活现象具有鲜明的感情色彩，引发着读者丰富的联想和想象，这一切都归功于诗人别出心裁的艺术构思。

台湾一些幼儿诗受图像诗的影响，以幼儿的思维特点为依托，注重形式感，把形式与内容巧妙地结合在一块。如六甲和张志铭的《火车》：

全诗以孩子熟悉的声音"嘟嘟嘟"贯穿全诗，诗歌的排列俨然就像一列小火车，诗人独具匠心，巧妙地把诗歌的形式与内容相结合。

93

新颖巧妙的构思主要依赖于生活积累和儿童式的想象,如任溶溶的《爸爸的老师》,在同类题材的情感挖掘上并无太大的创意,但却依然是同类题材作品的典范之作。其中的奥秘就在于作者创造了一种新颖巧妙的构思模式,达成了别具一格的表达效果。又如舒兰的《虫和鸟》:"我把妈妈洗好的袜子,/一只一只夹在绳子上,/绳子就变成了一只多足虫,/在阳光中爬来爬去。/我把姐姐洗好的小手帕,/一条一条夹在绳子上,/绳子就变成一群白鹭鸶,/在微风中飞舞,飞舞。"在生活基础上的大胆想象,依赖这种想象的巧妙构思,使平凡的生活现象变成一种儿童式的神奇和余味无穷的美丽。

三、儿童式的丰富想象

儿童是最富于想象和联想的,他们总是用自己创造性的想象来认识并诠释世界上的一切事物。在他们通过想象而诗化的世界里,花儿会笑、鸟儿会唱、草儿会舞、鱼儿会说……因此,儿童诗必须以符合儿童心理的丰富想象创造优美的意境,抒发儿童的童真童趣,让儿童在奇妙多姿的世界里,展开想象的翅膀,感悟诗的题旨。这就要求儿童诗要在想象的世界中用心灵和儿童对话。如邵燕祥的儿童诗《小童话》:

> 在云彩的南面,
>
> 那遥远的地方,
>
> 有一群树叶说:
>
> 我们想象花一样开放。
>
> 有一群花朵说:
>
> 我们想象鸟一样飞翔。
>
> 有一群孔雀说:
>
> 我们想象树一样成长。
>
> ……

诗歌起语就把小读者从现实引发到想象中的"遥远的地方",并在想象中完成"树叶"、"花"、"小蝴蝶"、"孔雀杉"这些美丽形象的再创造,展开丰富的遐思。然而诗人的用意也不仅在于此,而是继续和孩子一同展开想象的翅膀,由物及人感悟出诗意之所在。"遥远的地方"是"傣家的村寨","那花朵,蝴蝶和孔雀杉/都变成小姑娘",从想象的世界再回到现实,而这现实中傣家小姑娘的美丽形象仍然需要小读者进一步地联想,并从中获得审美享受。

"没有翅膀,没有鸟;没有想象,没有诗。没有美丽的想象,诗就飞翔不出来。"诗人圣野用诗的语言,一语破的,点破了想象在诗歌中的重要意义。儿童诗更离不开天真而奇妙的想象,而儿童的想象应是儿童特有的想象,它主要以再造想象为主,带有鲜明的夸张性、幼稚性和虚幻性。如台湾诗人林焕彰的《妹妹的围巾》:

> 雨停了,妹妹拉着我
>
> 一直往外跑——
>
> 手指着远远的一棵树,
>
> 树上挂着的彩虹;
>
> 她说:那是我的围巾,
>
> 从我窗口飘出去。

诗中把天上的彩虹看作是从窗口飘出去的围巾,显然,带有夸张的色彩,也只有在孩子的眼中,一条普普通通的围巾才有这诗意般的美丽。

儿童思维以形象思维为主,他们认识事物的方法是直观的、具体的。因此,给儿童写的诗要求更形象、更有趣味。儿童诗的形象性一般说来表现在下面两个方面:

1.想象性。儿童诗以其符合儿童心理特征的活跃的想象,造成为儿童所乐于接受的形象性,以达到审美的目的。

2.叙述性。相比成人诗,儿童诗带有更多的叙述色彩;即使是以抒情为主的诗作,其叙事成分也是比较多的。这主要是儿童喜欢接受可感可观的具体事物,可感可观的事物才能激起他们的形象思维,使他们产生联想,进而对诗歌所表达的思想感情产生同步共振。

四、充满儿童情趣的优美意境

意境是诗歌的精灵,没有意境,就没有好诗。所谓意境,是作者把自己对社会生活、自然景物的描写与主观感情融为一体而构成的艺术境界。通俗地讲，就是情景交融使人得到的一种画面形象之外的更丰富的艺术震撼。感情与形象的结合构成了诗的意境。意境同样是儿童诗应该刻意创造的，而且应以营造童稚而优美的意境为目标。人们常说"情景交融"，即诗的感情应当附丽于形象。只有把真实的儿童感受通过形象含蓄地表现出来，而不是抽象地呼喊，这种儿童诗才具有童稚而优美的意境，也才能感动儿童。正如美学家朱光潜所说："在心领神会一首好诗时，都必有一幅画境或是一幕戏景，很新鲜生动地突现于眼前，使他神魂为之钩摄，若惊若喜……"值得强调的是，儿童诗意境的营造是离不开儿童情趣的，在所描绘的画面中，或有儿童奇特的想象，或有儿童孩子气的疑问，或有儿童真诚而稚气的行为，或有儿童心想与所为之间的矛盾。总之，这些因素使原本平凡的生活图景变得生机勃勃、温馨动人。例如刘饶民的《月亮》：

> 天上月亮圆又圆，
>
> 照在海里像玉盘。
>
> 一群鱼儿游过来，
>
> 玉盘碎成两三片。
>
> 鱼儿吓得快逃开，
>
> 一直逃到岩石边。
>
> 回过头来看一看，
>
> 月亮还是圆又圆。

在月照大海的静态美景中，通过鱼儿的"逃"和"看"的动态加入，在精巧的构思中，创造出一群小鱼儿戏水观月的优美意境，既有童话般的境界，又有盎然的童趣。自然美与情感美的交相辉映，升华为诗的意境美，在这优美的意境中，自然而然地唤起孩子对美好事物的爱。

成人诗歌的意境讲究含蓄蕴藉、深远高妙；而儿童诗的意境往往寓浓郁的诗情于浅显流畅的语句、藏纯真的诗意于儿童习以为常的事物之中，给人清新、优美之感。儿童诗意境的营造往往离不开儿童情趣，儿童的奇特想象、孩子气的疑问、真诚而稚气的语言、笨拙或过于成熟的举止行为或所思与所作的矛盾等因素都会使描绘的画面灵光四溢、生机勃勃。如詹冰的《游戏》：

"小弟弟,我们来游戏。

姐姐当老师,

你当学生。"

"姐姐,那么,小妹妹呢?"

"小妹妹太小了,她什么也不会做,

我看——让她当校长算了。"

这首诗中姐姐的形象真实鲜明,她的语言充满稚气,她的"决定"让人忍俊不禁。

五、浅近、形象、凝练的语言

诗是语言的艺术。深刻的思想、鲜明的形象只有用凝练、形象、具有表现力的语言来表现,才能成为诗。儿童诗应为儿童学习驾驭语言提供优良的条件,让儿童在优美的语言环境中学习语言、丰富语汇,提高他们驾驭语言、鉴赏语言的能力,同时得到美的享受。如刘饶民的《大海的歌》中《大海睡着了》:

风儿不闹了,

浪儿不笑了。

深夜里,

大海睡觉了。

她抱着明月,

她背着星星。

那轻轻的潮声啊,

是它睡熟的鼾声。

寥寥数语就把静谧安详的大海展现在读者面前,而且用拟人的手法,以极其准确的措词"抱着"、"背着"、"鼾声"形象地描绘出大海这位"母亲"熟睡时的优美的体态。经常吟诵此类诗,儿童不仅可以提高审美能力,还能从中学习并提高驾驭语言、鉴赏语言的能力。又如林武宪的《阳光》:

阳光,在窗上爬着,

阳光,在花上笑着,

> 阳光,在溪上流着,
>
> 阳光,在妈妈的眼里亮着。

这首小诗是语言浅近凝练的典范。作品用四个排比句的形式构成,一气呵成,抓住人心,"爬、笑、流、亮"四个准确形象的词语,给全诗带来生命与灵气。爱是自然界的第二个太阳,妈妈眼里的阳光正是爱的阳光。

读者对象的特殊性决定儿童诗的语言还有一个独特的特点——浅近。只有平易浅近、简洁明了的语言,才能使幼儿易懂、易诵、易记。如胡顺猷的《妈妈》:

> 妈妈是家里的太阳,每天都是她最先起床!
>
> 妈妈是家里的月亮,每天晚上她都很忙!
>
> 妈妈是家里的星星,她的眼睛总是那么明亮!
>
> 妈妈是家里的春天,有了她,家中总是暖洋洋!

这首小诗的语言凝练又浅近,诗中运用比喻手法,分别把妈妈比作"太阳、月亮、星星、春天",形象生动地塑造了一位勤劳、善良、慈爱而又贤惠的妈妈形象,抒发了孩子对妈妈眷恋和爱。

第四节　儿童诗的分类

在类别的划分上,儿童诗与一般诗歌大体相似,可以从不同的角度进行分类。从表现手段的运用方面,可分为抒情诗和叙事诗两大类。从押韵、分行的角度,可分为韵律体诗和散文体诗两大类。但由于儿童诗的涵盖面比较广,常常以诗的外壳包容儿童文学其他样式和内容。因此,可把儿童诗分为抒情诗、叙事诗、童话诗、寓言诗、讽刺诗、朗诵诗等等,下面分别介绍。

一、抒情诗

抒情诗是作者以主人公的口吻,直接抒发内心的思想感情而形成意象的文学样式。这种诗一般不凭依人物行动或故事抒发胸臆,也没有完整的人物形象的刻画描写,而是抒情主人公心灵的直接坦露,自我色彩明显。少年期的儿童更倾向于这种最富于抒情个性的文学样式。如乔羽的《让我们荡起双桨》、柯岩的《我的爷爷》、唐奇的《小溪流》、杨唤的《家》、高帆的《我看见了风》等等,都是儿童读者喜爱的抒情诗。抒情诗可以分为托物抒情、借景抒情、直接抒情三大类。托物抒情的如鲁风的《路灯》:

> 一眨眼,
>
> 路灯亮了。
>
> 路灯排着队。
>
> 排得比星星好。
>
> 你看星星呀,
>
> 东一个,西一个。
>
> 排得乱糟糟。

作品借路灯、星星这两种物,抒发了作者对排队整齐的赞美之情。借景抒情的例如滕毓旭的《春来了》:

> 小雨,小雨,
>
> 唰唰唰;
>
> 小风,小风
>
> 沙沙沙;
>
> 小河,小河。
>
> 哗哗哗;
>
> 小鸟,小鸟,
>
> 喳喳喳——
>
> 春天,春天,
>
> 来到啦!

作者抓住春天的各种声音进行描绘,突出了春天的蓬勃生机,借热闹的春景图,抒写了一种对春天无限热爱的热烈欢快之情。诗中所写的事物和所运用的语言完全是儿童式的抒情方式。用诗的形式表达儿童的激情和对生活的感受,抒发强烈的思想感情,有浓郁的抒情气氛。直抒胸臆的,如江南的 8 岁之作

《我要当个好妈妈》：

> 妈妈问,你长大想当什么?
>
> 我说:当个好妈妈,
>
> 不打娃娃,
>
> 也不骂娃娃。

作品直接抒发了孩子要当个好妈妈的强烈之情。

二、叙事诗

叙事诗是运用诗歌的语言,通过某一特定的生活场景,表现人物或事件的相互联系,创造优美的意境,真实地表现情感的文学样式。

叙事诗大多依靠情节或人物串缀展开诗序,但不一定要求故事情节的完整,情节结构允许较大的跳动,是带着浓郁的诗情去抒写人和事的。著名诗人郭小川曾经说过,"奇、美、情"三个要素,"都是好的叙事诗所需要的",因为儿童喜欢读那些有人物和有情节的小叙事诗。"奇"是指叙事诗中要有巧妙的情节安排;"美"是指诗歌要用精粹的语言、生动的形象构成优美的意境;"情"是指诗歌抒发饱满的情感,具有盎然的情趣。李季的《三边一少年》、任溶溶的《爸爸的老师》、金近的《天目山上好猎手》,等等,可称是叙事诗中的代表作。

叙事诗是以叙述描写少年儿童所熟悉的生活和他们之中的人物事件为主的诗歌。这种诗歌一方面具有叙事作品、人物塑造、情节铺叙、环境描写等特点;另一方面又包含着浓厚的抒情成分。它的叙述并不能像小说那样细致的抒情,也不像抒情诗那样直接,而往往是间接抒情,即通过被描写的事物进行抒情。它的一般情况是:边叙述边抒情,叙述中有抒情,抒情中有叙述,语言洗练,描写集中,情节跳跃。

叙事诗是以叙事为主要表达方式,侧重于通过叙述事件或讲述故事来塑造形象从而表达儿童思想感情的诗。叙事诗有比较完整的故事情节、有比较鲜明的人物形象,篇幅一般比较长,但它不同于小说和故事把事情的来龙去脉介绍得很清楚,它只是把若干故事片断连缀成篇。如柯岩的《帽子的秘密》,把一个"小海军"的天真无邪刻画得淋漓尽致。又如傅天琳的《我是男子汉》:

如果今天夜里突然起风

不要害怕,妈妈

我是家里的男子汉

我已经六岁了,我是男子汉

我会举起长长的陀螺鞭子

把不听话的风

赶到

没有灯光的角落

让它罚站

爸爸不会回来,今天不是星期天

妈妈,你不要发愁

我是男子汉

我会用爸爸用过的锯子和斧子

给你劈开生炉子的柴

叔叔说男子汉就是有出息

妈妈,你也有一个有出息的

男子汉儿子

如果你收到一封

从天上拍来的电报

那是你的男子汉儿子

要摘来一颗星星

照你写字到很晚很晚

诗中六岁的小男孩庄严地宣告他是男子汉,他有能力保护妈妈,表达了小男孩对妈妈纯真的爱。诗中的"我",是一个勇敢无畏、纯真可爱的男子汉,他对妈妈质朴真挚的爱,是和孩子们的心灵相通的,能够引起小读者的共鸣。

三、童话诗

童话诗,又称诗体童话,即是把儿童喜爱的童话,用分行的押韵的诗体来写,是童话和诗歌的巧妙结合。它以诗的形式表现童话故事,它既能让儿童感受诗歌语言的凝练与音乐美,也能让儿童感悟到童话的无限魅力。诗人张秋生说:"我常常想,让诗中充满童话的奇幻色彩,我也常常想,让奇幻的童话世界具有诗的意蕴。我爱诗的童话,我也爱童话的诗。"

童话诗有完整的童话故事情节,其中的人物多是动物拟人化的形象。如俄罗斯诗人普希金的《渔夫和金鱼的故事》、苏联的马尔夏克的《笨耗子的故事》、鲁兵的《小猪奴尼》都是脍炙人口的幼儿童话诗。童话诗中,既有取材于民间童话和民间传说的童话诗,像阮章竞的《金色的海螺》、熊塞声的《马莲花》等;也有在现实生活基础上展开情节幻想的童话诗,像泰戈尔的《在黄昏的时候》、圣野的《竹林奇遇》和滕毓旭的《森林童话》等等。

目前一些新兴的童话诗出现了淡化故事情节的趋势,它只是描写了一个场景,营造了清新优美的诗的意境。如郭风的《童话》:

> 小野菊坐在篱笆的后面,
> 侧着头,想到:
> "我长大了,
> 要有一把蓝色的遮阳伞,
> 那时候,我会很好看,
> 我要和蜜蜂谈话!"
>
> 站在她旁边的蒲公英,插嘴道:
> "可是,那有什么好呢?"
> 小野菊马上问道:
> "可是,你会比我好吗?"
>
> "我长大了,会有一顶
> 旅行用的黄色的小便帽;
> 我要带一只白羽毛的毽子,
> 旅行到很多的地方!"

小野菊沉思地说："那真的很好，

可是，我不要像你！"

这首诗只是描绘了小野菊和蒲公英对话的情景，他们在优美的意境中谈愿望、谈理想。

四、寓言诗

寓言诗又称诗体寓言，它用诗的语言向儿童讲述一个简短而生动的故事并且寄托一定的讽喻和教训之意的儿童诗。寓言诗的特点有四：其一，曲折地反映生活；其二，漫画式的形象；其三，耐人寻味的寓意；其四，符合儿童心态的情趣。由于寓言诗这些特点，决定了大多数寓言诗作者笔下，都有着一个鲜活的动物世界或植物世界。在这些动植物身上，诗人们都要表达一定的思想，或讽刺，或劝诫，或歌颂。不过大多数作者都是通过寓言诗达到讽刺的目的。17 世纪法国的拉封丹、19 世纪俄国的克雷洛夫都写过大量深受少年儿童欢迎的寓言诗。在我国，古代寓言诗基本是一个空白；新中国成立后，真正意义上的寓言诗开始出现。刘征、于之在五六十年代创作了一定数量的儿童寓言诗，但是由于时代的原因，他们的作品并没有引起应有的注意。20 世纪 80 年代以来，儿童寓言诗创作取得了很大的发展，有不少诗人在这方面下工夫，出现了一些值得玩味的名篇佳作，可以说是异军突起。在这个诗人群体里，以刘征和杨啸两人的成就最大。杨啸创作儿童寓言诗《蜗牛的奖杯》获得首届寓言文学评奖创作二等奖；1987 年由内蒙古人民出版社出版的《幽默寓言故事精选》，获第二届寓言文学评奖创作一等奖。高洪波的《列车上的苍蝇》、张秋生的《会拉关系的蜗牛》等都是有代表性的佳作。台湾诗人也创作了不少佳作。如林焕彰的《螃蟹和鱼》：螃蟹喜欢横着走路/螃蟹对鱼说：我这样走，大家都会怕我/鱼喜游来游去/鱼对螃蟹说/这样不好，你会没有朋友。诗歌深入浅出地向幼儿讲述了这样一个道理：如果一个人非常横行霸道，就不会有朋友。

儿童寓言诗不同一般意义上的讽刺诗。它虽然同讽刺诗一样要达到讽刺现实的目的，但是讽刺并不是它的全部内涵。新时期以来的儿童寓言诗人一反"颂者不讽，讽者不颂"的诗界传统，达到讽颂并举、花刺兼收的效果。诗人一方面塑造反面形象予以讽刺和揭示;另一方面又树立正面形象进行肯定和歌颂。如刘征笔下的"花"(《蜜蜂厂长》)、"厨师"(《厨师的笑声》)等;杨啸笔下的"八哥"(《八哥的金笛》)、"无花果"(《牡丹花和无花果》)等。诗人多是采用对照的方式,将讽刺和歌颂两者很好地结合起来。如寓言诗一味进行讽刺和揭露,而不树立正面形象,不免给少年朋友们以灰色的感觉,诗人们花刺并举的做法很好地避免了这一情况。在新时期进行儿童寓言诗创作并产生较大影响的还有高洪波、刘猛、张秋生、李继槐、凝溪、邝金鼻、宫玺、聪聪、许润泉等。他们的作品或作品集如《大象法官》、《吃石头的鳄鱼》、《秃尾巴耗子和神猫》、《蜜蜂、天狗、月亮》、《哈哈镜》、《动物王国里的寓言》、《四个和尚》、《石头的母鹅》、《浮萍的哲学》等,它们共同丰富着儿童寓言诗坛。诗人们以他们具有实力的作品证实:在新时期,儿童寓言诗已经异军突起。

五、讽刺诗

讽刺诗是用比喻和夸张等手法对儿童生活中某些不良现象进行提示和批评、引导儿童对照自省的幽默诙谐的儿童诗。这种诗,或直写儿童的错误行为及后果,或巧指他们的一两种毛病缺点,或有意夸张叙写他们某种不良习惯及可笑的结局,使儿童在微笑中看到自己,受到启发,引起警觉。如任溶溶的讽刺诗《强强穿衣服》,以极度的夸张,描绘强强穿衣服动作之慢:早上起床穿衣服,一直穿到晚上。它讽刺嘲笑了某些儿童边做事边玩耍的习惯。

讽刺诗的教育功能显著,它能让幼儿在微笑中反思自己的行为,起到"有则改之,无则加勉"的自律作用。儿童讽刺诗和一般讽刺诗有明显的区别。儿童诗中讽刺对象是儿童,所以大都是善意的、委婉温和的讽刺。它不同于一般讽刺诗大都针对社会生活中某种不正常现象、某种人的劣迹或者敌人的那种辛辣尖刻、针砭入木三分,甚至没有回旋余地的讽刺。如滕毓旭的《大喇叭》:

有个娃娃嗓门大,说话像只大喇叭;

十里以外听得见,震得树叶哗啦啦;

小狗以为放鞭炮,吓得躲进门后趴;

小鸡以为打了雷,扑棱翅膀跑回家;

　　小朋友赶紧捂耳朵,害怕脑袋被吵炸。

　　这首诗运用夸张的手法,写孩子过分大声说话的不良习惯,进行善意的批评和讽刺,使小读者在笑声中受到启发和教育。

六、题画诗

　　题画诗是根据画面题写的抒情诗。它是诗情与画意的有机融合,其画面包含图画、摄影、雕塑等,它的内容源于画面,但又不囿于画面。诗作者须在对画面有了独特感受的基础上,发挥想象,进行再创造,使诗情与画面相得益彰。

　　在我国,题画诗源远流长。题画诗始于唐朝,至宋代广泛流行。现存的大部分国画,在其边角空白处,往往题有画家本人或他人题写的诗,内容或指明画意,或抒发观感,或评品画艺,借助书法线条与图像互相呼应,通过诗情辞采与画意互相发明,体现了我国传统绘画特有的程式章法。杜甫、苏轼、王冕、郑板桥、唐寅、齐白石等均有不少题画诗佳作传世。

　　儿童题画诗继承了我国题画诗的传统,同时又有自身的特点。儿童题画诗所源于的画面多为儿童画或符合儿童审美心理的摄影作品,它往往以画面内容作为诗情的引发点,表达儿童所能理解并易于激起他们共鸣的思想感情;儿童题画诗不像古代题画诗那样一定题写在画面上;篇幅的长短更加灵活自由,不像古代题画诗那样一般只有四句;儿童题画诗一旦创作出来,即便离开画面,也具有独立的听赏价值。

　　儿童题画诗对儿童有特殊的作用。儿童对形象化的画面有一种天然的喜好,对儿童来说,题画诗是视觉与听觉的结合,在看画面的同时伴以富于节奏美的诗句,能够激发儿童更丰富的想象,使他们得到更充分的审美享受。柯岩为小朋友卜镝的画写了不少题画诗,这些清丽的题画诗与卜镝的画结集为诗画集《童画诗情集》于1981年6月出版,这本新中国成立以来出版的第一本儿童诗画专集,在国内外引起巨大的反响。柯岩的《月亮,月亮,你告诉我》、《小长颈鹿和妈妈》等,黎焕颐的《蒲公英》、金波的《小星星》、丁深的《狮》等都是优秀的幼儿题画诗。下面是丁深写的题画诗《狮》:

　　　　狮啊,

你瞧你！

一头乱发，

不梳也不洗。

要不要给你一盆水，

洗一洗，

再给你把梳子，

梳梳整齐？

这首诗配合的画面是一个辫子梳得很光洁的小女孩拿了一把梳子给狮子，而狮子歪着头，好像在等着给它梳头。这首诗配合画面所表现的思想是从孩子的眼光看到狮子一头乱发，不讲文明卫生，应予批评，适合孩子的心理，表现了教育的主题。

七、朗诵诗

朗诵诗是适合于朗诵的一种诗体。儿童朗诵诗为了适应少年儿童朗诵的需要，在词汇的使用和句式结构上都更注重口语化。

抗战时已经有诗歌朗诵，目的在于试验新诗或白话诗的音节，看看新诗是否有它自己的音节，不因袭旧诗而确又和白话散文不同的音节，并且看看新诗的音节怎样才算是好。这个朗诵运动虽然提倡了多年，可是并没有展开；新诗的音节是在一般写作和诵读里试验着。试验的结果似乎是向着匀整一路走，至于怎样才算好，得一首一首诗地看，看那感情和思想跟音节是否配合得恰当，是否打成一片，不漏缝儿，这就是所谓"相体裁衣"。这种结果的获得虽然不靠朗诵运动，可是得靠朗读。朗读是独自一个人默读或朗诵，或者向一些朋友朗诵。这跟朗诵运动的朗诵的不同，那朗诵或者是广播，或者是在大庭广众之中。过去的新诗有一点还跟旧诗一样，就是出发点主要的是个人，所以只可以"娱独坐"，不能够"悦众耳"，就是只能诉诸自己或一些朋友，不能诉诸群众。抗战前诗歌朗诵运动所以不能展开，其原因就在这里。而抗战以来的朗诵运动，不但广泛地展开，并且产生了独立的朗诵诗，转折点也在这里。

抗战以来的朗诵运动起于迫切的实际的需要——需要宣传，需要教育广大的群众。这朗诵运动虽然以诗歌为主，却不限于诗歌，也朗诵散文和戏剧的对话；只要能够获得朗诵的效果，什么都成。假如战前的诗歌朗诵运动可以说是艺术教育，这却是政治教育。政治教育的对象不用说比艺术教育的广大得多，所以教材也得杂样儿的；这时期的朗诵会有时还带歌唱。抗战初期的朗诵有时候也用广播，但是我们的广播事业太不发达，这种朗诵的广播，恐怕听的人太少了；所以后来就直接诉诸集会的群众。朗诵的诗歌大概一部分用民间形式写成，在旧瓶里装上新酒，一部分是抗战的新作；一方面更有人用简单的文字试作专供朗诵的诗，当然也是抗战的诗，政治性的诗，于是乎有了"朗诵诗"这个名目。不过这个名目将"诗"限在"朗诵"上，并且也限在政治性上，似乎太狭窄了，一般人不愿意接受它。可是朗诵运动越来越快的发展了，诗歌朗诵越来越多了，效果也显著起来了，朗诵诗开始向公众要求它的地位。于是乎来论争，论争的焦点是在诗的政治性上。也有人认为焦点应该放在朗诵诗的独立的地位或独占的地位上。

也有人认为朗诵诗不是诗，至少不像诗，不像我们读过的那些诗，甚至于可以说不像我们有过的那些诗。对的，朗诵诗的确不是那些诗。它看来往往只是一些抽象的道理，就是有些形象，也不够说是形象化；这只是宣传的工具，而不是本身完整的艺术品。照传统的看法，这的确不能算是诗。朗诵跟看的诗歌确有不同之处；有时候同一首诗看起来并不觉得好，听起来却觉得很好。朗诵诗大多数只活在听觉里，群众的听觉里；独自看起来或在沙龙里念起来，就觉得不是过火，就是散漫，平淡，没味儿。可是在集会的群众里朗诵出来，就确乎是诗。这是一种听的诗，是新诗中的新诗。它跟古代听的诗又不一样。那些诗是唱的，唱的是英雄和美人，歌手们唱，贵族们听，是伺候贵族们的玩意儿。朗诵诗可不伺候谁，只是沉着痛快地说出大家要说的话，听的是有话要说的一群人。朗诵诗虽然近乎戏剧的对话，可又不相同。对话是剧中人在对话，只间接地诉诸听众，而那种听众是悠闲的、散漫的。朗诵诗却直接诉诸紧张的、集中的听众。不过朗诵的确得注重声调和表情，朗诵诗的确是戏剧化的诗，不然就跟演讲没有分别，就真不是诗了。

朗诵诗是群众的诗，是集体的诗。写作者虽然是个人，可是他的出发点是群众,他只是群众的代言人。他的作品得在群众当中朗诵出来,得在群众的紧张的集中的氛围里成长。那诗稿以及朗诵者的声调和表情,固然都是重要的契机,但是更重要的是那氛围,脱离了那氛围,朗诵诗就不能成其为诗。朗诵诗要能够表达出大家的憎恨、喜爱、需要和愿望;它表达这些情感,不是在平静的回忆之中,而是在紧张的集中的现场,它给群众打气,强调那现场。有些批评家认为文艺是态度的表示,表示行动的态度而归于平衡或平静;诗出于个人的沉思而归于个人的沉思,所以跟现实生活保持着相当的距离,创作和欣赏都得在这相当的距离之外。所谓"怨而不怒","乐而不淫","哀而不伤",所谓"温柔敦厚"以及"无关心"的态度,都从这个相当的距离生出来。有了这个相当的距离,就不去计较利害,所以有"诗失之愚"的话。朗诵诗正是揭破这个愚,它不止于表示态度,却更进一步要求行动或者工作。行动或工作没有平静与平衡,也就没有了距离;朗诵诗直接与实生活接触,它是宣传的工具,战斗的武器,而宣传与战斗正是行动或者工作。玛耶可夫斯基论诗说得好:

照我们说

韵律——

大桶,

炸药桶。

一小行——

导火线。

大行冒烟,

小行爆发,

⋯⋯

这正是朗诵诗的力量,它活在行动里,在行动里完整,在行动里完成。这也是朗诵诗之所以为新诗中的新诗。

宣传是朗诵诗的任务,它讽刺,批评,鼓励行动或者工作。它有时候形象化,但是主要的在运用赤裸裸的抽象的语言;这不是文绉绉的拖泥带水的语言,而是沉着痛快的,充满了辣味和火气的语言。这是口语,是对话,是直接向听的人说的。得去听,参加集会,走进群众里去听,才能接受它,至少才能了解它。

单是看写出来的诗,会觉得咄咄逼人,野气,火气,教训气;可是走进群众里去听,听上几回就会不觉得这些了。再说朗诵诗是对话,或者三言两语,或者长篇大套;前一种像标语口号,看起来简单得没味儿,后一种又好像啰嗦得没味儿。其实味儿是有,却是在朗诵和大家听里。

朗诵诗得是一种对话或报告,诉诸群众,这才直接,才亲切自然。但是这对话得干脆,句子不能长,并且得相当匀整,太参差了就成演讲,太整齐了却也不自然。话得选择,像戏剧的对话一样的严加剪裁;这中间得留地步给朗诵人,让他用他的声调和表情,配合群众的氛围,完整起来那写下的诗稿——这也就是集中。剧本在演出里才完成,朗诵诗也在朗诵里才完成。这种诗往往看来嫌长可是朗诵起来并不长;因为看是在空间里,听是在时间里。

现在朗诵诗的效用已被人们普遍承认,美国也已经有了朗诵诗,1944 年出的达文鲍特的《我的国家》(有杨周翰先生译本)那首长诗,就专为朗诵而作。我们国家从幼儿园、小学、中学到大学,每逢集会、节日、文艺晚会,朗诵诗都已成了不可缺少的品种。如余光中的《乡愁》、高洪波的《遗憾的爸爸》、徐鲁的《热爱生活》、李幼容的《我和祖国一起飞》、滕毓旭的朗诵诗集《少年英杰之歌》和《希望之歌》等,都是优秀的朗诵诗。

第五节　儿童诗的创作

从"不学诗,无以言",到盛唐、明清,诗歌可以说无所不在,中华民族有着深远的诗教传统。爱诗、诵诗、作诗,使历代炎黄子孙一直沐浴在中华文明的温馨里,也使我们一向自诩为"诗的国度"。写诗的益处,中国当代著名诗人、学者王家新曾说过:一个人在年轻的时候不去写诗,他便错过了人生最美好的时光。"诗歌教育不仅是为了孩子,也是为了'诗歌',更是为了一种语言和文化的未来。"下面谈谈怎样创作儿童诗。

一、阅读欣赏仿写创新

读是写的基础。爱读书、会读书的人，一般写作能力也强，古人云："熟读唐诗三百首，不会写诗也会吟。"

爱读诗的人，一定对诗感兴趣，兴趣是最好的老师，有了兴趣，就可以选择自己阅读过的、最喜欢的诗来仿写或改编，这是创作的起步。有一位评论家说过："只读不写，眼高手低；只写不读，眼低手也低。"这正指出了读与写的关系。能写诗后会更爱读诗，这是写和读的良性循环。拿来仿写或改编的作品，可以是古诗，可以是儿童诗，也可以是自由诗。比如学了白居易的《忆江南》，我们就可以将它改成《忆学校》："学校好，风景旧曾谙。日出东方升国旗，春来学校绿如青。能不忆学校！"又如一位小学生读了李白的《望庐山瀑布》，上街后有感而发，改成："炭火烤炉生白烟，遥看烤鸭在街边，口水流成三千尺，一摸口袋没有钱。"还有一位幼儿园的小朋友，老师教他学了孟浩然的《春晓》，在看到爸爸喷杀蚊子的时候，他竟然将《春晓》改成："春眠不觉晓，处处蚊子咬，喷了杀虫药，不知死多少。"仿写改编多了，熟练了，慢慢就会进行独立创作，融合百家，推陈出新，自成一体。

对于古今中外优秀的佳作，多读多背，自然而然就能掌握写诗的技巧。浙江金华有一个小诗人在读了郭沫若的《天上的街市》后受到启发，便试写了一首诗《天上的大街》：

> 天上的大街
> 是稀奇的集市
>
> 白天打烊
> 晚上开门
>
> 每当华灯齐放
> 满街车水马龙

　　天街的人们啊　　真是猜不透
　　穿着闪亮的衣服　　只是慢慢地走

　　数天上的星像是数城里的人
　　孩子的心里惦着天上的大街

这首诗明显是受了《天上的街市》的影响而萌发了对夜空星星的幻想，从中获得灵感才写出来的。但小诗人没有直接模仿，而是从自己的视角落笔，才有最后两行诗意盎然的诗句。

二、用儿童的视角去体味生活

　　儿童诗的作者可以是成人，也可以是儿童自己。成人写儿童诗必须把自己的视角转移到儿童这边来，他必须用儿童的眼睛去看，用儿童的耳朵去听，用儿童的心灵去体味，才能写出为儿童所喜闻乐见的作品。

　　要转移视角，成人作者就要学会用儿童的眼光去观察生活。儿童眼中的世界和成人眼中的世界是不相同的。许多成年人熟视无睹的事在幼儿眼里却充满灵性。比如，一位母亲带着孩子跑步锻炼，当风把他们额上的汗吹干后，孩子情不自禁地说："风把我身上的汗打扫干净。"又如，看到太阳、月亮的升落，孩子会想到那是他们在捉迷藏。因此，在创作儿童诗时，一定要把握好儿童的年龄特点，用儿童的眼光观察儿童的生活，从儿童的心理特征出发，用儿童的眼睛观察世界、感知世界，以一颗童心与世间万物对话、交流，让笔下的诗句展现童心的纯真美丽。例如陈尚信的《鼻子吃蛋糕》：

　　这块蛋糕，
　　我舍不得吃它，
　　要等爸爸妈妈一起尝。
　　我让鼻子先尝一点儿，
　　反正小鼻子只会闻闻，
　　不会吃下。

在这首短小的幼儿抒情诗中，我们看到孩子水晶般透明的心，他舍不得一

111

人先吃蛋糕,一心要等着爸爸妈妈回来一起吃,这是他的可爱之处;更可爱的是,他还是有点儿忍不住,就"让鼻子先尝一点儿"。鼻子怎么"尝"呢?孩子的解释是:"反正小鼻子只会闻闻,不会吃下。"这样的举动、这样的解释完全符合儿童的年龄特点,在儿童看来这些都是合情合理的。如果作者未准确地把握儿童的心理,未细致地观察幼儿的言行,不是用儿童的眼睛看世界,是写不出这样鲜活有趣的作品的。

要转移视角,成人作者还要善于换位思考。只有换位思考,成人作者才能想儿童之所想。

三、根据儿童的思维进行艺术构思

儿童有其独特的思维特点,首先,儿童以形象思维为主,抽象逻辑思维要到五六岁才开始萌芽。其次,幼儿的思维是一种"自我中心主义"思维,这种思维方式形成了幼儿的泛灵观念,泛灵观念认为世界万事万物都有生命,都和人一样有感觉和意识。在生活中,我们常常看到有的小朋友,帮自己的布娃娃穿上漂亮的衣裙,还对着她说悄悄话,好似她都能听懂似的。有的小男孩,拿着一支竹竿当马骑,嘴里还不断地吆喝着:"快跑,快跑,快!"……在儿童的心中,物与人一样,也有感觉,也有思想,也会说话,也有情感。

诗歌的形象要借助于联想和想象的翅膀才能飞腾起来,而诗歌的形象和哲理只有通过精巧的构思才能构成一个完美的艺术整体。没有丰富的联想和想象以及精巧的艺术构思,就没有诗。而儿童诗的联想和想象以及构思,必须根据儿童的心理特点来展开和进行,否则就成不了儿童诗。儿童诗比成人诗的联想更丰富,想象更大胆而奇特,构思更精巧而新奇。以管用和的《夕阳》为例:

> 太阳公公走了一天,
> 累得面红耳赤,
> 他跳到清净的湖水中,
> 把一天的疲劳浴洗。
>
> 哎呀,他不见了,

是不是沉进湖底？

不，他扎了一个猛子，

第二天又从湖东岸冒起。

作者从儿童的生活经验出发，根据儿童富于幻想的特点，运用拟人化的手法，把夕阳西下，第二天太阳又从东方升起的自然现象赋予人性，解释为太阳跳到湖中洗澡、扎猛子，这是符合孩子天真的幻想、丰富的联想、大胆而奇特的想象特点的。孩子的科学知识和生活经验有限，因为地球围绕着太阳自转的自然现象和其中道理，他们还不理解。往往只从自己的直观感觉和已有的经验去推想和解释未认识的事物和现象，而不管它是否符合实际。

四、创造儿童能理解和感受的优美意境

诗歌要有诗味。所谓诗味，就是诗中优美的意境。儿童诗写作必须创造儿童能理解和感受的富有儿童情趣的优美意境。古人说"言有尽而意无穷"。这个不尽之意，出自深刻的思想，而这深刻的思想，不待言传就能让孩子们领会、接受一首儿童诗，没有思想，没有感情，没有寄托，景物描绘再真切，再入微，再生动，也不过是过眼云烟，闪忽即逝，不可能在小读者的脑海里留下什么痕迹。这样的诗，也经不起推敲，不耐咀嚼，更不能使小读者有身临其境的感觉。创造了意境的儿童诗，才是富有诗意的精美的艺术品，才能让小读者读后得到一种美的享受，一种艺术欣赏的愉快。

但是，这种意境的体现不是用扑朔迷离的情节、华丽辞藻堆砌而成，而是用儿童易于接受和理解的内容和词语来表现，因此作者必须用儿童的眼光去观察他们的世界，用儿童的语言去描绘他们的世界，将情景交融在一起。例如宗信的《笑》：

大年三十儿，

我挑起了一挂鞭炮，

喜滋滋地点燃了引捻，

啪！啪！啪！啪！

爷爷笑了，皱纹里，

跳荡着幸福的歌谣；

妈妈笑了,嘴角上,

绽开了心底的花苞；

姐姐笑了,新买的登山服,

闪出了彩色的线条；

弟弟笑了,手中的泡泡糖,

凸出了农村的新貌……

鞭炮炸响着,

爆起了一串串欢笑,

我像一只剪破风雪的小燕子,

在笑的春潮里飞跑……

情景交融,给人以热热闹闹、喜气洋洋的意境,使小读者能充分感受到新年的欢乐之情和节日的幸福之情。

五、用儿童的语言写儿童诗

儿童的语言是通俗、朴素、简明、精练、具体、可感、口语化,但又是非常幽默和有风趣的。只有这样的语言,孩子们才会认为这是写他们的事,他们爱读,会受到教益。例如圣野的《捉迷藏》,在儿童诗语言上给我们很多启发:

妈妈和小犁犁,

做捉迷藏的游戏,

小犁犁找哇找哇,

不知妈妈藏在哪里!

小犁犁大声地喊:

"妈妈,妈妈,

您在哪里?"

妈妈说:

"白天,我在你心里,

晚上,我在你梦里。"

这首儿童诗捕捉了儿童生活中一个常见的场景,通过妈妈与小犁犁的一问一答,写出妈妈对孩子深深的爱。诗的语言既是口语化的、简明易懂的,又是具体可感的。诗中的"找哇找哇",完全是孩子的口头语言,却逼真地突现小犁犁找妈妈的神态,动感十足;"大声地喊"也是口语化的,正是这简简单单的口语,突出小犁犁找不到妈妈的急切心情;结尾两句依然简洁朴实,却丰富了诗的含义,把诗带进绵长优美的意境之中。这正是创作者应该学习的。

在给儿童写诗时,可以调动的词汇相对较少,要想把这语言的珍珠挂在孩子胸前确实很不容易。在写儿童诗时,要避免按照成人的思维习惯与表达习惯使用成人化的语言,要通过具体生动的诗句让诗的形象成为儿童可以看到、听到、触摸到的具体可感的形象。否则,诗写得再好,对儿童也是没有多大的意义的。比如某儿童文学杂志刊登了一首儿童诗《老虎的眼镜》:

老虎戴了副漂亮的眼镜,

见了谁都毕恭毕敬,

他对小老鼠,

也百般殷勤。

大家感到不可思议,

眼镜店的大象揭开了秘密:

我给他配的是超级放大镜,

在你们这些"巨人"面前,

他哪敢霸道横行!

这首诗构思新颖,颇有一些悬念,立意也很好。但对幼儿来说,诸如"毕恭毕敬"、"百般殷勤"、"不可思议""超级放大镜"等词语都显得抽象、深奥、成人化了。如果拿这首诗给幼儿园的小朋友学习,是不合适的。

诗的语言,是文学语言中最精练的语言。它是语言的珍珠。儿童诗的读者是幼儿,幼儿掌握的词语数量不多,要把这一串语言珍珠挂在幼儿身上确实不易。

要让孩子读懂诗中的语言，儿童诗的语言首先要浅显明白。如圣野先生的《小妹妹醒了》，诗歌的语言质朴浅显，没有华丽的辞藻，只用浅显的话就勾勒了一副生机勃勃的晨景图。

其次，儿童诗的语言要有童趣。语言要有童趣，就要以儿童的口吻来表达。如林良先生的《葡萄》：孩子静静地/看着葡萄/要是我有/这么一大堆弹珠/该有多好！诗中的孩子看着葡萄，心里想着心爱的弹珠，诗人用孩子的口吻"要是……该有多好！"呼出了孩子心中的愿望。

再次，儿童诗的语言要形象具体。儿童的思维多是形象的思维，作为思维外衣的语言，也就具有形象具体的特色。在孩子们看来，许许多多事物都是形象的，而且处于动态之中。如林焕彰的《妹妹的红雨鞋》，把妹妹的红雨鞋比作在金鱼缸里游来游去的一对红金鱼。形象具体是此诗的一大语言特色。

六、运用多种表现手法写出儿童情趣

表现手法从广义上来讲也就是作者在行文措辞和表达思想感情时所使用的特殊的语句组织方式，首先是字词、语句上的修辞技巧，种类很多，包括比喻、设问、反复、象征、夸张、排比、对偶、拟人等等。下面介绍四种常见的表现手法。

（一）比喻

用一种事物或情景来比作另一种事物或情景。最常采用的是明喻和暗喻。

明喻通常是以"甲"好像"乙"的格式出现，能达到形象地表现事物特点的目的，比较适合描写实物和大自然景象，独特的想象能把常见的事物变得新鲜有趣，易引起小读者的兴趣。例如一位叫任海蓓的小朋友这样写《天空》：

太阳，多像一个调皮的小男孩，

老是跟我捉迷藏。

月亮，多像一个可亲的小姐姐，

笑着看我进入梦乡。

云朵，多像一群活泼的小金鱼，

把天空当成一个大鱼缸。

银河,你为什么不往下淌?

噢,原来你是星星们的床。

作品中的太阳、月亮、云朵被小作者分别比喻成"调皮的小男孩"、"可亲的小姐姐"、"活泼的小金鱼",别致而富于幼儿情趣。

暗喻一般是以"甲"是"乙"的格式出现,符合幼儿的接受心理,具有亲切感。请看江全章的《阴·雨·晴》:

爸爸的脸是阴天,

妈妈的脸是雨天,

我是快活的风,

吹散了爸爸脸上的乌云,

吹干了妈妈脸上的雨点,

太阳出来了,

家里出现大晴天!

这首抒情诗生活气息浓厚,把爸爸妈妈生气时的情态比喻为"阴天"、"雨天",把"我"比作"快活的风",吹走了阴雨,化解了不快,家里又恢复了和睦和温馨,变成了"大晴天"。这一串比喻,将孩子眼里的家庭生活图景形象地展示在我们面前,真实、生动、风趣。

(二)设问

先提出问题,接着把看法说出。问题引入,带动全篇,中间设问,承上启下,结尾设问,深化主题,令人回味。设问一般只根据现象,从儿童的视角出发,将几个问题排列起来发问,突出童心童趣,并不要求回答。它能吸引儿童的注意力,增加诗的趣味。如杜虹的《多好玩》由于运用了设问,不仅开篇就紧紧抓住了小朋友的心,而且想象独特、童趣盎然、别有韵味:

鱼儿只能在水里游吗?

鸟儿只能在天上飞吗?

我只能在地上跑吗?

要是交换一下多好玩:

> 鱼儿在地上竖起尾巴蹦蹦跳，
>
> 鸟儿在水里撵着小虾转圈圈，
>
> 我在空中飞来飞去，
>
> 摘着五颜六色的云片……

（三）反复

为了强调某个意思，突出某种感情，有意重复使用某些词语或句子，叫反复。运用反复能使所描绘的画面更有层次，能使所要表达的感情更强烈，使诗的节奏更明快。反复主要有两种形式，一是连续反复，即接连重复相同的词语或句子，中间没有间隔，如张茹的《午睡》，就是运用了连续反复：

> 眼睛睡了
>
> 嘴巴睡了
>
> 胳膊睡了
>
> 腿睡了
>
> 手睡了
>
> 脚睡了
>
> 全身都睡了
>
> 只有小鼻子在值班
>
> 呼——呼——
>
> 呼——呼——

作品中，"睡了"连续出现了七次，通过音节错落有致的变化造成轻快的节奏，质朴中透着风趣。

二是间隔反复，即在接连使用的词语或句子中间，隔有其他的词语或句子。这种间隔反复，就是诗的结构上的反复，通常要以一句话作为各节的起句，反复运用，每行的句式都相同。如朱效文的《望远镜里的小鸟》就是运用了间隔反复：

> 望远镜里的小鸟
>
> 胆子最大，

敢在我鼻子底下玩，
一点儿不害怕。

望远镜里的小鸟
最爱说话，
嘴巴动个没完，
却听不清它在说啥。

望远镜里的小鸟
比别的小鸟都大，
眼睛大头大翅膀大，
有时候比我的望远镜还大！

望远镜里的小鸟
它看我，我也看它；
望远镜里的小鸟，
它喜欢我，我也喜欢它！

这首诗每段的起句均相同，都是"望远镜里的小鸟"，从不同的侧面描写了在望远镜里所看到、所感受到的小鸟的情景，抒发了对小鸟的喜爱之情。

运用反复，要从表达的需要出发，不能为反复而反复，造成重复啰嗦，有碍文意的表达。只有在确实需要强调某个意思或突出某种情感时，才能使用反复修辞格。

（四）拟人

拟人法是幼儿诗最常采用的方法。它最符合幼儿的心理，是把动物、植物等非人的事物比拟成人，赋予它们生命、思想、感情，把儿童情趣蕴含在活泼有趣的作品之中。如王立春的《鞋子的自白》：

这一辈子

不做一只小孩的鞋子
真是白活

大人的鞋可真没有意思
抹着油光光的头
走起路来
还一本正经

我愿意抱着胖乎乎的小脚丫
摇头晃脑地
到处跑

我喜欢钻土堆
黑色的大甲虫
会让我浑身挂满泥巴
像个风尘仆仆的将军
为了追一只蛤蟆　我可以
义无反顾地冲进河里
宁可浑身湿透
……

这首诗以小孩的鞋子为视角，它具有七情六欲，引领着读者回到质朴简单的儿童生活，领略童年的快乐！

除以上方法外，创作儿童诗还可以运用对比、夸张、悬念等表现手法。但仅仅掌握写作方法是远远不够的，只有用心灵去拥抱生活，不断从生活中挖掘有意义的素材，只有乐于做小孩子们的好朋友，满怀爱心和小朋友一起展开想象的翅膀，只有虚心好学、勤于动笔，在炼字、炼句、炼意方面下功夫，才能写出好的儿童诗来。

阅读赏析

1. 我喜欢你狐狸(抒情诗)

⊙　高洪波

你是一只小狐狸,聪明有心计,

从乌鸦嘴里骗肉吃,多么可爱的主意!

活该,谁叫乌鸦爱唱歌,呱呱呱自我吹嘘!

再说肉是他偷的,你吃他吃都可以。

也许你吃了这块肉,会变得漂亮无比!

尾巴像红红的火苗,风一样掠过绿草地。

我喜欢你,狐狸,你的狡猾是机智,

你的欺骗是有趣。不管大人怎么说,

我,喜欢你。

【作者简介】 高洪波,笔名向川,诗人,散文家,1951 年 12 月生于内蒙古。1988 年毕业于北京大学中文系。1969 年应征入伍,任陆军四十师炮团战士、排长。1971 年开始发表作品。1984 年加入中国作家协会。1978 年转业后历任《文艺报》新闻部副主任,中国作家协会办公厅副主任,《中国作家》副主编,《诗刊》主编,中国作家协会创联部主任、书记处书记。中国作家协会全国委员会委员。中国作协副主席。干过行政工作,编过大型期刊。先后出版过儿童诗集《大象法官》、《鹅鹅鹅》、《吃石头的鳄鱼》、《喊泉的秘密》、《我喜欢你,狐狸》、《种葡萄的狐狸》、《少女和泡泡糖》、《飞龙与神鸽》,散文集《波斯猫》、《文坛走笔》、《高洪波军旅散文选》、《司马台的砖》、《人生趣谈》、《为二十一世纪祈祷》、《柳桃花》、《避斋走笔》、《高洪波散文选》,评论集《鹅背驮着的童话——中外儿童文学管窥》、《说给缪斯的情话》等。散文集《悄悄话》获全国第三届儿童文学优秀作品奖。《我想》获全国第一届儿童文学优秀作品奖,其中,《我想》这首儿童文学优秀作品奖和张继楼的《童年的水墨画》一起进入了人教版语文五年级下册的第九课。

【作品赏析】 《我喜欢你狐狸》是一首非常活泼、充满调皮性格的幼儿诗。诵读时不宜做过多分析,只需要引导孩子用自己喜欢的方式极其自然地表现诗的风格。

比如:"多么可爱的主意!""活该"几句,可以用狡黠的眼神,而"再说肉是他偷的"等则可以在"再说"后延长并配合撅起小嘴,这些辅助动作会更好地传递儿童的天真可爱。"漂亮无比"、"我喜欢你,狐狸"、"我,喜欢你"这几句则可以读得振振有词,充分展示儿童的叛逆天性!

2. 鞋（抒情诗）

⊙ （中国台湾）林武宪

我回家,把鞋脱下
姊姊回家,把鞋脱下
哥哥、爸爸回家
也都要把鞋脱下

大大小小的鞋
是一家人
依偎在一起
说着一天的见闻

大大小小的鞋
就像大大小小的船
回到安静的港湾
享受家的温暖

【作者简介】 林武宪,号黄山。生于 1944 年,台湾彰化人。从嘉义师范毕业后曾任教师、台湾文学学会常务理事等职。长期从事教师工作并致力于儿童诗歌创作,对台湾儿童文学发展,有莫大贡献,是台湾儿童文学界代表人物之一,已经出版四十本编著作,跟儿童诗有关的占十本,儿童诗作品《小树》、《瀑布》、《鞋》、《安安回家》、《性急的农夫》、《我听见鲸鱼唱歌》、《分身术》、《全自动功课机》、《钓鱼》、《砂子》、《北风里的树》、《有一天》、《种树》、《时间是什么》、《把握今天》、《如果我是鱼》、《告诉我》被编入台湾"国语实验教材",还有部分作品被编入美洲华语课本,被谱曲广为流传。儿童诗《小树》、《秋天的信》、《鞋》于1977 年荣获洪建全儿童文学奖诗歌类第一名。

【作品赏析】《鞋》是一首构思独特,非常富于生活情趣的幼儿诗。"诗出侧面"是人们熟悉的构思方法。本诗不正面写一家人相亲相爱的幸福温暖,而从每个人都极熟悉的"鞋"落笔:第一节排列出一家人回家脱鞋的景况,似乎太一般化了,没什么美感,然而它为后面别具一格的比喻、想象、抒情作足了铺垫。从"鞋"切入表现一家人相亲相爱,不落俗套。传递着一种温馨的家庭生活气氛,给人以另辟蹊径的新异感。以贴切的比喻来结束全诗,"回到安静的港湾,/享受家的温暖"则是作者的生花妙笔,这一笔使作品意境大开。它是一种点拨,使小读者从他们熟悉的现象中领悟到更深的意义;它也是一种提升,提升了审美能力,提升了诗的品位,给孩子美好感情的陶冶。这种读之有趣、品之有味的幼儿诗,自然能取悦于孩子们,同时也会受到家长、教师的欢迎。

3. 风(抒情诗)

⊙ (中国台湾)谢武彰

妈妈把洗好的衣服
晾在绳子上
蜻蜓来看看就走了
蝴蝶来看看就走了
白云来看看也走了

只有风最好奇了
悄悄地试穿着——
爸爸的上衣跟裤子
妈妈的洋装跟裙子

123

弟弟的制服跟鞋子

他们互相看着彼此的怪模样

呼呼地笑得喘不过气来

哎呀——风好坏哦

还拿了我的毛巾跟手帕

擦过了汗

都扔在地上了

又拿了妹妹的圆帽子

当做铁环滚走了

害我跑了好远才追回来

【作者简介】 谢武彰,汉族,祖籍福建泉州。1950 年生在台湾台南县将军乡,农家子弟。曾就读空中大学,后来觉得无趣,休学。离开课本并没有离开书本,自备书库,广泛阅读,悠游书海,怡然自得。创作之余,曾任出版社编辑及出版公司发行人,是追梦人也是实践者。已出版作品有儿歌集、儿童诗集、童话集、儿童散文集、闽南语儿歌集、闽南语儿童诗集、低幼图画书、散文集和现代诗集等一百多种。

【作品赏析】 诗歌《风》描绘了具有顽童性格的"风"这一形象。妈妈洗好了晾在绳子上的衣服,蜻蜓、蝴蝶、白云都只是看看就走了。只有风最好奇了,绳子上的衣服它一件件拿来"试穿",爸爸的上衣和裤子,妈妈的洋装和裙子,弟弟的制服和鞋子。顽皮的风还用我的手帕擦了汗,再扔在地上;更坏的是他们居然把妹妹的圆帽子当成"铁环"来滚着玩哎!这一连串的想象幽默、大胆,但又合情合理,这是作者认真细致地观察生活的结果啊。

用拟人的方法,将风描绘成一个顽童,是独特而巧妙的。巧思正是创作出一首诗歌的关键。作者能将巧思妙想与生活实际结合地如此完美,也正体现了诗人的创作功力之深厚。

4.帽子的秘密(叙事诗)

⊙ 柯 岩

我的哥哥可不是普通的人，
他是一个三年级生，
他一连考了那么些个五分，
妈妈送他一顶帽子当奖品。

这顶帽子的颜色可真蓝，
漆黑的帽檐亮闪闪，
别说把它戴在头上，
就是看看心里也喜欢。

可是这顶帽子有点奇怪，
它的帽檐老是掉下来，
妈妈把它缝了又缝，
不知为什么它总是坏。

妈妈叫我跟哥一块儿，
好看看帽檐怎么会掉下来，
可是哥哥只要一见我，
马上就把我赶开。

今天我偷偷地到了他的学校。
这事儿一下子就弄明白，
他们七八个三年级生，
一出校门就把帽檐扯下来。

125

他们在空地上来回地跑，
又喊"靠岸"又喊"抛锚"……
哥哥拿着个望远镜——木头的，
四面八方到处瞧。

我还没决定躲不躲，
望远镜已经瞄准了我；
忽然背后一声喊，
我叫人抓住怎么也挣不脱。

两个水兵向哥哥敬礼，
报告抓到了什么"奸细"，
哥哥看也不看我一眼，
就下命令把我枪毙。

我生气地说："我不是什么奸细，
我是你的弟弟！"
可是哥哥皱着眉说：
"是奸细就不是弟弟！"

这么欺负人还能行？
我就又踢又打吵个不停。
两个水兵只好安慰我，
说枪毙是假的一点不疼。

我说："反正我不能叫你们枪毙，
不管它疼还是不疼，
我长大了要当解放军，

随便说我是奸细就不成！"

水兵们都哈哈大笑，
哥哥也只得把命令取消。
大伙说："这可不是个胆小鬼，
欢迎他参加我们'海军部队'。"

晚上我回家见了妈妈，
我向她谈了船舱又谈甲板，
我告诉她什么叫做舰队，
还说天下最勇敢的就是海员。

至于哥哥的帽子嘛……
我说："这是秘密您最好别管。"
妈妈摸着我的头发笑了：
"那好吧，亲爱的海员！"

我奇怪妈妈怎么知道，
她说；"这也是个秘密。"
她说她还有几句话，
托我给所有的小水兵捎去：

"真正的海员坚强英勇，
热爱祖国热爱劳动，
你们能不能学习英雄，
不看帽子要看行动！"

【作者简介】 柯岩，本名冯恺，满族，是我国当代著名的儿童文学作家、诗人、报告文学家。她原籍广东南海，1929 年生于河南一个铁路职工家庭。1962

年加入中国作家协会和中国戏剧家协会。曾任《诗刊》副主编,中国作家协会理事,中国文联全委,中国作家协会理事、书记处书记等职。

柯岩从事多种文学样式的写作,三十多年来出版过《最美的画册》、《相亲记》、《"小迷糊"阿姨》、《周总理,你在哪里?》《奇异的书简》、《癌症≠死亡》、《寻找回来的世界》、《春的消息》、《柯岩作品选》、《柯岩儿童诗选》等30部。柯岩的儿童文学作品独具一格,善于通过新颖的构思、优美的语言来展示少年儿童的内心世界。创作量多质高,其中《小兵的故事》和《寻找回来的世界》等都是获奖作品,受到读者高度评价。

【作品赏析】《帽子的秘密》选自荣获全国第二次少儿文艺创作一等奖的诗集《"小兵"的故事》,是一首广为流传的儿童叙事诗。作品取材于儿童的日常游戏,以第一人称的口吻,叙述了"我"发现"哥哥"和其他三年级小学生们扯下帽檐模拟水兵的秘密,后来又因其勇敢而被"水兵"们接纳的故事,生动地表现了儿童们向往我军军威军容,尊崇解放军战士英勇顽强品格的精神风貌。写的是孩子们向往当"海军"的故事。

全诗以"帽子"为线索,通过设置悬念,前后呼应等表现手段,增强了吸引力。"我的哥哥可不是个普通的人,他是一个三年级生。他一连考了那么些个五分,妈妈送他一顶帽子当奖品。"这是诗的开头一节。在一个学龄前幼童看来,有这样一个成绩优秀的"三年级生"的哥哥,是很了不起的。诗句透露出一种自豪感,很切合幼童的心理。这里也很自然地道出了哥哥这顶帽子的由来,下面的故事也就从这顶帽子引发开去。"可是这顶帽子有点奇怪,它的帽檐老是掉下来"。帽檐为什么老掉下来?这是一个悬念。原来,哥哥和同年级的七八个同学在作"海军的演习",这就是帽檐老掉下来的"秘密"。极为有趣的是,警惕的"水兵"们将"我"抓住了:"两个水兵向哥哥敬礼,报告抓住了什么'奸细'。哥哥看也不看我一眼,就下命令把我枪毙。我生气地说:'我不是什么奸细,我是你的弟弟!'可是哥哥皱着眉说:'是奸细就不是弟弟!'这么欺负人还能行?我就又踢又打吵个不停。"这样,"两个水兵只好安慰我,说枪毙是假的一点不疼"。"……不管它疼还是不疼。我长大了要当解放军。随便说我是奸细就不成!"弟弟那种倔强的神气跃然纸上。

最后,哥哥只好把"枪毙"的命令取消;鉴于弟弟勇敢不屈的表现,大伙还欢迎他参加他们的"海军部队"。诗到此,似可收住,但诗人为了进一步展示弟弟的天真的心理,又来个锦上添花:晚上回家,弟弟兴奋地向妈妈"谈了船舱又谈甲板",又"告诉她什么叫做舰队"。

5. 小讨厌(叙事诗)

⊙ 鲁 风

奶奶叫我
小婷婷;
爷爷叫我
大婷婷。

妈妈,妈妈,
我的名字
到底叫什么?

妈妈亲我一口说:
你的名字叫做
"小讨厌!"

【作者简介】 鲁风,原名冯毅之,字仙洲,山东省青州市(原益都县)长秋村人,1932年开始发表作品。1949年加入中国作家协会。历任北平左联组织部长,八路军四支队新一营营长,益都、淄川、博山、临朐四县办事处主任,鲁中区文艺协会主任,青州市长,中共山东省委文艺处处长,山东省文化局局长兼党组书记,山东省文联主席兼党组书记,山东艺术学院院长。主要作品有《荧火诗集》、《母与子》、《明星》、《冯毅之六十年作品选》等。晚年出版作品集《风雨沧桑一百年》,香港天马出版社出版。

【作品赏析】 这首题为《小讨厌》的诗,作者是已做了爷爷的鲁风。给幼儿写的诗,要写得生动,写得有趣,以便从小培养一点幼儿的幽默感。作为一个现代人,生活在一个高度文明的开放性的社会里,这种机智和幽默,亦是不可缺少的。幼儿诗中的幽默,并非外加的,而是在生活中实际存在的。这首诗,就反映了现实生活中三代人之间感情的丰富性和生活的多彩。

奶奶叫她"小婷婷",突出一个"小"字,说明奶奶是把婷婷当小宝贝的,爷爷叫她"大婷婷",突出一个"大"字,说明爷爷是盼着孙女儿早一点长大;妈妈叫她"小讨厌",表达了妈妈挺喜欢这个问个不停的女儿。可在表面上,却故意装做是在"讨厌"她。如果妈妈真的不喜欢婷婷,也不会在回答婷婷之前,先亲她一口了。妈妈的这种非常特殊感情信号,聪明的婷婷一听就能懂。一颗幽默的种子,于是就悄悄地种进了孩子的心中。

你要把你的孩子培养成为勤于动脑、充满幽默感的下一代吗?请你向鲁风爷爷学一点诗的幽默吧!这比对孩子一天到晚进行干巴无味的说教,可要强多了。

6. 字典公公家里的争吵 (童话诗)

⊙　金逸铭

字典公公家里吵吵闹闹,
吵个不停的原来是标点符号。

看,它们的眼睛瞪得多大,
听,它们的嗓门提得多高。
感叹号挂着拐杖,小问号竖起耳朵,
调皮的小逗号急得蹦蹦跳。

首先发言的是感叹号,
它的嗓门就像铜鼓敲:
"伙伴们,我的感情最强烈,
文章里谁也没有我重要!"

感叹号的话招来一阵嘲笑,

顶不服气的是小问号：
"哼,要是没有我来发问,
怎么能引起读者的思考?"

小逗号说话头头是道,
它和顿号一起反驳小问号：
"要是我们不把句子点开,
文章就会像一根长长的面条!"

水平高的要数句号,
它总爱留在后面作总结报告：
"只有我才是文章的主角,
没有我,话就说得没完没了。"

字典公公把意见发表：
"孩子们,你们都很重要,
少一个我们的文章就没有这样美妙。

滴水汇成了大江,
泥沙堆成了海岛,
大家不要把个人作用片面强调,
任何时候都不要骄傲!"

小朋友,你听了字典公公家里的争吵,
心里想的啥,能否让我知道?

【作者简介】 金逸铭,1956 年生,上海少儿出版社编辑,曾就读于中国家协会文学讲习班,已发表近 100 篇作品,并多次获奖,代表作有诗歌《字典公公家里的争吵》、童话《冠冠米米松》等。

【作品赏析】《字典公公家里的争吵》入选新课程人教版小学语文第五册教材。这首童话诗以字典公公的家庭为背景,讲了一些标点符号只想当这个家庭的主人、主角,为抬高自己,贬低别人而争吵不休。讽刺了那些只看到自己的长处、优点,而看不到他人的长处、优点的行为;教育人们要团结协作,既要看到自己的长处,也不要贬低他人的价值。

童话诗中的主人公,常见的是动植物,过多过滥容易缺乏新意。金逸铭的《字典公公家里的争吵》却另辟蹊径,让众多的"标点符号"活了起来,在"字典公公"家里开展了一番争吵,读来令人耳目一新。作者的想象力非常丰富,赋予了每一标点符号以独特的性格,而这性格又是与其各自的标号功能甚至书写外形密切相关的。如感叹号"拄着拐杖","嗓门就像铜鼓敲",率先发言,还要认为"我的感情最强烈,文章里谁也没有我重要"。问号则"竖起耳朵",反问大伙"要是没有我来发问:怎么能引起读者的思考?"

此诗对孩子的教育作用十分明显,它要告诉读者一个道理:大家只有联合起来,才能发挥各自的作用,写成一篇优美的文章。正像诗人最后在诗中告诫读者的:"大家不要把个人作用片面强调,任何时候都不要骄傲!"但读者读来并不觉得是枯燥的说教,主要得力于拟人手法的成功运用。

7. 圆圆和圈圈(童话诗)

⊙ 郑春华

有个圆圆,
爱画圈圈,
大圈像太阳,
小圈像雨点。

晚上,圆圆睡了,
圈圈很想圆圆,
悄悄地、慢慢地,
滚进圆圆梦里面——

一会儿变摇鼓，

逗着圆圆玩；

一会儿变气球，

围着圆圆转……

圆圆睡醒了，

圈圈眨眨眼，

变成大苹果，

躲在枕头边。

【作者简介】 郑春华，女，1959 年生，浙江淳安人，回族。中国作协会员。高中毕业曾去过农场，当过保育员。1980 年开始儿童文学创作。1981 年调上海少年儿童出版社当编辑。后在北京鲁迅文学院、南京大学中文系学习。出版有儿童诗集《甜甜的托儿所》、《小豆芽芽》、《圆圆和圈圈》。中篇小说《紫罗兰幼儿园》，童话集《郑春华童话》等。其代表作《大头儿子和小头爸爸》多年畅销，已成为中国优秀原创儿童文学最典型的代表作品之一，由它改编的同名动画片风靡全国，深受孩子们喜爱。

【作品赏析】 郑春华的作品往往取材于真实的幼儿生活，具有天然的童真美。《圆圆和圈圈》就写得自然真切、充满幼儿情趣。诗人把幼儿身边的细小活动重新组织起来，成为一幅幅有趣生动的画面。圆圆是个孩子，而圈圈是圆圆的画作，因为圈圈是圆的，所以"大圈像太阳，/小圈像小雨点"。比喻贴切，同时也是幼儿能够理解的。到了晚上，圈圈"悄悄地、慢慢地，/滚进圆圆梦里面"，"悄悄"是因为圆圆睡着了，"滚"而不用"走"还是因为圈圈是圆的，用词准确。圈圈滚进了圆圆的梦里，是这么和圆圆玩的呢？它变成摇鼓，"逗"着圆圆玩；它变成气球，"围"着圆圆转，梦境的画面显得多么形象生动！当圆圆睡醒的时候，圈圈又变成了大苹果，在圆圆的枕头边"躲"着呢！睡眼惺忪的圆圆还以为这真的是圈圈变的呢。可是圈圈真的会变成大苹果吗？这苹果又是从哪里来的？圈圈还可以变成什么？变成后的东西又怎么和圆圆玩呢？这些问题给阅读这

133

首诗的幼儿留下了很大的想象空间,另外也能训练提高幼儿的发散性思维,给予他们有益的启迪,激起他们欢快的情绪。

全诗现实与梦境交融,整体读来像绕口令,用字用词用句都非常精辟精练又通俗易懂,特别能引起幼儿的朗读兴趣。

8.下巴上的洞洞(讽刺诗)

⊙ 鲁 兵

从前,
有个奇怪的娃娃,
娃娃
有个奇怪的下巴,
下巴
有个奇怪的洞洞,
洞洞,
谁知道它有多大。
瞧他
一边饭往嘴里划,
一边饭从那洞洞往下撒。

如果
饭桌是土地,
而且
饭粒会发芽,
那么
一天三餐饭,
他呀,
餐餐种庄稼。
可惜

啥也没有种出来，
只是
粮食白白被糟蹋。

你们
听了这笑话。
都要
摸一摸下巴。
要是
也有个洞洞，
那就
赶快塞住它。

【作者简介】 鲁兵(1924—2006)，著名儿童文学作家、诗人。浙江金华人，本名严光化，中共党员。1955年5月转业到少年儿童出版社，历任编辑，《小朋友》、《儿童文学研究》和文艺编辑室副主任，低幼读物编辑室主任，少年儿童出版社编审。他是中国作家协会会员，曾任上海作家协会理事、上海诗词学会理事、中国出版工作者协会幼儿读物研究会会长。他编辑过《中国儿童时报》、《童话连篇》、《小朋友》、《365夜》(故事)、《365夜儿歌》、《365夜谜语》、《中国幼儿文学集成》等儿童读物；节编了古典文学作品《水浒》、《西游记》、《说岳全传》，改写了《小西游记》、《包公赶驴》等；写了不少优秀作品，主要作品有童话《桥的故事》、《掉到月亮里去的富翁》、《唱的是山歌》、《大力士》、《不知道和小问号》等。他获奖众多，获首届"韬奋出版奖"、第六届"樟树奖"。他的作品《唱的是山歌》获全国第二次儿童文学评奖一等奖，《老虎外婆》获全国儿童读物优秀奖，《小猪奴尼》获儿童文学园丁奖的优秀作品奖。

【作品赏析】 《下巴上的洞洞》是针对某些孩子不良的饮食习惯而写的。作者巧妙地利用孩子的好奇心强这一特点，在作品一开始就连用三个"奇怪"设下悬念，然后以风趣、诙谐而又善意的口吻娓娓道来，将一个边吃饭边撒饭粒的孩子形象夸张、鲜明地再现于读者面前。虽然在结尾作者并未将悬念解开，告诉小读者"奇怪的洞洞"究竟是什么,但相信小朋友们读完后会在会心的笑声中情不自禁地摸一摸下巴,从而于不知不觉中理解作品的含义,受到启发,同时也给小朋友们留下一定的回味的余地。

在众多的表现"要爱惜粮食"主题的各种体裁的创作中,这首《下巴上的洞洞》之所以能够给读者留下较深的印象,除了诗中反映的内容切合儿童生活实际,具有重要的宣传意义之外,其艺术手法的成功运用也是一个重要原因。择其要者,有二:其一,顶针。诗一开头,运用传统儿歌中之"顶针"辞格。即首句末尾与次句开头,紧相咬接,如"有个奇怪的娃娃,娃娃有个奇怪的下巴,下巴有个奇怪的洞洞,洞洞,谁知道它有多大……",节节推进,一气贯承,这样的句式不仅新奇、别致,富有吸引力,而且对表现"娃娃"的特点和诗歌的主题,显然都起到了突出、强化的作用。其二,夸张。将撒米粒的下巴,描写为"谁知道它有多大的""洞洞",以假设句,想象"饭桌是土地","餐餐种庄稼",这种神奇的想象、大胆的夸张,不是无的放矢,而是密切配合"粮食不要白白糟蹋"的内容和主题的表达需要,因而显得"夸而有节,饰而不诬"。

目标检测

一、必做题

1. 什么是儿童诗? 幼儿诗的特征有哪些? 简述儿童诗的发展概况。

2. 儿童诗与儿歌的主要区别是什么? 试举例说明。

3. 常见的儿童诗主要有哪几种? 请说出它们的不同之处。

4. 儿童诗的创作应该注意什么? 请从幼儿生活中取材,写一首儿童抒情诗。

二、选做题

1. 自选1~3首幼儿诗,与同学(人数多少视情况而定)合作排练后在班上表演。

2. 在见习过程中,请尝试运用幼儿诗去教育或熏陶幼儿,并把点滴体会连缀成文。

3. 选择一首你喜欢的幼儿诗,写一篇小评论。

第四章　童　　话

学习目标

　　了解和掌握童话的发展概况、特点、类型、表现手法以及改编创作的相关知识，学会分析和创作童话。

学习内容

第一节　童话的含义

　　童话是儿童文学的一种，它通过丰富的想象、幻想和夸张来塑造形象、反映生活，对儿童进行思想教育的非写实性虚构故事。一般故事情节神奇曲折，生动浅显，对自然物往往作拟人化的描写，能适应儿童的接受能力。幻想是童话的基本特征，也是童话反映生活的特殊艺术手段。童话主要描绘虚拟的事物和境界，出现于其中的"人物"，是并非真有的假想形象，所讲述的故事，也是不可能发生的。但是童话中的种种幻想，都植根于现实，是生活的一种折光。童话创作一般运用夸张和拟人化手法，并遵循一定的事理逻辑去开展离奇的情节，造成浓烈的幻想氛围以及超越时空制约，亦虚亦实，似幻犹真的境界。此外，它也常常采用象征手法塑造幻想形象以影射、概括现实中的人事关系。

　　"童话"一词，是五四运动之前十多年从日本引进的。它原指"为儿童而作的故事"，包括小说、故事和童话。但是，童话与小说、故事固然有故事性的共同

137

属性,然而它们之间又具有许多各不相同的特征。例如童话不受现实生活真实的限制,它往往是以假定和幻想的世界来反映社会生活的本质真实,童话所塑造的典型环境和典型人物形象不一定符合现实生活的真实,它只是现实生活的幻化和折光,只求神似而不求形似,而且它往往要使真实的生活变形。童话创作一般是采用浪漫主义的手法,却少用现实主义的方法。童话一般不能写现实生活中的真人真事,即使有时取材于真人真事,童话也必须对它加以幻化和变形。童话跟寓言、神话和传说在故事性方面有相同的属性,但与它们也有许多不同的地方。例如,童话不一定具有讽喻的性质和含有哲理,篇幅可长可短,但一般比寓言要长,内容丰富,结构形式多样,富于变化,童话主要是写人(包括拟人化的"人"),叙事也是为了塑造人物形象,而且童话一般是给儿童看的。比起着重反映古代人民对世界作原始解释和说明的神话,以及与一定的历史人物、事件、社会习俗有某种联系的传说来,在题材和角色的选择、时间和空间的确定等方面也非常自由。

童话既是一种古老的文学样式,几乎与神话、传说处于同生共体的状态,属于全人类;又是一种新型的文学样式,是儿童文学最基本、最重要的体裁,属于儿童。因而,儿童文学意义上的童话是指那些为儿童读者而采记、复述、加工、再创作和创作的具有浓厚幻想色彩的奇妙故事。

第二节　童话的起源与发展

童话起源于民间的口头创作,它与神话、传说有共同的特征。神话是人类童年的产物,这种想象瑰丽,情节离奇的早期文学,它有浓厚的浪漫主义色彩,大胆的夸张和幼稚的臆想。最早的神话起源于民间口头文学,原始社会生产力和知识水平低下,人类对一些社会现象和自然现象都处于蒙昧状态,对人类的起源,宇宙的混沌,风雪雷电,洪水猛兽现象无法解释,便用幻想和想象把与自然搏斗的过程理想化,于是便有了超人体神话。如《女娲补天》、《女娲造人》、《精卫填海》、《后羿射日》、《嫦娥奔月》、《鲧窃息壤》等。

传说是神话的演进,随着历史的进展,人类早期的口头文学也日渐丰富多彩,脱胎于神话的民间传说,有一定客观历史和事实作依据,它的人物形象已经有了浓厚的现实生活气息,神话中的无所不能的神变成半神半人,幻想色彩也相对减弱,内容也有了一定的社会性。传说人物更多的是人,大多是英雄、能工巧匠,奇人、历史名人等。如"牛郎织女"、"孟姜女哭长城"、"大禹治水"、"鲁班的故事"等。传说讲述的地点、人物、事件都以实有的人物,事实和民风民俗作依据。

民间故事从神话和传说演变而来,具有虚构和假想的内容,有了较强的社会性和人民性,它是以散文形式存在的口头文学作品。民间故事可分为两大类。一类是现实性较强的故事,如民间生活故事,民间笑话,另一类是幻想性较强的故事,如神仙故事、魔法故事、动物故事,前两类可称为"民间童话"。民间童话是民间流传的口头文学,具有浓厚的幻想和丰富的想象,是劳动人民智慧的结晶。神话和传说的许多艺术手法很符合童话幻想的基本特征,因此,童话是民间口头文学发展的产物。

童话的发展进程实际上经历了两个阶段,民间童话和创作童话。民间童话的人物形象大多是神仙、鬼怪、国王、公主、拟人的动植物,或者是常人。它的时间往往是模糊的,在民间童话中,我们往往可以看到这样的开头:从前,或很久很久以前;它的空间也是一个抽象的环境:在一棵大树边,一座山下,一条小河边;人物是:有一个公主,一个少年,或老头儿。大多都是超人体童话人物,他们都会魔法,有超人的本领。如流传于我国民间的.《孟姜女哭长城》、《蛇郎》、《田螺姑娘》等。民间童话还有比较模式化的故事情节。语言大都轻松、幽默、浅显。民间童话的作者是社会大众,集体创作,在世代流传过程中,逐渐加工润色。大众性、口头性、变异性、传承性是民间童话的基本特征。

随着时代的发展,世界各地都有一些学者开始自觉地收集,整理补充和改编民间童话。相传 1 世纪初古印度一个叫毗湿奴沙门的婆罗门创作了《五卷书》,这个作品利用动物寓言来开导国王的三个笨儿子。这是世界最早的一部"寓教于乐"为宗旨的儿童读物,也被儿童文学界视为世界上最早的有文字记载的童话故事集。阿拉伯的《一千零一夜》(又译《天方夜谭》)描绘了中世纪阿拉伯帝国色彩斑斓的生活画面,市井遗闻,宗教信仰,奇妙的幻想。如《阿里巴巴和四十大盗》、《阿拉丁神灯》、《辛巴达航海》、《巴格达窃贼》等。14世纪初,由一个叫普拉努德斯的拜占庭僧侣收集了150个寓言编写成集,这就是《伊索寓言》,其中的《兔子和乌龟》、《狼和小羊》、《狐狸和葡萄》、《老鼠开会》、《狂风和太阳》、《农夫和蛇》等篇章,至今流传于世,古希腊的《伊索寓言》是童话的源头之一。法国的《列那狐的故事》是世界著名的民间童话集。1697年,法国的夏尔·贝洛(1628—1703)根据欧洲民间童话改写成了八篇童话和三篇童话诗,集结成《鹅妈妈的故事》,它是欧洲最早出现的一部童话集。其中《小红帽》、《穿靴子的猫》、《睡美人》等篇章,成为流传世界的经典作品。19世纪初,德国著名的语言学家格林兄弟根据民间口头流传的故事搜集整理出版了《格林童话集》(又名《儿童与家庭童话集》),其中的《灰姑娘》、《白雪公主》、《小红帽》、《玫瑰公主》等作品脍炙人口,享誉世界。德国作家豪夫为儿童写的三卷童话集也取材于民间童话。

当前辈们辛勤地耕耘民间童话结出丰硕成果的时候,丹麦童话大师安徒生又开拓出更大的艺术空间。他汲取民间童话营养,逐渐走上了独立创作道路,使文学童话进入空前的繁荣时期。他的早期部分作品也取材于民间童话。如《打火匣》、《小克劳斯和达克劳斯》等。安徒生最初的文学童话,如《海的女儿》、《坚定的锡兵》、《丑小鸭》、《小意达的花儿》这些耳熟能详的名篇,都是从民间文学的沃土里诞生的。安徒生是文学童话的奠基人,他的童话标志着文学童话的诞生。

安徒生的童话充分展示了独特的创作风格。创作童话的兴起点燃了欧洲儿童文学创作的激情。19世纪中叶到20世纪,欧洲各国掀起了童话创作的高潮,长篇、中篇以及短篇童话精品层出不穷。英国作家刘易斯·卡罗尔在1865年创作了《爱丽丝漫游奇境记》,作品讲述了小姑娘爱丽丝追赶一只揣着怀表、会说话的白兔,掉进了一个兔子洞,由此坠入了一个光怪陆离神奇的地下世界。意大利作家科洛迪长篇童话《木偶奇遇记》里,老木匠杰佩托用一段木头雕出了一个活蹦乱跳的木偶。美国作家弗兰克·鲍姆创作的《绿野仙踪》,是一部奇幻冒险童话故事集,描写善良的小姑娘多萝茜被一场龙卷风刮到了一个陌生而神奇的奥茨国的奇险经历。英国作家金斯莱的长篇童话《水孩子》;英国作家米尔恩的《小熊温尼·菩 》;意大利作家罗大里的《假话国历险记》;挪威作家埃格纳的《豆蔻镇的居民和强盗》;捷克约瑟夫·恰佩克的中篇童话《小狗小猫的故事》;日本中川李枝子的《不不园》;美国 E.B 怀特的《夏洛的网》。总之,这个时期世界童话创作进入了空前的繁荣时期。

我国虽然在 20 世纪初才有"童话"一词,但并非此时才有童话作品。在我国古代文学作品中也有许多优秀的幻想性作品。如晋代的志怪小说《搜神记》,唐代《柳毅传书》等。还有不少优秀的民间传说,如《田螺姑娘》、《蛇郎》、《南柯太守传》、《干将莫邪》、《白蛇传》,这些作品生活气息浓厚,幻想奇特,写一些老百姓喜闻乐见的故事,对后世童话发展打好了基础。不过,我国的创作童话起步较晚,直到五四新文化时期才形成。

明清时期洋溢着浪漫主义气息的神魔小说《西游记》,编制出了一个个闪耀着幻想色彩的夸张离奇的故事,《聊斋志异》也是一部充满幻想和浪漫主义色彩的优秀作品。

在 20 世纪初,从西方译介过来的童话促进了中国童话的诞生。孙毓修创办了中国第一份儿童读物《童话》丛刊,1909 年第一部白话童话《无猫国》问世,中国儿童文学史上第一次确定了"童话"这个名称。现代文学巨匠茅盾于 1918 年创作的《寻快乐》是文学童话的雏形。1923 年叶圣陶创作的《小白船》、《一粒种子》、《稻草人》等童话以《稻草人》为名结集出版。这是我国第一部文学童话集,叶圣陶奠定了我国文学童话的基础。进入 30 年代,我国文学童话比较活跃。张天翼的《大林和小林》是我国第一部长篇童话,它标志着现代文学童话趋于成熟。

新中国建立以后,我国的创作童话取得了丰硕成果。童话发展进入第一个黄金时代,涌现出张天翼的《宝葫芦的秘密》,洪汛涛的《神笔马良》,贺宜的《小公鸡历险记》,严文井的《小溪流的歌》,陈伯吹的《一只想飞的猫》,金近的《小鲤鱼跳龙门》,葛翠琳的《野葡萄》,孙幼军的《小布头历险记》等名篇。

新时期以来,童话创作再度繁荣,作家队伍空前壮大,老中青三代由原来的一百多人,发展到现在的几千人。特别惊喜的是一大批青年作家茁壮成长,他们用全新的思维,广阔的视野,深刻的思想内涵,大胆的眼界创作出贴近儿童生活,有鲜明时代特征的作品。一大批中青年儿童文学作家涌现出来,为我国的童话发展增添了活力,创作出了异彩纷呈的童话。最具代表性的当属童话大王郑渊洁,他的童话引领着当代童话的潮流。在儿童文学界,特别是童话创作方面有影响的中青年作家还有:周锐、叶永烈、张之路、葛冰、冰波、郑春华、汤素兰、杨红樱、斑马、王一梅、彭懿、董恒波、谢华、野军、熊磊等中青年作家。

其中,杨红樱的成就最大,她出版了《杨红樱科学童话》系列、《杨红樱童话》、《杨红樱经典童话》等众多的作品。影响最大的是《笑猫日记》系列,不仅获得中华优秀出版物奖和连续两年获全国最佳年度儿童文学读物奖,而且还被翻译成多种文字,把中国儿童的价值观,成功带入西方主流社会。2007 年,在法兰克福国际书展上,德国艾阁蒙集团购买了杨红樱的长篇童话系列《笑猫日记》的德语版权;2008 年,哈珀·柯林斯集团又购买了《笑猫日记》在全球发行的英语、法语、意大利语、西班牙语和韩语的著作版权。

当代童话创作视野开阔,创作内容丰富,审美取向也发生了颠覆性变化,大大提升了孩子阅读兴趣,突出童话的娱乐性和游戏性。随着科技的发展,多媒体的广泛运用,动漫的兴起,科学手段和童话的完美结合,为孩子们提供了更多更美的动画世界。

第三节　童话的作用

一、传承思想,培养品德

童话所提出的问题都是世世代代所有的人终有一天必须面对的人生问题:恐惧、死亡、不义、绝望、从童年进入成年、寻找伴侣、追寻生活的意义……童话具有丰富的意义和情感色彩,它们远比识字课本和有关"现实"的那些教材更为全面,更为丰富,也更为深刻。

弗洛伊德认为,成人将其担忧、内疚和愿望的实现在梦中以象征的方式安全地表现出来。童话犹如梦一样，它帮助儿童宣泄不安、恐惧、仇恨等情感。

　　童话故事不只是可以宣泄负面的情感，而且还可以让儿童在无意识层面上深刻地习得人类智慧、社会习俗和种种美德。许多人格心理学家都曾分析过童话所具有的富含象征意义的主题。他们指出，虽然儿童不能有意识地理解这些象征的意义，但这些象征对铸造孩子对未来的信心和希望，铸造他们克服困难的意志和决心具有重要的作用。因为童话所包含的民间智慧已深深植根于儿童的无意识之中，即使儿童后来长大成人，这些无意识中的内容依然会存在于心灵深处。

　　弗洛姆认为，童话以儿童可以理解的方式解释社会习俗，尽管儿童必须到长大以后才能完全理解这些习俗。

　　童话以象征和隐喻的方式把人类生活中某些宝贵的价值以及可能出现的欺骗、践踏、侵犯行为告诉给儿童，并教给儿童对付类似的邪恶行为的办法。儿童在听或读童话时，会在无意识层面上获得这些教益，这些教益将深深地埋在儿童的心灵深处。当遭遇到类似的情景时，这些教益将会在无意识层面上自动地促使儿童如何反应，因而它们将会使儿童（甚至他长大成人以后）大受其益。这些无意识层面的教益还可能是在意识层面上产生自觉的价值判断和道德认识的重要前提。

　　在听赏童话过程中，儿童可以学习到一些生活知识和使孩子明白做人做事的基本道理。如郑春华的《认识我自己》，这篇童话让孩子认识了自己的身体，从吮自己的小指头，到摸"小鸡鸡"，让幼儿明白这都是一种自然的生理现象。

　　童话常常用拟人的方法传达道德规范，让动物或无生命的物象开口说话，代替人的语言和行为传达广泛的社会道德信息。如《木偶奇遇记》里那个匹诺曹，他一说谎鼻子就会长长，如果做了好事，鼻子自然的恢复原状。郑渊洁的童话《黑黑在诚实岛》写一只小蚂蚁因为撒谎而受到惩罚。小朋友们在童话中看到小动物的缺点和不良行为，暗自在心里进行比较，为自己的不良行为感到羞愧，同时可以不动声色地接受到教育。方轶群的《萝卜回来了》小兔子送出去的萝卜，转了一圈又回来了。反映出小朋友之间的深厚友谊，进行了一次"爱的循环"。鲁兵的童话诗《小猪奴尼》写小猪奴尼不讲卫生，搞得周身很脏，小动物们都不认识他了,他很伤心,后来他洗干净了,又成了小动物们好朋友。听赏这种童话,小朋友们会"暗暗地"接受教育,会悄悄地对自己的行为进行修正。

二、增长知识,激发想象

幼儿对自然和人类充满了好奇,对知识充满了渴望,幼儿童话既能满足他们的好奇心理,又能帮助他们开阔眼界,间接地获得经验,激发他们的想象。如《小蝌蚪找妈妈》把小蝌蚪成长为青蛙的知识告诉了孩子。叶永烈的《圆圆和方方》用拟人手法告诉小朋友们一个生活知识,让孩子明白了大千世界随处可见的"方"和"圆"的用途。广阔的宇宙,深邃的大海,奇特的世界,千奇百怪的自然现象,都深深地吸引着孩子,那里有无尽的秘密激发起孩子的求知欲望和探求心理。如高尔基《小叶塞夫的奇遇》就是一篇想象奇特的童话,一个叫小叶塞夫的男孩在海边钓鱼,不料打起盹来,扑通一声掉到海里,神秘的海底色彩斑斓,海底生物千奇百怪,小叶塞夫大开眼界。《格林童话》中的《狼和七只小山羊》,讲述一只狼假冒羊妈妈回家敲门,它先是把一大团粉吃下去,把自己粗糙的声音弄细嫩一点,又在脚上涂上湿面撒上白粉,把爪子弄白,终于骗开了门,把六只小羊吞进了肚里,只有最小的一只小山羊藏在钟壳里逃脱了。这些想象正符合幼儿天真幼稚的思考。

三、培养美感,愉悦身心

优秀的童话往往融思想美、情感美、形象美、意境美、语言美于一体,给儿童以巨大的美的享受。安徒生的《丑小鸭》,开头作者为丑小鸭的出生铺写出美丽的意境:"乡下是非常美丽的。那正是夏天,小麦是黄澄澄的,燕麦是绿油油的;干草在绿色的牧场上堆成垛,鹳鸟迈着又长又红的腿在散步,喋喋不休地讲着埃及话。"冰波的《大海,梦着一个童话》,开头意境的创造很有代表性:"当圆圆的月亮,微笑地望着大海的时候,大海感到了它的温柔。当清凉的海风,缓缓地、轻轻地唱起一支古老的摇篮曲的时候,大海感到了微微的倦意,安静地睡熟了。"这里拟人化了的大海像一个温柔的母亲,让人感到心旷神怡、带领读者走进心灵纯净的美丽境界。

童话中的人物、童话中的故事、童话中的环境,因为有了幻想色彩,辅以多种艺术手法,处处洋溢着美丽。比如安徒生的《卖火柴的小女孩》、《海的女儿》和王尔德的《快乐王子》这是童话中最具典范意义的悲剧童话,表现的是悲剧美。金近的《狐狸打猎人》又是一篇充满了喜剧味的讽刺性童话,嘲讽一个胆小如鼠的年轻猎人,只会背着枪装装样子,连狐狸假扮的怪狼都分不清,以至被狡猾的狐狸缴了枪,这是一种喜剧美。比如俄罗斯童话《会跑会跳的树》因为鸟儿在林子里的树上又唱又跳,小熊便以为树是活的,故事形成一幅带有幻想色彩的幼儿游戏图,呈现给儿童的又是娱乐美。

第四节　童话的分类

根据不同的分类标准,可以把童话分成不同的类型。

一、从童话的形成过程和作者看,可分为民间童话和创作童话

1.民间童话

民间童话是民间创作和流传的适合儿童阅读的幻想故事。它具有民间文学所具有的集体性、口头性、变异性和传承性等基本特征。其故事情节奇异动人,人物类型化,结构、语言定型化,具有浓厚的幻想和丰富的想象以及明显的地方色彩和民族色彩。适合儿童阅读的幻想故事,是重要的儿童文学体裁。如《小红帽》、《神笔马良》等。

2.创作童话

创作童话又称文学童话,称它创作童话是与民间童话相对而言的,而称品德童话则是与科学童话相对而言。它是由作家个人创作的童话,具有文学作品的书面色彩。其中有的作品也是从民间童话中取材,融合了作家对时代和审美的意象,大多作品是作家从现实生活中取材进行创作。如《丑小鸭》、《稻草人》等。

二、从童话的人物形象看,可分为超人体童话、常人体童话和拟人体童话

1. 超人体童话

超人体童话是以描写超自然的人物及其活动的童话。这种童话的形象具有超人的神奇能力、能造就超自然奇迹,其形象往往有"神化"特性。例如普希金童话诗《渔夫和金鱼的故事》中可以满足老渔夫的各种要求的金鱼;《白雪公主》中能够回答恶毒王后问题的魔镜;《灰姑娘》中把南瓜变成四轮马车的仙女等等。这些形象所具有的超常能力可以做到童话中的其他人物所不能做到的事情,创造出匪夷所思的奇迹,充分体现了童话奇异大胆的幻想色彩。

2. 常人体童话

常人体童话是指以人的本来面目出现的童话,童话中的人物看起来与常人完全一样,但其性格、行为、遭遇都极度夸张,往往具有某种讽刺性和象征性。这一类童话的人物形象既非鸟兽虫鱼、仙魔鬼怪,也没有超凡的能力或神奇的宝物,而是作为普通人存在。与普通人有所不同的则是他们与超人体的童话形象在一起获得了不同凡人的本领,或经历了惊险的事情。如张天翼《不动脑筋的故事》中的赵大化,他是一个普通的、不动脑筋的小学生,干什么都不想动脑筋,因而闹出一系列笑话。又如格林童话中的小红帽,安徒生童话《皇帝的新装》中的皇帝。他们虽然是以常人的身份出现,但他们的性格、行为却是被夸张了的,这样才能表现出童话奇幻、荒诞的特点。

3. 拟人体童话

拟人体童话是指将人类以外的各种有生命或无生命的事物人格化的童话。如春姑娘、时间老人、风伯伯等。这些人格化了的事物在童话中不仅有了生命,而且具备了同人一样的感情,可以像人类一样思考、说话、活动。童话作品中拟人体童话非常多,许多已经成为家喻户晓的艺术形象。其中最有代表性的是科洛迪《木偶奇遇记》中的匹诺曹,安徒生《丑小鸭》中的丑小鸭,叶圣陶《稻草人》中的稻草人,严文井《小溪流的歌》中的小溪流等,这些都是优秀的拟人体童话形象。

三、从童话的体裁看，可分为童话故事、童话诗、童话剧、童话 影视片

1.童话故事

童话故事是用故事形式写成的童话。例如：葛翠林的《野葡萄》、孙幼军的《小狗的小房子》等。

2.童话诗

童话诗是用诗歌形式写成的童话。例如：鲁兵的《小猪奴尼》、普希金的《渔夫和金鱼的故事》等。

3.童话剧

童话剧是用戏剧的形式写成的童话。例如：柯岩的《小熊拔牙》、方圆的《"妙呼"回春》等。

4.童话影视片

童话影视片是用影视片的形式写成的童话。例如：美国的《米老鼠和唐老鸭》。

四、从童话的篇幅长短看，可分为微型童话、短篇童话、中篇 童话、长篇童话和系列童话

1.微型童话

微型童话，一般在700字以内，例如：《小黑狗学猫叫》，全篇童话只有195个字。

2.短篇童话

短篇童话，字数一般在800～7000字，例如：叶圣陶的《稻草人》和《古代英雄的石像》，安徒生的《卖火柴的小女孩》，洪汛涛的《神笔马良》等。

3.中篇童话

中篇童话，字数一般在8000～40000字，例如：岳辉的《再见，美人鱼》、《白发天使》、《郑渊洁中篇童话选》等。

4.长篇童话

长篇童话,一般都在40000字以上。例如:张天翼的《大林和小林》、意大利科洛迪的《木偶奇遇记》、特别是瑞典女作家拉格勒芙写的《尼尔斯骑鹅旅游记》,译成中文竟达40余万字。

5.系列童话

系列童话比长篇童话的篇幅还要长,它往往分几部陆续出版。一般说来,它是作家创作了一个童话形象,一部童话作品,深受孩子们欢迎,于是作家为了满足小读者的要求,假借原来的童话形象和童话环境等,一直生发开来写下去,这样就成了系列童话作品。例如:郑渊洁的《皮皮鲁·鲁西西系列童话》,英国女作家特莱维斯写的《玛丽·波平斯》,如今已经出版了七部。美国作家鲍姆(1856—1919)写的有关奥茨国探险的童话,一直写了二十四部。

此外还有一些分法,根据读者年龄特征的角度来区分,有婴儿童话、幼儿童话、少年童话、成人童话等。近年,还出现热闹派童话、抒情派童话等等。

第五节　童话的特征

一、融进儿童心理特点的艺术幻想

童话的基本特征是幻想,没有幻想就没有童话。正如陈伯吹所说:"如果也把童话看作是一种精神的物质构造,那么童话也可能有一个童话核心,这个核心就是幻想。"

所谓幻想,它是指一种不存在,一种虚构,或者说是一种假定,一种象征,一种比喻……所以,一个童话所描绘的,也是一种不存在,一种虚构,或者说是一种假定,一种象征,一种比喻……童话就是用这种不存在来反映存在,用虚构来反映真实。谁都清楚格林笔下的白雪公主和七个小矮人是现实生活中并不存在的虚构人物,但千百年来,不论成人还是儿童都深爱着他们,因为在他们身上体现了人类真善美的高尚情感;谁也不会相信现实生活中的猫狗会说人话。但人们却津津乐道于"鸟言兽语"的故事,因为其中所讲的都是人情世故。

童话的幻想是一种"艺术幻想",它和心理学中的幻想含义不同。心理学中的"幻想"是指"创造想象的一种特殊形式,是与个人愿望相联系,并指向未来事物的想象",它实际上是一种心理现象和思维活动。而艺术幻想则是"伴随着作家的情感,以创作出非写实性艺术作品为目的的艺术想象",它可以与个人的愿望相联系(如安徒生的《皇帝的新装》),可以指向未来(如茅以升的科幻故事《兰兰过桥》),也可以不指向未来(如叶圣陶的《稻草人》)。

童话是通过幻想反映生活的,因而,童话的幻想不是与生活无关的瞎想,它必须来源于生活,正如童话大师安徒生所说的:"生活本身就是童话";"最奇妙的童话是从最真实的生活中产生出来的"。真实的生活怎么变成了虚假的幻想呢? 这是因为童话作家具有将生活幻想化的艺术才能。幻想要生活化,生活要幻想化,这是童话创作必须遵循的艺术规律。

二、自由和广泛的人物形象

童话的基本思想是通过童话形象和童话故事情节表达出来的。童话形象是整个作品的核心,没有栩栩如生的童话形象,就无法把作品的基本思想生动有力地传达给读者。

在一切文艺作品中,童话形象最为自由和广泛,上自日月星辰,下至鸟兽虫鱼、花草木石,不论有生命还是无生命、有形还是无形、具体物质还是抽象概念,都可以通过"人格化",作为有语言行动、有思想性格的人物出现在童话中。当然,童话中更多的是人,古人或今人,本国人或外国人,这个阶段或那个阶段的人。而且,在一些童话中,普通的人和超自然人物的形象,拟人化的各种生物、非生物的形象可以同时出现,彼此交往,共同活动在作者设计的童话环境中。但不管选取什么去充当童话的角色,反映的都是人类的现实生活,它们身上具有的也是各种各类人物的社会性格。

作家也不能随心所欲地叫一些生物和非生物扮演角色。在选择时,一方面要照顾这些东西本来的形态习惯和自然属性,看看是否与所扮演的各种人类角色有某种联系和相似之处,另一方面,则要考虑表现主题的需要,而且,童话让哪种角色出现在很大程度上取决于主题。例如《爱唱歌的小鸟》中选择了小鸟作为自由的化身,国王作为专制的化身。如果把小鸟换成关在猪圈里的小猪,就明显地不合适。而如果把国王换成没有权力、无法主宰生杀大权的艺术家,也同样不合适。小鸟的歌声是自由的歌声,所以才引起国王的扼杀。如果换成可以随意操纵的机器鸟,也就难以产生国王杀死小鸟的情节。

此外,在挑选人物角色时,适当地尊重读者的爱好、民族习惯以及多年来形成的传统、心理和感情,也是必要的。例如,对老鼠这一形象,中国人与美国人就不同,我们多把老鼠作为反面形象,而美国人则比较喜爱老鼠。又如狐狸往往以狡猾的形象出现,狼则以贪婪、凶残的形象出现。但这也不是绝对的,在《围墙外的小灰狼》中,小灰狼犹如一个天真可爱的小朋友。

三、有严格的童话逻辑性

童话的逻辑性是指幻想和现实结合的规律。所有的童话都是虚构的,但有的读起来似乎入情入理,而有的却觉得牵强附会,原因就在于前者符合童话的逻辑,而后者却忽略了这一点,以至破坏了整个故事的合理性。

童话的逻辑性建筑在假定之上,即作者必须为幻想人物的活动、虚构的故事情节的发展提供一个假设的条件,然后从这一假定的前提出发,使事物按照自己的逻辑发展下去,使假想的人物在假想的生活环境条件下,合理地自然地发展。在一些超人体的童话中,并不是随意地让一个平常人腾云驾雾,各种魔术仙法也不会无缘无故地施展,只有童话人物被赋予超人的能力,获得某种"宝物",或者当这个人物进入一个足以产生魔法的境地以后,才会发生奇境。例如《五彩云毯》中,主人公采集云朵、织云毯、到日宫去拜访太阳神等等,就因为她是仙女,才能完成这些事情,而换作凡人,若无一定的条件,就不符合童话的逻辑了。因此,如果超人体童话,不揭示出种种超人力量产生的原因,童话所描写的一切就会成为无源之本、无本之木,也就失去了存在的合理性。例如《音乐树》中,地上长出了音乐树,也是有一定童话逻辑的,正如作品中所写:"这树是那块小提琴的碎片长成的,贝西的血汗浇灌了这块土地,他的音乐又给了它生命,使它变成一种奇特非凡的树。"

四、单纯有趣的叙事

童话是一种叙事的文体,其中对幻想形象的刻画,对幻想世界的构筑,都是通过所讲述的故事——叙事表现出来的,由于儿童的智力水平和审美特点,童话的叙事方式,一般都十分简洁、明快和富有趣味,故事中涉及的人物、情节和背景,都是较为单纯的。

童话中的人物性格,往往是一种单纯的类型化的性格。如善良的小白兔、聪明的小花猫、憨厚的小黄狗、懒惰的小黑熊、狡猾的狐狸、凶恶的老狼,等等,性格特征单一,但鲜明突出,描述刻画也多用粗线条,这是因为幼儿感知觉能力、表象能力比较发达,容易抓住人物具体的外部特征。

童话的情节,也总是只作单纯的线性展开,情节生动有趣,但不复杂;可以曲折变化,但条理要清楚,枝节不过多;可以有悬念,但不悬置太长;有冲突有高潮,而结尾总是比较圆满。

童话的背景也很单纯,一般都是虚化的。时间、地点的交代往往十分简略,甚至模糊不清,不少幼儿童话沿用古老童话的模式:"从前"、"有一次"、"在一座森林旁边"等等。童话的篇幅一般比较短小,一个童话就是一个小故事、一场小小的游戏。即便是长篇或中篇童话,其中故事也是单纯、明快的,往往有一条主人公的活动线索贯穿始终,将主人公所经历的一个个小故事串联起来,而每一个小故事又有相对的独立性和完整性。如英国米尔恩《小熊温尼·菩》、日本中川李枝子的《不不园》便是这样。

童话属于叙事性文体,它的主要写作方式是叙事。但由于幼儿的知识水品较低,理解能力有限,审美意识还不完善,因而,幼儿童话的叙事方式,一般都以趣味性、游戏性、重复性、口头性为特点。

童话是一种古老的文体形式,作为一种人民口头创作的民间童话,在它千百年的流传过程中,形成了一些固定的叙述方式,如三段式、层递式、循环式、对照式、连环式、连续式、串联式,等等,其中有的就具有单纯、明快的特点,常为童话所采用,这里也作一些介绍:

三段式　将性质相同而具体内容相异的三个或三个以上的事件连贯在一

起。这种叙述方法使故事的人物性格和主题思想得到完整鲜明的表现,给人留下深刻的印象。由于这些事件同中有异,异中有同,所以并不使人感到单调,反而具有一种特殊的情趣。如《格林童话》中的《灰姑娘》、俄罗斯阿·托尔斯泰的《金鸡冠的公鸡》都运用了三段式。

循环式 也称循环反复式。故事情节的展开仿佛转了一个圆圈,周而复始,即以某个形象为起点,产生一连串基本相同的情节,从一个形象转到另一个形象,最后又回到起点。在循环的过程中,有反复的因素在内。例如,方轶群的《萝卜回来了》,写小白兔在雪底下找到两个萝卜,想到小猴也很饿,就送给小猴,小猴又送给了小鹿,小鹿送给了小熊,小熊又送给小白兔。在送萝卜的过程中,不仅情节一次次反复,几个小动物的心理活动也一次次重复。在反复中,故事中互相关心、爱护的主题得到了深化和突出。

对照式 用对照式展开故事情节,通常有两种情况:一种是以性格截然相反的人物为中心,在相同环境下,出现不同的遭遇和结局,形成鲜明的对比,用反面人物对照出正面人物,用假恶丑对照出真善美。如法国贝洛的《仙女》。另一种对照是前后对照,以同一人物前后不同的表现和遭遇来组织故事情节,从而突出人物性格的变化以及变化的原因。英国王尔德的《自私的巨人》(又译《巨人的花园》)用的就是前后对照法。

除以上方式外,还有如层递式连环式、连续式、串联式、反复式等,这些叙述方式,都是幼儿容易接受,喜欢欣赏的叙事方式。

第六节　童话的表现手法

一、极度的夸张

夸张是文学艺术中通用的一种艺术手法,是将描写对象的某些特征进行有意识的放大或缩小,从而突出其本质特点以增强艺术效果的一种修辞手段。夸张在各种艺术形式中都普遍运用,但童话的夸张有其自身特殊的规律,它偏重于艺术形象外貌和其他外在形态的夸张;它不是对生活中某一部分简单而适度地放大或缩小,而是极度的夸张,全面的夸张。这种夸张具有假定性、比拟性、虚幻性、情节性。比如《格列佛游记》,通过对人物大小的夸张,虚拟了"小人国"和"大人国"两个假想国,所有的故事情节都从这极度夸张中发展而来。作者通过夸张的手法突出人物的外在形态,借助这一违反现实常理的特殊形象,以荒诞的艺术形式达到讽喻现实的效果。没有了夸张,也就没有了这个故事本身。不仅如此,童话中异彩纷呈的童话人物形象往往也是由夸张产生的。如张天翼《大林和小林》对人和物的夸张描写。"叭哈家的墙是银的,床是金的,胡子是绿的,他的肚子很大,像一座山一样,盖的被子是用一张张钞票缀成的,有人说有只臭虫从他上嘴唇走到下嘴唇足足走了几个钟头"。童话的夸张可以突破现实关系的限制,往往在注重内在逻辑性的基础上,通过一种无规则的、强烈的、极度的夸张加上荒诞的想象力来揭示真实。宝葫芦能说人话、有人一样的思想情感,是拟人的夸张;木偶匹诺曹的鼻子一说谎话就变长,是变形的夸张;马良的神笔是神化的夸张;豌豆公主能感觉到 40 床垫被下面有一粒豌豆,是怪诞的夸张;丑小鸭变成了美丽的天鹅,是象征的夸张。所以童话的夸张有其独特的作用:

夸张是表现幻想的必要手段之一,同时,夸张的作用还在于它可以突出某一事物或某一形象的特征,更深刻而又更单纯地揭示他们的本质,使读者得到鲜明而强烈的印象。例如《胖子学校》对小胖子的肥胖作了强烈的夸张描写,使读者对肥胖的危害有更鲜明的印象,并产生更强烈的震撼。

夸张还能增强童话的幽默感和趣味性,如果童话缺少夸张,就会失去光彩。但要注意的是,不能为了博得读者的笑声而滥用夸张,那样只能陷于浅薄和庸俗。

二、美妙的象征

象征是童话把幻想和现实结合起来的一种重要方式,也是童话创造典型的一种常用的方法。童话中的人物形象常常是象征性的。为了表现某种性格或说明某个事理,作者从生活中找出某些人、物、现象,甚至某种社会观念的性格、性质和特征,集中到童话人物的身上,然后又赋予他们以个性,并使之依照这一个性去说话、行动,从而达到象征的目的。例如《风筝找朋友》中的风筝,象征着现实社会中孤独而迷茫、不断寻找真正朋友的人,太阳和月亮对风筝的态度,也象征了某些人对友谊和爱情的态度,而小星星们对待朋友的友好、热情、一视同仁,也反映了作者博爱的理想。

童话的象征通常都是具体形象、意象的象征,如神奇的"马兰花"象征劳动人民的勤劳品质,"宝葫芦"象征不劳而获的懒惰思想,"青鸟"象征追求幸福的执著精神,"丑小鸭"象征出身卑微却自信坚毅、甘于忍耐最终赢得辉煌的成功者形象……很多大家熟悉的象征物,童话中的人物和情节常常带有象征性,它是童话把幻想和现实结合起来的媒介之一。

象征通常是指以独特、完整的形象体系为基础,进而表现或暗示出一种超越这一形象体系的丰富、深邃的美学意境的表现方法。因此,象征艺术的基本特征应是:首先,它具有独特、完整的形象体系,而不是只有局部、甚至孤立的细节形象;第二,它应能表现或暗示出超越这一形象体系的深邃、丰富的美学意境。也就是说,它不能只是一个形象的简单比附、单向譬喻,而要有多义性的哲理内涵,应是具象与抽象的深层融合。

童话的象征是整体寓意和抒情经由一个象征性的形象体系而获得实现的。幻想和现实融铸成一个象征的实体,含蓄、凝练、深沉、隽永,象征的结构形态有机地编织着童话的题旨与美学价值的实现。安徒生《海的女儿》中的那个美丽的海底世界不正是表现了人类对于美好爱情和崇高精神品质的渴望与追求吗?张天翼《大林和小林》中的那个光怪陆离的"唧唧王国"不正是对资产阶级贪得无厌、不劳而获的丑恶本质的最深刻地揭露吗?就是郑渊洁《魔方大厦》中变化多端的"魔方城"也是表现了现实中孩子们对自由快乐的游戏精神的倾心向往和自由追求。这些富有想象力的描写都极其自然地构成了这些童话的意蕴中心或思想灵魂,使童话中所传达的人情与哲理都更加深化了。我们应从童话作品所塑造的形象,所叙述的故事情节的全部含义去看这个童话要说明的主旨,看它歌颂什么,讽刺什么,暗示什么,揭露什么,这样才能正确理解童话的象征。

三、突出的拟人

　　童话突出的表现手法是拟人,大多数的童话都运用了拟人的手法。拟人是一种传统的艺术手法,来源于原始人类的"泛灵思想"。因为那时的人智识水平低下,往往从主观的想象、幻想去解释各种自然现象,因而认为什么都有生命,即"万物有灵",从而产生了"拟人"。

　　拟人是指把非人类的东西加以人格化,赋予他们以人类的思想感情、行动和语言能力。童话中拟人化的范围十分广泛,包括自然现象的日月星辰、风霜雨雪,大地上的山谷河流,动物、植物以及其他非生物、各种具体和抽象事物、概念、观念、品质等,不论有形无形,都可以赋予它们人的思想情感、行为语言。

　　拟人化童话中的人格化的角色,并不等于生活中真实的人。他们具备了人的某些特点,但仍然保留物的许多属性,既是人又是物。例如《风筝找朋友》中的风和风筝,既有人的特点,又有风和风筝的特点,风对风筝说:"你要是哭了,你的身上吸了泪水,就会变湿了,变得很重很重,我就推不动你,你也就飞不起来啦!"风要是换成雨就不能推风筝,风筝换成汽车,也不会这么怕水弄湿,也不可能飞到天上去。太阳有很强的光和热,强光刺得风筝睁不开眼;热气又像火一样烫得风筝受不了。假如写月亮和星星也有这样的光和热,就不符合月亮和星星的属性了。文中的月亮,身子是弯弯的,两头尖尖的,就像个弯钩;星星闪亮着眼睛……

　　因此,拟人不仅不能违反所拟之物原来的特点,而且还要照顾到物与人,以及其他物之间原有的关系,和支配它们的自然和生活规律。假如无缘无故地叫小鸟去访问鱼儿,鱼儿飞到天上去找月亮,这样的写法就很难认为是成功的。

四、有意的颠倒

　　颠倒,顾名思义,就是有意识地违反既定的现实逻辑关系。童话中的颠倒世界正与儿童思维中的逻辑特点相对应。因此,童话作品中运用颠倒这一表现手法,十分符合孩子的接受心理。

　　从传统童话到现代童话作品,我们都可以看到将现实的关系完全颠倒的直接例证。德国格林兄弟曾经这样描述极乐时代："我看见罗马城和拉特兰宫悬挂在一条细丝线上,一个没有脚的人跑得比一匹疾驰的马还要快,一把利剑斩断了一座大桥",还看见"两只老鼠在加封一位主教,两只猫抓出了熊的舌头,一只蜗牛飞奔而来,咬死了两头雄狮,一个理发师给一个女人刮胡子,两个吃奶的婴儿命令母亲别吭声"……所有的事情都是闻所未闻的,违反现实逻辑,并且颠倒了原有的物与物之间的关系。例如金近《狐狸打猎人的故事》,狐狸可以反过来打猎人,把猎人吓得晕死过去。还有黑白颠倒、是非混淆的假话国,制服狮子、摆弄大象的兔子,淳朴善良的笨狼,捉弄钓鱼人的小水怪,等等。颠倒可以说是童话一种比较普遍性的艺术存在,"对童话艺术而言,有意识地违反生活逻辑正是它实现自身的基本策略。"

五、出色的荒诞

荒诞是儿童文学作家用以进行童话艺术创造的手段,它涵盖幻想、奇异、怪异、稀奇、善变、荒诞可笑、无稽之谈、难以置信等多种含义。它的表现形式可以是多种多样的,但在童话中常常离不开强烈的夸张、离奇的幻想、扭曲变形和机智的反讽,其中夸张和想象是最重要的。在幻想世界中,什么样的事情都可能发生,不可思议的事也能当做事实的体验,按照无限的想象和丰富的表现,创造出一个完全不同于现实的奇幻世界。比如《大林和小林》所表现的世界就是一个极其荒诞的、贫富悬殊的世界。为了突出这个社会的荒诞性,作者极尽夸张之能,将人物扭曲、变形,将行为丑化,以极其荒谬的故事来揭示出剥削阶级不劳而获、贪得无厌的阶级本性。因此,荒诞的本质乃是透过表面的荒诞,体现出本质的合情合理,因为人们在形象的奇异中,看到和感觉到的是新的和谐统一。荒诞以牺牲"自然可能性"为代价,同时在保全"内在的可能性"中得到补偿,从而创造出一个蕴含着现实生活种种意蕴的,别开生面的幻想世界,因此,出色的荒诞创造的应是一种新的美学意义。

那么,什么样的荒诞才是出色的荒诞? 出色的荒诞应该是荒诞得离奇、荒诞得新鲜、荒诞得美妙、荒诞得机智幽默。只有荒诞得离奇、新鲜、大胆才能出效果,否则步人后尘永远也不会给人以新奇感。孙子兵法上有一计"出奇制胜"，说的就是策略上的变化多端，以"奇"胜。同样，童话的荒诞也必须出奇，奇得超出了常人想象的程度，使想象和生活的真实造成一种强烈的反差，那么，荒诞的最佳效果就体现出来了。比如《敏豪生奇游记》中的 46 则故事就是以其离奇的幻想、大胆的夸张、荒唐得极其可笑而令人感到趣味无穷的。在一次攻城战役中，敏豪生这位奇想天才竟想出了一个骑炮弹潜入敌人要塞的办法。但正当他骑着炮弹飞在半路时，突然想到自己匆忙间竟忘了换制服，这样肯定会被敌人识破的。于是他当机立断，又从自己的炮弹上纵身一跃，跳到敌人打来的炮弹上，安然无恙地返回了自己的阵地。如此出奇的想象在这部"吹牛大王"的故事中举不胜举，如"半匹马上建奇功"；"用猪油当子弹，意外地打得一串野鸭子"等等都是其中著名的荒诞故事。正由于这些故事的创造者敢于突破常人的思维定势，敢于荒诞，大胆荒诞，荒诞得透彻，才给人们留下了深刻的记忆，也使得它们的艺术魅力永存。

　　荒诞有时候却也可以美妙无比。人们有时候形容美丽的情景，总说就像进入了"童话境界一样"，充分说明在童话荒诞中的确也包含着许多美的因素。比如安徒生的童话《海的女儿》就淋漓尽致地展现了"海底人鱼世界"这一荒诞的美丽境界。当然，这美不光表现为意境的美，还应包括人情的温暖、心灵的美好、高尚的精神境界等等，都可以通过荒诞的幻想来加以表现。《海的女儿》通过小人鱼对爱情的执著追求和为爱而不惜牺牲自己生命的感人故事，来表现小人鱼崇高的精神境界和美好善良的心灵，其荒诞的美学涵义十分丰富，令人回味无穷。

第七节　童话的改编

　　改编是一次再度创作，是把包含幼儿审美特质的作品或喜欢听的故事简洁化，浅显化。童话是幼儿文学中最富有幼儿幻想色彩的文学作品，十分符合幼儿听赏兴趣。我们可以从其他各种文学作品中选取适合幼儿听赏阅读的作品进行改编。神话故事、寓言故事、成语故事、民间故事、动物故事；中外名著、长篇、中篇童话等都可以改编,如《西游记》中的《猪八戒吃西瓜》、《大闹天宫》、《哪吒闹海》;《聊斋志异》中的《贾儿》、《促织》;安徒生的《丑小鸭》,米尔恩的《小熊温尼·菩》等。要把普通的成人作品改编成幼儿童话,除掌握幼儿文学的创作技能外,还应注意下列几点。

一、谨慎选材,熟读原文

改编选中的故事时,要充分理解原作所要表达的主题思想,人物形象,故事情节,意境和幻想,脉络结构,语言表达等内容。改编是一项再度创作的工程,改编后能使幼儿看得懂,喜欢看,就应该站到孩子的角度,用孩子的眼光去审视原作,完全吃透原作所有内容再动笔,做到胸有成竹,一气呵成。篇幅长,故事情节复杂,语言华丽,铺叙内容较多的作品,改编时就要掌握删繁就简,或添枝加叶的改编方法。

二、主题单纯,叙事明快

成人作品所表达的思想主题比较深刻,含蓄,故事中所表现的社会现实及各种人物情感,幼儿无法理解。要改编成幼儿听得懂,能接受的短小童话,就要简化主题,幼儿对人物的认识,只停留在人物形象的外部,他们常常简单地用"好人"和"坏人"区分,因而,童话中的人物塑造必须鲜明。如安徒生的《丑小鸭》,讲述了一只又大又丑的小鸭子,一出生就伴随着别人的嘲弄和歧视,但是在经历过种种挫折和打击之后,他终于变成了一只美丽的天鹅。作品的本质是现实精神的反映。是作者一生的写照,这样的主题和含义,幼儿很难理解。改编时,要考虑给作品主题重新定位,淡化社会因素,改写后,"丑小鸭"经过努力,变成了白天鹅,终于飞上了蓝天。主题单一了,内容紧凑了,幼儿喜欢听了。如贝洛的《小红帽》的本意是用来揭露口蜜腹剑的宫廷奸臣的,文学色彩浓厚。改编以后,变成"小红帽和狼外婆"的主题。幼儿就容易接受了。

三、结构紧凑,脉络清晰

改编幼儿的童话时要把握以下几点:一是结构要紧凑,篇幅不宜太长。保留主要的故事情节,最好一条线贯穿到底,叙事过程不要拖拉,幼儿就容易领会内容。二是主线脉络要清楚,一个完整的故事,应该条理分明、脉络清楚,事件的逻辑关系要简单,作品的开头(时间、地点、人物)应开门见山,让人物尽快出场,进入正题。中间部分,叙写主要情节,删去枝蔓,少描写,多对话,人物不宜过多。结尾部分,由于幼儿有"打破砂锅问到底"的心理需求,结尾应该交代清楚事情的结局。尽量用顺叙方法,避免插叙、倒叙、补叙。

四、情节简练,语言浅近

由于原作一般是成人阅读的作品,语言与幼儿接受水评有较大差距,因此,改编时语言不能太深奥,少用抽象的词语,少用复杂的长句,力求简洁明快,幼儿一听就懂得语言。如著名儿童文学家洪汛涛的《神笔马良》的开头:

听人家说,从前,有个孩子名字叫做马良。父亲母亲早就死了,靠他自己打柴、割草过日子。他从小喜欢学画,可是,他连一支笔也没有啊!

一天,他走过一个学馆门口,看见学馆里的画师,拿着一支笔,正在画画,他不自觉地走了进去,对画师说:

"我很想学画,借给我一支笔可以吗?"

画师瞪了他一眼,"呸!"一口唾沫吐在他脸上,骂道:

"穷孩子想拿笔,还想学画画?做梦啦!"

说完,就将他撵出门来。

这个开头句子短,语言连贯,口语化,读起来顺口,孩子们一听就懂。又如《丑小鸭》开头原文:

乡下真是非常美丽。这正是夏天,小麦是黄黄澄澄的,燕麦是绿油油的;干草在绿色的牧场上堆成垛,鹳鸟用它又长又红的腿子在散着步,喋喋不休地讲着埃及话。这是它从妈妈那儿学到的一种语言。

田野和牧场的周围有些大森林,森林里有些很深的池塘。的确,乡间是非常美丽的,太阳光正照着一幢老式的房子,它周围流着几条很深的小溪。从墙角那儿一直到水里,全盖满了牛蒡的大叶子。最大的叶子长得非常高,小孩子简直可以直着腰站在下面。这一带荒凉的好像最浓密的森林一样。这儿有一只母鸭坐在窠里。她得把她的几个小鸭都孵出来。不过这时她已经累坏了 。很少有客人来看她。别的鸭子都愿意在溪流里游来游去,不愿意跑到牛蒡下面来和她聊天。

原文大段景物描写,没有对话,无论语言还是叙述方式,幼儿接受都有困难。改写后,大段对环境的描述性语言改掉了,成人化的词语换成了幼儿语言,丑小鸭严肃的主题改成单纯的娱乐性内容了。

在美丽的池塘边,鸭妈妈正在孵鸭宝宝。小鸭子们陆陆续续地都孵出来了,窝里只剩下一个大大的蛋一直没有动静。鸭妈妈又耐心地孵了好久,终于从大大的蛋里面孵出了一个小鸭子。小鸭子长得可难看了,又黑、又瘦、又小……大家都叫他丑小鸭。丑小鸭和其他的小鸭子们是池塘边最小的动物,大黄狗汪汪经常欺负他们,丑小鸭很难受。有一天,丑小鸭看见蓝天上飞过一群白天鹅,丑小鸭从来没见过这样美丽的东西。他想要是我也能有一双像白天鹅一样又宽又坚硬的翅膀该多好呀!那样,我就能飞到外面的世界去看看。后来丑小鸭慢慢长大了,它长得又美丽又高大,天天在池塘里练习起飞,终于有一天,丑小鸭慢慢地飞上了蓝天,去找它的亲妈妈了。

第八节　童话的创作

一、编织离奇的童话故事

构成童话的首要条件是要有故事。童话的故事与一般文学作品的故事不同,童话故事的主人公大多是借替性角色——动植物或无生命事物。这些角色通过"鸟言兽语"来互相沟通,组成奇妙的"社会"图景。童话故事的情节往往是离奇的,甚至是荒诞的。一个小鸟死了,两个孩子小心地把它"种"下去。不久,这地方长出了一棵鸟树,鸟树上结满各种颜色的"鸟果","鸟果"一个个裂开,各种颜色的小鸟儿纷纷飞出,落满枝头,叽叽喳喳,向着两个小主人,唱起欢快的歌。一个人牵一匹马在雪地上行进,他累极了,就把马拴在雪地上唯一能看到的一个小树桩上,躺下便睡着了。第二天早晨,喧闹声把他惊醒。他发现自己睡在闹市上,心爱的马则在一个极高的教堂尖顶上嘶叫着。原来昨夜雪太大,把整个市镇全埋了起来,只露出了教堂的尖顶。一个猎人遇到一个毛色极好的狐狸,他想得到一张完整的狐皮,就在枪里装一个钉子。枪一响,狐狸的尾巴就被钉在树上了。猎人手拿一根皮鞭,抽打狐狸,狐狸疼得受不了,就从皮里脱出来,逃掉了,一张完整的狐皮被挂在树上。一个人太肥,一次他意外地落入大海,被大鲸鱼吞进肚里去。由于他太腻味,弄得鲸鱼直翻胃,最后一阵恶心,把这个肥人吐出来。一个孩子把帽子向空中甩去,甩到月牙尖上挂住了,下不来,孩子急得哭了。另一个孩子劝他说:别哭,等月亮圆的时候,帽子自己就会掉下来的。这些情节,在成人看来,全是胡扯,荒诞不经。可它们正是孩子们头脑里美丽的幻想,童话作家就是把它们采撷来编织成离奇斑斓的童话故事的。由此看来,编织童话首要之点就是用孩子的脑子去幻想,而那些幻想的情节又多少有一些现实的基础。这样,孩子们读来,才既感到惊奇有趣,又相信真有那么一回事儿。这幻想与现实的结合,主要有下面三种形式:

第一是寻常结合、有机统一的方式。如葛翠琳的《翻跟头的小木偶》写了勤劳、善良、默默工作的残疾老人;天真、纯洁,但因为爸爸的"问题"而受歧视的女孩子丫丫;头脑简单,一度被坏人利用了的小木偶;会当面一套、背后一套的阴阳脸;凶恶成性的狼眼睛;一群从身心上都遭受到折磨的"舞蹈乐团"的女演员……幻想有机融合于现实情景之中,幻想故事就如同真实的事情一般。

第二是异常结合、巧妙统一的方式。例如意大利科洛迪的《木偶奇遇记》写道:木偶匹诺曹说一句谎话,鼻子就长长了,说两句谎话,鼻子就长得更长了;他和蜡烛心逃学到玩物国去,不久,两人都长出了驴的耳朵,再过一个时候,都变成了小驴。类似这样的情节是异乎寻常的、十分离奇的,但又没有离开儿童的真实生活。它告诉孩子们,不应当说谎,不应当忘记老师、父母的忠告,否则就会损害自己的形象,就会走上邪路。意大利罗大里的童话《洋葱头历险记》,我国张天翼的童话如《大林和小林》,孙幼军的童话如《小布头奇遇记》、郑渊洁的童话如《皮皮鲁全传》等,都继承了这种写法,故事写得十分热闹,幻想十分大胆、新颖,总是出乎人的意料。

第三是反常结合、奇特统一的方式。例如德国格林童话《会开饭的桌子、会吐金子的驴子和自己会从袋子里出来的小棍子》(亦名《桌子、驴和小棍子》)、德国豪夫童话《鹳鸟哈里发》等。在这些童话里,幻想使现实生活中的情况颠倒过来,裁缝的三儿子制服了贪婪的旅馆老板。小桌子会摆出许多好吃的食物,驴子能吐出金子,小棍子能自动地惩罚骗取宝物的旅馆老板,使之求饶;再就是君主哈里发和他的宰相变成了鹳鸟,等等。在现实生活中这是不可能有的事情,可是在童话中却合情合理而又可信地存在着。我国洪汛涛的《神笔马良》、葛翠琳的《金花路》的幻想和现实结合的方式,也是这样的。这些作品中的幻想超乎自然,就如神话一般。

二、创设奇异的童话境界

任何艺术作品都须在读者面前展现出一定的氛围和境界,在这方面,童话有它的特殊性。童话作者必须用美丽闪光的幻想,为儿童展现一个似真非真、似梦非梦、洋溢着浪漫气氛的幻想境地,必须使平凡、普通的现实生活变幻成不平凡的、奇异的世界,在这个世界中,一切都闪现着与现实生活不同的奇异光彩,好人和坏人的对比更加明显,善与恶的界限非常分明,光明、美好的未来也具体展现出来了。在童话《大林和小林》中,大林和小林两兄弟出外找工做,走着走着,一座大黑山突然活动起来,变成了一个巨大的妖怪,要吃大林和小林。大林和小林分两头跑,妖怪一会儿往东追,一会儿往西追,一个也没逮着。妖怪太饿了,就把大林和小林丢下的麻袋吃了下去。可嘴太大,麻袋太小,麻袋给塞在牙缝里,妖怪就拔起一棵大松树当牙签。妖怪想睡,伸了个懒腰,一抬手,碰到了月亮的尖角,戳破了皮。瞧,这篇童话作品一开始就为小读者展现了一个奇异的童话境界,产生了一种异乎寻常的艺术魅力。

童话的境界往往借助具有象征意义的"人物"形象和"人物"关系来显现。如上述《大林和小林》中的妖怪以及后文出现的平平、皮皮、鳄鱼小姐、四四格等等,都有一定的善与恶的象征意义。又如《木偶奇遇记》中的仙女对该童话的境界创设有着重要意义,她就是善的化身,木偶匹诺曹做了错事,说了谎话,她就出来加以惩罚。构成童话境界的神仙妖怪、山川日月、飞禽走兽、木石虫鱼,往往都有一定的象征意义。

童话的境界往往靠极度的夸张来表现。所谓极度的夸张,是指从内容到形式的全面的、强烈的夸张。通过这种全面的、强烈的夸张,把许多寻常的、司空见惯的人、物、现象、概念变幻成超自然的神妙奇特的童话境界。在《拇指姑娘》中,作者运用夸张手法把姑娘缩成只有拇指般大,这样一来,她才会被癞蛤蟆背走,小鱼才能救她,金龟子才能带她一起飞到树上,小燕子才能让她坐在自己的背上,她才能用腰带把身子紧紧地系在燕子最结实的一根羽毛上,一同飞到温暖的国度。这奇异的童话境界,全是建立在夸张的基础之上的。

环境描写对童话境界的创设起着重要的作用。在童话《蚯蚓和蜜蜂的故事》中,作者一开头就描绘了一幅美丽幸福的图景:

在从前,就是蚯蚓还长着腿、蜜蜂还没有生翅膀的时候,大地上可以吃的好东西多极了,像什么杨梅、野葡萄,还有许多咱们都叫不出来的红的、紫的浆果,还有许许多多又甜又嫩的草叶和花瓣,蚯蚓和蜜蜂用不着费很大力气,只要动一动嘴就可以吃得饱饱的。

作品接着说,可以吃的好东西多是多,可是大家老那么吃、吃、吃,能吃的东西就越来越少了。"好日子过完了,苦日子就来了。蚯蚓和蜜蜂有时候找不到东西吃,就得挨饿"。灾害天气也跟着来了:

有一天,下起大雨来了。蚯蚓和蜜蜂在一块大石头底下躲雨。雨哗啦哗啦地下得很大很大,地下的水慢慢涨起来,流到他们躲雨的石头那里,把他们的腿都浸湿了。大雨夹着一阵阵凉风,冷得蜜蜂直发抖。

正是这由美好到恶劣的环境描写,构成了作品特殊的境界,也为蚯蚓和蜜蜂不同生活选择和结局提供了背景和依据。

童话的境界均是一种假定的境界。这种假定既要依据生活逻辑又要突破生活逻辑,在童话里,一杯水可以一下子转化为一种神奇的药物,却不能无缘无故地让它变成一块硬邦邦的铸铁。在童话创作中,主要矛盾是"突破",要大胆地假定,大胆地幻想,不要因生活逻辑而束缚了想象的翅膀。

三、塑造丰满的童话形象

童话创作中,由于追求故事情节的离奇,就往往会忽视"人物"形象的塑造。特别是一些拟人体和超人体童话,常常误以为只要运用了拟人体和超人体,就算完成了形象塑造的任务,结果,就出现了借"神"或"物"之"尸"来还"人"之"魂"的倾向,而不让读者领略"神"或"物"的性格化描绘。即使在写"神"或"物"时,也不注意写出其特有的外形和性格,只让鸟兽鱼虫作一般的活动,而不是塑造出不同于其他的"这一个"的特有形象。这样一来,童话形象就显得单薄苍白、往往流于图解化和标签式,进行政治的"影射"和知识的图解,失去了审美的价值。

茅盾说:"典型性格的刻画,永远是艺术创造的中心问题。"沙汀说:"塑造人物是创作的首要任务。"童话创作的中心问题和首要任务也应该是形象的塑造。这在中外优秀童话中可以找到许许多多有力的佐证。世界著名童话《木偶奇遇记》的成功之处就在于它为我们塑造一个血肉丰满的童话形象,匹诺曹是个木偶,但在作者的笔下,却形态特独,性格鲜明,他好奇心强,勇敢,具有冒险精神,他活泼、天真、诚实,却又时常表现出懒惰和贪玩等缺点。他使我们想起一个小学初年级学生纯洁、可爱而又顽皮的形象,有很强的典型意义。匹诺曹这个人物无疑是《木偶奇遇记》这部作品的艺术构思的轴心和支柱,通过这个栩栩如生的典型形象,读者感受到了纷纭复杂的社会生活以及作者对生活的理解,从而受到了感染、熏陶和启发。试想,如果匹诺曹这个形象写得苍白无力,《木偶奇遇记》还有这么巨大的艺术魅力吗?我国著名童话作品,如张天翼的《宝葫芦的秘密》、严文井的《小溪流的歌》、洪汛涛的《神笔马良》、葛翠琳的《野葡萄》等,之所以获得少年读者的普遍而历久的喜爱,也是因为这些作品塑造了血肉丰满的艺术形象。

努力描绘人物的命运,写出人物特有的经历、遭遇,是童话作品塑造人物形象至关重要的一环。人物的命运,应当是人物性格合乎情理的发展,而并不是能由作者随心所欲地加以摆布的"傀儡"。在这一点上,一些童话名篇是我们学习的极好范例。

　　在人物形象的塑造上,要注意多塑造正面形象。孩子的分辨能力较差而模仿能力强,在描写主人公的缺点时,要掌握好分寸,不能只是单纯地甚至带有欣赏式地"暴露"和摆"噱头",这样往往容易产生副作用,要能够通过恰如其分地刻画,激发读者唾弃缺点、克服缺点的心理动力。

　　真、奇、新,是童话刻画人物形象时应掌握的要点。要深入生活,熟悉生活,从生活中去寻找那些令儿童们感到真切有趣的形象,同时,又要大胆地运用幻想,让形象具有离奇而新鲜的面貌。要敢于突破习惯的思维模式。如一般认为害鸟害兽在童话里只能充当反面角色,只有益鸟益兽才能成为正面形象。这种主张表面看来符合人们的心理习惯,但它却是不切实际的和有害的。这是主张文学是对自然、社会的真实模仿和再现的直观反映论在童话创作中的表现,也是一种图解动物学知识并通过童话形象来给动物作鉴定的公式化、概念化创作倾向,在创作实践中是行不通的,也不合文学创作的实际。从民间文学创作和作家创作看,把虎、狐、蛇这一类动物写成正面形象的作品并不少见,例如《一只鞋》中的虎、《白蛇传》中的蛇,《聊斋志异》的《狐梦》、《青凤》中的狐,都是正面形象。老鼠是古今中外公认的害兽,动物学中一致认为它是毁害农作物、家用器皿、衣物、偷食食品、传染疾病的害兽,但在《米老鼠和唐老鸭》这一美国动画片中,老鼠却并非反面形象。从童话创作来看,麻雀、老鼠、狐狸等并非均为反面形象。在格林童话《老麻雀和它的四孩子》中老麻雀是一个既富有人情味,又能通过直观的方法来启发孩子们要坚持信仰、存有纯洁良心的优秀教师和慈祥的母亲,在《狗和麻雀》中,麻雀是一个同情受主人虐待、经常挨饿的牧羊狗并为被车夫辗死的牧羊狗报仇雪恨的英雄;在《老鼠、小鸟和香肠》中老鼠跟小鸟、香肠一样都因挑唆者的离间而丢命,令人非常惋惜;在《猫和老鼠做朋友》中老鼠反而成了被猫蒙蔽了的"可怜的"上当受骗者,使人产生同情心;在《狐狸妻子的第二次婚事》中,老狐狸是一个弄巧成拙者,狐狸太太是一个坚持自己爱情标准的形象,在《金鸟》中狐狸是正面形象,它本是金宫公主的哥哥,从前因中了别人施的魔法而变成了狐狸,它成狐狸以后总是给人以忠告,指引人走正路不走邪路。

　　为什么自然界的害鸟害兽进入童话作品以后有的是反面形象(如格林童话

《狼和人》、《狐狸和猫》、《狼和狐狸》中的狐狸和狼），有的却成了正面形象（如上述格林童话作品中的麻雀、老鼠和狐狸）呢？第一，童话作品中的动物形象是拟人化了的形象，虽然仍具有物性，但是，它们既已成了拟人的形象，就同时具备人性。而人有好坏之分，人性有善恶之别。所以自然界的害鸟害兽进入童话之后，既可以发挥它们原有的恶的物性，使之同恶的人性融合，从而塑造出童话中的反面形象，也可以改变它们原有的恶的物性，使之同善的人性融合，从而塑造出童话中的正面形象。第二，童话作品中的动物形象和其他儿童文学形象一样都是作家对生活进行能动的、创造性反映的产物，是人的本质力量对象化的结果。黑格尔说："艺术作品中形成内容核心的毕竟不是这些题材本身。而是艺术家主体方面的构思和创作加工所灌注的生气和灵魂，是反映在作品里的艺术家的心灵，这个心灵所提供的不仅是外在事物的复写，而是它自己和它的内心生活。"在文学创作中，作家的心灵——主体意识、主体情感改变着客观事物，它使客观事物"由原来存在的形状转化成为一种由精神改造出来的艺术表现"形式。由此可知，作家对作为创作客体的害鸟害兽的反映是能动的、富有创造性的反映。作家在对客体对象进行艺术加工和精神改造的过程中，把自己的思想、感情、理想和愿望灌注到客体对象中去，使之凝聚着作家的主体意识和主体情感，体现着作家的意志、目的和要求，同时又有意搁置害鸟害兽与善（利益）相悖的物性于不顾，并把它们从原来存在的自然状态的形象转化为能确证和肯定作家自我价值的艺术形象，从这一艺术形象中作家可能直观自身，看到自己的形象和本质力量。这时，原来的害鸟害兽就成了童话中的正面形象。

在童话创作中，作家使害鸟害兽由生活中有悖于目的性的反面形象变成既合规律性（真），又合目的性（善）的、在内容和形式的和谐统一中能给人带来情绪上净化和感官上愉悦（真善美统一）的正面形象，这不是违反科学规律、有意和动物学家唱对台戏吗？回答是否定的。文艺美学告诉我们：科学的任务是探讨生活中、自然界最能反映客观必然性（真）和最符合人类共同目的（善）的现象，侧重于求真求善，而不在于求美。文学的任务则是描写和反映生活中最能叫人动情、最有审美价值和本质意义的现象，它是真善美的统一。文学当然要求真求善，因为真善是美的基础和前提，但是它侧重于求美。为了美，它可以改变生活的真实去突出表现艺术的真实。这就是害鸟害兽在动物学中仍为害鸟害兽、不可改变其生活中反面形象的本来面貌，而在童话中则可成为中间形象甚至正面形象的原因。

四、运用浅易的儿童语言

一个精彩有趣的故事情节，一个栩栩如生的童话人物形象，一段奇妙无比的幻想，无不倾注了作家心血。作家创作童话的目的是写给儿童看或让儿童听的。怎样才能使童话让儿童看得懂听得懂，也是作家需要考虑的问题。运用浅易的儿童语言写出来的童话，儿童最容易接受。怎样才能运用浅易的语言呢？可从以下几个方面考虑：

一是要注意词汇的使用。多用实词，少用或不用虚词，尽量避免使用抽象的词。如"小羊今天精神不好"中的"精神"幼儿难理解，换成"小羊今天病了"孩子就明白了。如安徒生《卖火柴的小女孩》中"这只鹅从盘子里跳下来，背上插着刀叉，蹒跚地在地上走着……""蹒跚"孩子更不懂了，可改成"慢慢地"。一个妈妈对她的孩子说："妈妈的牙都酸倒了，今天不能吃了。"孩子说："妈妈把嘴张开，我帮你把牙齿扶起来！"句子当中的"倒了"，幼儿就会理解为"跌倒了"。

二是把握好句型。尽量使用单句，孩子表达看法时不会用复句，关联词用的也很少，创作中要照顾孩子特点。如"因为小花狗昨天感冒了，所以今天没来上学。"关联词去掉，改成"小花狗病了，今天没来上学"。句子太长，也不符合幼儿听赏习惯。如王尔德《快乐王子》中有一句"一串浅绿色翡翠做成的链子系在他的颈项上，他的一只手就像干枯的落叶"。这个句子如果不改，句子长，个别词语幼儿也听不明白，改成"他的脖子上戴着一串项链，一只手又干又瘦。"长句改成短句，删去幼儿难理解的词，读起来就顺口了。浅显是幼儿童话的基本特征，但浅显不等于干瘪贫乏。童话的语言应该是浅显与丰富的完美统一。有了浅显优美的语言，稚拙可爱的童真童趣，童话的创作孩子的欣赏达成共鸣。如《小贝流浪记》中，麻雀说小宝长了胡子，小宝生气了，他抬起头，瞪圆了眼睛说："就长胡子了，我乐意，你管不着！"两只麻雀一起冲他叫："就管！就管！就！就！就！"这段对话，拟人和常人相结合，两个孩子的吵架，神情、声调、动作都充

满孩子稚气。如俄罗斯童话作家巴乌姆美丽的《小蜗牛》:

在一个阳光明媚的早上,蜗牛妈妈对小蜗牛说:"春天到了,到小树林里玩吧,树叶发芽了。"

小蜗牛爬呀爬,爬得很慢很慢,好久才爬回来。

小蜗牛说:"妈妈,妈妈,小树林的小树上长满了叶子,碧绿碧绿的,地上还长着许多草莓呢!"蜗牛妈妈说:"夏天到了,快去采几颗草莓回来。"

小蜗牛爬呀爬,爬得很慢很慢,好久才爬回来。

小蜗牛说:"妈妈,妈妈,草莓没有了,地上还长着蘑菇,树叶全变黄了呢!"蜗牛妈妈说:"秋天到了,快去采几只蘑菇回来。"

小蜗牛爬呀爬,爬得很慢很慢,好久才爬回来。

小蜗牛说:"妈妈,妈妈,蘑菇没有了,地上盖着雪,树叶儿全掉了!"蜗牛妈妈说:"冬天到了,唉,你就躲在家里过冬吧。"

这篇童话幻想新颖,作品语言简洁,平实,口语化。小蜗牛形象憨厚可爱,"小蜗牛爬呀爬,爬得很慢很慢,好久才爬回来。"拟人化的幻想与物性的巧妙结合,充满了童真童趣,这样的语言孩子好理解,也容易接受。

第九节　寓　　言

一、什么是寓言

寓言是含有哲理讽喻或明显教训意义的故事。它的结构简短,多用借喻手法,使富有教训意义的主题或深刻的道理在简单的故事中体现。寓言、神话、传说都是最古老的口头文学,寓言和童话可谓同根同源,幻想、拟人、夸张、虚构是它们的共同特征。寓言故事作为文学作品的一种体裁,常带有讽刺或劝诫的性质,用假托的故事或拟人手法说明某个道理或教训。

二、世界寓言的发展概况

寓言是世界上最古老的文学体裁之一。印度、希腊、中国,是世界寓言的三大发祥地。这些国家脍炙人口的经典寓言,影响深远,闪耀着人民无穷的智慧和高尚的道德光芒。古印度的《五卷书》是闻名世界的寓言童话集,在世界文学史中有深远的影响。《伊索寓言》、《拉封丹寓言》、《莱辛寓言》、《克雷洛夫寓言》被称作世界四大寓言。

1. 伊索寓言

希腊的《伊索寓言》原书名为《埃索波斯故事集成》,这本世界上最古老的寓言集,篇幅短小,形式不拘,浅显的小故事中常常闪耀着智慧的光芒。《伊索寓言》,文字凝练,故事生动,想象丰富,饱含哲理,融思想性和艺术性于一体。其中《农夫和蛇》、《狐狸和葡萄》、《狼和小羊》、《龟兔赛跑》、《乌鸦喝水》、《牧童和狼》、《农夫和他的孩子们》、《蚊子和狮子》、《狼来了》等已成为全世界家喻户晓的故事。《伊索寓言》共收集了三四百个小故事,大部分是拟人化的寓言。

2. 拉封丹寓言

拉封丹是 17 世纪(1621—1695)法国著名的寓言诗人。主要诗作有《寓言诗》、《故事诗》。《寓言诗》是拉封丹用毕生精力写成的不朽之作,总数达 12 卷242 篇的寓言诗。他的寓言文字优美流畅,故事情节丰富完整,富于时代气息。拉封丹显示了他无与伦比的艺术才华。

3. 莱辛寓言

莱辛是 18 世纪(1728—1781)德国著名的戏剧家、戏剧理论家、文学家,著有《寓言三卷集》。他的寓言风格朴实无华,具有较强的批判性。

4. 克雷洛夫寓言

俄罗斯 19 世纪(1769—1844)杰出的寓言诗人,世界三大寓言家之一,十分勤奋,一生写了 203 篇寓言。雷洛夫的寓言富于人生哲理,富含道德训诫意义。他的寓言篇幅不长,结构紧凑,语言朴实无华幽默讽刺,情节进展迅速,有的只几行就成篇,有的寓言几乎通篇都是对话。如《狗的友谊》、《乌鸦与狐狸》、《农夫和羊》、《农夫和他的长工》等。

三、中国寓言的发展概况

我国寓言的历史更为悠久,春秋战国时期,是我国寓言文学最发达的时期。我国古代寓言在两千多年的漫长历史中,经历了不同的发展阶段。先秦是我国古代寓言产生和蓬勃发展的时期。当时的寓言作品集中在诸子散文里,为阐述不同流派的哲理和政治主张服务,可称为"哲理寓言"。如《孟子》中的"揠苗助长"、"五十步笑百步";《庄子》中的"庖丁解牛"、"涸泽之鱼";《韩非子》的"滥竽充数"、"郑人买履";《吕氏春秋》中的"刻舟求剑";《列子》中的"愚公移山"、"杞人忧天";《战国策》中的"画蛇添足"、"狐假虎威"等等,内容生动,寓意深刻。唐宋时期是中国古代寓言文学的又一座高峰。同先秦寓言相比,唐宋寓言的讽刺性加强了,成为揭露、抨击社会现实的利剑。中国古代最早的寓言专集《艾子杂说》也在此期间托名于苏轼而问世。寓言是我国文学发展中独特的艺术形式,至今在日常生活和书面语言中发挥着巨大的作用。

四、寓言与童话的区别

寓言和童话是一个母体,都起源于民间,受到神话和传说的影响。寓言和童话有不少相似之处,它们的故事都是假托的、虚构的、幻想的,都可采用各种生物或非生物来充当故事的角色,也都有教育意义。但二者毕竟是有区别的。

1. 从幻想性分析:寓言和童话都用幻想手法,童话幻想是表达现实的,要求真实与幻想的完美结合,而寓言则是以表达寓意为目的的。

2. 从篇幅上分析:寓言的篇幅一般短小,结构单纯,情节简单,幻想程度较轻,语言朴实精练,通篇构成一个比喻。童话故事完整,篇幅较长,情节神奇曲折,结构比较复杂,幻想比寓言更丰富、更奇特,语言多加修饰,刻画人物形象比较细致,更通俗,娱乐性较强。

3. 从题材上分析:童话多表现幻想世界,充满幻想色彩。从风霜雨雪到星辰日月,从花草鸟兽,到山川河流,对大自然的一切事物都可加以人格化,以物拟人,妙趣横生。寓言多来自现实生活,内容多以反映人们对生活的看法,或对某种社会现象的批评,或对某种人的有所讽刺和劝诫。虽然具有虚构的成分,

但却是社会现象的高度提炼和概括,更容易为人所接受。如《孟子》"揠苗
助长"。

4.从象征性上分析:寓言习惯用概括性的语言将寓意点明,训诫意味比较
浓重;而童话通篇只讲一个有趣的故事不一定有哲理性和深刻含义。

五、寓言改编成童话的方法

寓言主要是为成人创作的,概括性极强,蕴含着丰富深刻的哲理,故事情节
简单,语言也是成人化,它的深刻寓意儿童难以理解。但是有许多儿童非常喜
欢的有趣情节,儿童可以接受。我们可以选择一些故事情节比较有趣的寓言进
行改写,介绍给儿童。

1.选择合适的主题,淡化难懂的寓意

改编短小的寓言故事,首先要选择一个情节有趣,人物形象鲜明的通俗简
单的故事。确定好主题以后,要设计改写内容,寓言的篇幅短小,其目的是寓事
说理,改编时把说理改写成有情节的说事。如伊索寓言《牧羊的孩子》,有个放
羊的孩子,他老是喜欢说谎,开玩笑,谎称狼来啦。开始两三回,村里人都惊慌
得立刻跑来,被他嘲笑后,没趣地走了回去。后来,有一天,狼真的来了,闯入羊
群,大肆咬杀。牧羊娃对着村里拼命呼喊救命,村里人却认为他又在像往常一
样说谎,开玩笑,没有人再理他。结果,他的羊全被狼吃掉了。

原文的主题是,"一个说谎的孩子"。改编时应该让孩子明白,经常说谎话
的人,即使说真话也无人相信的道理,诚实守信才是好孩子这个主题。

《寒号鸟》中的寒号鸟,春天,整日玩耍不去垒窝,冬天到了,它在崖缝里冻
得直打哆嗦,悲哀地叫着:"哆罗罗,哆罗罗,寒风冻死我,明天就垒窝。"第二天
清早,风停了,太阳暖烘烘的。喜鹊又对寒号鸟说:"趁着天气好。赶快垒窝
吧。"寒号鸟不听劝告,伸伸懒腰,又睡觉了……太阳一出来,大家一看,寒号鸟
早已被冻死了。

这故事告诉人们,今天的事今天做,不要推到明天,明天事情推到后天,一
而再,再而三,事情永远没完。拖拖拉拉是孩子常犯的毛病,改写时要淡化寓
意,把寓言所表达的哲理性,自然的融合到故事情节之中。

2.扩展故事情节,增添和丰富形象

幼儿喜欢听故事,可是寓言故事篇幅短小,情节单一,干巴巴的内容,满足不了他们的好奇心理,也提不起他们的听赏兴趣。因此,改写的时候要适当的增添人物,增加故事情节,改编以后,使故事更加生动有趣,符合幼儿听赏心理。如伊索寓言《狼与小羊》原文:

一只小羊在河边喝水,狼看到后,便想找一个名正言顺的借口吃掉他。于是他跑到上游,恶狠狠地说小羊把河水搅浑浊了,使他喝不到清水。小羊回答说,他仅仅站在河边喝水,并且又在下游,根本不可能把上游的水搅浑。狼见此计不成,又说道:"我父亲去年被你骂过。"小羊说,那时他还没有出生。狼对他说:"不管你怎样辩解,反正我不会放过你。"

原文内容很简单,故事的时间、地点、比较模糊,人物也只有"小羊"和"老狼",情节比较简单。改写后,增添了胖熊阿姨、鹦鹉叔叔、乌龟妈妈几个形象,时间、地点更具体了,情节对话内容更加生动有趣。

上午明媚阳光洒满了大地,森林碧绿的草地上一条小河哗哗地流淌。胖熊阿姨,鹦鹉叔叔,乌龟妈妈们都去参加森林舞会。快中午了,小羊玩累了,来到小河边喝水。这时,突然从树丛里传来恶狠狠的声音:"小东西,你好大的胆子,敢在我的河里喝水,把我的河水弄脏了,我怎么喝?"。小羊吓坏了,小心翼翼地说:"我、我、我只是在河边喝水,是在河的下游,根本不可能把河水搅浑"。老狼看到自己的鬼点子被小羊识破,眼睛骨碌碌转了几转,又想出一个鬼主意来。他说:"大胆,敢跟我老狼顶嘴,去年你还骂过我爸爸,我还没找你算账呢。"小羊说:"去年我还没出生呢,怎么会骂你爸爸?"这时,老狼恼羞成怒,恶狠狠地说:"不管你怎么说,我都不会放过你!"

老狼凶恶地向小羊扑过来,小羊撒腿就跑,大喊救命。老狼说:"别做梦了,小东西,我的肚子正饿着呢,没有人会来救你的"。小羊绝望了,呜呜地哭起来。老狼张开血盆大口,就要咬到小羊的脖子时,小羊急中生智地说:"狼先生,我跑的时候,腿上扎了一根刺,要是你把我吃了，刺会卡住你的喉咙的，你得先把我腿上的刺拔下来。然后你再吃我，就不会卡住你的喉咙了"。狼相信了小羊的话，刚想给小羊拔刺，小羊看到远处一个猎人向树林走来，小羊一脚踢在老狼的鼻子上，老狼疼得倒在地上哇哇大叫，小羊趁机逃到了猎人身边。

改写后，增添了新的内容和对话，特别是最后增加了小羊机智逃离老狼的重要情节，让幼儿感知老狼的凶狠和小羊的弱小，狼故意找茬儿吃小羊的恶行，情节上安排了一个圆满的结局，弱的能战胜强的，小的能战胜大的。这个道理幼儿容易接受，也可以满足他们的好奇心理，主题也更加清楚了。

3. 丰富原有形象，增添新的细节

幼儿喜欢听情节生动的故事，细节描写能使人物形象和故事情节更加生动有趣。寓言故事只对人物和情节做简单的描述，对话也很简单。为了使人物形象更加丰满，情节更加生动，改写时增加对人物形象的语言、行为，对话等细节的描述。如《农夫与蛇》原文：

> 冬天，农夫发现一条蛇冻僵了，他很可怜它，便把蛇放在自己怀里。蛇温暖后，苏醒了过来，恢复了它的本性，咬了它的恩人一口，使他受到了致命的伤害。农夫临死前说："我该死，我怜悯恶人，应该受恶报。"

这篇短小的寓言不到一百个字，只有故事的主干，简单叙述了蛇咬农夫的情节，没有细节描写，人物形象不丰满，也没有对话。改写后的《农夫与蛇》：

> 严冬的一天，西北风呼呼地刮着，大雪纷纷扬扬，地上结冰。一个农夫从远处回家，突然，农夫被一条冷冰冰的东西绊了一下。他低头一看，不禁吓了一跳。他看到了一条身上覆盖着雪，身体已经冻僵了的青花蛇。农夫可怜这条蛇，便解开衣襟，把蛇放到怀里。农夫继续向前走，走了一会儿，蛇的身体动了一下，农夫连忙敞开胸襟。他看到蛇的眼睛慢慢地睁开了，冻僵的蛇苏醒了。蛇醒后，装成非常可怜的样子对农夫说："好心人，请你救命救到底吧！"。农夫问："你要我怎样帮助你呢？"青花蛇说："我又饿又冷，现在想吸点血，否则我会饿死的，你做好人就做到底吧，你行行好吧，就让我吸一口血吧！"农夫还没反

应过来,蛇就露出了凶残的面孔,向农夫的胸膛狠狠地咬去。农夫发出"啊!"一声惨叫,倒在地上。

改写后增添了故事发生的背景,善良的农夫救蛇的过程,农夫与蛇的对话,毒蛇恩将仇报的恶行,农夫不辨是非的愚善。改编后的人物形象更丰满有趣了,细节描述更生动丰富了,语言更浅显好懂了。变成一篇短小的童话,幼儿更喜欢听赏了。

4.语言浅显,叙述口语化

寓言故事尽管生动有趣,但是他的读者对象是成人,寓言叙事内容也是粗线条的,幼儿掌握的词语不多,对故事中的词语、寓意、哲理理解起来就有困难,改编寓言就是把故事内容改写的简单些,语言浅显一些,尽量拉近与小读者的距离,这样孩子能听懂了,喜欢听赏了,改编才能算成功了。如寓言《拔苗助长》原文:

> 古时候,宋国有个人,看到自己田里的禾苗长得太慢,心里很着急。这天,他干脆下田动手把禾苗一株株地往上拔高一节。他疲惫不堪地回到家里,对家里的人说:"今天可把我累坏了!我一下子让禾苗长高了许多!"他的妻子听了,连忙跑到田里去看。田里的禾苗全部枯萎了。

后来改成《性急的农夫》:

> 有一个宋国人靠种庄稼为生,天天都去地里劳动。太阳当空照着,宋国人头上豆大的汗珠直往下掉。烈日下,他弓着身子插秧。下大雨的时候,也没有地方可躲避,宋国人只好冒着雨在田间犁地,雨水和着汗水一起往下淌,种庄稼真辛苦啊!宋国人回到家以后,累得一动也不想动。他心想,禾苗怎么长的这么慢呀,啥时候才能收获啊。
>
> 一天,宋国人坐在田埂上休息,他望着地里小小的禾苗,很着急,便自言自语地说:"禾苗呀,禾苗,你们知道我每天种地有多辛苦吗?你们长得这么慢,啥时候才能收获啊?"他一边念叨,一边顺手拔起脚边的一棵草,拔起的草比别的草高了一截,宋国人受到了启发。他一下子来了精神,站起来开始忙碌……

　　太阳落山了,宋国人满头大汗地回来了。他一进门就兴奋地说:
"今天可把我累坏了! 我把每一根庄稼都拔起来了一些,它们一下子
就长高了许多……"。

　　第二天,宋国人的妻子走到田里一看,禾苗已经全部倒下,差不多
都死光了。

　　寓言故事短小精辟,大人能听明白的内容,幼儿不一定能全明白,通过改
写,语言更浅近了,听赏起来有滋有味,听完慢慢就会明白,干什么事,都不能性
急,急功近利,急于求成,一心只想让庄稼按自己的意愿快快长高,结果落得一
个相反的下场。

阅读赏析

1.萝卜回来了(拟人体童话)

⊙　方轶群

　　雪这么大,天气这么冷,地里、山上都盖满了雪。小白兔没有东西吃了,饿
得很。他跑出门去找。

　　小白兔一面找一面想:雪这么大,天气这么冷,小猴在家里,一定也很饿。
我找到了东西,去和他一起吃。

　　小白兔扒开雪,嘿,雪底下有两个萝卜。他多高兴呀!

　　小白兔抱着萝卜,跑到小猴家,敲敲门,没人答应。小白兔把门推开,屋子
里一个人也没有。原来小猴不在家,也去找东西吃了。

　　小白兔就吃掉了小萝卜,把大萝卜放在桌子上。

　　这时候,小猴在雪地里找呀找,他一面找一面想:"雪这么大,天气这么冷,
小鹿在家里,一定也很饿。我找到了东西,去和他一起吃。"

　　小猴扒开雪,嘿,雪底下有几颗花生。他多高兴呀!

　　小猴带着花生,向小鹿家跑去;跑过自己的家,看见门开着。他想:谁来
过啦?

　　他走进屋子,看见萝卜,很奇怪。说:"这是从哪来的?"他想了想,知道是好

朋友送来给他吃的,就说:"把萝卜也带去,和小鹿一起吃!"

小猴跑到小鹿家,门关得紧紧的。他跳上窗台一看,屋子里一个人也没有。原来小鹿不在家,也去找东西吃了。

小猴就把萝卜放在窗台上。

这时候,小鹿在雪地里找呀找,他一面找一面想:"雪这么大,天气这么冷,小熊在家里,一定也很饿。我找到了东西,去和他一起吃。"

小鹿扒开雪,嘿,雪底下有一棵青菜。他多高兴呀!

小鹿提着青菜,向小熊家跑去;跑过自己的家,看见雪地上有许多脚印,他想:"谁来过啦?"

他走近屋子,看见窗台上有个萝卜,很奇怪,说:"这是从哪来的?"他想了想,知道是好朋友送来给他吃的,就说:"把萝卜也带去,和小熊一起吃!"

小鹿跑到小熊家,在门外叫:"开门! 开门!"屋子里没有人答应。原来小熊不在家,也去找东西吃了。

小鹿就把萝卜放在门口。

这时候,小熊在雪地里找呀找,他一面找一面想:"雪这么大,天气这么冷,小白兔在家里,一定也很饿。我找到了东西,去和他一起吃。"

小熊扒开雪,嘿,雪底下有一个白薯。他多高兴呀!

小熊拿着白薯,向小白兔家跑去,跑过自己的家,看见门口有个萝卜,他很奇怪,说:"这是从哪来的?"他想了想,知道是好朋友送来给他吃的,就说:"把萝卜也带去,和小白兔一起吃!"

小熊跑到小白兔家,轻轻推开门。这时候,小白兔吃饱了,睡得正甜哩。小熊不愿吵醒他,把萝卜轻轻放在小白兔的床边。

小白兔醒来,睁开眼睛一看:"咦! 萝卜回来了!"他想了想,说:"我知道了,是好朋友送来给我吃的。"

【作者简介】 方轶群是一位在幼儿童话领域取得很大成绩的作家,1914年生于古城苏州,1946年开始童话创作。50年代,他在上海任《小朋友》杂志编辑,创作的幼儿童话数量不多,但艺术水准较高。80年代之后,是他"写得最勤,最多,最顺手,也最称心"的时期。他出版主要作品有《桥的故事》、《月亮婆婆》、《小鸡住大楼》、《鸡和耳朵》、《呀，是你》、《有一颗枪弹》、《我要发明……》等。《萝卜回来了》获全国第二届少年儿童文艺一等奖，改编成动画片，1960 年获第十二届卡罗维发利国际电影节动画片荣誉奖，并译成日、法、英、德等多种文字在国外出版，影响遍及世界。

【作品赏析】《萝卜回来了》是一篇拟人体童话，述说小动物们有了吃的总是想到朋友"一定也很饿"。这样，小白兔送出去的大萝卜，最后又回到了小白兔手里。在辗转赠送的过程中，充分再现了"我为人人，人人为我"的崭新社会风貌和人际关系。

无论多么奇特的童话都来自社会生活。作者在生活原貌的基础上展开幻想，进行艺术概括，从而更深刻地体现出生活的真实和作者的审美理想。送出去的东西又回来，这种意外结局，具有极大的偶然性。它使得作品洋溢着奇妙的氛围和浓厚的喜剧色彩。《萝卜回来了》以其艺术上的高度成就，受到孩子们的欢迎。这个故事的艺术特色主要表现在两个方面：

一是构思的巧妙，用循环的方式结构情节。小白兔送出去的萝卜，转了一圈又回来了。在这次爱的循环过程中，每个人心里都装着别人，一个萝卜传递的是朋友的深厚友谊，互相关心，团结友爱的主题。

二是反复手法的运用。首先是场景的反复。小动物们分别在雪地上找食物的场景与他们分别送萝卜的场景交替反复。其次是情节的反复。小白兔送萝卜给小猴，小猴送萝卜给小鹿，故事情节按预设的循环线索推进。再次是语句的反复。故事中人物虽有变换，但所思所言如出一辙："我找到了东西。去和他一起吃。"这样反复既形成音乐旋律般的艺术效果，让温暖人心的话不绝于耳，又加深了幼儿对情节的印象与记忆，便于孩子们复述。

作品语言清新、简洁、浅近、流畅；结构匀称，周密完整，精致巧妙，较完美的艺术形式和健康有益的内容，使这个作品长期活跃在幼儿文学中。

2. 小马过河（拟人体童话）

⊙　彭文席

马棚里住着一匹老马和一匹小马。

有一天,老马对小马说:"你已经长大了,能帮妈妈做点事吗?"小马连蹦带跳地说:"怎么不能?我很愿意帮您做事。"老马高兴地说:"那好啊,你把这半口袋麦子驮到磨坊去吧。"

小马驮起口袋,飞快地往磨坊跑去。跑着跑着,一条小河挡住了去路,河水哗哗地流着。小马为难了,心想:我能不能过去呢?如果妈妈在身边,问问她该怎么办,那多好啊!可是离家很远了。他向四周望望,看见一头老牛在河边吃草。小马嗒嗒嗒跑过去,问道:"牛伯伯,请您告诉我,这条河,我能蹚过去吗?"老牛说:"水很浅,刚没过小腿,能蹚过去。"

小马听了老牛的话,立刻跑到河边,准备蹚过去。突然从树上跳下一只松鼠,拦住他大叫:"小马!别过河,别过河,河水会淹死你的!"小马吃惊地问:"水很深吗?"松鼠认真地说:"当然啦!昨天,我的一个伙伴就是掉在这条河里淹死的!"小马连忙收住脚步,不知道怎么办才好。他叹了口气说:"唉!还是回家问问妈妈吧!"

小马甩甩尾巴,跑回家去。妈妈问:"怎么回来啦?"小马难为情地说:"有一条河挡住了,过……过不去。"妈妈说:"那条河不是很浅吗?"小马说:"是呀!牛伯伯也这么说。可是松鼠说河水很深,还淹死过他的伙伴呢。"妈妈说:"那么到底是深还是浅呢?你仔细地想过他们的话吗?"小马低下了头,说:"没……没想过。"妈妈亲切地对小马说:"孩子,光听别人说,自己不动脑筋,不去试试,是不行的,你去试一试,就会明白了。"

小马跑到河边,刚刚抬起前蹄,松鼠又大叫起来:"怎么,你不要命啦!"小马说:"让我试试吧。"他一面回答,一面下了河,小心地蹚了过去。原来河水既不像老牛说的那样浅,也不像松鼠说的那样深。

【作者简介】 彭文席,1925年生,浙江省瑞安县人。1946年毕业于瑞安高中,长期当中小学教师。曾任浙江省作家协会理事。50年代起发表文学作品。主要作品有:寓言《云》、《罂粟花》、《牛虻牛虱》、《母鸭生蛋》、《猩猩看"子孙"》等。

【作品赏析】 《小马过河》发表于1955年,30多年来,多次被选入教材,并被译成英、法等十几种文字,在国外广泛流传。1980年,第二次全国少年儿童文艺创作讲评奖时被评为一等奖。《小马过河》是一篇语言优美、生动有趣又富有深刻哲理的低幼童话,一直深受少年儿童的喜爱。

故事情节单纯,却也富有教益与情趣:小马第一次过河,听老牛说:"水很浅,刚没小腿,能趟过去。"一只松鼠则大叫:"小马!别过河,别过河,河水会淹死你的!"怎么办呢?小马听从了妈妈的"自己去试一试"的劝告,终于小心地趟过了河。"原来河水既不像老牛说的那样浅,也不像松鼠说的那样深。"在这里,凡事只有通过自己去做一做,才会有深切体会的主题,得到了多么形象而生动的展现。

作品成功地塑造了小马和老马两个感人的艺术形象。小马幼稚、无知但自信、好问,是一个活灵活现的幼儿形象。老马不仅像所有母亲一样爱孩子,了解孩子,而且教子有方,是一个相当完美的母亲形象。小河的深浅在不同动物那里有不同的说法,小马向妈妈请教,妈妈没有直接告诉它答案,而是鼓励它"去试一试",从而让小马从自己的亲身实践中得出河水"深""浅"的概念,并从中明白了一个道理:做任何事情,"光听别人说,自己不动脑筋,不去试试,是不行的。"

这篇作品,虽然写的是小马,但使我们看到的却像是一个天真而可爱的孩子。小马离开老马,第一次独立过河的故事对正在长大、渐渐地不再依赖妈妈的小朋友,一定会感到分外的亲切、有味,从而得到不小的启发。

3. 猫小花和鼠小灰(拟人体童话)

⊙　杨红樱

小时候,猫小花的妈妈常常对她说:"老鼠是我们的敌人。见到老鼠,你要追,要抓。"猫小花不认识老鼠,问:"谁是老鼠呀?"

猫妈妈这样告诉她:"见到你,要躲要逃的就是老鼠。"

猫小花牢牢地记住了妈妈的话。

小时候,鼠小灰的妈妈常常对他说:"猫是我们老鼠的敌人。见到猫,你要躲,要逃。"鼠小灰不认识猫,问:"谁是猫呀?"

鼠妈妈这样告诉他:"见到你,见到你,要追要抓的就是猫。"

鼠小灰牢牢地记住了妈妈的话。

猫小花长大了,被送到一座漂亮的房子里。白天,主人要上班,就把她关在房子里。

猫小花好孤独好无聊,就只好天天睡大觉。

鼠小灰来到这座漂亮的房子里。他从这个房间跑到那个房间,又从那个房间跑到这个房间,他没看见蜷在沙发角落里睡觉的猫小花。

鼠小灰要在上面跑一跑。

他从这头跑过去:1 2 3 4 5 6 7 i

他从那头跑过来:i 7 6 5 4 3 2 1

在这条雪白的跑道上,能跑出这么好听的音符,鼠小灰好高兴,高兴地在琴键上跳起舞来,跳出一串欢乐的音符。

欢乐的音符钻进猫小花的耳朵里,赶跑了她的瞌睡。她睁开眼睛,看见了那个在钢琴上跳舞的鼠小灰。她从沙发上跳到地上,和着快乐的节奏,也跳起欢乐的舞来。

从此,猫小花不再孤独,不再无聊,她有了朋友鼠小灰。尽管猫小花不懂鼠小灰的语言,鼠小灰也不懂猫小花的语言,但他们都有那架钢琴,钢琴能奏出音乐,音乐是谁都能懂的,最最奇妙的语言。

早晨,鼠小灰来了。

他在钢琴的低音部一纵一纵地跳跃着,向猫小花描述着"日出"的景象:红彤彤的太阳从东方升起来,大地因为有了太阳而变得美丽、可爱。

他在钢琴的高音部轻轻地跳两下,猫小花的耳朵里便听见了林间小鸟的啼叫。

晚上,鼠小灰来了。

他舒展四肢,在琴键上漫步,猫小花立刻感受到带着花香的晚风正向她吹来,水一样的月光正照在她身上。

他在琴键上翻滚着灵巧的身体,猫小花犹如走在一条小河旁,河水"叮咚"响,河面上有星星在闪烁。

鼠小灰天天来,天天在钢琴上给猫小花讲述外面的世界。可是猫小花一直不知道鼠小灰是老鼠，鼠小灰也不知道猫小花是猫。因为猫小花见了鼠小灰没有追，没有抓；鼠小灰见了猫小花也没有躲，没有逃。

【作者简介】　杨红樱，1962年生，儿童文学作家，四川成都人，19岁开始童话创作。她做过7年幼儿园老师，现为成都《青年作家》杂志社副编审。已出版童话、儿童小说50余种，已成为畅销的品牌书有："杨红樱校园小说系列"、"杨红樱童话系列"，"淘气包马小跳系列"，"笑猫日记系列"，总销量超过2000万册。作品被译为英、法、德、意、韩等多语种在全球发行。杨红樱的作品曾获在宣部"五个一工程"奖、中国国家图书奖、冰心儿童文学奖、全国优秀儿童文学奖，多次被全国少年儿童评为"心中最喜爱的作家"。杨红樱创作的儿童小说"淘气包马小跳系列"是目前中国孩子最喜爱的文学读物，行销1600多万册，创下了新中国成立以来原创儿童文学的出版奇迹，已成为名副其实的中国原创儿童文学第一品牌书。杨红樱主要作品：

校园小说系列。《女生日记》、《男生日记》、《五三班的坏小子》、《漂亮老师和坏小子》、《假小子戴安》、《瞧，这群俏丫头》、《瞧，这帮坏小子》，非常系列《非常爸爸》、《非常妈妈》、《非常老师》、《非常男生》、《非常女生》等。

"淘气包马小跳"系列。《贪玩老爸》、《轰隆隆老师》、《笨女孩安琪儿》、《四个调皮蛋》、《同桌冤家》、《暑假奇遇》、《天真妈妈》、《漂亮女孩夏林果》、《丁克舅舅》、《宠物集中营》、《小大人丁文涛》、《疯丫头杜真子》、《寻找大熊猫》、《巨人的城堡》、《超级市长》、《跳跳电视台》、《开甲壳虫车的女校长》、《名叫牛皮的插班生》、《侦探小组在行动》、《小英雄和芭蕾公主》

"笑猫日记"系列：《保姆狗的阴谋》、《塔顶上的猫》、《想变成人的猴子》、《能闻出孩子味儿的乌龟》、《幸福的鸭子》、《虎皮猫，你在哪里》、《蓝色的兔耳朵草》、《小猫出生在秘密山洞》、《樱桃沟的春天》、《那个黑色的下午》、《一头灵魂出窍的猪》、《球球老老鼠》、《绿狗山庄》、《小白的选择》

童话作品：《寻找快活林》、《欢乐使者》、《粉红信封》、《风铃儿叮当》、《猫小花和鼠小灰》、《三只老鼠三亩地》、《小红船儿摇呀摇》、《最好听的声音》、《亲爱的笨笨猪》、《流浪猫和流浪狗》、《没有尾巴的狼》、《骆驼爸爸讲故事》、《鼹鼠妈妈讲故事》等近四十篇。

【作品赏析】 杨红樱的童话作品是一个丰富而广大的文学世界,在杨红樱的笔下,既有长篇童话,又有中短篇童话,既有直面现实人世的人文童话,又有张扬科学精神的科学童话,还有融校园、成长、幻想于一体的校园童话,两代人共读共享的亲子童话。儿童不喜爱抽象的概念,他们需要的是短小的故事、童话——他们是多么强烈地追求一切富有幻想性的东西。杨红樱的童话像一个盛开着各种色彩的花苑,也是一个鸣啭着各种鸟鸣的林子,走进她的童话苑地,犹如走过绿色的原野,那一朵朵、一簇簇、一丛丛红花绿茵,都有小仙子藏在里面的故事,等待着我们用美的眼睛去发现。

《猫小花和鼠小灰》这篇童话,以拟人手法巧妙地写出了一对天敌小花猫和小灰鼠的故事。一对不谙世事的猫鼠孩子,在钢琴美妙的音乐声中,完全忘记了妈妈们"见到老鼠,要追,要抓;见到猫,要躲、要逃"的嘱咐。妙趣横生的情节,把人们的视线带进了一个充满温馨快乐的境地,小老鼠在钢琴上演奏出欢快和谐的节奏,小猫和着音乐跳起轻盈的舞蹈,他们尽管语言不通,但是凭借音乐美妙的乐曲,忘记了妈妈的嘱咐,看到了美丽的日出听到了河水的"叮咚"和小鸟的鸣叫,闻到了阵阵花香,他们谁也没捉,谁也没逃,玩得多么开心,跳得多么快乐。整个作品亲切、有趣、快乐、充满温馨。

童话是一种非写实的以幻想精神作为主要审美手段,用来表达和满足人类愿望特别是儿童愿望的文学作品。作品中音乐使人忘记了前嫌,但是,这美好的场景都是在"幻想"中进行的,这篇童话的主旨似在热情呼唤人们多一些理解和宽容,如果人人都有一颗善良宽容的心,我们的世界,就会满载着快乐、善良与温暖。世界就会像音乐一样美丽。

4. 爱读童话故事的树(拟人体)

⊙ 陈丽虹

有一棵树很喜欢读童话,大家就称它为一棵爱读童话故事的树。可是树深深地扎根在泥土里,就不能走来走去找自己喜欢的童话书看,所以树的童话书很少很少。怎么办呢?

树想出了一个办法:让朋友们给它讲故事,它把故事写在自己的树叶上,那么它就会有了一树的童话。

"怎样才能让朋友们来串门呢?"树一拍脑门儿,"有了!"

树真是一棵聪明的树,春天,树就开出了一树的花,花儿很美,还散发出阵阵清香,很远都可以闻到,蝴蝶和蜜蜂被花香引来了。

"哦! 树,你开的花太美了,我们可以采些花蜜吗?"蝴蝶和蜜蜂唱着歌跳着舞赞美说。

"当然可以了!"树很热情,"不过,我很希望你们能讲些童话故事给我听。我是那么的喜欢听故事。"

"这太简单了!"蝴蝶和蜜蜂长有翅膀能飞来飞去,走的地方多,听到的故事还少吗? 所以凡是来采蜜的每一只蜜蜂、每一只蝴蝶都给树留下了故事。树把故事记在一张一张的树叶上。

夏天,天气很热,树就拼命地把根扎深一些,吸收营养,让自己长得枝繁叶茂。很多鸟儿就飞到树上来筑巢安家,鸟都喜欢唧唧喳喳地讲话,它们讲故事、讲笑话、讲见闻,唱歌、跳舞。可把树给乐坏了,树就不声不响地把它们讲的东西记了下来。有了空儿,树就一张一张地读它记在树叶上的故事。

秋天,树结了一树的果子,果子红红的,很诱人。每天都会有贪吃的小动物来吃果子。

"吃吧! 吃吧!"树很大方,它把自己的果子送给小动物,小动物在树下一边吃果子一边开故事会,很快乐! 树就把动物们讲的故事记在了树叶上。树的果子一天天一颗颗地少去,可树却很快乐。它的树叶全部写上了故事,它有了一树的故事。秋风也很喜欢故事,常常跑到树这儿来读故事,越读越喜欢。

一天,秋风一大早就赶来读故事了。"哎哟,太精彩了! 要是大家都能读到这些故事那就太好了!"秋风一边读着树叶上的故事,一边说。

"我愿意把这些故事送给大家,和大家一起分享。"

树的话把秋风吓了一大跳:"你说什么?"

"我愿意把这些故事送给大家,和大家一起分享。"树又重复了一遍。

"可是,这些故事是你辛辛苦苦记录下来的呀!",秋风说。

"对,这些故事是我记下来的,我读了很多遍,已经烂熟于心了,就把它们送给朋友们吧!"树说,"不过,我不会走路,就请你代劳,送给朋友们了。"

"好的!"秋风很高兴,它鼓着腮帮子吹呀吹,把写着故事的树叶全部吹落了下来,送给四面八方的朋友。

大兔子捡到了一张,看了看说:"嗬,多么美丽的童话故事! 我要拿回去读给小兔子听。"

一只小蚂蚁发现了一张,赶快发出信号,许多小蚂蚁都来了,它们要把这张写着故事的树叶抬回蚂蚁洞,作为蚂蚁王国的藏书,因为树叶上的童话故事太美丽动人了。

大熊也捡到了一张,他带回树洞里:"我要在冬眠前把它看完,然后想着美妙的故事进入梦乡。"

在河面玩儿的小鱼捡到了好几张,并钉成一本树叶书,然后拿到河底去找乌龟公公。乌龟公公年纪大了,得了忧郁症,吃什么药都不见好。小鱼要把这些快乐的故事念给乌龟公公听,让乌龟公公快乐起来……

秋风把它看到大家对树的喜爱告诉了树,尽管树一张树叶也不剩了,可树很快乐。树说:"我还要做一棵爱读童话故事的树,待明年,我要收集更多的故事,送给同样爱读童话故事的朋友们。"

【作者简介】 陈丽虹,女,广西作家协会会员。广西作家协会儿童文学委员会委员,合浦县文学协会副主席。毕业于广西幼儿师范高等专科学校,现在广西北海市合浦县教育局教研室工作。陈丽虹利用业余时间,创作了大量的儿童文学作品,在全国100多家儿童报刊、杂志发表。为多家报刊写专栏。主编、主写(合)有《早起鸟——儿童自我保护故事》丛书,著有童话集《住在鸟窝里的小鱼》、《秀出你自己》、《自然变变变》、《爱心童话书》、《一个吻比大苹果更香甜》、《花瓣上的海》等。

【作品赏析】 《爱读童话故事的树》荣获2008年第十九届冰心儿童文学新作奖,收入《2008年冰心儿童文学新作奖获奖作品集》,由浙江少年儿童出版社出版。后来收入作者的童话专集《爱心童话树》。作品写一棵爱读童话故事的树,从喜欢童话、收集童话、整理童话、熟读童话到传播童话,表现了童话树热爱学习,关心他人的优秀品质。

5.天蓝色的种子(超人体童话)

⊙　[日本]中川李枝子

雄治在原野里放模型飞机。

这时候,森林里的狐狸跑来说:"呀,这飞机真好! 雄治,把这飞机送给我吧!"

"不能给,它是我的宝贝嘛。"

"那,跟我的宝贝交换吧。"狐狸说着,从兜里掏出一颗天蓝色的种子。

雄治用飞机换种子。

他回到家,把种子种在院子正当中,又浇好多水,还用蜡笔在图画纸上写好"天蓝色的种子",立在那里。

"已经发芽了吧?"第二天大清早,他去一看,咦,呀,土里长出天蓝色的房子,像豆粒一般大。

"长出房子啦,长出房子啦!"

雄治急忙拿来喷壶,给小小的房子浇上水。

"长大吧,长大吧。"

天蓝色的房子长大了一点。

"咦,真棒,这是我的家呀!"小鸡跑过来,进去了。

天蓝色的房子又长大了一点。

"咦,真棒,这儿有我的家!"小猫走来,也进去了。

天蓝色的房子不停地长大。

"咦,真棒,做我的家可真不坏呀!"小猪也来了。

"雄治呀,这真是好房子啊!"

窗户上,小鸡,小猫和小猪,快乐的脸儿排成一行。

照着阳光,还浇上水,天蓝色房子长得更大了。

"真棒,是我的家呀!"这一回雄治进去了。

这时候,太郎和花子来玩了,阿茂,阿广和久美子也来了。

天蓝色的房子,一刻也不停地长大。

兔子、松鼠和鸽子来了,野猪和狐狸来了。大象爸爸,大象妈妈和小象也来了。

尽管这样,天蓝色房子还是越长越大,终于长成了像城堡一样的漂亮楼房。

"让我进来!"

"也让我进来!"

城镇中的孩子们,都来到房子里。

森林里的动物,也陆陆续续赶来了。

狐狸也跑过来,睁圆眼睛:"呀,了不起! 多大的房子啊!"

"喂——狐狸,这是天蓝色种子长出的房子噢!"

"嚯——吓一跳!"狐狸跳起来说:"雄治,飞机还给你,你也把这房子还给我!"

接着,它大声喊:"喂——这房子是我的,请不要进去,大家都出来!"

门打开,出来一百个小孩,一百只兽和一百只鸟。

狐狸大摇大摆走进房子里,马上把门上锁,满屋转着跑,把窗户一扇一扇全关上了。

天蓝色房子突然长得更大。

"啊。不得了,要碰上太阳了!"

正在雄治喊时,房屋猛烈摇动,好像天蓝色的花瓣散落一样,屋顶、墙壁和窗户,都崩塌了。

大家抱着脑袋,趴在地上。

等了一会儿,雄治抬起头一看,哪儿也没有天蓝色房子,只有写着"天蓝色的种子"的图画纸立在那。还有,那旁边,吓昏了的狐狸,正直挺挺躺着呢。

(安伟邦 译)

【作者简介】 中川李枝子是日本著名的儿童文学女作家,1935年生于北海道的札幌,毕业于东京都高等保姆学院(相当于我国的幼儿师范),长期从事教育工作,有丰富的儿童教育经验,深深了解儿童心理,她写的儿童文学作品,教育小朋友懂得生活的各种道理,而故事又十分有趣,受到了小朋友的喜爱。1962年出版的幼儿童话《不不园》是她创作中最成功的作品之一,在日本引起了极大反响,曾荣获日本"厚生大臣奖"、"日本广播公司儿童文学奖励奖""产经儿童出版文化奖"和"野间儿童文艺奖推荐奖",并被日本"全国学校图书馆协议会"列为"必读图书"。她的作品影响较大的还有中篇童话《桃花色的长颈鹿》《古里和古拉》《天蓝色的种子》等。

【作品简析】《天蓝色的种子》最突出的一个特色是幻想的新颖、奇特、大胆。作品中,主人公雄治从狐狸那里换来了一粒天蓝色的种子,经过辛勤的浇灌,居然长出了漂亮的房子,而且这房子还会越长越大,多么大胆奇特的幻想!中川李枝子深谙幼儿的心理,熟悉幼儿生活,她善于从幼儿的心理特点去构思,并运用新颖、大胆的想象为幼儿营造一个天真、童稚的故事,并使故事散发出一种稚拙的美。

这篇童话还有较明显的教育意图。狐狸看见那座漂亮的房子后,就把房子里的动物和孩子全都赶走,独自占有,结果落了个房塌身死的可悲下场。在这样鲜明的对比中,表现了童话的象征性特点,同时揭示主题思想:只有辛勤劳动才能获得幸福生活,不劳而获只能是痴心妄想!

作品的语言也很简洁、浅显且口语化,适合讲述。

6.丑小鸭(自传体童话)

⊙　[丹麦]安徒生

乡下真是非常美丽。这正是夏天!小麦是金黄的,燕麦是绿油油的,干草在绿色的牧场上堆成垛,鹳鸟用它又长又红的腿子在散着步,啰嗦地讲着埃及话(注:因为据丹麦的民间传说,鹳鸟是从埃及飞来的)。这是它从妈妈那儿学到的一种语言。田野和牧场的周围有些大森林,森林里有些很深的池塘。的确,乡间是非常美丽的。太阳光正照着一幢老式的房子,它周围流着几条很深的小溪。从墙角那儿一直到水里,全盖满了牛蒡的大叶子。最大的叶子长得非常高,小孩子简直可以直着腰站进去。像在最浓密的森林里一样,这儿也是很荒凉的。这儿有一只母鸭坐在窠里,她得把她的几个小鸭都孵出来。不过这时她已经累坏了。很少有客人来看她。别的鸭子都愿意在溪流里游来游去,而不愿意跑到牛蒡下面来和她聊天。

最后，那些鸭蛋一个接着一个地崩开了。"劈！劈！"蛋壳响起来，所有的蛋黄现在都变成了小动物。他们把小头都伸出来。

"嘎！嘎！"母鸭说。他们也就跟着嘎嘎地大声叫起来。他们在绿叶子下面向四周看。妈妈让他们尽量地东张西望，因为绿色对他们的眼睛是有好处的。

"这个世界真够大！"这些年轻的小家伙说。的确，比起他们在蛋壳里的时候，他们现在的天地真是大不相同了。

"你们以为这就是整个世界！"妈妈说，"这地方伸到花园的另一边，一直伸到牧师的田里去，才远呢！连我自己都没有去过！我想你们都在这儿吧？"她站起来，"没有，我还没有把你们生齐呢！这只顶大的蛋还躺着没有动静。它还得躺多久呢？我真是有些烦了。"于是她又坐下来。

"唔，情形怎样？"一只来拜访她的老鸭子问。

"这个蛋费的时间真长久！"坐着的母鸭说，"它老是不裂开。请你看看别的吧。他们真是一些最逗人爱的小鸭儿！他们都像他们的爸爸一样的坏东西从来没有来看过我一次！"

"让我瞧瞧这个老是不裂开的蛋吧，"这位年老的客人说，"请相信我，这是一只吐绶鸡的蛋。有一次我也同样受过骗，你知道，那些家伙不知道给了我多少麻烦和苦恼，因为他们都不敢下水。我简直没办法叫他们在水里试一试。我好说歹说，一点用也没有！——让我来瞧瞧这只蛋吧。哎呀！这是一只吐绶鸡的蛋！让它躺着吧，你尽管叫别的孩子去游泳好了。"

"我还是在它上面多坐一会儿吧，"鸭妈妈说，"我已经坐了这么久，就是再坐它一个星期也没有关系。"

"那么就请便吧。"老鸭子说。于是她就告辞了。

最后这只大蛋裂开了。"劈！劈！"新生的这个小家伙叫着向外爬。他是又大又丑。鸭妈妈瞧了他一眼。"这个小鸭子大得怕人"，她说，"别的没有一个像他；但是他一点也不像小吐绶鸡！好吧，我们马上就来试试看吧。他得到水里去，我踢也要把他踢下水去。"

第二天的天气又晴和，又美丽。太阳照在绿牛蒡上。鸭妈妈带着她所有的孩子走到溪边来。扑通！她跳进水里去了。"咀！咽！"她叫着，于是小鸭子就一个接着一个跳下去。水淹到他们头上，但是他们马上又冒出来了，游得非常漂亮。他们的小腿很灵活地划着。他们全都在水里，连那个丑陋的灰色小家伙也跟着他们在一起游。

"唔，他不是一个吐绶鸡，"她说，"你看他的腿划得多灵活，他浮得多么的稳！他是我亲生的孩子！如果你把他仔细看一看，他还算长得蛮漂亮呢。嘎！嘎！跟我一块儿来吧，我把你们带到广大的世界里去，把那个养鸡场介绍给你们看看。不过，你们得紧贴着我，免得别人踩着你们。你们得当心猫儿呢！"

这样，他们就到养鸡场里来了。场里起了一阵可怕的喧闹声，因为有两个家族正在争一个鳝鱼头，而结果是猫儿把它抢走了。

"你们瞧，世界就是这个样子！"鸭妈妈说。她的嘴流了一点涎水，因为她也想吃那个鳝鱼头。"现在使用你们的腿吧！"她说。"你们拿出精神来。你们如果看到那儿的一个老母鸭，你们就得把头低下来，因为她是这儿最有声望的一个人物。她有西班牙的血系——因为她长得非常胖。你们看，她的腿上有一块红布条。这是一件非常出色的东西，也是一个鸭子可能得到的最大光荣。它的意义很大，说明人们不愿意失去她，动物和人统统都得认识它。打起精神来吧——不要把腿缩进去。一个有很好教养的鸭子总要把腿摆开的，像爸爸和妈妈一样。好吧，低下头来，说'嘎'呀！"

他们这样做了。别的鸭子站在旁边看着，同时用相当大的声音说：

"瞧！我们现在又来了这批找东西吃的客人，好像我们的人数还不够多似的！呸！瞧那只小鸭的一副丑相！我们真看不惯！"于是马上有一只鸭子飞过去，在他的颈上啄了一下。

"请你们不要管他吧，"妈妈说，"他并不伤害谁呀！"

"对，不过他长得太大、太特别，"啄过他的那只鸭子说，"因此他必须挨打。"

"那个母鸭的孩子都很漂亮，"腿上有一条红布的那个母鸭说，"他们都很漂亮，只有一只是例外。这真是可惜。我希望能再把他孵一次。"

"那可不能，太太，"鸭妈妈回答说，"他不好看，但是他的脾气非常好。他游起水来也不比别人差——我还可以说，游得比别人好呢。我想他会慢慢长得漂亮的，或者到适当的时候，他也可能缩小一点，他在蛋里躺得太久了，因此他的模样有点不太自然。"她说着,同时在他的颈上啄了一下,把他的羽毛理了一理。"此外,他还是一只公鸭呢,"她说,"所以关系也不太大。我想他的身体很结实,将来总会自己找到出路的。"

"别的小鸭倒很可爱,"老母鸭说,"你在这儿不要客气,如果你找到鳝鱼头,请把它送给我好了。"

他们现在在这儿,就像在自己家里一样。

不过从蛋壳里爬出来的那只小鸭太丑了,到处挨打,被排挤,被讥笑,不仅在鸭群中是这样,连在鸡群中也是这样。

"他真是又丑又大!"大家都说。有一只雄吐绶鸡生下来脚上就有距,因此他自以为是一个皇帝。他把自己吹得像一条鼓满了风的帆船,来势汹汹地向他走来,瞪着一双大眼睛,脸上涨得通红。这只可怜的小鸭不知道站在什么地方,或者走到什么地方去好。他觉得非常悲哀,因为自己长得那么丑陋,而且成了全体鸡鸭的一个嘲笑对象。

这是头一天的情形。后来一天比一天糟。大家都要赶走这只可怜的小鸭;连他自己的兄弟姊妹也对他生起气来。他们老是说:"你这个丑妖怪,希望猫儿把你抓去才好!"于是鸭妈妈也说起来:"我希望你走远些!"鸭儿们啄他,小鸡打他,喂鸡鸭的那个女佣人用脚来踢他。

于是他飞过篱笆逃走了。灌木林里的小鸟一见到他,就惊慌地向空中飞去。"这是因为我太丑了!"小鸭想。于是他闭起眼睛,继续往前跑。他一口气跑到了一块住着野鸭的沼泽地。他在这儿躺了一整夜,因为他太累了,太丧气了。

天亮的时候,野鸭都飞起来了。他们瞧了瞧这位新来的朋友。

"你是谁呀?"他们问。小鸭一下转向这边,一下转向那边,尽量对大家恭恭敬敬地行礼。

"你真是丑得厉害,"野鸭们说,"不过只要你不跟我们族里任何鸭子结婚,对我们倒也没有什么大的关系。"可怜的小东西!他根本没有想到结什么婚;他只希望人家准许他躺在芦苇里,喝点沼泽的水就够了。

他在那儿躺了两个整天。后来有两只雁——严格地讲,应该说是两只公雁，因为他们是两个男的——飞来了。他们从娘的蛋壳里爬出来还没有多久，因此他们非常顽皮。

"听着，朋友，"他们说，"你丑得可爱，连我都禁不住要喜欢你了。你做一个候鸟，跟我们一块儿飞走好吗？离这儿很近，另外有一块沼地，那里有好几只甜蜜可爱的雁儿。她们都是小姐，都会说：'嘎'。你是那么丑，可以跟她们碰碰你的运气！"

"劈！拍！"天空中发出一阵响声。这两只公雁落到芦苇里，死了，把水染得鲜红。"劈！拍！"又是一阵响声。整群的雁儿都从芦苇里飞起来，于是又是一阵枪声响起来了。原来有人在大规模地打猎。猎人都埋伏在这沼泽地的周围，有几个人甚至坐在伸到芦苇上空的树枝上。蓝色的烟雾像云块似地罩着这些黑树，慢慢地在水面上向远方飘去。这时，猎狗都扑通扑通地在泥泞里跑过来，灯芯草和芦苇向两边倒去。这对于可怜的小鸭来说真是可怕的事情！他把头掉过来，藏在翅膀里。不过正在这个时候，一只骇人的大猎狗紧紧地站在小鸭的身边。它的舌头从嘴里伸出很长，眼睛发出丑凶和可怕的光。它把鼻子顶到这小鸭的身上，露出了尖牙齿，可是——扑通！扑通！——它跑开了，没有把他抓走。

"啊！谢谢老天爷！"小鸭叹了一口气，"我丑得连猎狗也不要咬我了。"

他安静地躺下来。枪声还在芦苇里响着。枪弹一发接着一发地射出来。

天快要暗的时候，四周才静下来。可是这只可怜的小鸭还不敢站起来。他等了好几个钟头，才敢向四周望一眼。于是他急忙跑出这块沼地，拼命地跑，向田野上跑，向牧场上跑。这时吹起一阵狂风，他跑起来非常困难。

到天黑的时候，他来到一个简陋的农家小屋。它是那么残破，它不知道应该向哪一边倒才好——因此它也就没有倒。狂风在小鸭身边号叫得非常厉害，他只好面对着它坐下来。它越吹越凶。于是他看到那门上的铰链有一个已经松了，门也歪了，他可以从空隙钻进屋子里去，于是他便钻进去了。

屋子里有一个老太婆和她的猫儿，还有一只母鸡住在一起。她把这只猫儿叫"小儿子"。他能把背拱得很高，发出喵喵地叫声来；他的身上还能迸出火花，不过要他这样做，你得反拂着他的毛。母鸡的腿又短又小，因此她叫"短腿鸡儿"。她生下的蛋很好,所以老太婆把她爱得像自己的亲生儿子一样。

第二天早晨,人们马上注意到了这只来历不明的小鸭。那只猫儿开始喵喵地叫,那只母鸡也咯咯地喊起来。

"这是怎么一回事儿?"老太婆说,同时朝四周看。不过她的眼睛有点花,所以她以为小鸭是一只肥鸭,走错了路,才跑到这儿来了。"这真是少有的运气!"她说,"现在我可以有鸭蛋了。我只希望他不是一只公鸭才好!我们得弄个清楚!"

这样,小鸭就在这里受了三个星期的考验,可是他什么蛋也没有生下来。那只猫儿是这家的绅士,那只母鸡是这家的太太,所以他们一开口就说:"我们和这世界!"因为他们以为他们就是半个世界,而且还是最好的那一半呢。小鸭觉得自己可以有不同的看法,但是他的这种态度,母鸡却忍受不了。

"你能够生蛋吗?"她问。

"不能!"

"那么就请你不要发表意见。"

于是雄猫说:"你能拱起背,发出喵喵的叫声和迸出火花吗?"

"不能!"

"那么,当有理智的人在讲话的时候,你就没有发表意见的必要!"

小鸭坐在一个墙角里,心情非常不好。这时他想起了新鲜空气和太阳光。他觉得有一种奇怪的渴望:他想到水上去游泳。最后他实在忍不住了,就不得不对母鸡把心事说出来。

"你在起什么念头?"母鸡问,"你没有事可干,所以你才有这些怪念头。你只要生几个蛋,或者喵喵地叫几声,那么你这些怪念头也就会没有了。"

"不过,在水里游泳是多么痛快呀!"小鸭说,"让水淹在你的头上,往水里一钻,那是多么痛快呀!"

"是的,那一定很痛快!"母鸡说,"你简直在发疯。你去问问猫儿吧——在我所认识的朋友当中,他是最聪明的,你去问问他喜欢不喜欢在水上游泳,或者钻进水里去。我先不讲我自己。你去问问你的主人——那个老太婆——吧,世界上再也没有比她更聪明的人了!你以为她想去游泳,让水淹在她的头顶上吗？"

"你们不了解我。"小鸭说。

"我们不了解你？那么请问谁了解你呢？你决不会比猫儿和女主人更聪明吧——我先不提我自己。孩子，你不要以为了不起吧！你现在得到这些照顾，你应该感谢上帝。你现在到一个温暖的屋子里来，有了一些朋友，而且还可以向他们学习很多的东西，不是吗？不过你是一个废物，跟你在一起真不痛快。你可以相信我，我对你说这些不好听的话，完全是为了帮助你呀。只有这样，你才知道谁是你的真正朋友！请你注意学习生蛋，或者喵喵地叫，或者迸出火花吧！"

"我想我还是走到广大的世界里去好。"小鸭说。

"好吧，你去吧！"母鸡说。

于是小鸭就走了。他一会儿在水上游，一会儿钻进水里去；不过，因为他的样子丑，所有的动物都瞧不起他。秋天来了。树林里的叶子变成了黄色和棕色。风卷起它们，把它们带到空中飞舞，而空中是很冷的。云块沉重地栽着冰雹和雪花，低低地悬着。乌鸦站在篱笆上，冻得只管叫："呱呱"。是的，你只要想想这情景，也就会觉得冷了。这只可怜的小鸭的确没有一个舒服的时候。

一天晚上，当太阳正在美丽地下落的时候，有一群漂亮的大鸟从灌木林里飞出来，小鸭从来没有看到过这样美丽的东西。他们白得发亮，颈又长又柔软。这就是天鹅。他们发出一种奇异的叫声，展开他们美丽的长翅膀，从寒冷的地带飞向温暖的国度，飞向不结冰的湖上去。

他们飞得很高——那么高，丑小鸭不禁感到一种说不出的兴奋。他在水上车轮似地不停地转着，同时把自己的颈高高地向他们伸着，发出一种响亮的怪叫声，连他自己也害怕起来。啊！他再也忘记不了这些美丽的鸟儿，这些幸福的鸟儿。当他看不见他们的时候，他就沉入水底；但是当他再冒到水面上来的时候，他就感到非常空虚。他不知道这些鸟儿的名字，也不知道他们要向什么地方飞去。不过他爱他们，好像他从来还没有爱过什么东西似的。他并不嫉妒他们。他怎能梦想有他们那样美丽呢？只要别的鸭儿准许他跟他们生活在一起，他就已经很满意了——可怜的丑东西。

冬天变得很冷,非常的冷!小鸭不得不在水上游来游去,免得水面完全冻结成冰。不过他游动的这个小范围,一晚比一晚缩小。水冻得厉害,人们可以听到冰块的碎裂声。小鸭只好用他的一双腿不停地游动,免得水完全被冰封闭。最后,他终于倒了,躺着动也不动,跟冰块结在一起。

大清早,有一个种田人在这儿经过。他看到了这小鸭,就走过去用木屐把冰块踏破,然后把他抱回来,送给他的女人。他这时才渐渐地恢复了知觉。

小孩子们都想要跟他玩,不过小鸭以为他们想要伤害他。他一害怕就跳到牛奶盘里去了,把牛奶溅得满屋子都是。女人惊叫起来,拍着双手。这么一来,小鸭就飞到黄油盆里去了,然后就飞进面粉桶里去了,最后才爬出来。这时他的样子才好看呢!女人尖叫起来,拿着火钳要打他。小孩子们挤做一团,想抓住这小鸭。他们又是笑,又是叫!——幸好大门是开着的。他钻进灌木林中新下的雪里。他躺在那里,几乎像昏倒了一样。

要是只讲他在这严冬所受的困苦和灾难,那么这个故事也就太悲惨了。当太阳又开始温暖地照着的时候,他正躺在沼泽的芦苇里。百灵鸟唱起歌来了——这是一个美丽的春天。

忽然间他举起他的翅膀:它们拍起来比以前有力得多,马上就把他托起来飞走了。他不知不觉地已经飞进了一座大花园。这儿苹果树正开着花;紫丁香在散发着香气,它又长又绿的枝条垂到弯弯曲曲的溪流上。啊,这儿美丽极了,充满了春天的气息!三只美丽的白天鹅从树阴里一直游到他面前来。他们轻飘飘地浮在水上,羽毛发出飕飕地响声。小鸭认出这些美丽的动物,于是心里感到一种说不出的难过。

"我要飞向他们,飞向这些高贵的鸟儿!可是他们会把我弄死,因为我是这样丑,居然敢接近他们。不过这没有什么关系!这比被他们打死,被鸭子咬,被鸡群啄,被看管养鸡场的那个女佣人踢和在冬天受苦要好得多!"于是他飞到水里,向这些美丽的天鹅游去:这些动物看到他,马上就竖起羽毛向他游来。"请你们弄死我吧!"这只可怜的动物说。他低低地把头垂到水上,只等待着死。但是他在这漂亮的水上看到了什么呢?他看到了自己的倒影。但那不再是一只粗笨的、深灰色的、又丑又令人讨厌的鸭子,而是一只天鹅!

只要你是一只天鹅蛋的种子,就算你是生在养鸡场里也没有什么关系。

对于他过去所受的不幸和苦恼,他现在感到非常高兴。他现在清楚地认识到幸福和美正在向他招手。——许多大天鹅在他周围游泳,用嘴来亲他。

花园里来了几个小孩子。他们向水上抛来许多面包片和麦粒。最小的那个孩子喊道:

"你们看那只新天鹅!"别的孩子也兴高采烈地叫起来:"是的,又来了一只新的天鹅!"于是他们拍着手,跳起舞来,向他们的爸爸和妈妈跑去。他们抛了更多的面包和糕饼到水里,同时对大家说:"这新来的一只最美!那么年轻,那么好看!"那些老天鹅不禁在他面前低下头来。

他感到非常难为情。他把头藏在翅膀里面去,不知道怎么办才好。他感到太幸福了,但他一点也不骄傲,因为一颗好的心是永远不会骄傲的。他想起他曾经怎样被人迫害和讥笑过,而他现在却听到大家说他是美丽的鸟中最美丽的一只鸟儿。紫丁香在他面前把枝条垂到水里去。太阳照得很温暖,很愉快。他皱起他的羽毛,伸出他细长的颈,从内心发出一个快乐的声音:

"当我还是一只丑小鸭的时候,我做梦也没有想到会有这么多的幸福!"

(叶君健译)

【作者简介】 安徒生(1805—1875)是丹麦 19 世纪著名童话作家,世界文学童话创始人。他生于欧登塞城一个贫苦鞋匠家庭,早年在慈善学校读过书,当过学徒工。受父亲和民间口头文学影响,他自幼酷爱文学。11 岁时父亲病逝,母亲改嫁。为追求艺术,他 14 岁时只身来到首都哥本哈根。经过 8 年奋斗,终于在诗剧《阿尔芙索尔》的剧作中崭露才华。因此,被皇家艺术剧院送进斯拉格尔塞文法学校和赫尔辛欧学校免费就读。历时 5 年。1828 年,升入哥尔哈根大学。毕业后始终无工作,主要靠稿费维持生活。1838 年获得作家奖金——国家每年拨给他 200 元非公职津贴。

安徒生终生未成家室,1875 年 8 月 4 日病逝于朋友——商人麦尔乔家中。

安徒生文学生涯始于 1822 年。早期主要撰写诗歌和剧本。进入大学后,创作日趋成熟。曾发表游记和歌舞喜剧,出版诗集和诗剧。1833 年出版长篇小说《即兴诗人》,为他赢得国际声誉,是他成人文学的代表作。

"为了争取未来的一代"，安徒生决定给孩子写童话，出版了《讲给孩子们听的故事》。近 40 年间，共计写了童话 168 篇。

安徒生童话具有独特的艺术风格：即诗意的美和喜剧性的幽默。前者为主导风格，多体现在歌颂性的童话中，后者多体现在讽刺性的童话中。

安徒生的创作可分早、中、晚三个时期。早期童话多充满绮丽的幻想、乐观的精神，体现现实主义和浪漫主义相结合的特点。代表作有《打火匣》、《小意达的花儿》、《拇指姑娘》、《海的女儿》、《野天鹅》、《丑小鸭》等。中期童话，幻想成分减弱，现实成分相对增强。在鞭挞丑恶、歌颂善良中，表现了对美好生活的执著追求，也流露了缺乏信心的忧郁情绪。代表作有《卖火柴的小女孩》、《白雪公主》、《影子》、《一滴水》、《母亲的故事》、《演木偶戏的人》等。晚期童话比中期更加面对现实，着力描写底层民众的悲苦命运，揭露社会生活的阴冷、黑暗和人间的不平。作品基调低沉。代表作有《柳树下的梦》、《她是一个废物》、《单身汉的睡帽》、《幸运的贝儿》等。

安徒生的童话为他的名字增添羽翼，使他的名字从北欧飞向全世界，万古流芳。1954 年，国际少年儿童书籍协会设立"安徒生奖"，每两年奖励一位儿童文学作家。如今，国际安徒生奖已经成为世界儿童文学的最高荣誉。

安徒生除了创作童话外，还创作众多的成人作品：6 部长篇小说，25 部剧本，6 本游记，3 本自传，4 部诗。

【作品赏析】 《丑小鸭》是安徒生写于 1844 年的一篇童话代表作。这篇传记体童话，折光地描述了作家童年的辛酸和坎坷的生活遭遇，象征地表现了他自幼以来追求美的理想的坚定志向，以及当时的某些社会现实。由于安徒生出身卑微低贱，不免屡经坎坷，残酷的现实，让他学会了在逆境中寻求精神上的解脱。据说，当时曾有两位女性对具有诗人气质的安徒生的爱情追求给予了悲剧性的回答，这几乎使敏感而脆弱的诗人无法承受（安徒生终身未娶）。《丑小鸭》就是在这种心情下写成的，这实际上是一篇带有自画像性质的作品。他把自己比作一个处处受到精神打击的丑小鸭，虽然"丑得厉害"，却心怀壮志，坚韧不屈，追求不懈，终于变成了"年轻"、"好看"、"最美"的白天鹅。童话所独具的人格力量，具有很强的艺术感染力。《丑小鸭》被看做安徒生童话中的"言志篇"。

"只要你是一只天鹅蛋,就算是生在养鸡场里也没有什么关系。"这句话成了鼓舞人们不向逆境屈服的格言和座右铭。"丑小鸭"成了千古不朽的文学形象和文学典型,它的内涵将永远鼓舞人们不在庸人的讪笑中停止自己前进的脚步。

《丑小鸭》的情节与语言颇具特色。它的情节既不复杂也不离奇,只是按着时间的顺序,把丑小鸭辗转奔波的过程一笔笔写来,但却扣人心弦,引人入胜。关键是主人公的一系列惊险遭遇既符合生活逻辑,又饱含丰富合理的想象。它从小鸭睡在蛋壳时写起,写到他成为美丽的天鹅,其间重重叠叠的坎坷,令人悬念不已。在小鸭尚未出生时,来访的老母鸭就曾建议抛弃他,多亏鸭妈妈没有听从,总算把他孵化出来。但等待他的不是欢乐,而是数不胜数的灾难。在养鸭场里,作为众矢之的他几乎濒于绝境。逃至沼泽地偏偏遇上大规模的猎雁场面,眼睁睁地看到两只公雁随着枪声"落到芦苇里死了"。小鸭正吓得魂飞魄散,"一只骇人的大猎犬跑来","把鼻子顶在小鸭身上",幸而他又"跑开了",脱险后的小鸭本可在老太婆家平安栖一段时间,可他那颗向往自由的心,又使他不肯得过且过,只得毅然出走。寒冷的气候,险些断绝了他的生存条件,他在水上"不停地游着,免得水完全被冰封住",但终因力不能支"昏倒了",而"跟冰块结在一起"。可怜的丑小鸭几次死里逃生,直到熬过严冬,大地春回,境遇才有了改变。当受到天鹅的热烈欢迎时,他"从内心发出一个快乐的声音:'当我还是一个丑小鸭的时候,我做梦也没有想到会有这么幸福!'"这曲折有致、紧凑完整而又惊心动魄的情节,显然不只是生活片断的剪辑,应该说文学的想象与夸张起了很大的作用。但想象浓度再大:也没有离开一只幼雏的生活范围。丑小鸭的遭遇有特殊的一面,也有普遍的一面。他基本上是按着现实的逻辑走完了自己的路程的。这种安排既使作品富有故事性、感染力,又使它令人信服,当是传记体童话情节构思中成功的一例。

目标检测

一、填空题

1.童话是一种带有_____色彩的虚构故事,其中最基本特征是幻想。童话常用的表现手法是_____、_____、_____。

2.按童话的形象分,可分为_____、_____和常人体童话。

3.从童话的体裁分,童话可_____、_____、_____、_____。

4.丹麦儿童文学巨匠_____,被誉为"童话大师",他的童话如《卖火柴的小女孩》《　　　　》《　　　　》等都是经典名篇。

5._____是我国最早创作童话的作家之一,他的童话集《　　　　》是我国第一部创作童话集。

6.寓言的三大发祥地是_____、_____、_____。

7.寓言和童话的主要区别是_____、_____、_____、_____。

8.寓言是寄托_____的讽喻故事。

二、活动题

1.举办《安徒生童话》或《格林童话》《中国童话》读书会。

2.选一篇自己喜欢的幼儿童话讲给幼儿园的小朋友听。

3.选一篇自己喜欢的短小童话讲给同学们听。

4.拿自己写的或改编的童话与同学交流。

三、改编题

下列三篇寓言故事,可选择一两篇进行改编练习,改写成四五百字的童话故事

1.天鹅和鹅(希腊)

有个富翁养了一只鹅和一只天鹅。两者的用途不一样,一只供他食用。一只为他唱歌,一天晚上,需要宰鹅上席,可当时四周黑乎乎的,天鹅在黑暗中被当着鹅抓了去,紧急关头,天鹅出自本能地唱起了歌,结果,它逃脱了大难。

2.狮子和兔子(希腊)

狮子发现兔子正在睡觉,想趁机吃掉它。这时,他又看见一只鹿走过,便丢下兔子去追鹿。兔子被响声惊醒,连忙跑掉了。狮子追鹿追了老半天,还是抓不到手,于是又回头去寻兔子,发现兔子早已逃之夭夭,不见踪影。狮子说:"是啊,都怪我自己,丢掉到手的东西,贪心捞取更大的利益,活该如此!"

3.守株待兔

宋国有个农民,他在田里耕作,看见一只兔子急奔过去,正好碰上一棵大

树,把脖子折断了,死在树下,那个农民不费一分力气,把兔子捡了回来。

这个农民捡了兔子以后,就放下锄头,坐在那棵大树底下,两手抱着膝盖等待兔子。可是,再也没有见第二只兔子来碰树了。

四、分析题

1.试说方轶群《萝卜回来了》的表现手法。

2.《丑小鸭》被看做安徒生童话中的"言志篇",结合作品说说你的看法。

第五章 儿童故事

学习目标

通过本章的学习,使学生了解幼儿故事的概念、特征、分类;知道幼儿生活故事的作用;掌握幼儿故事的改编、创编方法;学会生动讲述幼儿故事。

学习内容

第一节 儿童故事的含义及其发展概况

一、儿童故事的含义

故事是侧重于事件过程的叙述描写,强调情节的生动性和连贯性,而对人物性格较少作细致的描写与刻画的一种叙事文体。即为儿童创作的、适合于儿童阅读的故事,就叫儿童故事。

孩子们都是天生的故事迷,从刚刚懂事的时候起,孩子们就经常缠着大人给他们讲故事,这种情况一直持续到他们自己能看懂故事书为止。为了满足孩子们的这一需要,儿童故事这种体裁就产生了。

故事有广义和狭义之分。广义的故事指一切带有故事情节的散文作品,包括神话、传说、寓言、笑话、小说等;狭义的故事指除以上体裁以外的那些具有完整故事情节的作品。我们这里所讲的儿童故事是指狭义的故事,是以叙述事件为主的、适合儿童阅读和聆听的篇幅短小的文学样式。

儿童故事属于叙事文学的一种,它和神话、传说、童话、寓言、小说等叙事文学有共同点,如都是散文体,都重视情节的构思,但又有明显的不同之处。

儿童故事与神话、传说有一定的渊源关系,但神话是以神为主要形象,通过幻想的情节,表达人们对社会起源、自然现象和社会生活的原始理解。传说是由神话发展而来的,是以人为主要形象,但具有强烈的传奇色彩。儿童故事则是以生活中的凡人为主要形象,以反映人间的现实生活为主。童话专指"带有浓厚幻想色彩"的故事。儿童故事与寓言也不同,寓言主要是以动物为主要形象,带有明显的讽喻意味。幼儿故事与儿童小说虽然形式相近,但重要的区别在于:儿童小说一般篇幅较长,着重人物形象的塑造,儿童故事则着重于叙事,一般篇幅较短,着重把事情的来龙去脉讲明白。

儿童故事的材料来源很广,既可取材于社会现实生活,又可取材于自然界各种景象,还可取材于古往今来的种种事件;讲述的可以是生活中的真人真事,也可以是从生活中提炼、概括,经过虚构的人物、事件。儿童故事无论是在儿童的生活中,还是在儿童文学中都有其独特的地位。一是它具有广泛的适应性,儿童成长的各个时期,故事都是他们所喜爱的。可以说,儿童故事是儿童接触最早最多的文学样式之一。二是它既可供阅读,又可供讲述;既有很强的文学性,又有很强的表演性,而且这种表演(讲故事)还十分灵活方便,因此又具有相当广阔的传播渠道。三是它虽然也有艺术夸张和虚构的成分,是对生活的概括、提炼、加工和典型化的产物,而不是自然主义地照搬生活,但总的说起来它还是比较真实地反映自然和社会的现实生活的,因而故事的内容显得比较合乎常理,使人感到较为真实、亲切、可信,给儿童以很大的影响。这也要求我们的儿童文学工作者和广大教师必须重视儿童故事对儿童成长的作用。

二、儿童故事的发展概况

在我国几千年的封建社会中,真正属于孩子的故事并不多。陪伴孩子度过漫漫长夜的,一类是除了一些神话、传说、寓言外,常常就是来自民间的动物故事或生活故事。它是人们将日常生活中的某些对孩子有教育意义或告诫意味的故事进行简单加工而成的。如兔子的尾巴为什么这么短、猫和老鼠的故事、巧媳妇的故事、呆女婿的故事等。另一类就是运用故事的形式编写的童蒙读物，它将教育作用放在第一位。影响比较大的是宋人胡继宗收集编写的《书言故事》，内容丰富、语言简洁易懂、道理深刻。元代卢韵编写的《日记故事》，是流传最广、影响最大的古代幼儿故事书，内容广泛，主要有勤学聪慧、为人处世、做官为政等方面的内容。

此外，叙述古代儿童聪明的故事也常被编入一些启蒙读物中，如明代萧良友的《蒙养故事》，其中"曹冲称象"、"灌水浮球"、"司马光破缸救小儿"等故事，脍炙人口，意蕴深厚，已经成为历代妇孺皆知的故事，影响了一代又一代的孩子。

1909年，我国最早的以学龄前儿童为对象的刊物《儿童教育画》创刊，这是我国幼儿文学的一块阵地。此后，各种比较适合幼儿欣赏的故事陆续刊登在报刊上。如陆费逵的《我小时候的故事》(1922)、陈伯吹的《破帽子》(1930)、叶圣陶的《小蚬回家了》(1934)。

新中国成立后，由于幼儿文学得到了更多的关注，幼儿故事的创作开始增多，出现了不少精美之作。如呆向真的《小胖和小松》、方轶群的《小碗》、任溶溶的《人小时候为什么没胡子》、安伟邦的《圈儿圈儿圈儿》。新时期以来，幼儿故事中直接描写幼儿生活的故事开始大量出现，如杨福庆的《谁勇敢》、李其美的《鸟树》、任哥舒的《珍珍唱歌》、马光复的《瓜瓜吃瓜》。

随着社会的需求，近三四十年来，幼儿故事的创作形式也发生了一些变化，系列故事成了作家创作的一种形式，20世纪80年代任溶溶的《丁丁探案》，90年代郑春华的《大头儿子和小头爸爸》，新世纪祈智的《城市的麻雀》、黄蓓佳的《雪花飘下来》。这些作品主题鲜明，有时代感，加之儿童化的语言，妙趣横生的情节，吸引感染了无数孩子，给孩子们带去了无穷的欢乐。

值得一提的是，在幼儿故事的作家队伍中，有来自幼儿园的教师和小学的教师，她们熟悉幼儿的生活，了解幼儿的心理与喜好，积累孩子生活中的点滴事件，创作了一系列深受孩子喜爱的作品。如胡莲娟的《活命的水》、任霞苓的《篱笆上的洞》、谭小乔的《我是妖怪变的》等。她们熟悉幼儿生活，作品质量也比较高。

第二节　儿童故事的作用

儿童故事在儿童日常教育中占据着重要的地位,是儿童非常喜爱的一种文学形式。从教育方面说,儿童故事是儿童的好教师,从故事中可以学习知识,了解社会,学会做人,它对儿童的智力、情感、学习等都起着积极的作用。

因此我们可以说:故事是儿童认识世界,改造世界的途径,是获取知识、丰富情感、扩展和加深儿童对周围事物认识的有效手段。

一、开发智力

儿童故事着力表现的是儿童对现实世界独特的感受、认识和想象,是儿童世界的真、善、美,是儿童纯真的情感世界和奇妙的想象世界等在现实中的生活。儿童时期正是大脑和脑神经细胞急剧发育的时期,故事中的人物形象、语词及故事情节能迅速被大脑接受并储存,进一步刺激大脑皮层的增生,使儿童智力得到提高。

(一)有益于训练儿童的语言发展

在儿童语言发展的关键期充分利用儿童故事的讲述,锻炼激发儿童的语言发展十分重要。爱听故事是孩子的天性,生动有趣的故事能让孩子听得入迷,故事中活泼的语言,生动的形象,能在很久以后仍让孩子记忆犹新,故事中丰富的词汇,精美的句子,生动的人物形象,能让孩子不由自主地去说、去模仿。说得多了,练得久了,自然提高了语言表达能力。如在故事《小兔乖乖》中,儿童知道大灰狼的声音是粗声粗气的,兔妈妈的声音是温柔好听的,教师和家长应当鼓励儿童对这些声音、表情、动作等加以模仿,提高模仿能力与语言表现力,为将来绘声绘色地表达各种事情奠定语言基础。

(二)有利于提高儿童记忆能力

每个故事里都有起因、经过、结果,当老师讲述一个趣味盎然的故事时,儿童的注意力相对集中,他们的听力在听故事的时候不知不觉地得到了训练,儿童在记忆故事、复述故事的过程中,记忆能力得到充分锻炼与提高。

（三）促进儿童的想象力的发展

儿童故事大都有人物、地点、情节发展,往往一则故事讲完,孩子仍睁大眼睛问:"后来呢?""后来呀,你自己想会怎样?"就这样,一则故事让孩子意犹未尽时,就展开了想象的翅膀。自己编故事、想象故事的更多结局,有时孩子也幻想自己是故事中的某个人物,用自己特有的方式来想象,表达自己的愿望,这也是创造性行为的萌芽。经常给孩子讲故事有利于启发他们无拘无束地进行联想和想象,想象力是创造力的前奏,想象越丰富,创造力就越强。孩子想象力的发展对于他们长大后在学习和劳动中创造性的发挥有很重要的意义。

二、丰富知识

为了使孩子能成为知识丰富的人,从小就要培养他们的好奇心和求知欲。从日常生活中使他们掌握有关自然、社会、文化的最基本的知识。儿童听故事的过程就是一个获取信息、建构意义、达成理解的过程,是有效的获取知识的过程。

（一）能丰富儿童的自然认知

通过故事了解一些树木、花草、天气,简单知道一些自然现象,如春、夏、秋、冬季节的交换,使孩子知道白天、黑夜、阴晴风雨等;能了解一些常见到的动植物,如家畜、家禽,鱼、鸟、虫以及花草、树木、水果、蔬菜、农作物等。

（二）让儿童获得更多的社会认知

儿童对社会知之甚少,而故事中出现了众多的人、事、物。通过故事,儿童了解了人与人之间基本的关系;知道了警察、医生、老师等不同职业的人肩负的不同责任;懂得了多种社会规则:如过马路要走斑马线、车子行驶红灯停绿灯行、上幼儿园不能迟到、不能随便拿别人的东西;明白了照相馆、医院、邮局、学校等场所的社会功能,这些都丰富了儿童的初始社会经验。

（三）能够丰富儿童的文化认知

儿童故事中所体现的人、事、物无不渗透着人类文化文明的精髓,它潜移默化地影响着儿童,丰富着儿童的心灵世界。生活故事告诉儿童现实生活的人事物的关系与价值观,历史故事让儿童了解人类文明进程中那些了不起的人物及重要的历史事件,民间故事则通过幽默诙谐的方式帮助儿童养成符合所处社会的道德与价值观。

三、陶冶情感

儿童教育是养成教育。儿童的心理特征决定苍白的口头说教起不到多大的效果,而纯真、生动、有趣的故事,能引起孩子的兴趣,能唤起孩子的共鸣,能净化孩子的心灵,能陶冶孩子的情感。

(一)能培养儿童良好的道德品质

儿童故事帮助孩子形成正确的是非观,懂得真善美与假丑恶。现在的中国家庭大都是独生子女,有些孩子霸道、自私、唯我独尊。比如故事《孔融让梨》中,孔融把大梨让给哥哥和弟弟,让孩子懂得了谦让,懂得了关爱别人,学会了与人相处。而有些惩恶扬善、善恶有报、因果轮回的故事内容,也指导着孩子们如何与人相处,使孩子初步形成了对人,对己,对物的正确态度,形成了最初的是非观和人生观。《小狗汪汪的生日》中,三个好朋友齐心协力吹灭了蜡烛,孩子们懂得朋友应齐心合力的道理。

(二)可以丰富儿童的情感体验

在孩子听故事入迷时,情感往往受故事中人物的影响,因故事中人物的悲而悲,为故事中人物的喜而喜,在《狐狸与乌龟》的故事中,狐狸凶狠残忍,想吃小兔,而乌龟善良机灵,救了小兔,狐狸最后淹死在河塘里。对狐狸的义愤,对小兔的同情,对乌龟的喜爱,以及狐狸淹死的大快人心,儿童在大喜大悲中充分体验了喜怒哀乐等多种情感。儿童初涉社会,情感匮乏,但经典故事中有医生对病人的关心,父母对孩子的爱,小伙伴之间的友谊等等,使儿童的爱心,同情心,友谊感得到了发展,促使儿童成为有血有肉的人类精灵。

(三)可以提高儿童的注意力

众所周知,兴趣是最好的老师,因为感兴趣,孩子们在听故事过程中能集中注意力,有时孩子听了很长时间的故事也不觉得累。长此以往,不仅提高了孩子的注意力,也培养了孩子的耐性。

第三节　儿童故事的特点

儿童故事之所以一直受到儿童的青睐,甚至还吸引成年人也一同走进这故事的世界里,其艺术魅力主要来自儿童故事所具有的四个方面的显著特点。

一、题材广泛,主题集中

儿童故事的题材非常广泛,宇宙万物中,大至星球,小至细菌,大自然中的山川河流、动物、植物,社会生活中的历史、现实的斗争,古今中外的伟人、名人业绩,英雄的战斗生活等等,均能编成有意义的、富有儿童情趣的、引人入胜的儿童故事。但要顾及儿童特别是婴幼儿的接受能力,在一般情况下,儿童故事的篇幅不宜过长,题材不宜过散。主题一般有很强的针对性,寓有相当明显的教育目的。许多民间故事是为了让孩子从小就懂得做人的道理,培养他们勤劳、勇敢、谦逊、友爱的优良品德。如俄国作家阿·托尔斯泰所搜集整理的民间故事《大萝卜》。至于取材于儿童生活事件的故事,更是掌握孩子喜欢听故事的特点,因势利导,寓教于乐,带有更为显著的现实针对性,因而更为鲜明地表现出主题集中明朗的特点。儿童故事必须做到主题单纯,一个故事说明一个道理,人物和情节一定要紧紧围绕主题来安排,以便小读者们能很快把握住故事的中心,获得明确的印象,并在潜移默化中受到教育。金禾写的《小鹿子当检查员》就是这样,在短小的篇幅中,既讲清了一个道理,也提出了对儿童的要求。

　　吃饭的时候,大家都洗了手。爸爸说:"吃饭以前,咱们要洗手,要洗得干净。谁当检查员?"

　　姐姐笑着说:"我。"

　　小妹妹小鹿子跳着说:"我。"

　　妈妈说:"一个人一天吧。今天让小鹿子先当。"

爸爸伸出手来给小妹妹看,她说:"干净。"

妈妈伸出手来给小妹妹看,她说:"干净。"

姐姐伸出手来给小妹妹看,她说:"不干净。"

姐姐又洗了一遍。

小鹿子伸出手来,自己看了看说:"干净。"

姐姐说:"你把手翻过去。哎呀！瞧你的手背,多脏!"

小妹妹说:"我是检查员,你不是检查员。"

爸爸说:"检查员的手应该更干净些。再洗洗去,小鹿子!"

二、情节生动,故事性强

故事性是儿童故事最本质的特征,主要体现在三个方面:

其一,故事的完整性。故事通常是由首尾连贯和完整的一系列事件和情节组成的。儿童故事就具有首尾连贯和完整的情节,因而有很强的故事性,可以把孩子们吸引到有趣的故事意境里去,使他们受到感染和教育。孩子们总是喜欢听那些有头有尾的完整故事,他们总是期待着事件的结局。"后来呢?""后来怎么样?"这是孩子们听读故事时不断发出的追问。与儿童审美思维的线性与直观性相一致,每则故事几乎都围绕一个中心来展开,注重事件的轮廓和完整,不求细节的详尽描写,更忌讳成段的议论和心理刻画,即使是必要的环境描写,也十分简洁,这些都使故事的高潮与结局得以尽快到来。叙述也多用顺叙的手法,一层一层地展开情节,完整而有序地将故事完全打开,结局一般总是真、善、美战胜假、恶、丑的"大团圆"式。故事的完整性带给儿童一种完美无缺的心理满足与美感享受。

其二,情节的生动性。紧张、曲折、有起有伏、张弛结合的情节,可以产生艺术吸引力,使注意力不易集中的孩子产生浓厚的兴趣,被故事牢牢地抓住而最终完成艺术审美的全过程。中国儿童文学理论家楼飞甫将儿童故事情节的紧张曲折归结为"传奇性""意外性"等,强调"意外性与传奇性往往紧密结合在一起,两者并驾齐驱、相辅相成"。并说明儿童故事在情节上既要求曲折、又要求单纯的双向关系。

由于儿童的注意力易分散和转移,平淡无奇的故事很难把他们吸引到作品的情境中去,必须有处于不断运动发展中的起伏跌宕的情节贯穿始终,才能引导小读者高高兴兴地读(听)到结尾。好的情节总是允许孩子们参与行动,感受冲突的发展,意识到高潮的出现,接受令人满意的结局。冲突是情节的源泉,也是故事中最扣人心弦与激动人心的地方。儿童故事中的冲突表现在多方面,包括人与人的冲突、人与自然的冲突、人与社会的冲突、人与自身的冲突等。儿童故事的情节一般都由人物(或拟人化的人物)的具体行动和矛盾冲突组成,较少成段的景物描写,人物的动作和语言占主要篇幅。我国儿童文学理论家楼飞甫先生曾在1989年6月24日的《文艺报》上撰文,就儿童故事的特点进行了专门的解释,他认为:"儿童故事的情节都比较单纯,发展脉络非常清晰。但单纯不等于简单或单调。儿童故事的情节主线一般都单线发展,不枝不蔓,但儿童故事并非呈直线状,而是呈曲线形、螺旋形或波浪状推进,起起伏伏、曲曲折折,有时能给人以一种'山重水复疑无路,柳暗花明又一村'的峰回路转之感。"这段论述清楚而确切地说明了儿童故事在情节上既要求曲折又要求单纯的双向关系。

其三,悬念艺术手法的运用。悬念最能激起儿童的好奇心,因为儿童都有"打破砂锅问到底"的心理,悬念的设置就是利用了这一心理来激起儿童的阅读兴趣。悬念的设置,还使儿童变被动的接受者为主动的参与者,使儿童的思维能力和解决问题的能力得到锻炼与提高。故事情节的波澜起伏,引起听者或读者对人物命运的关注;在紧急关头设置悬念,也吸引了儿童的注意和思考,从而促使他们寻根究底。如《蜗牛送信》(《娃娃画报》)就设置了最能吸引儿童注意的中心物——腿,并围绕着中心展开了故事。蜗牛写了一封信,它请两条腿的小鸡送;小鸡遇见小兔,就让四条腿的小兔送;小兔又让螳螂送;螳螂又让螃蟹送。但螃蟹只会横着爬,反而走不快。恰好来了火箭,它虽然没有腿,但却走得很快,于是火箭"呼"的一下,把信送走了。这个故事以腿数的增减为主线,脉络分明,主体突出,而且步步深入发展,结尾豁然开朗,顺理成章,既使儿童得到文学的享受,同时又引导儿童领会腿的多少与快慢并非成正比的辩证观点。

三、叙述明快，趣味盎然

故事是以叙述为主要表现手段的文学样式。儿童故事更是以叙事为中心，着重于人物行动的叙述，完善地交代中心事件的发生、发展及结局，并不强调人物形象的描述和性格的刻画。这也正是它与儿童小说的主要区别。儿童故事相比起成人故事来，叙述则要求更加直截了当些：开头要开门见山，结束要干净利落，整个叙述过程一般总是粗线条的。历来为中国儿童文学评论界所赞誉的《圈儿圈儿圈儿》，是在叙述手法运用上颇为成功的例子。全文不满 300 字，通篇都是明快简洁的叙述，却活画出一个不认真学习的孩子的种种窘相。

儿童故事重在对人物行动的叙述，完整地交代事件的发生、发展及结局。叙述还要求富有童趣，以加强作品的艺术感染力。优秀的儿童故事大多童趣盎然，使小读者感到贴近他们的生活，符合他们的兴趣，能引他们发笑，逗他们开心，跟他们的思想情趣真对得上号。

趣味是儿童故事的基础。趣味在儿童故事的材料中，是最低限度的需要与必要的条件。儿童故事的趣味性主要包含以下三个方面的因素：

其一，心理因素。儿童故事中的想象、神奇、惊险与游戏性诸因素都是与一定年龄段的儿童心理发展水平相适应的，会给儿童读者带来阅读时的亲切感与心理上的满足感。

其二，美学因素。趣味还是一种重要的美学范畴，其中最使儿童感兴趣的是幽默和滑稽。如长篇童话故事《木偶奇遇记》中的匹诺曹，一撒谎就会长长鼻子的情节，就极富滑稽色彩，而孩子们对此却兴趣盎然。

其三，艺术手法上的因素。神话故事中大量运用拟人与夸张来结构情节与塑造人物，民间故事中惯用对比与反复手法来造成强烈的艺术效果，生活故事中悬念的艺术手法给读者带来的阅读期待，这些都极大地调动着孩子们的阅读兴趣，让他们饶有趣味地读（听）到最后。

四、语言质朴，口头性强

故事语言的总体风格是质朴，一般说来，描写少，各种绘声绘色的形容词也少;议论抒情少,感情色彩也不会过浓,因此,无论成人故事还是儿童故事,直言其事的结果,便是明朗质朴的语体色彩。儿童故事在这方面显得尤为突出。儿童故事中的语言应浅近、平白、口语化。由于低龄儿童识字少,儿童故事一般是由成人说给他们听的,因此,在创作或改编儿童故事时,应着重考虑"听",叙述语言不宜深奥,要口语化。但口语化并不是平淡,它是根据儿童的接受能力,经过选择及艺术提炼的口语,它要求更有表现力,即生动、形象、明朗、有趣、质朴、句式短、口语化,努力采用他们既能理解、接受,又能促进他们思维和言语发展的语言来创编故事。

叙述语言的口头性,即是要求故事的语言首先必须与儿童所具备的听取语言的能力相适应,这在词汇、句法、节奏等方面既大大相异于书面的文学语言,又必须合乎儿童的言语表达习惯。如意大利儿童文学家亚米契斯的《爱的教育》,这本由100个小故事组成的故事书,借一位三年级小学生安利柯的口来讲述,朴实而又自然。

儿化韵的使用是儿童故事口语化的一个特点。儿化韵的语言适合儿童的欣赏习惯,儿童听起来感到亲切与温暖。例如《狼来了》,故事中有一段原文是这样的:"大伙跑到小孩跟前一看,羊在乖乖地吃草。'狼在哪呀?'大伙问小孩,小孩哈哈大笑起来。"孙敬修老爷爷在向孩子们讲述这个故事时,只是加儿化韵,这一小小的改动却大大增强了故事感染力。试比较:"大伙儿跑到小孩儿跟前一看,羊乖乖儿地吃草。'狼在哪儿呀?'大伙儿问小孩儿,小孩儿哈哈大笑起来啦!"讲起来顺口,听起来顺耳,讲故事人与听故事人之间的情感空间也因之被缩小了。

反复也是儿童故事口语化的常用表现手法,它可以加深读者对所叙事物的印象,也更能表达讲述者的感情。如前苏联著名儿童文学家阿·托尔斯泰的《大萝卜》,一开头就通过反复来强化人们的愿望,引起儿童听读的注意:"一个老头儿种下萝卜,对它说:'长大呀,长大呀,萝卜啊,长得甜呐! 长大呀,萝卜啊,长得结实啊!'"反复的运用,还使故事有了一种诗意的美、回环的美、音乐的美和抒情的美。

第四节　儿童故事的种类

儿童故事品种繁多,门类杂陈。若从来源上划分,有民间故事和创作故事;若从表现形式上划分,有文字故事和图画故事;若从内容上划分,有生活故事、动物故事、历史故事等。人们大多采用第三种分类法,即以内容作为划分的标准。但由于图画故事有比较突出的个性,所以又将它单独列为一个门类,放入《图画书》一章进行研究。

一、儿童生活故事

儿童生活故事是选取发生在家庭、幼儿园或学校内外生活中的事件,再加以改编,从而构成有趣味的故事。这类儿童生活故事或是褒扬优良品德、模范行动,旨在对儿童进行教育,引导他们有理想、有追求;或是对儿童身上存在的缺点和错误委婉地提出批评,以启发他们迅速地克服和改正。由于故事大都反映孩子们身边发生的事,甚至有的主人公就是他们自己,因而现实性很强,易于被他们所接受,并发挥较大的作用。如列夫·托尔斯泰写的《卡佳和马莎》,尽管只有百余字,但却十分精彩:

天才亮哩,卡佳就出去采蘑菇,还带上了小马莎。路上有一条河,挡住他们往前走。卡佳把马莎背在自个儿背上,脱了袜子,光着脚丫儿趟水过河。

"马莎,你抱住我,坐稳,可别把我的脖子搂得太紧。把手松开些,不然,我连气儿都透不过来啦。"

卡佳对小马莎说着说着,就把小马莎背过了河。

这个故事非常普通,但在有趣的叙述中却饱含着作者的挚爱深情,简洁的语言闪烁着美好的思想。

也有的儿童生活故事针对儿童的一些毛病和不良习性,运用幽默而富于戏剧性的手法来编写讽刺故事,通过故意夸大人物的具体滑稽的行动及其后果,

211

鲜明又善意地、巧妙又强烈地揭露和批评儿童中较普遍存在的毛病,引起儿童的关注。如列夫·托尔斯泰的另一作品《李子核》就是极有代表性的一例。

二、儿童动物故事

儿童动物故事即叙写动物的故事,是通过对各种动物的习性、状貌和特点的描绘,间接反映人类社会生活,体现某种人生哲理。

动物故事原是民间故事的一种,产生得很早,而它真正的兴起是在本世纪,并成为读者面最宽泛的儿童文学品种之一。正如陈伯吹先生所讲:"'动物故事'作品与其他文学体裁的作品,从比较的角度上看,动的因素是较多、较大、较有变化的。它不论描画哪一种、哪一个动物,是少不了'动'的,这就赢得了儿童的欢心,因为这和他们的天性完全相合拍的,而且符合并适应身体的成长、心智的发展的需要的。……"同时,儿童还可以通过各种不同性格的动物组成的鸟兽世界来了解人类社会。动物"比神话中的仙女要更真实可信"(法国安·拉格尔德),"动物教给我们的东西意外地多"(日本户川幸夫)。因而教育家马卡连柯肯定地说:"动物故事总是儿童的最好的故事。"

动物故事与童话(以动物为主要形象的童话)相比几乎没有本质上的区别,只是少了幻想和夸张而更贴近生活。从动物所反映的内容看,大致可分为两类:一类是通过动物的行动、生活特点和它们之间的相互关系,生动有趣地介绍各种动物的形态特征、生活习性。如故事《公鸡要角》,说的是公鸡本来是不打鸣的,可后来为什么会打鸣呢?原来是因为鹿要参加婚礼,把公鸡的一对美丽的角借去就不肯归还了,所以它才天天打鸣,这是为了向鹿要角。这个故事向儿童讲明了动物的特征,即鹿有一对美丽的角,而公鸡天天都要打鸣。另一类是借助动物的形象,间接地反映人类社会生活以及人与人之间的关系,充分体现人类对真与假、是与非、善与恶、美与丑的爱憎分明评判观点。如故事《黄鼠狼给鸡拜年》,借黄鼠狼要吃鸡的特征和关系,象征地反映了人类社会中某些坏人常用冠冕堂皇的行为来掩盖自己的坏心思的特点。再如《乌鸦笑猪黑》,反映的是社会上有些人往往看不到自己的缺点,却专挑别人的短处。这样的动物故事不仅能丰富儿童的知识,开阔他们的视野,发展他们的智力,而且能启发他们认识生活的意义,同时得到美的熏陶。

三、儿童历史故事

儿童历史故事是以一定的史料为依据而编写的、以传授历史知识为主的供较大年龄的儿童阅读的文学样式。它是历史与文学相结合的产物,但历史并不全是故事,只有具备"人物"和"情节"这两个重要因素的史料,才能构成历史故事。其中的基本情节应符合史实,有真实性。细节可作艺术加工。历史故事可以帮助儿童了解过去,逐步培养他们形成正确的历史观,并获得某些历史知识。

根据历史故事中对人物和情节的侧重不同,可将历史故事分为两类:

一类是历史人物故事。这是以历史上的真实人物为主体,以人物的历史生活为线索,通过对某个历史人物在一定历史时期内的思想、行动和历史功过的描绘和评价,让小读者们不仅了解历史,更重要的是使他们能从历史人物身上学到美好的品德,从而促进他们自身的成长。按人物类型的不同,历史人物故事又可细分为:

1. 伟人故事。这是从不同方面、不同角度叙述和表现伟人的生活、斗争的故事。其中既有反映他们青少年时代对待生活、劳动和学习的态度的故事,也有描写他们在成为伟人之后,对人民、对儿童的关心和热爱,讴歌他们伟大的一生及其甘为人民奉献的精神。这些故事可以培养儿童热爱伟人的思想感情,同时可以启发他们学习伟人的崇高品质。如《列宁的故事》(左琴科著,曹靖华译)、《毛泽东的青少年时代》(肖三著)等。

2. 名人故事。这是以儿童为主要读者对象,专门叙写中外科技文化各界名人的故事。这类故事具有科学性和真实性,因而不得任意虚构或是添枝加叶,同时,考虑到读者对象在理解力、鉴赏力上与成人的距离,选取的材料要充分体现可接受性的原则。语言上力求浅显活泼,以利于激发起儿童的阅读兴趣。如《外国文学家的故事》、《外国科学家的故事》、《唐宋八大家的故事》等。

3. 英雄故事。这是反映各个时期人民群众和英雄人物斗争、生活的故事。这类故事可让儿童从过去斗争生活的艰辛中体会到今天幸福生活来之不易,是千百万烈士用鲜血和生命换来的,以激励儿童奋发向上的斗志和坚忍不拔的品德。如《刘胡兰的故事》、《雷锋的故事》、《邱少云的故事》、《董存瑞的故事》等。

另一类是历史事件故事。以叙述历史事件为主并写历史人物的活动,就是历史事件故事。其中有历史人物,但作者并不细致地刻画人物,而是着重于故事的情节的叙写。如《三国故事》(上、下)、《水浒故事》、《巴黎公社的故事》等,均是以某个历史时期所发生的军事政治事件作为主线,并贯穿始末,从而引出一个个的故事。有的甚至是大故事套小故事,有详有略,接转自如,妙趣横生。小读者们不仅可以从中知史,还能学会思考,得到启发和教育。

在篇幅上,历史故事比动物故事、生活故事要长。以事件为主的历史故事还可采用编年体连续写法。在文字上同样要求浅显、朴实,充满情趣。如《春秋故事》、《东汉故事》、《夏完淳》等。

四、儿童民间故事

民间故事属于口头文学,是口耳相传的文学,它的创作者不是个人而是集体,即使最初是个人所作,但在口耳相传的过程中,也会经过无数人的修改,成为集体的作品。它是包含时间、地点、人物、情节等要素,具有一定传奇性和幻想成分,篇幅较短的口头文学。民间故事的特征大致有三:其一是时间地点的交代具有模糊性,常以“古时候”、“从前”、“很早以前”等来交代时间,以“在一个美丽的地方”、“在一座古老的城堡”等来直接介入情节;其二是人物的类型化,常以人物的身份来代替人物的姓名;其三是情节单纯而完整,常常围绕一个中心事件来展开情节,讲述有头有尾的故事。同时,很多民间故事中还明显地存在着情节重复的现象,因而也带来了其情节的类型化。

为幼儿听赏的民间故事,多是将人民群众口头流传的,反映不同时代劳动人民追求幸福,反映人民聪明才智等方面的故事,根据幼儿教育的要求,进行加工改写而成的,长工和地主的故事,如程一剑记录的《火龙单》、《三兄弟故事》;巧媳妇故事,如周健明记录的《巧媳妇》;民间机智人物故事,如赵世杰编译的维吾尔族和乌孜别克族民间故事《阿凡提的故事》;民间笑话故事(包括民间逸闻在内),如宋守良搜集整理的《两个媳妇》等。以上民间故事,都对儿童有着很强的吸引力。

第五节　儿童故事的改编

民间文学和成人文学中有大量的孩子们喜闻乐见的东西,但这里都存在着一个改编的问题。能否把它们改编成儿童文学,主要取决于:是否善于根据儿童健康成长的需要,根据他们的阅读能力和欣赏趣味,对原材料进行选择和处理;能否真正严格地利用这一题材来源,从中把对儿童有教育意义的内容发掘出来。因而儿童故事的改编是一项非常细致的工作。正如高尔基在《论儿童文学》一书中指出的:"儿童的精神食粮必须慎重地选择,前辈的罪恶和错误,孩子是没有责任的。因此放在首位的,不是向小读者心里灌输对人的否定态度,而是要在儿童的观念中提高人的地位,不真实是不对的,但是,对儿童必要的并非真实的全部,因为真实的某些部分对儿童是有害的。"高尔基的这一论述应贯彻在儿童故事的改编之中。

一、选择可改编的原作

儿童故事的改编范围比较广,儿童故事、儿童小说、儿童戏剧、儿童诗等都可以成为改编的对象。改编的原作选择一般遵循下列条件:

其一,原作有较强的故事性,有改编的空间。

其二,原作内容符合孩子的心理特征,能够得到孩子的关注与喜爱。

其三,原作有较强的审美性与教育价值。

对改编者的要求:

1.改编者需要对原作熟悉与了解,最重要的是改编者要有对儿童生活有足够的观察与积累,两者结合能够使改编后的作品更加受儿童喜欢,发挥出最大的教育价值与审美价值。

2.改编者还需要具有丰富的知识、充满童趣的想象力、较好的文学艺术修养以及对故事基本规律的熟练掌握与运用。

二、根据不同情况采用不同的改编方法

对材料的处理是改编的主要工作,一般有三种改编方法。

(一)改写

这是依据选材的原则对原作的思想内容和形式进行较大的改动,取其精华,去其糟粕。精华和糟粕既指思想内容,也指艺术形式。如茅盾在把唐人传奇《南柯太守传》改编成儿童故事《大槐国》时,突出了原作对热衷于功名利禄、趋炎附势的封建社会世态炎凉的揭露和嘲讽,而把原作中的一些不健康的、封建迷信情节全部删去,这对儿童的健康成长是极为有益的。

例如把儿童诗改编为儿童故事:

咯咯鸡和小弟弟

⊙ 鲁 兵

一只咯咯鸡,

跟着小弟弟。

小弟弟自己不吃饭,

拿饭去喂咯咯鸡。

咯咯鸡说:

"你请我吃饭,谢谢你。"

小弟弟说:

"你帮我吃饭,谢谢你。"

咯咯鸡天天跟着小弟弟,

小弟弟天天拿饭喂咯咯鸡。

小弟弟老是长不大,

咯咯鸡长成大公鸡。

改写后的幼儿故事《咯咯鸡和小弟弟》:

院子里有一只小鸡,名叫咯咯鸡。它长得十分可爱,浅黄色的、毛茸茸的,像个小绒球。它整天与一个小男孩儿小弟弟在一起,小弟弟

走到哪里,它就跟到哪里,几乎形影不离。

妈妈喊:"小弟弟,吃饭了!"可是小弟弟撅起了嘴,原来小弟弟不爱吃饭,尤其不喜欢吃蔬菜。可是不吃饭妈妈会生气的。小弟弟就偷偷地把饭拿出来,喂咯咯鸡。饭真香啊,咯咯鸡不一会就吃光了,高兴地说:"你请我吃饭,谢谢你!"小弟弟躲过了妈妈的批评,也很高兴,说:"你帮我吃饭,谢谢你!"于是,咯咯鸡更愿意跟着小弟弟了,小弟弟把不爱吃的饭菜都拿给咯咯鸡吃了。一天天过去了,咯咯鸡长得壮壮的,很威风,已经成为一只大公鸡了。再看看小弟弟呢,瘦瘦的,个儿一点都没长。

小朋友,你说,小弟弟应该怎么办呢?

（二）扩充

这是在不违背原作的意义时,对原作的内容和篇幅进行合理的扩充。特别是在原材料比较简洁的情况下,只有经过艺术的扩充才能改编成儿童故事,像对寓言的改编以及历史典籍的整理都需要采用这样的方法。如茅盾的历史故事《牧羊郎官》,写的是汉朝人卜式由牧羊起家为国家作出贡献的事迹。卜式确有其人其事,但在《史记》、《汉书》中均只有不到千字的简单记载。茅盾采用扩充方法,把它写成一个有三千多字而且引人入胜的故事,处处突出了牧羊人卜式"不爱钱,不爱官"、"从事实业"、"报效国家"的精神。

例如把短小故事进行扩充:

藏起来的下水道

⊙ ［奥地利］路德维克·拉赫

小老鼠,四处转,找个地方去睡觉。咦,那个圆圆的是什么?洞口黑又黑,这里是一个下水道,下水道里黑漆漆,错综复杂像个迷宫。哗哗哗,下雨了,雨水流进下水道,小老鼠快快逃。哎呀呀,好臭啊,小老鼠被呛得直咳嗽。原来是楼房里的污水流进来。

扩充后的儿童故事《藏起来的下水道》:

有一只小老鼠,与妈妈走散了,找不到家了,它走啊走,累极了。

天渐渐晚了,小老鼠想,应该找个地方睡一觉,明天再接着找妈妈。

哪里比较安全呢?它想睡在楼道的垃圾桶里,可是那里面已经有别的老鼠了,它想躲在一扇门的后面,可是那时常有人经过,不行,去哪呢?它突然看到一个圆圆的黑乎乎的洞口,冒着冷气。这是什么地方?小老鼠把身子探进洞,里面静悄悄的,好像挺安全,适合睡觉。于是它大胆地爬了进去。

啊,一条条黑漆漆的管子连在一起,像一座管道的迷宫。里面湿漉漉的,冷冷的,滑滑的,有点吓人,但小老鼠对这座管道迷宫充满了好奇,它想看看,它们到底通到哪里,它们是做什么用的。它爬呀,爬呀,突然,哗哗哗,哇!管道下雨啦!雨水流进管子里!小老鼠拼命逃,一边跑一边纳闷儿,管子里怎么下雨了呢?真奇怪!哎呀呀,好臭啊,小老鼠被呛得直咳嗽,它逃出洞口,大口喘着粗气。

这时另一只小老鼠看到它的狼狈样,乐得直蹦,说:"兄弟,你以为你到了游乐园的迷宫吗?这是人们倒污水的下水道。"

(三)缩写

这是对原作的内容和篇幅进行压缩,保留主干,删除枝叶。把文学名著改编成儿童故事,大多采用这一方法。这不仅增加了儿童的精神食粮,而且可引起他们对文学名著乃至文学的兴趣,因而是一项非常有意义的工作。如英国的查理·兰姆和他的姐姐玛丽·兰姆合作编写的《莎士比亚戏剧故事集》,我国的《水浒传》、《三国演义》等。编写时要注意线索单纯,脉络清楚,突出主要人物及其情节。有时也可只采用其中的一部分写成故事,或把全部内容分割成一个个的小故事。同时,改编儿童故事应尊重原作,无论采用什么方法改编,都不能破坏或歪曲原作的主要思想、主要情节、主要人物。特别是改编真人真事的故事时,态度更要严肃,不得随意增减、虚构,一定要真实、准确。

例如把小说缩写为篇幅短小的儿童故事:

奇怪的包裹[日本]

(一)

山麓下有个小镇，小镇的边上有个车站。这个车站在山麓下的小镇边上，那自然是个小车站了。

车站里只有两个工作人员，一个是站长，一个是值班员。

一个夏天的午后，这个车站发生了这么一件事。

火车从车站开出以后，年轻的值班员在候车室打扫卫生。

"哟，谁忘了包裹了？"他看了看座位底下，自言自语地说着。一个座位底下，有一个漂亮的深绿色的包裹。他又看了看四周，候车室里没有一个旅客。

"噢，知道了。这是刚才上车的哪位旅客忘了带走的包裹！"值班员把手伸到椅子底下，捡起了这只包裹。包裹布有点发旧，里面好像包着一个四方形的盒子。大概是木板盒子吧，显得不怎么重。这是一个长和宽均为二十厘米左右的正方形包裹，令人感到十分奇怪。

这个包裹里装着什么呢？年轻的值班员把耳朵贴在包裹上，并轻轻地晃了晃，但是什么声音也没有。要是装着饭盒的话又显得太轻了一点，大概是点心盒吧，要不里面装的是水果。不，从这个包裹的大小和重量来看也许里面装的是陶器。年轻的值班员翻来覆去地思索着：说不准里面装的是一件十分珍贵的宝物。

好奇心驱使着年轻的值班员，他真想解开包裹看看里面究竟装着什么东西。

"不行，等一等，我不能随便打开旅客遗失的行李！"

年轻的值班员抑制住自己的好奇心，他拿起包裹径直向站长室走去。

"站长，这是旅客遗忘在候车室里的包裹！"

站长的鼻梁上架着一副银边眼镜，他目不转睛地打量着这只包裹。

"里面装的是什么啊！噢，想起来了，刚才下车的旅客有七人，上

219

车的旅客有五人,火车已经开出十分钟了,如果这个包裹是下车的旅客丢失的,照理也该来认领了。嗯,这么看来,这包裹一定是上车的旅客遗失的。"站长歪着脑袋在那儿苦思冥想。

"会不会是玩具啊,和那种魔盒一样,一打开就会蹦出一个弹簧人来!"

年轻的值班员接着又说了一句令人心惊胆战、毛骨悚然的话。

"站长,这里面不会有什么类似炸弹的东西吧! 要是魔盒的话,那倒不会发生什么事情。如果包裹里面装着定时炸弹,一打开盒子就会轰轰地爆炸的。"

"哎呀,你别吓唬人好不好! 可是,话又得说回来,最近的报纸经常登载炸弹爆炸之类的新闻。"

"是啊,这种恶作剧现在很流行,只要有一枚炸弹就可以把咱们这个小车站送上天!"

站长和值班员把交叉着的双手放在各自的胸前,在那儿绞尽脑汁地想着。

(二)

"站长,您瞧,这儿夹着一张纸条。"年轻的值班员从包裹的一个线缝处抽出一张纸条。

"噢,这是行李标签!"

值班员抽出的纸条是一张带有细铁丝的行李标签,它被折叠得小小的,塞在包裹的线缝处。

"快看,上面还写着这样的话呢!"

"马上打开这个包裹!"行李标签上这样写着。

"'马上打开',这么说包裹里面也许是食物。不快点吃的话就会变坏!"站长边说边看了看行李标签的背面。

"不要在屋外打开!"背面写着这句话。

"这真是个奇怪的包裹!'马上打开'、'不要在屋外打开',这究竟是怎么一回事呢? 说不准这里面会有什么危险的物品。"

站长和值班员好像在猜谜,苦苦思索着。

"'不要在屋外打开',这句话的含义就是要在屋里打开包裹,不能让里面的东西见到阳光。"

"嗯,你说得不错!"

可是,不论他们俩怎么琢磨,还是不解这两句话的真正含义。

"喂——"站长把头伸出窗外,大声地叫了起来。驻当地警察所的一个警察正在本站前的一条路上走着。

这个警察的鼻子底下留着小胡子,身体胖胖的。他听见站长的叫声后便径直向车站走来。

"我们发现了一个奇怪的包裹,不知里面装的是什么东西!"站长对警察说道。

"噢,原来是这么一回事啊!"警察一边点头一边听着站长的说明。

"这么说来,这件遗忘的行李还与众不同,上面有行李标签,可标签上却没有写姓名和地址。是炸弹的话那就危险了,但从重量来看不太像炸弹。行李标签上写着'马上打开这个包裹',那么咱们三个人一起打开看看吧!"

"不会出什么事故吧?"听了警察的话,站长忧心忡忡地说。

"我以为这里面装的是小动物!要是动物的话,又是什么样的动物呢?是松鼠、小鸟、青蛙、鼹鼠,还是小兔呢?不,要是小兔的话这个箱子又小了点。"

究竟是什么东西呢?三个人猜来猜去。

"站长,这里面也许装的是蛇吧,如果是蝮蛇的话那可就糟了!"年轻的值班员说道。

"喂,你今天是怎么了,尽说些倒霉的话!"站长好像有点怕蛇,他不禁往后退了两三步。

"放心吧,如果是蝮蛇的话,我会一下子就捉住它的!"警察说完这句话后就摘下了手上的白手套,解开包裹上系得紧紧的结头。

小木盒露了出来,盒子盖上钉着小钉子。警察开始开木盒了,他小心翼翼,脸上露出一副严峻的表情,慢慢地撬着小木盒的盖子。

(三)

木盒打开了。

"啊!"三个人同时尖声惊叫了起来。

小木盒里发出一阵轻微的沙沙声,这声音就像人们走路时踩着干枯的树叶时所发出的声音。

就在这一瞬间,一个浅褐色的昆虫在三人的眼前掠过。

"啊,一个大蜻蜓!"

木盒里飞出一个大蜻蜓。小木盒的底部垫着一些草,草下面还有一封信。

信上这样写着:"哥哥:今天奶奶去看你,我托奶奶带给你一件礼物——一个大蜻蜓。希望你早日赶走病魔,尽快康复。这个大蜻蜓是在牧场的沼泽地里捉到的,请哥哥把它从木盒子里放出来,让它在东京的上空飞翔。弟弟新吉写"。

蜻蜓在三个人的头上方盘旋了两三回,随即便从站长室的窗口飞了出去,然后笔直地飞向高高的蓝天。

缩写后的儿童故事:

奇怪的包裹[日本]

山麓下有个小镇,小镇的边上有个车站。

一个夏天的午后,这个车站发生了这么一件事。

火车从车站开出以后,年轻的值班员在候车室打扫卫生的时候,发现了一个座位底下,有一个漂亮的深绿色的包裹。他想一定是刚才上车的哪位旅客忘了带走的包裹!值班员捡起了这只包裹。包裹布有点发旧,里面好像包着一个四方形的盒子。大概是木板盒子吧,显得不怎么重。令人感到十分奇怪。

这个包裹里装着什么呢?年轻的值班员把耳朵贴在包裹上,并轻轻地晃了晃,但是什么声音也没有。要是装着饭盒的话又显得太轻了一点,大概是点心盒吧,要不里面装的是水果。不,也许里面装的是陶

222

器。年轻的值班员不断猜想着：说不定里面装的是一件十分珍贵的宝物。

于是，年轻的值班员拿起包裹径直向站长室走去。

站长戴着一副眼镜，目不转睛地打量着这只包裹。苦思冥想，到底是谁丢的盒子，盒子里装的什么呢？

这时，年轻的值班员从包裹的一个线缝处抽出一张纸条。上面还写着这样的话呢！"马上打开这个包裹！""不要在屋外打开！"这究竟是怎么一回事呢？说不准这里面会有什么危险的物品。

他们叫来了站上的警察。把刚才的事情向警察汇报了。

警察说："这件行李好奇怪呀，上面有行李标签，可标签上却没有写姓名和地址。是炸弹的话那就危险了，但从重量来看不太像炸弹。行李标签上写着'马上打开这个包裹'，那么咱们三个人一起打开看看吧！"

警察接着说："我以为这里面装的是小动物！要是动物的话，又是什么样的动物呢？是松鼠、小鸟、青蛙、鼹鼠，还是小兔呢？不，要是小兔的话这个箱子又小了点。"

究竟是什么东西呢？三个人猜来猜去。

警察解开包裹上系得紧紧的结头。小木盒露了出来，盒子盖上钉着小钉子。警察开始开木盒了，他很小心地、慢慢地撬着小木盒的盖子。

木盒打开了。

"啊！"三个人同时尖声惊叫了起来。

小木盒里发出一阵轻微的沙沙声，这声音就像人们走路时踩着干枯的树叶时所发出的声音。

就在这一瞬间，一个浅褐色的昆虫在三人的眼前掠过。

"啊，一个大蜻蜓！"

木盒里飞出一个大蜻蜓。小木盒的底部垫着一些草，草下面还有一封信。

信上这样写着:"哥哥:今天奶奶去看你,我托奶奶带给你一件礼物——一个大蜻蜓。希望你早日赶走病魔,尽快康复。这个大蜻蜓是在牧场的沼泽地里捉到的,请哥哥把它从木盒子里放出来,让它在东京的上空飞翔。弟弟新吉写"。

大蜻蜓在三个人的头上方飞了几圈,随即便从站长室的窗口飞了出去,然后笔直地飞向高高的蓝天。

第六节　儿童故事的创作

由于儿童故事面向儿童,作品必须符合儿童的年龄、心理、生理特征。儿童故事与一般故事在具有共性的同时,也必须具备自己所独有的一些艺术特征。因此,儿童故事创作在题材、主题、人物、结构、语言等方面都有着自己特殊的要求。

一、注意观察,选好角度,提炼有意义的主题

儿童出生后,他们面临的环境是非常丰富多彩的,儿童故事的创作者们在创作之前必须深入观察儿童的生活,熟悉儿童的生活,并选择那些他们借助生活经验所能理解的、感兴趣的题材,提炼出有意义的主题,这样写出来的作品才能使他们感到亲切,引起共鸣,受到感染。换句话说,创作儿童故事选材的角度一定要从小读者能理解和接受的能力出发,以孩子日常生活中所接触的事物作为基础,利用他们比较熟悉的例子来做巧妙的联想,达到寓教于乐的目的。

儿童故事直接取材于儿童生活,真实地反映他们的思想、兴趣、举动是故事创作时必须通盘考虑的前提条件。创作者必须站在儿童的位置上,用儿童特有的好奇的眼光去观察世界,用儿童特有的心灵去感受世界,选取他们丰富多彩的生活素材,加以艺术构思。

儿童故事力求多角度展现儿童生活,表现儿童的优点、缺点、生活趣事、奇思异想,还可从儿童的角度写儿童的自我教育;或对成人的缺点提出善意的

批评。

所以要求创作者要注意观察儿童的生活,没有对儿童的了解就谈不上创作。要注意观察"人",哪个孩子最精,最怪,哪个孩子真顽皮,真老实,真有点子,真"呆",真"傻",真"好笑";注意观察"事",气人的事,烦人的事,兴奋的事,激动的事,难忘的事,突发的事,奇怪的事,在此基础上选好创作的角度,在儿童的点滴小事与细节中,提炼有意义的主题。

儿童故事的主题要求单纯、浅显、鲜明,能引导儿童树立正确的道德观念。例如《骄傲的小花猫》写的是一个小朋友画了一只漂亮的小花猫,由于它骄傲地到处炫耀自己,结果颜色、线条都离开了它,最后它在世界上消失了,只剩下一张白纸。故事的作者从一个很好的角度去选材,并将孩子们都很熟悉的纸、颜色、线条有机地结合在一起,使读者们既能接受故事的内容,又能理解其中的寓意。

主题的提炼要写别人没有写过的、生活中新的闪光点,如陆弘的《谁要我帮忙》,从最新的幼儿教育理念出发,改变家长"孩子帮忙只会越帮越忙"的老观念;变换写作角度,以新角度写旧题材,但要从旧题材中挖掘新的价值,如黄继先的《小昕昕》则选取了学习英语这样一个全新的角度,在充满情趣的语言中展示了新内容。

在创作中,要避免用主题的框子来裁剪材料。要告诉人什么道理,不能直接说出来,让道理在情节中自然而然显示。《王老师的眼镜》表达的师生情,并不直接说老师怎么爱护学生,学生怎么爱老师,而是通过踩坏眼镜,送眼镜,让儿童自己领会故事的教育意义。脱离生活的故事对孩子来说味同嚼蜡,不喜欢读、不喜欢看,何谈教育的目的。所以幼儿故事的创作尤其要防止"主题先行"的写作陋习。

特别值得一提的是,近年出版的优秀儿童文学作家的儿童故事丛书在主题的选择上体现了时代与人文的特点。如祁智的《城市的麻雀》中,作者充分地考虑到了儿童读者的认知能力和认知特点,整篇故事相当通俗简洁,故事主题是"分享",写一个孩子看见了两只小麻雀的故事。他是可以独自地欢喜、独自地快乐的,可是他想到了要把这欢喜和快乐送给他的同学。故事告诉人们:每一个人都会因为分享而拥有友谊、拥有亲近！这篇故事在强调分享快乐的同时，也表达了人与动物和平共处的美好理想。

二、抓住人物，塑造鲜明的形象

儿童故事从听的角度出发，人物不宜写得过多，一股情况下是一两个主要人物贯穿故事的始终，对主要人物的思想性格的描写也不要面面俱到，而只就其思想性格的某一方面，着力集中描绘，往往通过一件事情来刻画主要人物的思想性格的一个侧面，使其鲜明突出。这就充分考虑到读者对象的特殊性，强调故事的鲜明性和单纯性。因为在孩子们看来，凡是生活中的一切事物（包括人），真的必然是善的，善的必然是美的；与之相反，假的必然是恶的，恶的必然是丑的。且无论是外形的美与丑或是内在的美与丑，它们都应是一致的。从这点出发，儿童故事里所歌颂的正面人物，就是外在美与内在美的结合，而所揭露的反面人物，也就出现了外在丑与内在丑的一致性。这种观念甚至影响和支配着儿童故事中人物的命运和故事的结局，即所谓的"善有善报，恶有恶报"，"大团圆"是儿童故事最普遍采用的结尾。因此，儿童故事在塑造人物时，不仅爱憎分明，是非清楚，而且美丑的关系也是单纯的。如《狼外婆》、《两兄弟分家》等。

由于儿童的心理不够成熟，对外界事物的认识不像成人具有深刻性、全面性，对事物的看法只在乎表面，偏于直观。所以儿童故事在人物形象的塑造上十分强调儿童的年龄特点，强调形象的鲜明性，不像成人文学那样强调形象的典型性。

儿童故事中的人物形象包括成人形象和儿童形象，如历史故事中常有成人形象，但总体以儿童形象为主。人物形象的塑造，不是靠静止的描述来完成的，也不是通过冗长的心理刻画来展现；而是通过生动有趣、曲折童真的情节，细致逼真的描写和绘声绘色的语言来塑造的。为了适应儿童的阅读和欣赏习惯，在各种各样的人物形象塑造中，都应该具有鲜明的个性。儿童故事中的人物一出场，性格就十分鲜明，如孩子顽皮、好奇、天真、勇敢等；且性格基本不再有变化，他只具有单一性，不像成人文学那样人物性格具有典型性与多重性。儿童形象的性格体现是以很多孩子的共性为主，很少出现个性的东西。这样的形象被称为"类型化人物形象",类型化人物形象与典型人物的区别在于:典型人物是"圆形"的,是独一无二的"这一个",凸显的是个性;而类型人物是"扁形"的,是"这一类",显现的是共性,只有这类形象儿童才比较容易接受。

例如:郑春华的儿童生活故事是以塑造鲜明的人物形象和刻画儿童心理而取胜的,她的儿童生活故事更具有儿童化的特点,形象、生动、有趣、富有感染力。郑春华的"卷毛头"系列故事丛书中,"卷毛头"是一个幼儿形象,一个淘气的、任性的、大胆的、异想天开的女孩子形象。

三、巧设结构,把情节写得引人入胜

结构是文学作品内容的组织、安排和构造,儿童故事创作结构有以下两点要求。

第一是条理清楚。要做到条理清楚,首先应尽量采用顺叙的方法,避免插叙、倒叙和补叙。其次,采用线性结构方法。在简短的儿童故事中,线性结构方法体现为故事沿着一条线索发展到底,不要过多的分支。在长篇儿童故事中,可以是一条线索完了之后再接另一条线索。采用这种一线穿珠结构,往往是以一个个相对独立的小故事串联而成,一个小故事一条小主线,但自始至终都有一条主线贯穿。如郑春华的《大头儿子和小头爸爸》。

第二是构思巧妙。注意结构的生动性(或具有吸引力和感染力)。精巧的构思会令故事的可读性增强,而且常常会形成出人意料的阅读效果。可以从以下几个方面着手体现结构的巧妙。

(一)设置悬念,形成波澜

儿童故事的情节简单并不等于平铺直叙,要注意将单纯与曲折结合起来——注意波澜的引发、矛盾的激荡、趣味的穿插等,使情节单纯有味。

悬念,即在情节发展的开头或发展过程中,设置一个个"谜团"或矛盾冲突,引起读者急切了解情节发展和揭开谜底的愿望。儿童的好奇心很强,平铺直叙不符合他们的心理特点,而悬念的出现,会立即吸引他们的注意,急切地顺着情节发展追踪下去。

如《张老师的脸肿了》，开篇就设置悬念张老师的脸肿了，为什么肿了？是给人打了一巴掌？不会的。是给刺毛虫刺了一下？那更不会了。小朋友坐在一起，想呀想，猜呀猜，得出一个结论：是"达达"把张老师的脸气肿的。接下来故事围绕着"达达"认错补过的情节展开。可是张老师的脸为什么还是肿的，最后揭开谜底——原来张老师牙痛导致脸肿了。

故事中灵活运用悬念十分重要。悬念就是挂念，它是孩子听故事时持有的一种对故事发展和人物命运关切的心态反映。

不过，悬念设置频率、深度要因孩子而异，不能因设悬念而让孩子听故事的兴趣受损。一般情况下，讲故事过程中设置的悬念，随着故事的推进，都要揭破，不能悬而无破。

（二）运用对比转折

例如如《谁勇敢》，对两个孩子捅马蜂窝前后的表现作对比——小松敢捅马蜂窝，小勇不敢捅马蜂窝，还劝大家不要捅马蜂窝；小松捅了马蜂窝后，捂住头跑了；而小勇在小弟弟摔倒眼看就要被马蜂蜇的紧要关头，挺身而出救了小弟弟。故事中对比转折的运用，增强了故事性，也突出了真正勇敢的含义。

奥谢耶娃的《三个小伙伴》，小魏佳的点心不见了，郭良问他："你怎么不吃呢？"问完便大口吃着自己的一份；米沙对他说："往后得放在书包里，"也大口吃着自己的一份；沃罗佳却什么也没有说，把手中的面包分成两半，拉着魏佳说："你拿着吃吧。"作者对这三个小伙伴的言行不作任何评语，小读者却在这鲜明的对比中，明白了什么才是真正的友情。

（三）写生活中的细节

细节是故事的重要组成部分，尤其是情节较简单、篇幅较短的幼儿故事，更要善于捕捉细节。幼儿故事往往是撷取生活中富于生气的一个片段、一个场景，演绎成一个活泼动人的故事。因此，细节在儿童故事中尤为重要。写活细节，会使整个故事顿然生动起来、鲜活起来。

四、语言流畅、通俗、口语化

故事的创作尽管是将思想变为文字的过程，但故事的流传却不仅仅依赖于阅读。历史上的许多故事佳作,都是人民群众以口头相授的形式保留下来,并在广泛流传中不断地丰富、完整、成熟的。可以说,故事这种文学样式,在它发生发展的初期就已形成的口头文学的特征,随着时代的发展,科技的进步,不但没有削弱,反而日益增强了。

故事的这一特性,就决定了故事的语言要尽量流畅、顺口、通俗化。无论是在叙述、描写、对话、抒情,或是以讲故事人的身份加以解说时,都力求口语化,如鲜明生动的口头语、形象化的词汇、富有"音响"和"动感"的词句。做到用纯洁、健康、规范的语言,完美、准确地表现主题。

儿童故事是提供给孩子们听读的,故事一般是由家长和老师讲出来的,然后孩子才模仿着讲,或者孩子自己看自己读。所以语言要流畅、通俗、浅显、注意口语化;晦涩的、过于书面的词语与句式,不适合给孩子。因此,儿童故事语言形象的要求比成人文学更具体、直观,更富有现场感和立体感。它要求造句平易,句子短小;力避艰深词语和不常用的字;多用名词、具体动词、代词、具象化形容词,摹声词、语气词、叠音词;少用连词,抽象词,成语、文言词语;多用修辞手法,如比喻、拟人、摹状、夸张等,它们使句法变得单纯而又不呆板,语汇丰富多彩而又不堆砌,具有儿童化的表现力。

五、创编儿童生活故事的几种方法

(一)以儿童家庭或幼儿园生活为创作底本,加工故事

很大一部分儿童故事,实际是儿童在家庭或幼儿园生活的真实写照。只要细心观察,就会发现在多姿多彩的儿童世界里,有一些日常小事本身就具有很强的故事性。如孩子之间的聊天、游戏、孩子的心理活动等。这些小故事基本成型,稍加提炼就是一篇儿童生活故事。当然,如果全部照搬生活,故事就失去了作为文学作品的特性。因此,要按照儿童生活故事在题材、主题、情节、结构、语言方面的要求进行加工,创作出适合儿童听赏的故事。例如俄罗斯故事《梯级》,孩子每天都会和楼梯接触,孩子数台阶也是生活最常见的现象,甚至有些家长让孩子接触数字,就是从数台阶开始。抓住这样的生活中常见的片断,就

能形成一个个喜闻乐见的故事。

（二）抓住生活细节，引起想象、联想，演绎故事

细节是故事的重要组成部分，尤其是情节较简单、篇幅较短的儿童故事，更要善于捕捉细节。生活是由一个个的细节、片断构成的。所谓的生活细节，它可以是孩子的一个细小变化，也可以是一个特殊的举动。这样的"一点"在生活中比比皆是，稍加留意，就能捕捉到，通过联想和想象，或许就能构思出一则动人的儿童生活故事。如《孵小鸡》中敲碎鸡蛋找小鸡的细节，冰箱里取鸡蛋孵小鸡的细节，找小胖抱花母鸡孵小鸡、人工孵小鸡、女孩才能孵小鸡的细节，把鸡蛋圈在怀里"人工"孵小鸡的细节等都妙不可言趣味横生，既刻画了人物，又强化了阅读兴趣。

（三）积累素材，观察儿童，创作故事

文学创作需要长时间的积累，毕竟生活中现成的东西不是很多，第一手材料是极可贵的写作素材，积累得越多，创作的底蕴越厚，成功的可能性越大。尤其成年人创作儿童的作品，自身就存在着年龄的和心理的差距，所以要想创作出好的儿童故事，就必须"蹲下来"，和儿童进行心理位置的互换，用儿童的眼睛来看，用儿童的耳朵来听，用儿童的心灵来感应儿童。同时搜寻记忆的仓库，调动各种积累，将各种材料巧妙结合，创作出符合孩子听赏的故事。

儿童故事的创作，既靠对生活的观察、积累以及感受、省悟，也得益于一些"灵感"。所以一旦有好的构思和灵感，一定要把握住，及时成文，即使不太成熟也没关系。但好的作品并不是一次就能够成型的，需要经过一次又一次的修改和加工。尤其是儿童作品，常常需要从成人和儿童两个角度审视修改，反复打磨。文章不厌百回改，只有千锤百炼，才能锤炼出好的作品。

阅读赏析

1. 张老师的脸肿了（生活故事）

⊙　朱庆坪

真怪，张老师左边的脸今天突然肿了起来。是给人打了一巴掌吗？不会

的。是给刺毛虫刺了一下吗？那更不会了。小朋友们坐在一起，想呀想，猜呀猜。春春说："我知道了，一定是达达昨天上课拉小娟的辫子，老师生气了，脸才肿的！"

小朋友们都说："对！对！是达达不听话，老师的脸才气肿的！"

达达的脸腾地一下子就红了，他眼睛瞪得大大的："我……我不知道老师的脸会肿起来的呀！"说着，眼泪都快滚下来了。新新连忙说："达达，别哭，这不要紧的，只要你以后不欺负小娟，张老师不生气，脸就不肿啦！"达达使劲点了点头。

上课了，张老师走进来，脸还肿着。达达把手放在背后，认认真真地听着老师讲课，小娟的小辫子就在前后晃来晃去，达达一动也不去动它。可是，一直到下课铃响了，张老师的脸还是肿着。达达连忙跑到张老师面前，说："张老师，我今天没拉小娟的辫子！"张老师笑笑，摸摸达达的脑袋，就走了。

第二天早上，春春对达达说："达达，张老师的脸还肿着，她还在生你的气呢！"达达一听，可急坏了，他噔噔噔跑到小娟面前，把自己心爱的小象卷笔刀往小娟手里一塞，说："送给你。"他又跑到办公室里，对张老师说："张老师，张老师，我把小象卷刀送给小娟啦！"张老师又是笑了笑，没说话。达达急得结结巴巴地说："张老师，你……你别生我的气……"

张老师愣住了："我生你什么气呀？"

达达说："前天，我拉了小娟的小辫子，您的脸就气肿了。"

张老师一听，格格地笑了起来："老师早就不生你的气啦，老师的脸肿，是因为牙齿疼呀！达达对老师这么好，老师的病一定好得更快啦！"

达达乐得转身就向教室跑去，大声嚷着："张老师的脸不是我气肿的，不是的……"

【作者简介】 朱庆坪，儿童文学作家。1939 年 6 月生，祖籍浙江义乌，60年代毕业于复旦大学中文系，曾任《新民晚报》记者及少年儿童出版社编辑、编审等，80 年代开始从事婴幼儿文学的创作活动，因患眼疾提前退休，仍坚持幼儿文学创作。著有《达达和小怪怪》、《佳佳的故事》、《小狗和小猫》等数百种婴幼儿故事及儿歌，并多次获得国家及地方各种奖项。

【作品赏析】 表现师生之爱的作品很多,如:为老师端上一杯清茶呀,偷偷给老师做个椅垫呀,等等。但总感觉太直太露,也较平淡。而朱庆坪的作品《张老师的脸肿了》却不落窠臼,有新鲜的创意。

你看,幼儿园的小朋友们在一起议论着一件事:"张老师左边的脸今天突然肿了起来"。什么原因呢?孩子们心疼地追究责任,最后,认定是因为昨天达达不听话,张老师的脸才气肿了。这种猜测是只有认知水平较低的幼儿才可能有的,而达达也同样相信这个猜测。于是,达达暗下决心改正了缺点,可老师的脸还是肿着。直到真相大白后,达达才如释重负。在普普通通的素材(老师生病)面前,作者运用巧妙的构思,将它设计成了一件精美的艺术品。孩子们那一副副稚气的神态,一双双焦急的眼睛,以及达达极力克制自己,努力好好表现的举动,都活脱脱表现出孩子对老师那一份挚爱之情。这情像火,温暖着读者的心,这情像星,发出耀眼的光。读了这个故事,哪一个人不为孩子们那善良的童心、挚纯的真爱而深深感动呢?

作者善于抓住细节,在个性化的语言和行动中,生动而又逼真地刻画了"达达"这个人物形象。一听老师的脸是因为自己不听话才气肿的,"达达的脸腾地一下子就红了","眼睛瞪得大大的","眼泪都快滚下来了"。那种又急又气的神情跃然纸上。达达要改正错误,"小娟的小辫子就在前后晃来晃去,达达一动也不去动它。"可以想见,昨天达达拉小娟的辫子,纯粹是出于童心的好动觉得好玩有趣,不是要欺侮小朋友,现在达达在多么努力地克制自己呀。为了不再让老师生气,达达把自己心爱的卷笔刀都送给小娟了,还急着跑去告诉老师,希望她知道达达已经改正错误了。可老师的脸还肿着!达达急得说话都结结巴巴的了。这些语言行动是只有幼儿才独具的心理活动的外在表现,也只有用心观察幼儿的作者才有可能把握到。

作者很会讲故事。文章一开头就像一群小朋友在争论一样:"真怪,…。是…?不会的。是…?那更不会了。"制造了悬念,紧紧地抓住了小听众们的心,去猜测老师脸肿的秘密。作者也没有急于解除悬念,相反,在整个过程里,悬念不断被加强,推进,直至最后老师说出脸肿的真正原因。一张一弛之中,爱的真谛已深深铭刻在每一个小听众的心中。

232

2. 谁勇敢(生活故事)

⊙　杨福庆

枣树上有个马蜂窝。

小松指着马蜂窝说:"谁敢把它捅下来,就算谁勇敢!"

他问小勇:"你敢吗?"

小勇摇摇头:"别捅,马蜂蜇人可疼啦!"

小松指着小勇的鼻子说,"得啦,胆小鬼! 瞧我的。"

小松找来一根长竹竿,使劲一捅。"啪!"马蜂窝掉下来,马蜂一下子炸了窝!

小松丢下竹竿,捂着脑瓜就逃。大家也吓得跑开了。刚刚年纪小,跑得最慢,眼看马蜂扑过来,他"哇"的一声吓哭了。

小勇回头一看,急忙跑回去,把刚刚拉到身后,抡起手中的小褂,拼命抽马蜂。

马蜂赶跑了。小勇让马蜂蜇了一下,半边脸肿起老高,疼得他直掉眼泪。

小勇哭了,可是大家都说他勇敢。小松敢捅马蜂窝,谁也没说他勇敢。

【作者简介】 杨福庆,1942 年生,北京市人。1966 年肄业于电大中文系,1959 年参加工作,历任北京朝阳区少年宫辅导员,朝阳区文化馆文学组组长,中国少年儿童出版社文学室副主任,副编审。1986 年加入中国作家协会。1974 年开始发表作品,已结集出版的有短篇小说集《鸡心枣》(1984),低幼儿童故事集《我像谁》(1984)等。

【作品赏析】 在日常生活中,有许多被小朋友认为是勇敢的事,如打针不怕痛,摔伤了不哭,敢去追赶老鼠……但如果把这些事平铺直叙出来,往往会显得很一般化。《谁勇敢》就不一样。它写的虽然也是关于小朋友勇敢的事,本身也没有什么惊人之处,但它塑造了两个鲜明生动的孩子形象,具有较强的艺术魅力,其中的奥妙在哪里呢?

巧妙的构思,是其成功的重要原因。作品对小松和小勇两个人的描写,可谓双管齐下,互为逆转:小松自认为勇敢,可最后却临阵逃脱;小勇被认为胆小,最后却奋不顾身,为保护小伙伴,敢于同马蜂搏斗,体现了诚实、友爱和真勇敢的品质。这里分别用先扬后抑或先抑后扬的手法,造成了强烈的艺术反差,颇能引发小读者欣赏的兴趣。很明显,这篇作品的重心是写人的。为了探究人物的内心世界,作品刻意把人物推向矛盾冲突的焦点,故意让人物处于异常的境遇中,以考验他的思想感情。因为在正常的生活情境中,人物的思想感情往往隐藏在心灵深处,没有机会来集中表现,甚至连人物自己也无意或无法想象自己的真相,小朋友尤其是这样。如小松事先并不清楚自己是胆小的人,小勇也不一定能预料自己是如此勇敢。当小松捅了马蜂窝,正常的情境变成了异常,当事人在毫无思想准备的情况下,都要接受异常情境的考验,其内心深处,都要作出不同的调整,使假象揭开。而原先潜在的、深层的思想感情却以公开的形式表现出来。在这种时候,当事人可有多种调整选择,欣赏者也可有多种期待的心理。悬念也就由此产生。有趣的是,小松和小勇各自向着原先相反的方向调整,这是读者所始料不及的。调整的差距越大,喜剧气氛就越浓,人物形象就越动人。而且,他们在作出调整时,无法从容思考,而是在临危的瞬间必须迅速作出抉择。愈是危急和迅速,愈需从内心深处,甚至从下意识里作出调整,就愈见真情而非假意,人物形象就愈真实可信。

在表现上,整篇作品采用了对比的方法:一、小松和小勇的对比;二、小松和小勇在捅马蜂窝前后自身的对比;三、小松和小勇各自语言和行动的对比。这种种对比都围绕着一个中心,即真勇敢和假勇敢的对比。作品通过对比自然而有力地告诉小朋友真假勇敢的区别:光说大话,顽皮逞能不是真勇敢,舍己救人,迎难而上才是真勇敢。这种差异鲜明的对比,对幼儿理解把握人物和主题,都是很有帮助的。

3. 瓜瓜吃瓜(生活故事)

⊙　马光复

有个小朋友,他的名字可怪了,他叫瓜瓜,就是西瓜的那个瓜。他干吗叫瓜瓜呀?原来他生下来的时候,胖墩墩,圆滚滚,就像个西瓜。他爸爸正想着给他起个名字呢,他妈妈说"甭伤脑筋了,就叫他'瓜瓜'吧!"

　　瓜瓜可爱吃西瓜啦，他一下能吃几大块。吃完了，把小背心往上一拉，挺着圆鼓鼓的肚子，用手一拍，嘭嘭嘭的响，说："西瓜在这儿呢！"

　　有一天，天热极了，瓜瓜又闹着要吃西瓜。妈妈拿出一个小西瓜来，对瓜瓜说："就剩这个小的了，先吃着吧。一会儿，外婆要来，说不定就会给你带个大西瓜哩！"

　　妈妈切开西瓜，上班去了。瓜瓜斜眼瞧了瞧那西瓜。翘起了嘴巴，心想：哼，这也叫西瓜？可他怪口渴的，又想：瓜小，说不定挺甜哩！就拿起一块，咬了一口。唉，一点儿也不甜。

　　他吃完一块，心里生着气，一甩手，把西瓜皮从窗口扔了出去，摔在胡同里的路上了。

　　剩下的几块，瓜瓜气呼呼的咬上了几口，也一块接一块地往窗外面扔。他想：要是外婆真的带个大西瓜来，又大又甜的，那该多好啊！他就趴在窗台上，一个劲儿地往胡同东口望着，外婆每次上他家，都是从东口来的。

　　呦！来了个人，慢慢地走近了，是一位老奶奶，没错儿，是外婆来了。真的，还抱着一个大西瓜呢！

　　瓜瓜大声嚷嚷："外婆我来接你——"就连蹦带跳，跑下楼去。

　　外婆听见了，心里一高兴，加快了脚步。走到垃圾箱旁边，不小心，一脚踩到西瓜皮上，滑了一跤，手里抱的大西瓜，啪嗒一下，摔了个粉碎。

　　外婆一边爬起来，一边说："哎哟，谁把西瓜皮扔了这一地！"

　　瓜瓜出了门看见外婆坐在地上，连忙跑去把她搀起来，一边气呼呼地抬起脚，往西瓜皮上踩："该死的西瓜皮，哪个坏蛋扔的。"

　　咦，西瓜怎么这么小——坏了，可不就是他自己扔的吗？瓜瓜偷偷看了外婆一眼，吐了吐舌头，悄悄地把西瓜皮一块一块拾起来，丢到路旁垃圾箱里去。

　　瓜瓜再看外婆带来的大西瓜，瓤儿红红的，一定很甜，可惜全碎了，粘上了泥。他只好咽着口水，拿起碎瓜块往垃圾箱里扔。

　　外婆不知道西瓜皮是瓜瓜扔的，只看见瓜瓜把西瓜皮扔到垃圾箱里去，就说："真乖，真乖，都像咱瓜瓜这样懂事就好了。"

　　小朋友，你们猜猜，瓜瓜听了外婆的话，心里是怎么想的呀？

【作者简介】 马光复,山东人,毕业于南开大学中文系。现任北京市文联理事,北京作家协会儿童文学创作委员会副主任。1952年开始发表文学作品。著有多部文学作品,以及低幼文学《金花学话》《瓜瓜吃瓜》《太空娃娃嘎嘎龙》等。

【作品赏析】 作者善于观察生活,撷取幼儿日常行为中比较典型的行为加以构思,借助瓜瓜乱扔瓜皮摔坏奶奶的事件,让孩子自觉意识到不好的行为习惯会给别人带来伤害,用自己教训自己的方式代替了成人式的说教,教育效果不言而喻。孩子听完故事,很自然明白其中的道理。

4. 三个伙伴(生活故事)

⊙ 〔俄罗斯〕奥谢耶娃

魏佳把点心丢了。上午休息的时候,小朋友们都去吃早点了,只有魏佳站在一旁。

郭良问她:"你怎么不吃呢?"

"我把点心丢了……"

"真糟糕!"郭良一边吃一大块白面包,一边说:"到吃午饭还有好长时间呢!"

米沙问:"你把点心丢在哪儿了?"

"我不知道。"魏佳小声地说,把脸转了过去。

米沙说:"你大概放在口袋里,不小心丢的。往后得放在书包里。"

可是沃罗佳什么也没有问,他走到魏佳跟前,把一块抹着奶油的面包掰成两半,拉着这个伙伴说:"你拿着吃吧!"

【作者简介】 奥谢耶娃(1902—1969),俄罗斯儿童文学作家。出版《棕黄色的猫》、《蓝色的树叶》、《金卡》等多部儿童文学作品,1952年被授予国家文学奖。

【作品赏析】 本文叙写儿童校园生活的一件小事:一个同伴丢了点心,没有吃的,引来三个伙伴不同方式的关心。故事篇幅很短小,情节很单纯,内容很浅显,却能让幼儿思考:什么是真正的伙伴?怎样才是真正关心同伴?作品用对比方法结构故事,显现主题,非常成功。面对魏佳的尴尬,前两个伙伴只限于口头关心,不解决问题,沃罗佳分面包的行为最切合实际。两相比较,怎样做才对,幼儿一琢磨就会明白。此外,白描手法写人简洁生动,个性鲜明。作品用对话和行动推动情节,没有一点儿说教,没有一点儿多余的枝节,行文非常简洁。所用语言多为名词动词,几乎没用形容词,十分朴实,而且一两个词就活画出人物个性。如郭良边"吃"边"说",魏佳"转"脸,沃罗佳"走""掰""拉"等,都给幼儿留下鲜明印象。幼儿生活故事写到如此程度,可以说是炉火纯青。

5.六个娃娃七个坑(生活故事)

⊙ 〔捷克〕彼齐什卡

一个大热天,七个小男孩由符兰齐克领头,来到河边。他们在沙滩上修道、筑碉堡。玩厌了,就扑通扑通往河里一跳。

他们在河里游呀,叫呀,白花花的水沫溅成一片。符兰齐克看了看伙伴,一个个点起数来:"一、二、三……"

他点了几遍,都只数出六个来。他着慌地叫开了:"喂!有谁淹进水里了?我们来的时候有七个,可现在只有六个了!"。

孩子们慌起来,也都点开了数儿。"六个!只有六个!"他们一个跟着一个叫起来。

他们有的用树枝在河里捞;有的扎猛子到河里去摸,大叫大嚷,乱作一团。

符兰齐克在水里摸到个东西,就哇哇叫开了:"在这儿呢!我抓住他啦!"

"抓牢他,别松手!"大伙拼命叫着,向符兰齐克游去。这时符兰齐克从水里拖出一只破皮靴。

"唉,这可怎么办呢?"孩子们急得呜哇呜哇哭起来。

河边有个打鱼的老伯,他看见了孩子们的慌乱,听见了孩子们的惊叫,就对他们说:

"你们快上岸来,每个人在沙滩上坐个坑,再点个数儿。"

孩子们听了打鱼老伯的话,都到沙滩上坐了个坑。符兰齐克点了点坑:"七个!不多不少,七个!"这时孩子们都乐了,欢喜得又蹦又跳。就这样,六个孩子

237

一屁股坐出了七个坑。

【作者简介】 彼齐什卡,捷克著名女作家,本篇选自她的一部低幼小说。

【作品赏析】 这是一篇寓点数知识于故事情节中的幼儿故事。其最大特色是:情节曲折,巧妙悬念;结尾异峰突起,妙趣横生。故事标题就有悬念,文中符兰齐克点数、孩子们纷纷跟着点数,生发出一个悬念。眼看从河里摸到了,拖出的却只是破皮靴。这些悬念使情节跌宕起伏,不仅深深吸引着小读者,也表现出主人公关心同伴,具有强烈的责任心。最后,作品巧妙安排打鱼老伯出场,用孩子们坐坑再点数的方法,帮助他们解除了"骑驴找驴"造成的误会。这一笔不但饶有趣味,而且令人深思。

6. 没有牙齿的大老虎(动物故事)

⊙ 冰 子

在大森林里,谁都知道老虎的牙齿厉害。

小猴伸着舌头说:"嗬,比柱子还粗的树,大老虎只要用尖牙一啃就断,真怕人哪!"

"大老虎嚼起铁杆来,跟吃面条一样……"小兔说着,害怕得缩起了脑袋。

可小狐狸却说:"你们怕大老虎的牙齿,我就不怕! 我还要把他的牙齿全部拔掉呢!"

"吹牛! 吹牛!""没羞! 没羞!"小猴和小兔一个劲儿地笑小狐狸。

"不信,你们就瞧着吧!"小狐狸拍拍胸脯走了。

嗬,狐狸真的去找大老虎了,他带了一大包礼物:"啊,尊敬的大王,我给你带来了世界上最好吃的东西——糖。"

糖是什么? 老虎从来没尝过,他吃了一粒奶油糖,啊哈,好吃极了!

狐狸以后就常常给老虎送糖来。老虎吃了一粒又一粒,连睡觉的时候,糖还含在嘴里呢。这时,大老虎的好朋友狮子忙来劝他:"哎哟哟,糖吃得太多,又不刷牙,牙齿会被蛀虫蛀掉的。狐狸最狡猾,你可别上他的当呀。"

"嗯。"大老虎答应着,他正要刷牙,狐狸来了:"啊,你把牙齿上的糖全刷掉了,多可惜呀。"

"可听狮子说,糖吃多了会坏牙的。"

"唉唉,别人的牙怕糖,你大老虎的牙这么厉害,铁条都能咬断,还会怕糖!"

"对,对,狐狸说得对!"大老虎不刷牙了,"我要天天吃糖,我的牙不怕糖!"

啊哈,过了些时候,大老虎痛得哇哇叫。

他对马大夫说:"快,快把我的痛牙拔掉吧。"嗬,马大夫怎么敢拔大老虎嘴里的牙呢,吓得连门也不敢开。

老虎又去找牛大夫,牛大夫忙逃:"我……我……不拔你的牙……"

唉唉,老虎的脸肿起来了,痛得他直叫:"喔唷,喔唷,痛死啦!谁把我的牙拔掉我让他做大王!"

这时候,狐狸穿了白大衣来了,笑眯眯地说:"我来给你拔牙吧!"

"谢谢,谢谢。"老虎捂着嘴巴说。

狐狸一看老虎的嘴巴就叫了起来:"哎哟,哟,你的牙全得拔掉!"

"啊!"老虎歪着嘴,一边哼哼,一边说:"唉,只要不痛,拔……就拔吧……"

吭唷,吭唷,狐狸拔呀拔,拔了一颗又一颗……最后一颗牙,狐狸再也拔不动了。

嘿,有办法了,狐狸拿着一根线,一头拴住大老虎的牙,一头拴在大树上,然后他拿个鞭炮放在老虎耳朵边,一点火,呼——啪!"啊哟!"老虎吓得摔了个大跟头。最后一只牙齿也掉下来了!

哈哈,哈哈……这只没有了牙齿的大老虎成了瘪嘴老虎啦!他还用漏风的声音,对狐狸说:"还是你最好,又送我糖吃,又替我拔牙,谢谢,谢谢!"

【作者简介】 冰子,上海南汇人。1939 年生,医学硕士,外科主治医师。1962 年起从事业余儿童文学创作,主要作品有童话集《淡蓝色的小鸟》、《小蛋壳历险记》,科学童话集《河马拔牙》等,新作《孙悟空人体历险》获全国优秀"儿童文学园丁奖",《没有牙齿的大老虎》获 1983 年"儿童文学园丁奖",《骄傲的黑猫》等作品被介绍到多个国家。

【作品赏析】 冰子的这篇故事极受小读者欢迎,曾被改编成动画电影和动画读本,知名度很高。故事所蕴含的道理是很明显的:从浅处说是告诉孩子一些卫生常识,教他们好好保护牙齿;深处挖掘,还寓有扬善抑恶、以机智战胜凶残的深意。故事之所以吸引读者,还在于它富有新意:其一,狐狸历来被当做狡猾的象征,在童话中充当反面角色,而在这里却成为智慧的化身、为民除害的英雄,这一反差,容易激起读者兴趣;其二,威武凶猛的大老虎,在本篇故事中成了一个被捉弄、受惩罚的丑角,关于它上当受骗过程的叙述充满了喜剧色彩,令人发笑,小读者可以获得心理上的满足;其三,故事避免了动物童话中常见的甲吃掉乙或乙吃掉甲的你死我活式结尾模式,只是让大老虎拔掉了牙齿,这也适应了幼儿的接受心理。作者的文笔活泼诙谐且简洁浅近,也是本文受到欢迎的原因之一。

7. 马车走在大路上(动物故事)

⊙ 黄衣青

叔叔送给小真一辆马拉三轮车,后面拖着一个车厢,车厢里有两个座位。

小真在马脖上拴了个铃铛,在自己的腰里别了一支小手枪,"得儿——吁——"他驾着车子出去旅行了。

小真一边踏着车子,一边喊:

"谁要坐马车,就请快快来! 快快来啊,快快来!"

车子走在大路上,铃儿叮当叮当响。

一只小麻雀在树枝上跳来跳去,小真对小麻雀说:"来吧,坐我的小马车!"

小麻雀嘟的一下飞进车厢,坐在座位上。

车子走在大路上,铃儿叮当叮当响。

一只小黄狗在路边汪汪叫。小真对小黄狗说:"来吧,来坐我的小马车!"

小黄狗呼的一下跳进车厢。

小真一边踏着车子,一边问小麻雀和小黄狗:"坐马车好玩吗?"咦,它们为什么不说话呀? 小真回头一看,小麻雀飞走了,小黄狗跑掉了。可不是,小黄狗追着小麻雀,想吃掉它呢。小真赶快拔出小手枪,朝着小黄狗砰的开了一枪,小黄狗吓得躲到草丛里去了。

车子走在大路上,铃儿叮当叮当响。

一只小青蛙吧嗒吧嗒跳过来。小真对它说:"来吧,来坐我的小马车!"

小青蛙跳了好几次，才跳进车厢，坐在座位上。

车子走在大路上，铃儿叮当叮当响。

一只小老鹰在头顶飞过来，飞过去。小真对它说："来吧，来坐我的小马车！"

小老鹰呼地扑下来，刚近小马车，小青蛙吓得一个跟头栽下车，三蹦两跳，逃到稻田里去了。小老鹰追过去，想抓小青蛙吃。小真生气了，拔出小手枪，对准小老鹰砰的开了一枪，小老鹰飞走了。

车子走在大路上，铃儿叮当叮当响。

一只小老鼠窜出来，瞅着小真吱吱吱叫。小真对它说："来吧，来坐我的小马车！"

小老鼠爬上小马车，坐在座位上。

车子走在大路上，铃儿叮当叮当响。

一只小花猫躺在一边睡懒觉。小真小声说："来吧，来坐我的小马车！"

小花猫跳上小马车，小老鼠吓得连滚带爬下了车，连忙往洞里逃，小花猫追上它了，小真看见了，拔出小手枪，向小花猫开了一枪，小花猫猛地一跳，跳到屋顶上去了。

车子走在大路上，铃儿叮当叮当响。

一只小鸭子，在小河里嘎嘎叫。小真对它说："来吧，来坐我的小马车！"

小鸭子上了岸，可上不了车。小真把它捧上车，让它坐在位子上。

车子走在大路上，铃儿叮当叮当响。

一只小狐狸，从山坡上奔下来，朝车厢里瞧呀瞧。小真对它说："来吧，来坐我的小马车！"

狐狸钻进车厢里，小鸭子吓得嘎嘎叫，拍着小翅膀。小真连忙拔出小手枪，朝小狐狸砰的开了一枪，小狐狸逃进树林里去了，小鸭子也不敢再坐马车了，小真让它回到小河里去了。

车子走在大路上，铃儿叮当叮当响。

一只小鸽子飞过来。小真对它说："来吧，来坐我的小马车！"

小鸽子飞进车厢里，坐了下来。

车子走在大路上，铃儿叮当叮当响。

一只熊猫，从竹林里跑出来。小真对它说："来吧，来坐我的小马车！"

熊猫和小鸽子，一起坐在座位上，它们不吵也不闹，不叫也不嚷。小鸽子咕咕咕的唱着歌，熊猫在一边拍巴掌。

小马车回家了，叮当叮当，叮当叮当。

小真跳下车，拿来一把菜叶子，一边摸着马头一边说："我的小马，你累了，你饿了。菜叶子嫩呢，吃吧，快吃吧！"

其实呀，小马车哪儿也没去，只在屋里兜来又兜去。上面说的，都是小真自己编出来的故事。

【作者简介】 黄衣青，原名黄懿青，现代儿童文学女作家。1914 年生，福建仙游人。1936 年毕业于上海大夏大学文学系。曾留学日本，为《儿童晨报》撰稿，历任桂林中山纪念小学、香山慈小幼儿师范教师，中华书局《小朋友》编辑，少年儿童出版社《小朋友》主编、编辑室主任，编审。1928 年开始发表作品。1979 年加入中国作家协会。创作以低幼文学为主。主要作品有：《小黄莺唱歌》、《动物杂技团》、《小公鸡学吹喇叭》、《狐狸的一家》等。其中，《小公鸡学吹喇叭》获全国第二次少年儿童文艺评奖二等奖。

【作品简析】《马车走在大路上》是一篇专为幼儿讲述动物知识的故事。我们知道，动物界因为食物链的关系而形成"天敌"。这篇故事就是借助小真马车上的对对乘客，来向幼儿简要介绍这方面知识的。

小黄狗追小麻雀，小老鹰抓小青蛙，花猫要逮老鼠，狐狸要吃小鸭。这是四对"天敌"，当然无法共乘一辆车了。而熊猫和鸽子因为不构成"天敌"关系，因而在一起"不吵也不闹，不叫也不嚷"，快快乐乐地坐马车。作者寓知识于故事中，使幼儿在听故事的同时，增长了知识。

故事较好地运用了反复的艺术手法来结构全篇。它以"车子走在大路上，铃儿叮当叮当响"为每一个情节的起点和间隔，有助于孩子理解内容，记忆情节，对小马车及小马车上一对对的乘客留下了深刻的印象。同时还善于抓住每一种动物的习性、特征，既介绍了知识又使故事显得真实可信。比如，小麻雀"在树枝上跳来跳去"，"嘟的一下飞进车"；小黄狗"汪汪叫"，"呼的一下跳进车厢";小青蛙"吧嗒吧嗒跳过来","跳了几次,才跳进车厢";老鹰"呼地扑下来";老鼠"窜出来";小花猫"睡懒觉";小鸭子"嘎嘎叫"……不同动物各具特色。

当然,一篇动物故事不能仅传授知识,更重要的是能够起到启迪思想、陶冶情操的作用。作品中小真用他的小手枪来帮助小麻雀、小青蛙这些弱小者不受欺侮,表现了小朋友爱护小动物的天性,也传达了保护弱小的思想。故事最后,小马车走了一路,终于回到家。小真是怎样做的呢?他"跳下车,拿来一把菜叶子,一边摸着马头一边说:'我的小马,你累了,你饿了。菜叶子嫩呢,吃吧,快吃吧。'"那发自童心的爱意便在这话语中体现出来,使小听众们深受感染,在

接受知识的同时也受到潜移默化的道德教育。全文的基调亲切明快,舒缓之中有起伏,极适合幼儿听。

目标检测

1.结合具体的例子,说一说儿童故事的特点是什么。

2.以你读过的儿童生活故事为例子,谈谈幼儿故事的作用。

3.结合你的创作实践,说一说儿童故事的创作应该注意哪些问题。

4.结合你的生活和学习经验,说说在儿童故事的创作中,除了上述三种方法外,还有没有其他的方法。

5.根据你身边的儿童生活素材,编写一个 200～500 字左右的儿童生活故事。

第六章　儿童散文

大致了解儿童散文的发展概况,懂得儿童散文的特点,知道儿童散文的种类,能写作儿童散文。

第一节　儿童散文概说

一、什么叫散文

散文作为一个文学门类,在我国文学发展史上一直占有重要的位置。散文有广义和狭义之分,广义的散文是相对韵文而言的,古代广义的散文是指除了诗词曲赋等韵文以外的文章。不过,古代没有"散文"这一个名称;"散文"这个名称是"五四"时期才有的。"五四"以后,散文是与诗歌、小说、戏剧并称的一种文学体裁。但现代意义上的散文内涵也颇为丰富,通讯报道、专访、回忆录、传记、科学小品、杂文随笔等都可称之为散文。散文可叙事,可写人,可状物,可抒情,可议论,或几者兼而有之;其题材广泛,可大至天文地理,小到吃喝拉撒,举凡人之所观,所闻,所感,皆可纳于散文之中。正如秦牧在《海阔天空的散文领域》中说,"不属于其他文学体裁,而又具有文学味道的一切篇幅短小的文章,都属于散文的范围"。

现代散文区别于小说、戏剧文学的一个重要特点,是它要求写真人真事,或在真人真事的基础上进行适当的加工。散文中的人物、事件,必须是生活中真实存在的,至少也应有相当根据。散文中的"我",常常是作者自己,与小说中的"我"有很大的不同。由于散文能真切、迅速地反映现实生活的真实事件和问题,直接表达作者的认识和情感,因而优秀的散文作品比起小说、戏剧等文学样式来,具有"轻骑兵"的作用。

散文不同于小说、戏剧的又一显著特点是反映现实生活,注重表现作者的生活感受,不要求完整的人物情节,具有选材、构思的灵活性和较强的抒情性。此外,由于散文能将叙事、抒情和议论的功能熔于一炉,并且自由灵活,可以有所侧重,所以,它的表现形式也比小说、戏剧文学更为多种多样,举凡杂感、短评、小品、随笔、速写、通讯、游记、书信、日记、回忆录,等等,都可以纳入散文范围之内。散文的形式也颇为灵活自由,变化多端。散文体裁风格灵活多样、不拘一格,既可以叙事,可以描写,也可以议论,可以抒情。但是,散文体裁与表现方法的灵活多样,不应理解为可以不假思索地信笔写去。散文贵"散"又忌散,是辩证的统一。应力求通过"形散神不散"的表现技巧,达到一定意境的创造。

简言之,散文是指以文字为创作、审美对象的文学艺术体裁。自由灵动是散文最主要的文体优势,所以散文特别强调个性化、强调个体情感的抒发。

二、什么叫儿童散文

儿童散文是指以记叙和抒情为主、传达儿童生活情趣及心灵感受,适合儿童阅读审美和欣赏的、提升儿童文学素养、语言能力的情文并茂的短小文章。

儿童散文使用优美生动、凝练鲜明的语言,叙事、写人、状物、写景的表现手法,抒发儿童天真稚拙、好奇好学、对美好事物的领悟和感受。

人生初始阶段的儿童,正是孩子语言发展的关键时期,他们对词汇的学习和积累有浓厚的兴趣,这个时期,也是思想意识和个性特征萌发的阶段,儿童散文以其广博的内容、优美的语言、情真意切的内容让小读者心驰神往。通过阅读和欣赏,文中广泛而丰富的生活写照,社会风貌、时代特征、山水风物、花草虫鸟感人的小故事、生活的片段的描绘,让孩子陶醉,天真的童趣可以帮助孩子们认识周围世界,增长知识,提高语言的表达能力。并且使情感受到美的熏陶,思想得到启迪。同时还要提升幼儿的文学素养,这是幼儿散文的一个重要的任务。

三、儿童散文的发展概况

我国是具有散文传统的国家,然而在漫长的封建社会里,没有真正意义上的儿童散文。直到五四新文化运动爆发,以童话、散文创作为代表的中国现代儿童文学堂而皇之登上了文学殿堂,适合儿童听赏的散文才初露端倪。由于儿童文学近两个世纪以来的长足进步和迅猛发展,儿童文学的各类文体均已日渐显示出其独立性,而且表现了分类日益精细的总趋向:儿歌与儿童诗已不再因其同为诗体文学而归为一类;故事与小说虽然有相当明显的共性,却不能合二为一;寓言和童话之间的区别也愈来愈明确。正因为如此,再将散文作为一个几乎可以包罗万象的大概念加以笼统而粗疏的研究,就显得远离创作实践而不合时宜了,于是便产生了题材广阔,形式活泼,构思巧妙,意境优美,语言清新明丽的儿童散文。

中国最早的儿童散文是冰心 1920 年写的《一只小鸟——偶记前天在庭树下看见的一件事》,刘半农 1920 年写的《雨》,郑振铎 1922 年写的《纸船》,陆衣言 1926 年写的《太阳出来了》。第一次明确写给小朋友看的散文是冰心的《寄小读者》系列通讯。1923 年,《晨报副刊》的编辑邀请即将出国的冰心,以旅行通讯的形式,专栏报导她的生活。冰心从 1923 年至 1926 年,共写了通讯 29 篇,连续发表在《晨报副刊》上,每篇都十分精彩。《寄小读者》开了儿童散文这一文体的先河,成为长诵不衰的佳作。虽然《寄小读者》的读者对象应是年龄稍大的儿童,但它们的表现手法却对幼儿散文有着重要影响。

在其后二十多年间,由于社会动荡、经济衰退,文化教育落后,幼儿散文很少见到。为儿童写过散文的作家有严文井、贺宜、陈伯吹、郭风等。新中国成立以后,由于多种原因,儿童散文发展仍然很缓慢。

到了 20 世纪 80 年代,伴随着改革开放,人民生活水平逐步提高,"优生优育"和学前教育受到社会、家庭前所未有的重视,儿童散文才得以真正崛起。在这个大背景下,儿童教育中语言教育和美育教育的需求,给了儿童散文一个很大的发展空间。儿童散文在美育中具有明显的优势:它比儿童诗更有情节,比童话更具有现实性,比幼儿故事更具有优美的意境和语言。加之,小学课本中的许多课文都是散文,儿童最初习作也是散文体,这些都使得幼儿散文的作用越来越受到重视。另外海外优秀精短散文的译介,使中国大陆的儿童文学作家深受启发:用灵活、自由的散文样式表现幼儿生活及其心灵感受,不是也能够带给幼儿欢愉和美感吗? 于是,区别于幼儿诗歌和幼儿故事的各种幼儿散文作品,便如雨后春笋般出现在全国儿童报刊上。在以后的 20 年间,幼儿散文发展非常迅速,不仅数量超过以往五六十年的总和,而且题材广泛,体式多样,表现手法和语言表达更多地顾及了儿童心理、儿童情趣以及欣赏水平。至今,全国陆续出版了一大批儿童散文专集,如《中国幼儿文学集成》中的《诗·散文编》(1991 年)、《中国新时期幼儿文学大系——散文卷》(1998 年)、《中国当代幼儿散文精品》(1997 年)、《中国幼儿文学作家散文丛书》(2000 年)。

80 年代伴随着改革开放的春风,儿童散文成长为儿童文学园地里独秀的一枝奇葩。于是儿童散文作家队伍愈加壮大,除老一辈的作家冰心、郭风、方轶群、黄衣青、张继楼以外,更多的作家加入了这一行列,如金波、望安、嵇鸿、胡木仁、吴然、夏辇生、葛翠琳、佟希仁、张秋生、郑春华等。另外,台湾作家林良、桂文雅、谢无商等,创作的儿童散文也很有影响。

儿童散文真正崛起的时间虽然不长,但它对儿童的情感和语言熏陶作用却越来越突出。我们知道,幼儿的思想意识和个性特征正处于萌芽阶段,他们喜欢观察和感受自认为是美的东西,对美好事物常常流露出欢喜、羡慕的心情。给他们多欣赏一些优美的散文,能陶冶他们的性情、气质和感情。因为,儿童散文以优美的语言感染儿童,以温馨、真诚的情感打动儿童。它带给儿童的欢愉和美感,可以调节儿童情绪,保持他们心理上的平衡与和谐,产生潜移默化的感染力量。例如,那花草虫鱼、山水风光的描绘,可以让儿童感受到大自然的优美壮丽;那同伴交往、亲子同乐的描述,可以让儿童体会到社会、家庭生活的温馨美好。

第二节　儿童散文的特点

散文的特点可以用"情文并茂"四个字概括。儿童散文亦然。儿童散文是散文，自然具有散文的一般特点。儿童散文是专为儿童创作的散文，当然也就具有适合儿童生理心理需求和知识水平需要的各种特征。它在内容选择、意境营造、语言表达等方面，与成人散文有很大区别，某些通常的散文理论和写法，如"形散神不散"、"旁征博引"等，对儿童散文就不一定适用。但由于儿童读者的心理特点，使得儿童散文有其自身的一些特点。它必须是儿童感兴趣的，必须富有童心。所谓"童心"，就是儿童的心理特征。"童心"不只是天真活泼而已，这里还包括有：强烈的正义感——因此儿童不能容忍原谅人们说谎作伪；深厚的同情心——因此儿童看到被压迫损害的人和物，都会发出不平的呼声，落下伤心的眼泪；以及他们对于比自己能力高、年纪大、经验多的人的羡慕和钦佩——因此他们崇拜名人英雄，模仿父母师长兄姐的言行。他们热爱生活，喜欢集体活动，喜爱一切美丽、新奇、活动的东西，也爱看灿烂的颜色，爱听谐美的声音。他们对于新生事物充满着好奇心，勇于尝试，不怕危险……可以说，富有童心是儿童散文的一个最基本的特征。下面分别从题材、意境、叙述方式、语言等方面进行论述。

一、内容广博，描写真切，贴近儿童生活

儿童散文的题材非常广阔，可以说天上人间、宏观微观无所不包，大及宇宙洪荒，小至虫鱼草木。如冰心所说，散文"有时'大题小做'，纳须弥于芥子，有时'小题大做'，从一粒砂米看一个世界，真是从心所欲，丰富多彩。贾平凹的散文里有月亮，高洪波的散文里有陀螺，吴润生的散文里有狗儿……"

题材虽然无所不包，选材的标准却是有的。即事言情，因物咏志，总要有所寄托。透过贾平凹的《月迹》，是和平环境中儿生活的幸福与情韵；高洪波的《陀螺》里讲述的是"人不可貌相，海水不可斗量"的深刻哲理；吴润生的《套狗》塑造

了在那过去了的遥远的岁月里的劫富济贫、为穷孩子报仇雪耻的英雄。所以幼儿散文总是带有易于为幼儿所接受的知识性、哲理性和思想性。

大文豪巴金有一篇儿童散文《鸟的天堂》这样写道：

"翠绿的颜色明亮地在我们的眼前闪耀，这美丽的南国的树到处都是鸟声，到处都是鸟影。大的，小的，花的，黑的，有的站在枝上叫，有的飞起来，有的在扑翅膀。"

这美丽的语言对美丽的景致的描写，怎能不激起人们对生命的热爱、对大自然的热爱。一位小学生说："这几句话使我感动，使我第一次感到树、鸟是和我们人一样有生命的，一样美好的，也使我懂得绿化祖国、爱护鸟类的意义。"看到这儿，谁还能不感受到优秀的幼儿散文的深刻的思想性呢！

儿童散文无论写什么，都要求内容真实，描写真切。因为儿童散文从幼儿的视角来叙事、写景、状物、抒情，反映的是幼儿的心理、兴趣、爱好和感情，表达的是幼儿对生活的认识和感受。故事能抓住儿童，靠的是故事性；儿歌吸引幼儿，靠的是音乐性。儿童散文受儿童欢迎，靠的就是真实内容、真切描写、真挚感情和真诚文字。

真实是所有散文的灵魂。著名散文作家李广田说："要写好，第一须先得真。"真实的核心内容是真情。儿童散文的作者一般都是成人，往往是生活中的人物、事物、景物触发了作者的情思，而诉诸文字感染读者。因此，生活中的人、景、物首先要打动作者自己，如冰心的《一只小鸟——偶记前天在庭院下看见的一件事》，是因为射杀生灵的悲剧感染了作者，她才写出这样打动小读者的作品；郭风的《牵牛花》，是因为牵牛花的可爱感染了作者，他写出的作品方能感染幼儿。只有从自己切身感受出发写成的散文，方能不落俗套，富于个性。又例如，《初次的拜访》里一群花的孩子和土蜂去小野菊家做客；《小松鼠，告诉我》中"我"对失去自由的小松鼠的同情和关爱；《花儿像谁》写幼儿园评好孩子活动，《布鲁塞尔铜像》描述的在撒尿的小于连……上述作品的内容，不管是一个生活场景，还是一个特写镜头，都是幼儿亲身经历或能够接受的，都是孩子们真实生活的艺术再现。即使是写景为主的抒情散文也不例外。例如胡木仁《圆圆的春天》：

小蜻蜓,尾巴尖,弯弯尾巴点点水……

小蜻蜓,做什么?

我给春天灌唱片!

青蛙唱"呱呱",雨点敲"叮咚",活泼可爱的鱼娃娃,跳起水上芭蕾舞……灌呀灌,灌好了;圆圆的池塘,圆圆的唱片,圆圆的春天。

作者抓住孩子们感兴趣的蜻蜓、青蛙、雨点、鱼娃娃,把它们的动态写得逼真鲜活,触手可及,使抽象的春天形象化为具体、孩子熟悉的圆形。这就拉近了物象与孩子的距离,贴近了幼儿的生活。显然,这是孩子眼中的春天景象,孩子心中的春天感受。作品虽不足百字,却真实具体,是幼儿观感的再现。

儿童喜欢听故事,有些作品在记叙人文景观或自然景观时,常常穿插有关的小故事。这些故事不但增强了作品吸引力,还丰富了作品内涵。如乐美勤的《布鲁塞尔的铜像》,作品在介绍铜像的位置、人物姿态和名字以后,就插入了于连机智撒尿救城市的小故事,既巧妙交代了铜像来历,又使作品充满儿童情趣。

此外,还有一种系列游记散文,作品逐一向孩子们介绍各地风光和游览趣事。作品中的"我"虽不一定是孩子,但由于从幼儿的角度去观察、去想象、去体会,因而和以孩子为主人公的游记散文一样,可以让小读者获得身临其境的感觉。如嵇鸿在《小朋友》上刊发的《猴子岛》、《武夷山》、《在小兴安岭》等。

二、感情真挚,意境优美,充满儿童想象

优秀的散文,都是出于自然,表达作者的真情实感。儿童散文注重有感而发,言之有物,注重含蓄和意境,强调自然环境或社会环境与深情深意的完美结合。"情动于中而形于言",生活中的人、事、景、物触发了作者的情思,或感叹、或沉思,从而诉诸文字。刘半农的《雨》则抒发了小主人公天真无邪的心灵的感触,表现了闪光的童心的美:

妈!我今天要睡了——要靠着我的妈早些睡了。听!后面草地上,更没有半点声音;是我的小朋友们,都靠着他们的妈早些去睡了。

听!后面草地上,更没有半点声音;只是墨也似的黑!怕啊!野狗野猫在远远地叫。可不要来啊!只是那叮叮咚咚的雨,为什么还在

那里叮叮咚咚地响?

妈!我要睡了!那不怕野狗野猫的雨,还在墨黑的草地上,叮叮咚咚地响。它为什么不回去呢?它为什么不靠着它的妈,早些睡呢?

妈!你为什么笑?你说它没有家么?——昨天不下雨的时候,草地上全是月光,它到哪里去了呢?你说它没有妈么?——不是你前天说,天上的黑云,便是它的妈么?

妈!我要睡了!你就关上了窗,不要让雨来打湿了我们的床。你就把我的小雨衣借给雨,不要让雨打湿了雨的衣裳。

意境是作者将思想感情化入语言的形象描写中所表现出来的一种情景交融、物我交融的艺术境界。儿童散文和散文一样都要讲意境;不同的是,儿童散文的意境要求优美而不追求深邃,内涵提倡简明而不要求深奥。幼儿散文的优美意境,是作者根据儿童心理特点和思想感情,通过细心观察和体验,在孩子熟悉的平凡生活中寻找蕴藏着的美的结果。表现幼儿散文优美意境的是具体可感的形象。这些形象往往活灵活现,逼真明确,充满儿童的想象。儿童正是通过这些形象,引发想象与联想,进人情景交融的艺术境界,获得美的享受的。例如望安的《夏天》:

夏天的雨是金色的。不信,你看:

场院里,脱粒机场洒着麦粒,千颗,万颗,连成金色的雨。

夏天的风是喷香的。不信,你闻:

村子里,家家户户磨了面,在蒸甜糕,飘出一阵阵香味。

夏天的路爱唱歌。不信,你听:

小路"吐吐吐",大路"嘀嘀嘀",拖拉机、大卡车,一辆接一辆,忙着
去卖粮。

场院脱麦粒,公路运粮食,家家蒸甜糕,这是夏田乡村常见的景象,也是农村孩子都亲身经历过的。这些场面被作者艺术化了。作者用虚实结合的手法,从山村孩子的视角,创造一种优美、简明、充满生机的意境。这个意境是通过场院,村子、小路三个镜头和场院洒的金雨、村里飘的香风、爱唱歌的小路三种富有特征意义的景色来表现的。充满山村孩子的想象,具有浓浓的山乡气息。整

个作品不但有眼中的实景,有由实到虚联想到的虚景,而且形象鲜明,具体可感,情调欢快,色味俱全。在三个画面交替更换之中,作品生动地描绘出孩子眼前中山村夏天生机勃勃的景象,并融进了他们对生活的观察和感受,传达出丰收的喜悦心情。

许多以散文诗形式出现的抒情散文,尤其注重创造意境。它们或是再现大自然的壮丽秀美,或是刻画儿童世界的绚丽多彩、天真烂漫,或是表现生活中的各种情趣诗意。好的幼儿散文诗,其意境之深邃优美、耐人寻味,绝不亚于优秀的成人诗歌。如郭风的作品《我听见小提琴的声音……》:

那小提琴拉得多么好啊,我静静地听着,听着。

一会听来,感到那琴声,好像是泉水从山谷里流到溪中来了。

有时听来,好像是给一位小姑娘唱的一首儿歌拉着一支伴奏曲。

一会听来,感到那琴声,好像是一阵细雨打在竹林里的声音传来了。

作品以诗一般的凝练语句创造出了一个月夜听"琴"——蟋蟀鸣叫声——的意境,具有一种引人遐想而又令人心旷神怡的艺术魅力。

三、有故事情节,童心跃动,童趣贯穿全篇

儿童散文,大多数是有故事情节的,这符合儿童的心理特点和散文的灵活性特点。爱听、爱看故事,是儿童的天性。带有故事性的描述,往往更能增强作品的趣味性,激发孩子们的阅读兴趣。儿童散文同成人散文一样,具有诗的意境,但在行文上更接近小说。儿童散文不必考虑小说情节的生动性,以及人物的典型性。在儿童散文中,一般只是对生活中一些天真烂漫的情趣作片断性描写,而不必交代故事的前因后果。任大霖的一篇幼儿散文《我的朋友容容》,选取小主人公容容的四段生活趣事,语言朴素自然,充满儿童情趣,一位天真、善良、富有同情心的三岁女孩活灵活现。作者对容容打猎的情景是这样描述的:

如果你能亲眼看看容容打猎的情景,你必定会很感动,而且不得不承认她是一位极其勇悍的猎人。当她在草丛中赶出一只蚱蜢的时候。她那本来就很大的眼睛立刻瞪得像两粒玻璃弹子,然后,用整个

身子猛扑下去,如果蚱蜢飞开了,她就赶紧爬起来,追过去,又用全身
扑过去,总之,不把蚱蜢逮住,就是接连摔上十来跤也在所不惜。

所谓"趣",即幼儿散文要有幼儿的生活情趣,有了幼儿的生活情趣,才会让幼儿觉得好玩、逗乐。当然"趣"不总是体现在情节描写上,还表现在文字的真诚上。如胡木仁的《笑嘻嘻的气球》:

娃娃们在气球上画上笑嘻嘻的脸蛋。

笑嘻嘻的气球,飞上蓝蓝的天空,向世界小朋友问好。

黑孩子、白孩子、黄孩子……一块儿唱歌,一块儿欢笑。

一个个气球,连成彩虹。

一张张笑脸,搭成彩桥。

从上面的文字可知,取材于真实的幼儿生活,贴近幼儿的真实的心灵,是幼儿散文的生命力所在。

优秀的幼儿散文无不让人感觉到一股充溢全文的、天真的、诚笃的、纯洁的、令人忍俊不禁的童趣。郑振铎早在20世纪20年代初写过一篇精致的幼儿散文《纸船》,刻画了一个幼小孩童将自己叠的纸船放到溪中去时的心理活动。其中有这样一段充满童真的叙写:

我投我的纸船到水里,仰看天空。看见小朵的云正张着满鼓着风的白帆。我不知道是不是天上的游伴把这些船放下来同我的船比赛。

郑振铎的这篇散文是以儿童为视角,来描写客观世界,抒发主观情感的,比较典型地体现了当时文坛所倡导的"儿童本位论"。一般说来,从儿童的立场出发,采用第一人称写法的幼儿散文,特别强调表现幼儿独有的心理、情绪、思维方式、情感指向。

有的儿童散文是从成人的立场出发或对童年作回忆,或对儿童生活作客观的叙述描写,或对儿童及与儿童有关的问题发表自己的感触见解。这些散文虽以成人为主角,但仍然需要表现出作者的一颗活泼童心,行文之中也需时有童趣。鲁迅的《阿长与山海经》,是鲁迅步入中年之后所作《朝花夕拾》中的一篇,属于回忆性散文。人们称《阿长与山海经》为幼儿散文,而不称《藤野先生》为儿童散文,其原因,除文中的"我"在年龄上的区别之外,主要还是因为前者童趣盎

然,具有儿童散文最大的特征——反映了儿童的心理、儿童的情感,跃动着一颗活泼的童心。后者则不然。任大霖的一组以《童年时代的朋友》为题的儿童散文,每篇都以盎然童趣吸引着小读者,许多成人读者也非常喜爱它们,因为作者绘声绘色的描写足以使他们"返老还童",复苏了他们的童心。

四、篇幅短小,形式灵活,语言明丽清纯

儿童散文一般篇幅短小,形式灵活,有的仅有几百字。如刘兴诗的《我爱哈尔滨的冬天》,全文不足四百字,展现了孩子眼中北国冬天的奇妙景致:

> 公园里,一盏盏冰灯都亮了。高高的宝塔,神秘的城堡,还有桥呀,火箭呀,都是透明的冰块雕刻的,映出了黄澄澄、绿幽幽的灯光,真像一个童话世界。
>
> 我最喜欢逛冰迷宫,在高高低低的冰墙里转圈。爸爸喜欢喷水池上的冰天鹅。瞧,它伸着长长的脖子,张开翅膀,像是要冲天飞去……

再如老作家圣野有一篇仅 40 余字的散文,名为《花圃》:

> 你是红花,我是蓝花,她是紫花,他是黄花……你开,我谢;你谢,我开。
>
> 你补充我,我补充你,春天是这样丰富,春天是这样美丽。

如此短小精悍,却足以使小读者的脑海中浮现出一幅五彩缤纷生气勃勃的春景图。并且领悟到一个生活的真理:春天是由于"我补充你,你补充我",才能显得丰富而美丽的。

散文情文并茂,表达形式灵活多样,重在一个"散"字。冰心说:"散文却可以写得铿锵得像诗,雄壮得像军歌,生动曲折得像小说,活泼尖锐得像戏剧的对话。"散文可以综合诗歌、小说、童话等体裁的所长。创作出千姿百态、异彩纷呈的作品,形式极为灵活。

散文写景状物,议论抒情,贵在一个"凝"字。优秀的散文,在形式上自由、疏放,主题却是紧紧围绕一个核心、一个焦点而展开。"通常以形神来比喻散文,则散文应当是形散神凝。形散与神凝,是对立的,但要求把它统一起来。形散,指形式上,文章章法上,要自由自在地流注奔泻;神凝,指文章气脉贯通,要

围绕着一个潜在的焦点运行。"（谢冕:《漫谈儿童散文》,见《儿童文学研究》,第九辑。）

俄国文学家屠格涅夫的《麻雀》,全文从表面上看,是写老麻雀怎样救护小麻雀,而深层则热情讴歌了"爱"和由"爱"而产生的英勇无畏的力量。

> 我打猎归来,沿着花园的林荫路走着。狗跑在我前面。突然,狗放慢脚步,蹑足潜行,好像嗅到了前边有什么野物。
>
> 我顺着林荫路望去,看见了一只嘴边还带着黄色、头上生着柔毛的小麻雀。它从巢里跌落下来(风猛烈地吹打着林荫路上的白桦树)。呆呆地伏在地上,孤立无援地张开两只羽毛还未丰满的小翅膀。
>
> 我的狗慢慢向它靠近。忽然,从附近一棵树上飞下一只黑胸脯的老麻雀,像一颗石子似的落到狗的鼻子跟前——它全身倒竖着羽毛,惊恐万状,发出绝望、凄惨的叫声,两次扑向露出牙齿的、大张着的狗的嘴边去。
>
> ……

儿童散文最吸引儿童的地方,还在于它的语言明丽清纯,渗透着儿童的情调和趣味。明丽,指明净、美丽;清纯,指清澈、纯正。优秀的幼儿散文,其语言犹如明净的雪域天空或清澈的山涧小溪,明朗而不晦暗,流畅而不梗塞,并处处跳动着稚拙的童心。儿童散文的意境美和儿童情趣,都是通过语言来表现的。例如夏辇生写的《抬轿子》:

> 男孩子,搭轿子,女孩子,坐轿子。一颠一颠出村子。女孩戴着野花环,活像一个新娘子。
>
> "去哪儿呀?"男孩子问。
>
> "找新郎!"女孩子说。
>
> "新郎在哪呀?"男孩子瞪大眼睛找。
>
> "太阳里! 月亮上!"女孩子咯咯笑弯了腰。
>
> 轿子掉转头,"嗵嗵"往回抬。任女孩子捶,任女孩子嚷,抬轿子的都成了哑巴样。
>
> 回到大树下,"叭!"轿子散了,新娘摔了。"哑巴"扯开嗓门大

声嚷：

"新娘子送上太阳、送上月亮，谁跟我们抬轿、斗嘴、过家家？"

作品写乡村常见的孩子玩抬"新娘"出嫁游戏时的情景，表现的是孩子们天真无邪、两小无猜的纯真情谊。孩子们模仿成人社会生活，其游戏本身就充满趣味，通过作者用浅显易懂、明丽清纯的语言再现出来，作品更是生动形象、童趣盎然。那"一颠一颠"和"瞪大眼睛找"的稚趣，那"戴着野花环"和"咯咯笑弯了腰"的乐趣，那"任女孩子捶，任女孩子嚷"和"谁跟我们抬轿、斗嘴、过家家"的痴趣，无一不把孩子们的游戏情绪表露得活灵活现，入木三分。特别是"找""笑""捶""嚷""散""摔"等动词的使用，准确勾画出游戏情景，渗透了浓浓的幼儿情趣。

如果说描写真切、贴近儿童生活是儿童散文的生命，意境优美、充满儿童想象是儿童散文的灵魂，那么，明丽清纯、渗透儿童情趣则是儿童散文的魅力所在。

以上四个特点，用一个字来归纳，就是"美"。所谓美，它包括了四美，即内容题材上的情感美；审美感受上的意境美；叙述方式上的情节美；表达形式上的语言美。

第三节　儿童散文的种类

成人散文一般分为三类：一是叙事散文，指那些侧重于写人写事，有较为完整情节的散文；二是抒情散文，指以抒发情感为主，托物言志的散文；三是议论散文，指借助于人、事、物、景的叙写来进行议论发表感想的散文。儿童散文的分类要比成人散文的分类要细一些多一些，一般可分为以下几种类型。

一、儿童叙事散文

儿童叙事散文侧重描述儿童生活中发生的事。它反映孩子们在幼儿园、学校、家庭、都市、山乡的生活场景，具有浓郁的生活气息。它可以完整叙述一件事;也可以写一件事的片段,不一定有头有尾,情节比较淡化。儿童生活多姿多彩,叙事散文涉及的内容也丰富多样。它能从不同侧面表现生活的美好,启发儿童热爱生活,关心周围的人和事。如望安的《小太阳》:

　　姥姥病刚好,我陪姥姥晒太阳,太阳暖洋洋。我给姥姥变魔术,一变变出个小橘子,圆圆的橘子红彤彤。就像个小太阳。

　　"来,姥姥,姥姥,我剥橘子咱俩吃。你一瓣,我一瓣,你一瓣,我一瓣。"

　　姥姥吃得甜蜜蜜,甜到心里暖洋洋。

　　橘子吃完了,我说:"小太阳变没啦!"

　　姥姥搂着我,亲亲我的红脸蛋儿,对我说:"这才是我的小太阳。"

　　这篇散文写一个小孩子陪病刚好的姥姥晒太阳,并分吃一个小橘子的事,虽是片断,却描述了一幅儿童生活的动人情景。

　　又如滕毓旭的《一朵会说会笑的山菊花》记叙的是孩子和妈妈在树林里捉迷藏的事件:

　　孩子和妈妈在树林里捉迷藏。

　　两只粉红色的蝴蝶从妈妈身边飞走,追着扑棱棱的小辫儿,飘进花丛里不见了。

　　"妈妈,你找呀,看我藏在哪?"

　　妈妈故意不往花丛那边看,却向一棵大树走去。树儿轻轻摇,发出哗啦啦、哗啦啦的响声,一簇簇小蘑菇,擎着伞儿站树下。

　　"妈妈,别到大树后面找,那里有小鸟,别吓飞了它!"

　　妈妈停住了,还是不往花丛那边望,却故意用手拨开草丛。一只大肚蝈蝈被惊动了,一个高儿蹦到草尖上,悠悠打起了秋千。

　　"妈妈,别到草棵里找,那里有小兔,别吓跑了它!"

　　这时,妈妈踮起脚尖儿,一步步向花丛走去。孩子闭着眼,格格笑着。突然,妈妈一下把孩子抱住了。

　　孩子仰着脸儿,不明白地问:"妈妈,你怎么知道我藏在花里呀?"

　　妈妈甜甜地说:"我的小妞妞,是朵会说会笑的山菊花!"

二、儿童抒情散文

儿童抒情散文重在抒发孩子们对生活中人、事、景、物的纯洁善良美好的感情。它既可以写景抒情，又可以融情于景。不管哪一种抒情方式，它都不是空穴来风，而是在对某一人事景物或某一自然现象的描绘中，融入儿童的思考和体会，引起他们的感情流露。这种散文，往往从儿童的感知觉出发，抒发儿童的生命体验和心灵感受。例如，王勤写的《我的洗脸盆》：

我的洗脸盆里，有鱼，有虾，还有一条条船哩……

要知道，它们可不是脸盆上的画，全是真的呢！

我天天拿一条毛巾，在盆里洗脸洗手，里面的水怎么也不会浑浊，总是碧清碧清的。

奇怪吗？我的洗脸盆就是老大老大的太湖呀。我的家，就住在太湖的渔船上。

作品把盛产鱼虾的太湖比作洗脸盆，"我"与"洗脸盆"是那么亲密，字里行间融入了对家乡太湖的喜欢、赞美之情。

又金波《我心中的秋天》（三篇）就是一优美的儿童抒情散文，作品描写了"火红的枫叶"、"秋天的阳光"和"空空的燕儿窝"等秋天的景物，表达了对秋天的赞美，对老师等敬爱和对春天的憧憬。整篇散文充分调动了幼儿的视觉、触觉、听觉，将读者带入了一个充满生机、活力、欢愉和爱的境界。

三、儿童写景散文

儿童写景散文侧重描绘优美的自然风景、四季变化及其季节特征。它可以写一山一水的某一特点，也可以写某一处的景物。不管写什么景，它都注重把孩子们隐约感知到的自然美显现出来，让孩子们受到美感熏陶。引起他们对大自然、对生活的热爱。如夏辇生的《项链》：

大海，蓝蓝的，又宽又远。沙滩，黄黄的，又长又软。雪白雪白的浪花，哗哗笑着。涌向沙滩，悄悄撒下小小的海螺和贝壳。

小娃娃嘻嘻笑着，迎上去，捡起小小的海螺和贝壳，串成彩色的项

链,挂在自己的胸前。快活的脚印落在沙滩,串成金色的项链,挂在大
海的胸前。

这篇写景散文采用变焦镜头式的写法,先向孩子们展现大海宽阔的远景;
然后慢慢推至近景,逐一展现沙滩、浪花、海螺和贝壳、小娃娃和项链;最后又拉
回脚印、沙滩和大海的远景。这些镜头能让儿童引起无限的遐想,进而感受到
大海沙滩的美。

又如郭风的《花的沐浴》向孩子们展示的绚烂清新的野花世界,薛卫民的
《五花山》描写山随季节变换的不同颜色,等等。这些写景散文均能给孩子带来
新鲜感、新奇感和美感,引发他们对大自然的爱。

四、儿童游记散文

儿童游记散文着重描述中外名胜风光、山水人情,以及儿童在旅途中的见
闻感受。它只要求把旅游地某一具体景物的主要特征向儿童介绍清楚就行了,
线索单纯,绝没有成人游记中的旁征博引、浮想联翩。这类散文可以让儿童感
知到世界的辽阔、美好。如望安的《大卧佛》:

北京有座卧佛寺。寺院里,婆罗树开花了,洁白的花串,倒挂在绿
叶中间,引来了蝴蝶和蜜蜂,还引来了很多很多小朋友。

小朋友们看见了大卧佛,越看越有趣儿:

"大卧佛,你叫释迦牟尼,对吗? 咦! 你怎么不回答?"

"哈,他在睡觉呢!"

"大卧佛,你睡了几百年了,怎么还没睡够? 你周围的十二个小佛
早就盼你起床啦!"

大卧佛还是不回答,可小朋友们却越说越高兴了。

"嘀! 看你长得多高,比三个大人还高。"

"人家叫我胖胖,我有五十斤重,你呢? 啊,是用五十万斤铜做成
的,是吗?"

"看,大胳膊比我的身子还粗。"

"嘻! 大耳垂,比我的手还大。"

"大脚丫,大手指头像真的一样。"

"咦！快看,大卧佛的眼睛像要睁开了,好像在对我们笑呢！"

"嘿！准是在做一个快乐的梦,要不就是听到了我们的话。"

"那就请你快快醒来,和我们说说,在好几百年前,谁把你做得这样好,还给你穿上彩色的衣裳,戴上蓝色的帽子？"

一尊静止的没有生命的大卧佛,在孩子们眼里变活了,成了睡着了做着快乐梦的巨人。这篇散文表现手法别具一格。作者抓住主体物,用孩子们的指点议论加以描绘,既巧妙又活泼,不但把人文景观介绍得栩栩如生,而且把小参观者刻画得天真可爱。对比的写法,特写镜头的运用,充分考虑了儿童感知事物的特点和欣赏情趣。

这种游记体散文一般不像给成人读的游记体散文在视角结构上追求多变,而且穿插复杂情节典故和引入翩翩浮想,而是将目光对准某旅游胜地的一个小景,单线的形式来向小读者介绍景点的主要布局或特色的。而且经常是以孩子的口吻来写的。例如刘兴诗的《我爱哈尔滨的冬天》,就以孩子的口吻叙述了看冰灯的情景,向小朋友展示了北国冬天的美妙景色:

公园里,一盏盏冰灯都亮了。高高的宝塔,神秘的城堡,还有桥呀,火箭呀,都是透明的冰块雕刻的,映出了黄澄澄,绿幽幽的灯光,真像一个童话世界。

我最喜欢逛冰迷宫,在高高低低的冰墙里转圈儿。爸爸喜欢喷水池上的冰天鹅,瞧,它伸着长长的脖子,张开翅膀像是要冲天飞去……

五、童话散文

童话散文是把童话形式移植到散文创作里的幼儿散文。它是借助童话的意境,童话的想象与幻想,用散文的形式来描写拟人化了的童话形象的,表现孩子们的日常生活,因而兼有童话和散文的特点。它有情节,但比童话故事简单些、平淡些;它也有矛盾冲突的,但它没有童话那么激烈;人物关系也比童话简单得多。童话散文能让孩子们感到语言新鲜活泼、形象亲切可爱、意境清新奇特,进而品尝到生活的甜美。如鲁兵的《春娃》:

春天是个娃娃,喜欢图画,又喜欢音乐。

他走过树林,给树林涂上嫩绿色;走过小溪,教会小溪唱歌。

今年,春娃来了,看见我们,高兴极了。他说:"你们都长高了。"

我们问:"是吗?"

他说:"真的,你们比去年高多了! 明年我来的时候,你们一定长得更高了。哎呀,十年以后,你们都是小伙子、大姑娘了。可是我,还是个娃娃。"

作品把春天当做孩子来描写,清新优美,十分有趣。它每年来一次人间,都会产生惊喜而它自己却永远长不大。

又如彭万洲《荷叶》:

荷叶儿伸出水面,顶着一片蓝蓝的天。

蜻蜓飞来了,高兴地说:"这是我的机场。"

青蛙跳上去,高兴地说:"这是我的唱片。"

鱼儿游过来,高兴地说:"这是我的雨伞。"

滴滴答答,真的下雨了,我把荷叶当斗笠,顶着雨跑回家了。

奶奶取下荷叶,高兴地说:"多香的叶儿啊!"

一会儿,奶奶让我吃叶儿粑,那粑粑就是用荷叶包的,清香绵软,真好吃!

哇,打嗝都有一股荷叶味儿……

童话散文中的拟人化形象是孩童式的,容易激发幼儿的想象,符合幼儿启蒙时期的审美心理,在当代幼儿散文创作中,是较常被采用的,也受到幼儿的欢迎。

六、儿童知识散文

知识散文以向幼儿介绍知识为主要宗旨,是一种寓知识于形象描写之中的散文。这种散文对开阔幼儿眼界,引导他们认识大自然和生活,有着积极的作用。它介绍的知识一般都新奇有趣,因而容易引起幼儿的关注。如薛卫民的《月亮渴了》:

天空渴了,月亮和那些小星星渴了。

太阳说:"我给你们舀些水来喝吧。"

太阳从大地上、河里、江里、大海里,蒸起无数的小水珠儿;小水珠儿成帮成伙地升到天空,就这样,天空喝到了水,月亮和小星星喝到了水,它们不渴了。

喝剩下的水,月亮和小星星又还给大地,还给江河和大海,它们泼呀,泼呀——

亮晶晶的雨丝从天上飘下来了,小朋友们看见了,他们拍着手喊:"下雨喽! 下雨喽!"

在这篇作品中,作者把水遇热变为水蒸气升上天空、形成雨再降下来这个自然现象的物理知识,融入带有童话色彩的散文里,生动形象,新颖有趣,很容易为儿童理解和接受。

必须说明的是,幼儿知识散文不同于科学小品文,也不同于生活常识的介绍文,它的写法灵活,常以生动活泼的语言和颇有抒情气息的笔调来传达一些知识。不能把用"问答……自述"形式向儿童介绍知识的读物混同于知识散文;在各种幼儿散文里,也大都渗透了一些简明知识,但它们也并非知识读物。

七、儿童散文诗

儿童散文诗是兼有散文和诗的特点,一种着重抒情的文体。就内容来说,它形象生动,感情强烈,抒情浓重。就形式说,它不必像诗歌分行,也不受韵律限制。但它在意境上,语言凝练上,感情充沛上,却像诗歌,所以叫做散文诗。印度泰戈尔的《花的学校》:

当雷云在天上轰响,六月的阵雨降落的时候,

润湿的东风走过原野,在竹林中吹着口笛。

于是一群一群的花从无人知道的地方突然跑出来,

在绿草地上跳着狂欢的舞。

妈妈,我真的觉得那群花朵是在地下的学校里上学,它们关了门在做功课。

如果它们想在散学以前出来游戏,它们的老师是要罚它们站壁角的。

雨一来,它们便放假了。

树枝在林中互相碰触着,绿叶在狂风里飒飒地响,雷云拍着大手。

这时花孩子们便穿了紫色的、黄色的、白色的衣裳,冲了出来。

你可知道,妈妈,它们的家是在天上。在星星所住的地方。

你没看见它们是怎样地急着要到那儿去么?你不知道它们为什么那样急急忙忙么?

我自然能够猜得出它们是为谁扬起双臂来:

它们也有它们的妈妈,就像我有自己的妈妈一样。

(郑振铎译)

这篇著名散文诗,在诗人眼中,一阵雷雨之后转瞬间绽开的花与一般的花景有多么不同!它们"从无人知道的地方突然跑出来,在绿草地上跳着狂欢的舞",犹如一群放了假的孩子突然从学校大门冲向街头,手舞足蹈,欢天喜地。而花凋零的时候,又像这群孩子在街上喧闹一阵后,急急赶回家。花儿的家是在天上,它们也有妈妈,正在家中召唤她那数不清的儿女呢!这极富想象力的描写,奇妙而清新,具有童话的神韵。尤其是诗中将大自然景象与孩子们学校生活和心理活动巧妙地融为一体,充分展示了孩子心目中的世界和想象,表现出诗人那种超凡的灵性与感悟。

又如圣野的《小伞屋》:

下雨了,下雨了,小同学都带上了自己的伞。

我们带的是弹力伞,用手一按,啪啪啪,就开出了一朵朵伞花,五颜六色的伞花。

小伞花圆圆的,像一间间会走动的小屋子。哪位小朋友忘了带伞,很多小伞屋会朝他走去,让他到屋里来躲躲雨吧!丁丁,冬冬,小伞在快活地唱歌哩,那是一支支找朋友的歌儿……

作品运用新颖的比喻手法,使描写的对象形象化,造就一种深邃的诗的意境,一种浓郁的诗情。看,一幅多么鲜丽动人的雨景图:雨天,孩子们撑开的小伞如同一朵朵"五颜六色"的伞花,又像一间间"会走动的小屋子"……读着,读着,孩子们将会融入作品,沐浴在爱的雨河中,栖息在爱的小屋里,聆听朋友的歌声,感受友爱的温暖。

第四节　儿童散文的创作

幼儿散文的接受主体是幼儿,创作主体则是成人,两者在审美心理和人生体验等方面有明显差异。要写出幼儿喜欢听、听得懂、听后有益的幼儿散文,成人创作者必须打破用成人脑子来思维的定式,要从幼儿的角度出发,用幼儿的耳朵去听,用幼儿的眼光去观察,特别要以幼儿的心灵去感受、去体会。下面我们从情感、选材、构思、开篇、结构、语言六个方面,谈谈幼儿散文的创作。

一、要对儿童怀有诚挚的感情

儿童散文的最大特点是对童心、童真的真实的、艺术的表现。这就要求创作者必须对儿童怀有一颗真挚的、诚实的、能与儿童同步振动的赤诚之心。只有这样,他在作品中所表达出来的所见所闻才能引起儿童的兴趣,他的所思所感,才能引起小读者的共鸣,他那煞费苦心地构思营建起来的散文精品才能为儿童所理解、欣赏和接受。

儿童散文表达的是真情实感,以作者对生活中的真、善、美的感怀,与读者交流。培养孩子们积极、健康、向上的美好的心灵。如郭风的《松坊溪的冬天》:

冬天一天比一天走近来了。山上的松树林,还是青翠的。山上的竹林子,还是碧绿的。天是蓝的。立冬节以来,一直出好太阳。日光是金色的。

松坊溪岸边一丛一丛的蒲公英,他们带着白绒毛的种子,在风中飘,在风中飞扬。蒲公英在向秋天告别么?

冬天一天比一天走近来了。松坊溪岸边一丛一丛的雏菊,她们还在开放蓝色的花。

而山上的枫树,在前些日子,满树全是花般的红叶,全是火焰般在燃烧的红叶,忽地全都飘落了;

看呵,看呵,在高大的枫树上,在枫树的赤裸的高枝间,挂着好多带刺的褐色果实。在枫树和枫树之间,看呵,看呵,还有几棵高大的树,在赤裸的高枝间,挂着那么多的橙色果实,那么多的小红灯般的果实,这是山上的野柿成熟了。

我忽地想到,这是枫树、野柿树携带满枝的果实,在迎接冬天的到来。

冬天,往往令人联想到万物凋零、一片萧条。然而,松坊溪的冬天却依然绚丽多彩,青翠的松树林、花般的红叶、挂满枝头的果实……松坊溪在作者的记忆里是那样的美丽、宁静、令人向往。这篇写景状物的抒情散文抒发了作者对故乡泥土的深深眷恋之情。

二、从儿童角度感受生活,确定内容

写作儿童散文,首先遇到的问题是"写什么"。散文内容应该是儿童熟悉或感兴趣的。儿童熟悉的,成人可能索然无味;幼儿感兴趣的,成人可能不以为然。因为两者在思想认识、生活经历、情感体验和审美兴趣等方面存在着很大距离。如看到一尊雕像,成人关注的是质地、艺术品位,儿童感兴趣的则是动作、姿态;来到池塘,成人关心的是水质,吸引儿童的则是塘中的青蛙或游鱼。怎么解决这一矛盾呢? 方法是和幼儿"心理位置互换"。乌克兰教育家苏霍姆林斯基说:"要进入童年这个神秘之宫的门,就必须在某种程度上变成一个孩子。"变成孩子不可能,达到"某种程度"是可以办到的,那就是写作的时候,和幼儿"心理位置互换",从儿童的角度去感受生活。

所谓从儿童的角度去感受生活,就是以幼儿的眼睛和心理来观察体味客观事物。这样,确定的题材才会是幼儿感兴趣的,写出来的散文才会是幼儿化的。例如,作家稽鸿写游记散文《庐山的云》。写作以前,他被庐山变幻莫测的云雾吸引,脑子里自然涌出一些感受:

云雾迷漫,犹如浪涛奔涌,一时林木尽蔽;风过处,霎时雾消云散,天日顿开……

经过细心思考，发觉这样写孩子不会接受。不只是语言深，更主要的是所写的云雾形象不是孩子眼里和心里的形象。于是，他又神游庐山，并从孩子的角度去感受云雾，终于写出孩子感兴趣的庐山的云：

> 坐在芦林湖边歇息，看着湛蓝的天空，一朵白云向山上一幢红屋子飘去，红屋子不见了，被白云吞没了，一会儿白云又把红屋吐出来，慢悠悠地飞去。

两相比较，我们发现，同是一处云，前者的感受是成人化的，后者的感受是儿童化的，"吞""吐""飞"几个动词，很自然地体现了孩子们的感知觉。

从儿童角度去感受生活，会发现可供写作散文的题材很多，如各种花草树木、鸟兽虫鱼，各种游戏活动、人际交往等。关键是一旦确定某一事物为写作内容，就一定要用幼儿心理来反复体味，想想孩子对哪一点感兴趣，哪一点能引发他们的心灵感受。这实际上也就进入了文学构思。

三、用儿童想象构思作品，创造意境

意境是审美理想的集中体现，是指作品中呈现的情景交融，虚实相生的形象系统及其所拓展的审美想象空间。如《走月亮》：

> 细细的溪水，流着山草和野花的香味，流着月光。灰白色的鹅卵石布满河床。卵石间有多少可爱的小水塘啊，每个小水塘，都抱着一个月亮！阿妈，白天你在溪里洗衣裳，我用树叶作小船，运载许多新鲜的花瓣。阿妈，我们到溪边去吧，我们去看看小水塘，看看小水塘里的月亮，看看我采过野花的地方。
>
> 啊，我和阿妈走月亮！

这段文字，构思十分巧妙，作品将"溪流、山草、野花、水塘、月亮"作为表现意境的背景，在这个美丽的意境中推出我和妈妈在月光下的活动。集中体现了作品情景交融的审美理想。

"写什么"决定了，接着是"怎么写"，即构思作品的问题。文学构思是对未来作品从内容到形式的总体设计。构思幼儿散文除考虑材料的取舍安排、形象

的描写塑造和主题的提炼外,很重要的一点就是创造幼儿能够领会的意境。

创造意境离不开形象,幼儿散文吸引幼儿,就是通过具体可感的形象描写来实现的。形象越生动,越鲜活,就越能启发幼儿想象和联想。一旦引发儿童想象和联想,这些形象就超出了本身的内涵,能让幼儿获得更大的想象空间,获得散文意境提供的优美享受。当然,描写形象本身就离不开想象,而且形象也好,想象也好,都应该是幼儿感受能体味的,都应该以幼儿的感觉为基础。

同时,显现主题也不能超出幼儿的感悟能力,即在构思写作意图时要考虑幼儿的理解能力和接受水平。儿童是一步一步成为社会的人的,其间要上许多台阶,不能拔苗助长。不管是启迪思想、培养良好品德,还是开阔视野、给儿童知识;不管是丰富语言、培养美感,还是愉悦精神、增添快乐,都要注意内容多少相宜,深浅适当,务使儿童易于理解,能够读懂。例如印度诗人泰戈尔的《金色花》:

假如我变成了一朵"金色花",只为了好玩,长在那树的高枝上,笑哈哈地在风中摇摆,又在新生的树叶上跳舞,母亲,你会认识我么?

你要是叫道:"孩子,你在哪里呀?"我暗暗地在那里匿笑,却一声儿不响。我要悄悄地开放花瓣儿,看着你工作。

当你沐浴后,湿发披在两肩,穿过"金色花"的林荫,走到你做祷告的小庭院时,你会嗅到这花的香气,却不知道这香气是从我身上来的。

当你吃过中饭,坐在窗前读《罗摩衍那》,那棵树的阴影落在你的头发与膝上时,我便要投我的小小的影子在你的书页上,正投在你所读的地方。

但是你会猜得出这就是你孩子的小影子么?

"你到哪里去了,你这坏孩子?"

"我不告诉你,妈妈。"这就是你同我那时所要说的话了。

作者选取"金色花"这个具体形象,运用孩子的思维和想象来构思,通过一个纯真的孩子幻想自己变成了一朵"金色花",与母亲嬉戏。孩子"在新生的树叶上跳舞","投我的小小的影子在你的书页上",表现出孩子的天真、顽皮、可爱,母亲的温婉可人,抒发了母子之间的崇高的爱。作品形象具体可感、新鲜活泼,意境清新优美、如诗如画,可见作者的想象确实是儿童化的想象,也确实在构思上下了一番工夫。

四、根据儿童心理找到合适角度,准确切入

构思基本成熟,就可以落笔行文。落笔要找准切入点。

叙事散文和游记经常采用简略交代的方法切入。有的先用一两句话写明事情起因,或交代时间、地点,紧接着叙写过程,如"姥姥病刚好,我陪姥姥晒太阳"(《小太阳》)。又如"北京有座卧佛寺。寺院里,婆罗树开花了"(《大卧佛》)。也有的开门见山,如"男孩子,搭轿子,女孩子,坐轿子,一颠一颠出村子"(《抬轿子》)。

写景散文和抒情散文往往开门见山。直接切入,很少铺垫。如"夏天的雨是金色的"(《夏天》);有的用特写镜头切入,然后拉为全景,如"小蜻蜓,尾巴尖,弯弯尾巴点点水"(《圆圆的春天》);有的用全景镜头切入,然后推到近景,如"大海,蓝蓝的,又宽又远。沙滩,黄黄的,又长又软"(《项链》)。童话散文和知识散文也是直接描写,开门见山的多。如"春天是个娃娃,喜欢图画,又喜欢音乐"(《春娃》);也有先简明交代的,如"天空渴了,月亮和那些小星星渴了"(《月亮渴了》)。

儿童散文简明精练,忌讳拉杂拖沓,所以一般开门见山,直接入题的比较多。

五、组织安排活泼多样的艺术结构

幼儿散文的结构是千姿百态、活泼多样的。有的以时间的先后和事件发展过程为线索来组织材料;有的以空间位置的转移来结构篇章;有的以时间为经线、空间为纬线,将有关事物编织成锦;有的以作者思想感情的发展过程为脉络来行文;有的以主题为红线把看似无关的生活片段和零星事物串成珠链;有的以意识流手法,按人物意识的流动来驾驭文字。总之,优秀的幼儿散文都很讲究作品的章法和艺术结构,在谋篇布局上下功夫,力求严密精巧、浑然天成,不露斧凿痕迹。行文中还讲究首尾圆合,伏笔照应,疏密相间,浓淡相宜,错落有

致,有张有弛,节奏和谐,行止自如,收放自然。例如鲁迅的一篇幼儿散文《从百草园到三味书屋》,在艺术结构上就是匠心独运,浑然天成的。它以时间的先后和空间的转移为线索,贯串了童年时代的许多奇闻趣事,使百草生气勃勃、自由自在、充满乐趣的生活与三味书屋死气沉沉、僵化禁锢、毫无乐趣的生活,前后作鲜明强烈的对比,有效地表现了主题。这是值得借鉴的。

六、按儿童水平斟酌语言,落笔成文

选好切入点,安排好艺术结构,写作成败的关键就是斟酌语言了。儿童散文的语言能吸引和感染儿童,就要有儿童味。儿童味体现在哪里?除了使用比喻、拟人、反复、排比等修辞方法,还在于用词的浅显、准确,以及动词、形容词重叠恰到好处。

例如吴然《草地上的联欢会》开头一段。原稿为:"一场夏雨过后,林中的草地上,多了一些小花朵,还多了一些蘑菇娃娃们的小花伞。"发表时,经编辑圣野改了三处:"一场夏雨过后"改为"下过雨了","林中"改为"林子里","娃娃们"改为"娃娃"。这一改,要浅得多,语言儿童化了,孩子更容易理解。原稿题目是《草地联欢》,太成人化,加了三个字就比较具体了。可见在写儿童散文的时候,斟酌语言有多么重要。

儿童散文写作还应考虑摹形摹声摹色词的使用。如斑马的《蜡笔》,词语很有特色。一个小男孩用 12 色蜡笔画了一幅画:蓝色的大海,灰色的军舰和大炮,明天的"我"长着乱草样的黄胡子,褐色的眼睛,脸黑里透红,住的帐篷是草绿色的,带的狗是银白的。这些词语色彩感很强,能产生明显的视觉效果,具有极大吸引力。

写作儿童散文,还有一点需要提及。在见诸报刊的儿童散文中,大多表现为纤细的甜味、过重的柔美,带有一种女性化倾向,男性的阳刚之气似乎少了一些。这对培育儿童勇敢坚强的个性和勇于开拓的精神不利。我们在写作儿童散文的时候,应当既表现温柔、纤细、带有甜味的阴柔之美,也表现幽默、豁达、果敢的阳刚之美。这对健全儿童的人格是十分必要的。

1. 一只小鸟（叙事散文）
——偶记前天在庭树下看见的一件事

⊙ 冰 心

有一只小鸟,它的窝搭在最高的树枝上,它的毛羽还未曾丰满,不能远飞;每天只在窝里啁啾着,和两只老鸟说着话儿,它们都觉得非常的快乐。

这一天早晨,它醒了。那两只老鸟都觅食去了。它探出头来一望,看见那灿烂的阳光,葱绿的树木,大地上一片的好景致;它的小脑子里忽然充满了新意,抖刷抖刷翎毛,飞到枝子上,放出那赞美"自然"的歌声来。它的声音里满含着清——轻——和——美,唱的时候,好像"自然"也含笑着倾听一般。

树下有许多的小孩子,听见了那歌声,都抬起头来望着——

这小鸟天天出来歌唱,小孩子们也天天来听它,最后他们便想捉住它。

它又出来了!它正要发声,忽然嗤的一声,一个弹子从下面射来,它一翻身从树上跌下去。

斜刺里两只老鸟箭也似的飞来,接住了它,衔上巢去。它的血从树隙里一滴一滴地落到地上来。

从此那歌声便消歇了。

那些孩子想要仰望着它,听它的歌声,却不能了。

【作者简介】 冰心(1900 年 10 月 5 日—1999 年 2 月 28 日),原名谢婉莹,笔名冰心。取"一片冰心在玉壶"为意。原籍福建福州长乐横岭村人。著名诗人、作家、翻译家、儿童文学家。曾任中国民主促进会中央名誉主席,中国文联副主席,中国作家协会名誉主席、顾问,中国翻译工作者协会名誉理事等职。

【作品赏析】 一只小鸟被突然夺去了生命,血一滴一滴落到地上,这是一件多么令人惋惜、痛心的事啊!散文浸透着作家的善良与爱心,从侧面循循善诱地提醒小朋友:珍爱"自然",珍惜美好事物,不要伤害幼小无辜的生命,小鸟也有爸爸妈妈,也有家。

作品语言朴实。于平静的描述中蕴含着深切的感情。这种不用说教、不做雕饰，让孩子们自己去认识事物、辨别是非的写法，往往能触动孩子的思想，引起他们心灵的震颤。

2.房顶上面该有个烟囱(叙事散文)

⊙ 陈伯吹

大伯和小叔忙着一拉一送地锯木材，木屑像细雨般纷纷落下来，也还有小木块跟着落下来。

彩珍捡了好几块小木块。小毛也来帮着捡。小毛左手里一块，右手里一块，一颠一蹶地奔到姐姐身旁。

彩珍说："弟弟，你甭捡了，来看我搭一座塔。"

果然，彩珍说到做到，搭起了一座塔来。

她高兴地告诉小毛说："这是七层宝塔。弟弟，你数数看，一、二、三、四、五、六、七！"

小毛歪着脖子，瞪着大眼睛，不声不响地上面看看，下面看看，忽然说："姐姐，塔上面该有个尖顶！"说着，就抓起一块木块堆上去。

"哗啦！——"一声，塔倒了。

小毛眨巴眨巴眼睛，吃惊地望着姐姐，一句话都说不出来。好会儿他才开口："姐姐，我替你再去捡木块来。"

等小毛抓着两块木块跑进屋子里，彩珍又搭起了一座桥。

"弟弟，你瞧，这是一座桥，就是我们李家庄南面的白石桥。"

小毛又歪着脖子，瞪着大眼睛，左边看看，右边看看，一声不响。突然他一抬手，抓起木块放到桥上面，说："桥上面该有栏杆，白石桥是有栏杆的嘛！"

"哗啦！——"一声，桥又塌了。

小毛眨巴眨巴眼睛，吃惊地看着塌下来的一堆木块，很不好意思。过了一会儿他才说："姐姐，我替你去捡木块来。"

小毛吃力地又抓着木块跑来了，可是彩珍又搭起了一座房子。

"弟弟，你瞧，这是对门祥林叔叔家的一座房子；这儿是门，这儿是窗户，这儿是房顶……"

小毛仍然歪着脖子，瞪着大眼睛，这边看看，那边看看，突然抓起一根小圆木柱，大声地喊出来："房顶上面该有个烟囱啊！"

他说着，把那根小圆木柱放了上去。

烟囱晃了几晃，没有倒下来。房子也没塌。

小毛高兴得拍拍手："姐姐，你造的房子真牢靠呀！"

彩珍也很高兴："弟弟，房顶上砌了烟囱，就可以替大家做饭啦。"

【作者简介】 陈伯吹（1906—1997）原名陈汝埙，曾用笔名夏雷。上海市宝山区（原江苏省宝山县）人。中国著名的儿童文学作家、翻译家、出版家、教育家。他把毕生精力奉献给儿童文学事业，是中国儿童文学的一代宗师，在海内外享有极高的声誉。他对中国儿童文学事业作了杰出的贡献。他的儿童文学创作、翻译和理论研究是中国儿童文学的宝贵遗产。著有童话集《一只想飞的猫》，评论集《儿童文学简论》等。1983 年创立陈伯吹儿童文学奖，鼓励国内作家参与儿童文学创作。

【作品赏析】 这篇散文好就好在能在这么短小的篇幅中，塑造了两个鲜明生动而又真实可信的儿童形象。

散文不同于小说，它不可能通过紧张激烈的矛盾冲突、曲折复杂的故事情节、深刻细腻的心理描写等等手法来塑造人物，然而一篇好的人物散文，留给读者的印象，往往并不比一篇小说留下的印象浅，这就要求散文作者在构思上要更下苦功。《房顶上面该有个烟囱》写的是姐姐彩珍和弟弟小毛一块搭木块的游戏。想通过一次简单的游戏活动写出两个鲜明的儿童形象，真是谈何容易？但是作者巧妙地运用了反复的表现手法，通过姐姐彩珍搭好的积木一次又一次被小毛弄倒却并不生气的描写，通过小毛弄倒积木后那吃惊不好意思的神情和一次又一次跑去捡木块行动的描写，通过积木终于搭好后姐弟二人拍手欢笑情景的描写，读者深深地被姐姐对弟弟那种忍让和爱护的感情所打动，也为弟弟那稚气而纯真的神情所吸引，两个性格鲜明的儿童形象便自然而然地留在了读者的心中。

此外，语言的浅显自然，结构的精巧恰当也都是这篇散文的重要特征。

3. 很大很大的爸爸(叙事散文)

⊙ 郑春华

我的爸爸站着的时候,就像一座楼:脚是第一层;手是第二层;肩是第三层。我要使出爬山的劲,才能爬上爸爸这座楼。

我的爸爸躺着的时候,就像一条船:脚是船尾;头是驾驶台;身体是又宽又大的甲板。无论我在甲板上翻跟头、跑步、跳高,爸爸这艘船总是稳稳的。要是我一摁他的鼻子,他还会发出和大轮船一样的汽笛声:呜呜——

我的爸爸真的很大很大,大到下雨出门去,我可以躲进他的口袋里。

要是你不相信,可以到我家里来看一看他。不过请你进门的时候要千万小心,不要光顾抬头看我爸爸的脸而不当心自己往后倒地。

最后告诉你我家的地址:太阳路 5 号,一座最大的房子里。

【作者简介】 见童话诗《圆圆和圈圈》。

【作品赏析】 这是一篇蹲在地上看世界的幼儿散文。在小不点儿似的孩子眼里,爸爸大得像一座楼,大得像一条船,可以任随在他身上嬉戏玩耍。作者用小不点儿的眼光,小不点儿的心理,小不点儿的想象,表达小不点儿的体验和感觉,流露出稚嫩的神秘自豪感,表现了孩子和爸爸之间的融洽亲昵感情。

没有对婴幼儿心理的准确把握,没有晶莹剔透的童心,是写不出给小不点儿欣赏的散文的。

4. 太阳,你好(抒情散文)

⊙ 韦 苇

太阳在天上行走。他看见的东西最多了,他听说的故事最多了,他知道的事情最多了。

他知道小朋友们喜欢到河边游玩,就发出光来,放出温暖来,把山顶积雪融化,让清亮亮的水在河里哗哗流淌。

他知道小朋友们喜欢到树林里去游玩,就发出光来,放出温暖来,叫树木舒青、发芽,让大地铺满绿,活跃起新的生命。

他知道小朋友们爱吃水果，就发出光来，放出温暖来，叫瓜田长出了蜜，果林挂满了甜。

他知道小朋友们喜欢花儿，就发出光来，放出温暖来，叫花儿开放，让大地处处飘散着清香。

他知道小朋友们喜欢鸟儿，就发出光来，放出温暖来，当阳光和温暖滋润了鸟儿的歌喉，它们就把自己满心的爱，都注入了赞美大自然的歌唱。

太阳，全世界每个角落他都到了。全世界好的一切他都看见了，全世界坏的一切他也全看见了；全世界美的东西他都看见了，全世界丑的东西他也全看见了。

太阳爱善良的人们。

太阳爱勤劳的人们。

太阳爱智慧的人们。

太阳爱勇敢的人们。

太阳最爱的，是孩子们。一切到太阳下来的孩子，他全都爱，爱白皮肤的孩子，也爱黄皮肤的孩子，爱黑皮肤的孩子，也爱棕色皮肤的孩子。因为，他在孩子身上，可以寄托人类理想的希望。

"太阳，你好！"亚细亚的孩子向太阳问候；

"太阳，你好！"欧罗巴的孩子向太阳问候；

"太阳，你好！"阿非利加的孩子向太阳问候；

"太阳，你好！"亚美利加的孩子向太阳问候。

"孩子们，你们好！"——小朋友们，你们听见太阳的声音了吗？你们听见太阳也在向你们问候吗？

太阳微笑着，行走在天上。

【作者简介】　韦苇，本名韦光洪，当代儿童文学理论批评家，教授、诗人、翻译家、中国作家协会会员。生于 1934 年，浙江东阳人，1958 年毕业于上海外国语学院。赴昆明任教 23 年，1980 年调入浙江师范大学儿童文学研究所。60 年代前期主要从事小说、诗歌创作和翻译，80 年代转入儿童文学翻译和研究外国儿童文学。主要著作有《世界童话史》。主编儿童文学书籍数十种，其中包括受国家新闻出版署委托编就并出版的《世界经典童话全集》20卷。多次获奖。

【作品赏析】《太阳，你好》是一篇太阳礼赞，气度恢弘的幼儿散文。

太阳是人类的朋友，更是小孩的朋友。它无条件地满足小孩的所有要求，"发出光来，放出温暖"。于是积雪融化，河水流淌，大地铺绿，生命活跃……全世界的小孩都问候"太阳，你好"。太阳普照每个角落，世界充满了光明。

近年来，表现阳刚之美的幼儿散文似不多见。而这篇包举宇内，关注全世界小孩命运的散文，表现了作家博大的胸襟和慈父般的情怀。足以视作壮丽洗练的阳刚之作。

在艺术表现上，采用相同句式来铺陈其事。既有声韵和谐的韵律感，也跟它恢弘的气度相一致，达到了声情并茂内容和形式的完美统一。

5.春雨的色彩(童话散文)

⊙　楼飞甫

春雨，像春姑娘纺出的线，没完没了地下到地上，沙沙沙，沙沙沙……

一群小鸟在屋檐下躲雨，他们在争论一个有趣的问题：春雨到底是什么颜色的？

小白鸽说："春雨是无色的。你们伸手接几滴瞧瞧吧。"

小燕子说："不对，春雨是绿色的。你们瞧！春雨落到草地上，草地绿了；春雨淋在柳树上，柳枝儿绿了……"

麻雀说："不！不！春雨是红色的。你们瞧！春雨洒在桃树上，桃花红了；春雨滴在杏树上，杏花儿红了……"

小黄莺说："不对，不对，春雨是黄色的。不是吗？它落在油菜地里，油菜花黄了；它落在蒲公英上，蒲公英的花儿也黄了……"

春雨听了大家的争论，下得更欢了，沙沙沙，沙沙沙……它好像在说：亲爱的小鸟们，你们的话都对，但都没说全面。我本身是无色的，但我能给春天的大地带来万紫千红……

【作者简介】楼飞甫，著名儿童文学作家兼翻译家。代表作品：《红草莓小书·小黑猪看瓜》、《世界故事大王》。他曾翻译过许多外国儿童文学作品。

【作品赏析】 读《春雨的色彩》,我们成年人很容易领悟到,这篇散文所要告诉人们的主要道理是:看问题要全面,要注意事物之间的内在联系。但是,如何使这样一个既浅显又深刻的道理让孩子们理解并接受呢? 作者在这个问题上显然是花了不少苦心的。

文章是以一群小鸟围绕着"春雨到底是什么颜色的?"这一问题的争论而展开的。由于各人的着眼点不同,所见也就不同。小燕子说春雨是绿色的,小麻雀说春雨是红色的,小黄莺则说春雨是黄色的……因为作者巧妙地运用了拟人化的表现方法,再加上这一场争论始终是结合着孩子们所熟悉的事物,既具体又形象地写出了春天的景色,所以孩子们很容易会引起对这场争论的兴趣,并在反复对照验证自己对春天景色的观察结果时,引起认真地思索。最后,当春雨自己出面做了回答,启发孩子们看问题要全面、要注意事物内在的联系时,孩子们对这一道理必然就很容易地接受并领会了。

6. 初次的拜访(童话散文)

⊙ 郭 风

蒲公英和紫罗兰们:

——一群花的小孩子,同一群土蜂一起来拜访野菊的小屋;

(野菊的小屋便盖在一座石桥旁的一丛青草间……)

那小主人

——小野菊,穿着一件绿色的短衫,围着一条绿色的小短裙,站在门口,和大家握手,便邀请大家走到屋内来;

——这时,客人们有的坐在窗口下,有的坐在小野菊的小书桌边,有的坐在一只小摇篮边,那摇篮里睡着一个小泥人,它是小野菊的小玩具……

随着,土蜂们开始合唱一支歌;

随着,蒲公英、紫罗兰们各从他们随身带的小书袋里拿出一本小书,各人轮流朗读一首童谣。

【作者简介】 郭风(1917—2010),原名郭嘉桂,回族,祖籍福建莆田,1944年毕业于福建师范大学中文系,1991年获得首批国务院授予的为我国文化艺术事业做出突出贡献专家。他把自己毕生的精力献给了散文、散文诗和儿童文学的创作事业,共结集出版作品五十多部。

【作品赏析】 这篇童话散文是幼儿生活的写真:一群花的孩子和土蜂去拜访野菊,受到热情接待,表现了孩子们和睦相处、甜蜜美好的生活。那青草丛中的小屋,那穿绿色短衫的野菊,那小屋的摆设以及花儿和土蜂的玩耍游戏,无不散发出质朴、浓郁的幼儿生活气息。显然,作家怀着晶莹透明的童心,借助幻想,将孩子们的世界化为花朵们昆虫们的世界,把幼儿生活童话化、艺术化了。这是作家追求孩子般的纯真情趣的结果。

作品本身就如绿草地上的小花,清新、淡雅,对幼儿有极大亲和力。

7. 瀑布(散文诗)

⊙ 吴 珹

发源于深山幽谷,汇聚着山泉雨露。

流呀,流呀,唱着迷人的歌,要浇绿千里沃野,要投入万顷碧波。

——远大的抱负,赋予了它勇敢刚强的性格。

小石块阻拦不了它,小水潭挽留不了它,小花草吸引不了它。向前!向前!心中回响着大地和海洋的召唤,唱着豪迈的歌,经历九曲流程,冲破一切羁绊。

当它向深谷飞腾的时候,喷云吐雾,发出了生命的威力,生命的光辉,生命的歌声……

多么壮美啊,一泻千丈的瀑布。

【作者简介】 吴珹,上海崇明人。1960年毕业于复旦大学新闻系。《河北歌声》副主编,中国散文诗研究会副会长。著有长诗《登天颂》,儿童诗集《萤火虫》,童话集《欢乐的牧场》、《有趣的蚂蚁社会》,儿童散文诗集《美丽的童心》、《荷叶上的露珠》、《蒲公英》、《乡野的童话》、《豆花庄的小家伙们》(列入《世界华文少儿文学》丛书系列),游记《亚澳美欧见闻》、《吴珹儿童文学选》等散文诗集《美丽的童心》获中国1979—1988年新时期优秀少儿文艺读物奖一等奖,儿童表演唱《足球赛》获全国第五届群星奖金奖。

【作品赏析】 文章采用顺叙的方法,层次分明地叙写了瀑布发源、流动、前进、飞腾的全过程,使读者从外表上了解瀑布的全貌。在此同时,为了使读者进一步了解瀑布的心灵,作者紧紧抓住瀑布能有一泻千丈的壮举,是因为有远大的抱负这一中心问题,进行剪裁、开掘。有了远大的抱负,瀑布才汇聚山泉雨露;有了远大的抱负,瀑布才不被水潭花草留住;有了远大的抱负,瀑布才勇敢刚强冲破千难险阻;有了远大的抱负,瀑布才飞腾不息喷云吐雾。愿所有的少年朋友们,个个都像瀑布一样有远大的抱负。

目标检测

1.什么是儿童散文?简述儿童散文的发展概况。

2.儿童散文具体有哪些特点?

3.儿童散文具体有哪七类?

4.儿童散文的创作具体要注意哪六方面的问题?请以你最熟悉的幼儿园、小学、家庭中,典型儿童人物或生活趣事,写一篇儿童散文。

5.根据下面儿童诗的内容提示,写一篇儿童散文。题目可以更改,也可以不更改。

洗　澡

下大雨了!

下得真好——

山在雨中洗澡,

树在雨中洗澡,

花花草草都洗澡,

洗了整整一夜,

洗出一个干干净净的清早!

太阳,

水灵灵地升出山角……

第七章　儿童科学文艺

 学 习 目 标

明确儿童科学文艺的含义，了解儿童科学文艺的作用、特点、类别，掌握儿童科学文艺的阅读指导方法并能够运用所学知识进行简单的作品分析。学会创编简单的儿童科学文艺作品。

学 习 内 容

第一节　儿童科学文艺的起源与发展

一、儿童科学文艺的含义

儿童科学文艺是通过文艺形式把科学内容形象、生动地表现出来，给少年儿童以科学的启迪的一种文学体裁。它是一种科学与文学艺术相结合的产物。

科学文艺不同于一般的文学作品。它以介绍科学知识、宣传科学的思想和方法、颂扬科学业绩为内容，但又不同于一般的科学论文和科普读物。它不采取理论论述、逻辑推理、抽象概括等方法直接讲述科学知识和科学原理，而是通过艺术的构思，把具体的科学内容形象、生动地表现出来。科学文艺把科学和文艺融为一体，既给人以科学的启迪，又给人以艺术的享受。因此，作为一篇科学文艺作品，应该具备这样两个方面的条件：其一，它是一篇文艺作品；其二，具有一定的科学内容。

近年来,对科学文艺的创作理论和创作方法,人们持有不同的见解。一种意见认为科学文艺的概念是广义的,只要是用文艺笔调写的科普作品,不论文艺性强弱,皆属科学文艺,另一种意见认为,科学文艺属于文艺范畴,服从文艺的创作规律,它首先必须是一篇文艺作品,还有的认为,科学文艺作品的目的不在于介绍具体的科学知识,而是与其他文艺作品一样,宣传作者的一种思想、一种哲理、一种科学的人生观。

科学文艺这种较为年轻的体裁,经过一百多年的发展,已成为文学中的一个新的门类,但它又始终是科普读物的一个重要分支,它不能违背科普创作的原则。可是,由于科学文艺总是运用这种或那种文学艺术形式去表现科学,所以,在创作时,即便内容涉及某种专门的科学技术,作者传授知识的目的如何明确,也应该遵循文学艺术的规律,尊重所采用的那种文学体裁的创作要求。随着现代科学的迅速发展,普及科学教育的迫切需要,科学文艺工作者的队伍不断壮大,科学文艺事业日趋繁荣,科学文艺创作的内容、形式、风格也愈来愈丰富多彩。有些作品不但有充实的科学内容,而且有诱人的艺术魅力,完全可以与上乘的文学艺术作品媲美。较多的作品旨在介绍某种科学知识,但也通过某一文学体裁去表现。它们的艺术性有高有低。虽然可以也应该在科学内容和艺术水平上提出改进或提高的要求,却也无须在科学文艺之宫的大门设个审核的门卫。至于认为科学文艺的目的不是介绍科学知识而只是宣传一种思想,这种意见固然有失于偏颇,但是,在科学文艺创作中,尤其是在科学幻想小说和科学家传记文学中,的确也存在一些并未具体说明某门知识,只是阐发了一种思想、一种哲理,或颂扬一种科学态度和人生观的作品,它们也在某种意义上完成了科学文艺应担负的任务,同样受到读者的欢迎。这类作品作为科学文艺的一种样式,一种风格,也应该得到鼓励和发展。

二、儿童科学文艺的发展概况

在科学文艺这个家族中,最早出世的是科学幻想作品。著名科学幻想文艺作家和批评家别里安·阿尔迪斯认为:英国玛丽·雪莱(1797—1851)的《弗兰根斯坦》是"第一部真正的科学幻想小说"。作品所描写的是科学家弗兰根斯坦用尸体上肢解下的肢体和器官制造了一个新的活体生命。这个新的"人"有强壮的躯体、超强的体能、智慧的头颅,它生性善良却因相貌奇丑而为人们所冷落。极度孤独的它要求弗兰根斯坦为他创造一个同伴,但是被弗兰根斯坦拒绝。在绝望中,它开始威胁弗兰根斯坦,杀死了他的新娘。后来,弗兰根斯坦在痛苦和悔恨中死去,这个畸形的生命在狂风雪雨中点燃了堆积的柴块,消失在寒冷的雪原。这就是世界公认的第一部科幻小说的故事梗概。

20世纪初期,科学文艺正式成为文学的一个独立分支。法国作家儒勒·凡尔纳(1828—1905)被誉为"科学幻想之父",他著名的三部曲《格兰特船长的女儿》、《海底三万里》、《神秘岛》不仅文笔清新流畅、情节跌宕生姿,而且对未来世界有的形象描绘,吸引了大量读者。与凡尔纳同时期的法国科学文艺作家让·亨利·法布尔(1823—1915)是著名的昆虫学家,他为孩子们所作的《科学的故事》、《化学奇谈》、《家畜的故事》等体现了科学与诗的和谐结合,而十大卷的《昆虫记》更为他赢得了"昆虫界的荷马"的称号。而赫伯特·乔治·威尔斯(1866—1946)的创作在前人对科幻创作的探索的基础上,使科学幻想小说更加完善,他的创作被认为是科学幻想小说作为一个独特的文学样式出现在文坛上的标志。

我国科学文艺作为一种独立的体裁出现,是在20世纪初,从译介外国优秀作品开始的。最早介绍到我国的是凡尔纳的科幻小说,对我国科学文艺产生很大的影响。

鲁迅不仅大力呼吁提倡科学文艺创作,自己也亲自从事科普创作,写了《人的历史》、《科学史教篇》、《蜜蜂与蜜》等科学小品。现代文学巨匠茅盾也是我国科学文艺的拓荒者。1917年,译写了威尔斯的短篇小说《巨鸟岛》,题名为《三百年后孵化的卵》,此后,又译写了科幻小说《两月中之建筑谭》、科学小说《理工学生在校记》等。

20世纪30年代,我国现代科学文艺的翻译和创作曾相当活跃。董纯才翻译出版了伊林的《十万个为什么》。贾祖璋出版了《鸟与文学》、《生物素描》、《碧血丹心》、《生命的韧性》等科学小品集。顾均正出版了《科学趣味》、《科学之惊异》、《电子姑娘》等科学小品集。1936年前后,是高士其创作科学小品的旺盛时期,先后出版了《我们的抗敌英雄》、《细菌大茶馆》、《细菌与人》、《抗战与防役》等科学小品集。

新中国成立以后,特别是50年代中叶,我国的科学文艺创作也进入了繁荣时期,作品的数量、品种明显增多,创作水平大大提高。老一辈科学文艺作家如高士其创作了《我们的土壤妈妈》、《时间伯伯》等,董纯才、顾均正、贾祖璋等焕发了青春。一大批有才能的年轻科学文艺作者,如于止、郑文光、叶永烈、王晓达等,出版了不少科学诗、科学童话、科幻小说和科学小品集。

第二节　儿童科学文艺的作用

一、激发儿童对科学的兴趣

儿童科学文艺既要遵循科学的理性原则,又要体现文学的感性精神,哪一方面没做好,都会使作品黯然失色。只有把艰深繁难的科学知识巧妙地融化在生动形象的文学形式之中,才能引起儿童的兴趣,作用于幼儿的心灵。儿童科学文艺呈现给幼儿读者的艺术形象,不论是现实生活的写照,还是幻想世界的图景,都融注着作者认识生活认识世界的经验,具有高度的典型性。这就是说,它不仅让儿童读者了解许多社会的、自然的、闻所未闻、见所未见的事情,更主要的是向他们传递了人生的经验,包括观察生活和认知世界的经验;儿童感知事物,一般总是从兴趣出发,为了满足自己的好奇心和求知欲,在进入作品之初,首先提人注意范围的自然是故事情节,是各种新鲜的人物、事物和景物,与此同时又不知不觉地体验了认识生活、认识世界的方式。同样是认识作用;儿童科学文艺还以其主动的形象、饱满的情感来影响儿童读者对客观世界的价值取舍,这是一个扩大视野、增长见识、锻炼感知生活能力的过程。

二、帮助儿童学习自然科学知识

在 20 世纪初,鲁迅就指出:"盖胪陈科学,常人厌之,阅不终篇,辄欲睡去,强人所难,势必然矣。唯假小说之能力,被优孟之衣冠,则虽析理谭玄,亦能浸淫脑筋,不生厌倦。"(鲁迅:《〈月界旅行〉辨言》)这正是科学文艺作品的妙用。尤其是年龄幼小、知识经验不足的孩子,他们往往对抽象的科学概念、深奥的科学知识望而生畏,而那些生动活泼、趣味横生的科学童话、科学故事、科学幻想小说却受到他们的热烈欢迎。

少年儿童有极其旺盛的求知欲,善于幻想,喜欢冒险。"他常常想到星月以上的境界,想到地面下的情形,想到花卉的用处,想到昆虫的言语,他想飞上天空,他想潜入蚁穴……"(鲁迅:《〈且介亭杂文〉看图识字》)科学文艺作品以生动的语言和形象的描写,向他们讲述那个奇妙的科学世界,讲述人类的智慧,以及他们改造世界的劳动。它能扩大少年儿童的视野,深化和补充课堂知识,把他们的幻想、好奇引导到学习科学和探寻科学的正确轨道上来。

少年儿童学习自然科学知识,主要是靠学校的教育。但学校教育不能代替一切。学生还需要课外活动,还需要课外读物,而科学文艺作品恰恰从这方面满足了他们的要求。他们每读一篇科学文艺作品,就必然的或多或少地学到了一些科学知识。这些科学知识,有的是教科书上有的,而大量的却是教科书上所没有的。阅读科学文艺作品,开阔了他们的眼界,增加了他们自然科学知识的积累,自然也提高了他们的科学素质。他们读了霁雪写的《神奇的遗传魔术》,无疑就多少了解一些当代遗传科学的奥秘。他们读了美国科普作家盖莫夫写的《物理世界奇遇记》,无疑就会了解爱因斯坦狭义相对论的三个效应。即当运动的物体接近光速时,时间将变慢,物体将变宽,力量将变得无穷大。

三、引导儿童认识人与自然的关系

在对少年儿童进行辩证唯物主义的教育,帮助他们树立起科学的世界观方面,科学文艺的作用也是不容忽视的。好的科学文艺作品以马克思主义的认识论作指导,忠实地、准确地、客观地描述自然界,科学地解释各种自然现象,不仅向少年儿童介绍了某些具体的知识,而且引导他们以辩证唯物主义的观点,正确地认识世界,思考未来,帮助他们掌握科学的方法,树立起科学的态度、科学的精神和科学的思想方法。

许多优秀的科学文艺作品,是用辩证唯物主义的观点解释自然现象的。揭示客观存在和人改造自然的关系,揭示他们之间互相联系互相制约的关系;揭示它们从量变到质变的发展过程,揭示矛盾普遍存在,特殊存在,矛盾对立转化等一系列科学观点。这些观点,对正在形成正确世界观的少年儿童来说,无疑的是会有极好的影响。原苏联科普作家伊林,在《在你周围的事物》一文中,曾讲了这样一个故事。德国一位林务官,为了把森林弄得整洁些,便雇用了许多工人,清除了树林中的矮树丛、杂草、枯木、树叶。这样森林果然整洁了,可是过了两三年,这位林务官却发现,树林中的树干枯了,许多树死去了。这是怎么一回事呢? 原来森林中的鸟类和兽类,大都栖息在矮树丛中,矮树丛砍光了,这些野兽和鸟也都离开了。于是森林里的害虫猖獗起来,许多树死去了。枯木树叶清除了,土壤的有机质减少了,树木养分不足了,树木干枯了。许多少年儿童读了这篇文章后,都说:"这篇文章写得好,使我们明白了生态平衡的观点,增强了我们的环境保护意识。"你看! 一篇文章对形成少年儿童的正确世界观是起了多么大的作用。

第三节　儿童科学文艺的特点

一、广泛的知识性

丰富而广泛的科学知识内容,是科学文艺作品与其他文学读物的主要区别。

科学文艺所涉及的题材非常广泛,所包含的内容非常丰富。自然科学的各个领域,它几乎无不接触到;小到微观世界,大到宏观世界;从肉眼看不到的基本粒子,到巨大的宇宙;从简单的机械运动到复杂的化学反应,甚至更复杂的生命运动;既可追溯到史前动物(如叶永烈的《世界最高峰的奇迹》),也可以展望到未来世界(如叶永烈的《小灵通漫游未来》);从工农业生产到数学、物理、化学、生物、天文、地理、医学各个学科的科学知识,都可以在科学文艺中得到反映。

儿童处于人之初阶段,好奇心强,广袤而神秘的大千世界在儿童的眼里,永远都那么新奇、富有诱惑力。那些在成人眼里司空见惯的常识在儿童看来都是新鲜有趣的知识,因此,儿童科学文艺借助于儿歌、诗、故事、童话等文学形式,为孩子描述各个方面浅显而易懂的科学知识。如方惠珍、盛璐德的《小蝌蚪找妈妈》、叶永烈的《圆圆和方方》、郁礼的《9和0》、刘御的《太阳太阳照四方》等等,就涉及生物、数学、几何、自然等学科的粗浅知识。这些知识,初步地满足了孩子的好奇心和求知欲。

二、生动的艺术性

科学是抽象思维,文艺是形象思维,二者是有区别的。但科学文艺则是既不同于抽象思维的科学论文、科学教科书,也不同于形象思维的文艺作品,而是把二者有机地结合起来,也就是运用形象思维的手段去反映科学的抽象思维的内容。这样也就使科学文艺产生了不可缺少的文艺性。无论是科学文艺的哪种文学样式,诸如科学小品、科学童话等都是如此。一篇科学小品,一定要反映一定的科学内容。如何反映这个内容呢?则要用文学上小品文的这种体裁,和它的一切表现手段和技巧来完美的表现。科学小品采用了文学小品的散文式结构,围绕主题古今中外的选取材料,用通俗的生动的形象的语言娓娓而谈。一篇科学童话也是如此,它也必须反映一定的科学内容。用文学童话的这种体裁,和它所拥有的一切表现手段和技巧来完美地表现它。诸如童话的环境描写,童话的典型人物塑造,完整的有趣的童话情节,以及幻想夸张手法的应用等。正因为这样,读者才会在兴味盎然的阅读中,了解了深奥的科学道理,才会欢迎科学文艺作品。科普作家贾祖璋同志写的科学小品《花儿为什么这样红》,本来是谈花儿为什么会有各种颜色的科学道理,可是作者并没有用干巴巴的科学术语来解释这个问题,而是用了形象化的标题"花儿为什么这样红",一首广为流传的歌曲的歌词设下悬念,然后选用古今中外的有趣例证,生动的形象娓娓动听地谈出了花儿为什么有各种颜色的物理原因,生理原因,生物进化,自然选择和人工选择等原因。

科学文艺作品属于文学范畴,它区别于一般科学读物的标志就是它的文学性。科学文艺作品,属于儿童文学的一种,因此,它应具备儿童文学的一般特点:情感丰富、富有想象力、语言生动形象、清新活泼,有着浓郁的儿童情趣。多用拟人、夸张、比喻、对比、象征、摹状等艺术手法,把抽象的科学要领和原理化为栩栩如生的形象,将科学本身的奇妙动人之处展示在小读者面前,让儿童在喜闻乐见中获得知识,愉悦性情,激发探求世界奥秘的兴致。对小读者来说,尤须注意作品内容的具体性、形象性。高士其说:"科学文艺⋯⋯失去了文艺性就失去了它的吸引力"。叶永烈的《圆圆和方方》就是用拟人、对比的手法,把圆形几何体和方形几何体幻想成两个孩子,通过他们的比赛竞争,形象地说明了关于圆形和方形几何体的特点和作用。再比如郭以实的科学童话《太阳请假》讲述的是假如没有太阳,气温将不断下降,水要结冰,风要停息,空气将变成液态,飞机不能起飞,枪炮不能放响,人们将无法生活。作者精心构思了一个故事,把知识融化在故事中。这个故事构思精巧、曲折有致、波澜起伏、富于趣味,使人爱不释卷,既表现了反法西斯的主题,又传播了科学知识。

科学文艺作品的语言讲究优美、流畅、精练,并富有感情色彩。如法布尔在《蟋蟀的住宅》中是这样写蟋蟀的住处的:

在朝着阳光的堤岸上,青草丛中,有着一个倾斜的隧道,这里就是有骤雨即刻也会干的。这隧道最多是九寸深,不过一指宽。依土地的天然情况,或弯曲、或成直线,差不多像定例一样,总有一丛草将这所住屋半掩着。其作用如同一间门洞,将进出的孔道隐于黑影之下。蟋蟀出来吃周围的嫩草时,决不碰及这一丛草,那微斜的门口仔细耙扫,收拾得很广阔,这就是它的平台。当四周围的事物都很平静的时候,蟋蟀就坐在这里弹它的四弦琴。

这种把科学素材和艺术感受结合在一起的描述,不仅给人以知识,同时也给人以美感。

总之,要像苏联科学文艺家伊林说的那样,"用艺术家的眼光来观察世界,把科学素材同诗意的感受世界结合在一起"。也就是说,要掌握文学创作的规律,善于进行艺术构思,把抽象的科学要领和原理化作具体的形象、生动的故事,并运用文学语言去表达,使小读者在感情上受到感染,获得审美的愉悦。

文学性的高低,往往是儿童科学文艺作品质量、价值高低的一个重要标志,同时也是儿童科学文艺审美价值的重要体现。

三、严肃的科学性

科学文艺是用文艺手法反映科学内容的,因此科学性应该是科学文艺的首要特性。每篇科学文艺作品都必须有一定的真实的科学内容,明确的概念,正确的数据,合乎逻辑的判断和推理。当然也允许有一定的建立在科学基础上的幻想和夸张。在科学童话、科幻小说等作品中,除了有一定的准确的科学内容外,还必然有一定的幻想夸张。如凡尔纳在潜水艇还没有出现的年代,幻想出潜水艇;在人们还不能冲出地心引力时,幻想用炮弹把人送上月球。凡尔纳的幻想不是毫无根据的,而是基于当时的古典物理学的基础上得出的,并且更难能可贵的是,为以后的历史发展所证明了的。但是有些违反科学的胡乱想象和胡乱的夸张,就不能当成科学内容,写到科学文艺作品中来。例如前几年有的科幻小说,写到了让人移植进植物的绿色基因,在人的某处皮肤上长成绿色,自己便可以进行光合作用制造出有机物,并且还是雌雄同体的。显然这种想象和夸张,是全面否定了从单细胞、原形虫,到人类出现的几亿万年的生物进化规律的,是一种倒退的反科学的想象和夸张,当然不许写进科学文艺作品中。还有一些科学幻想,盗用科学概念,大谈鬼神的存在,这显然更是反科学的,而是借科学之名宣传迷信蒙昧思想,当然更不该写进科学文艺作品中。

苏联科学文艺作家伊林曾说过:"科学文艺是用科学全副武装起来的文学。"科学文艺作品具有广泛、充实、丰富的科学知识内容,并且,这些知识内容必须符合科学事实。也就是说,科学文艺所讲述的科学知识、科学原理以及它们的应用范围、发展方向等,都要以正确的科学理论和实验作为依据,丝毫不容歪曲,不能把道听途说、没有认真核实的数据或事实材料写入作品,也不要随随便便把当前尚有争议的某些观点当作唯一正确的结论推荐给读者,这就是科学文艺中强调的科学性。一些社会科学,往往可以"百家争鸣",而自然科学知识则不能百家争鸣,尤其是一些已经证明了的数据、公式和结论,应该一是一,二是二,不能像杜牧写《阿房宫赋》那样,"五步一楼,十步一阁……"如此诗情画意,写阿房宫楼阁之胜,是绝妙之笔,但科学文艺作品,如那样介绍知识,也就失去了它的灵魂——科学性了。

儿童科学文艺,旨在以文学形式向儿童介绍科学知识,因而内容一定要符合科学性。孩子接受教育,往往是先入为主,如果给以错误的知识很难纠正。如有些孩子认为蝌蚪脱掉了尾巴就变成了青蛙,得出这样错误的结论,这与有关读物犯了知识性错误有关。而这种错误多半是作者和编辑缺乏知识所致。儿童知识贫乏,难辨真伪,如果不把所描写的对象写得准确、具体、形象鲜明,语言行动符合主人公的习性,就会导致知识性的错误,贻害儿童。

科学的严谨与文学的幻想、夸张并不矛盾。科学童话、科学诗、科学相声以及适合少年儿童阅读的科学幻想小说等,都具有一个共同的特点——运用幻想和夸张的手法。但是,它们所表达的科学内容必须是严谨的。幻想,不能歪曲科学事实;夸张,不能捕风捉影,这样,才能使科学性和形象化的艺术手段不产生矛盾,使科学性和艺术性和谐统一。

四、深刻的思想性

优秀的科学文艺作品,不仅是以传授科学知识为目的的,它们总是蕴含着深刻的思想,激发读者开拓广阔的思维空间,树立科学的世界观,掌握科学的思维方法。

科学是人类智慧的结晶,描写科学的现在和未来,必然表现出科学家和作家的高贵品质、思想倾向以及科学造福于人类的种种奇迹,从而赋予作品以深刻的意义。它或者表现一种哲理(如科学童话《小蝌蚪找妈妈》),或赞扬一种事物(如科学诗《我们的土壤妈妈》),或给孩子以思想品质上的启示(如科学童话《圆圆和方方》)等等。正如伊林在《论儿童科学读物》中所说的那样:"我们对儿童科学读物提出的第一个问题应该是:它的教育意义是什么? 是吸引小读者关心科学,还是使小读者厌弃科学? 它是否能够帮助他们建立人生观? 是否能教会他们思考和工作？总之，它是否能促进少年读者的成长和发展。"

科学文艺要反映时代人民的意志和愿望。它和其他文学作品一样，带有作者的思想观点和情感色彩。并通过作品的主题表达出来。因此，科学文艺作品的思想性，主要体现在它的主题上。一篇优秀的科学文艺作品，总是有鲜明的主题，并能把深刻的思想寓于科学内容之中。例如伊林的作品《几点钟》、《黑白》，不仅形象地描写了计时工具和书的历史演变进程中种种有趣的故事，而且让孩子们从中看到了社会的进步，听到人类历史前进的脚步声。

科学文艺的思想性并不是外加的政治说教，也不是简单的联系时事，而是要切合科学内容来表达，将思想性贯穿于科学性之中。科学文艺的思想性，一方面表现在作品的内容中，另一方面是作者要用辩证唯物主义观点来分析科学知识，要使儿童能够认识事物和现象的相互关系和发展规律。如《小蝌蚪找妈妈》是小读者最喜爱的科学童话，它生动地介绍了青蛙从产卵到成长的过程。同时，也告诉孩子们，不能用局部代替整体，不能片面地看问题。表达了一个深刻的哲理。

科学文艺的思想性来自它的科学性，这主要体现在它是通过对客观事物的阐述向读者揭示客观事物的规律性。因此，作者要站在一定的思想高度去分析和揭示科学规律。这种分析和揭示绝非是枯燥的说教，必须生动有趣；只有使科学变成有生命的东西、引人入胜的事物，把科学天地提高到诗意境界去描绘，才会吸引小读者对所描述的科学知识进行不断追求，去探索其中的奥秘；从而引导他们去掌握正确的、科学的思想方法。

科学文艺担负着培育一代新人的历史使命，不但要表现新时代的精神风貌，向儿童少年展现出一个科学领域中绚丽多彩的新世界，更要注意作品的思想性，循循善诱地把小读者探求知识的积极性调动起来，引导他们去观察、实验、思索，让他们在潜移默化中培养起思考和发现问题、分析问题、解决问题的能力和习惯，养成从小热爱科学、勇于创新的思想品质，树立起攀登科学高峰的雄心壮志，真正成为明天伟大事业的建设者。

五、浓郁的趣味性

爱因斯坦说过:"兴趣是最好的老师。"凡有成就的科学家,都对自己的事业充满了兴趣。儿童科学文艺作品要激发孩子对科学知识的兴趣,就要使作品充满浓郁的趣味性,使孩子喜欢,乐于并渴望接受。

伊林曾说过:"只有枯燥的叙述,没有枯燥的科学。"科学本身就是饶有趣味的,并不像人们想象的那样枯燥、呆板。如低温世界里,液态的水银柱可以变成坚实的硬棍,能像钉子一样钉入木头中;鲜花在液态空气里浸过后,能变得像玻璃一样脆,摇起来叮当作响;蜜蜂、蚂蚁的群居生活;植物种子奇特的传播方法;土壤的神奇功能;天外来客、生命的冷藏和繁衍等等,都是极富趣味性的。这些科学的奥秘在儿童科学文艺作品里,借助精巧的构思和形象的比喻、拟人、幻想等艺术手法都可栩栩如生地展现在幼小读者面前,把他们带到一个神奇的科学王国中去,引导孩子自觉地去探索大自然的奥秘。

儿童科学文艺的知识性、艺术性、科学性、思想性、趣味性是有机结合在一起的整体,不可以孤立地去理解它们。

另外,需要指出的是,就目前发表的儿童科学文艺作品看,大体可分为两种风格:一种是科学家写的科学文艺,具有较强的专业知识性。如生物学家、化学家、医学家、数学家等创作的科学文艺,内容较深,而文学性则相对弱一些。如高士其的作品《我们的土壤妈妈》、法布尔的《蝉》、肖建亨的《影子的故事》等等。另一种是儿童文学家创作的科学文艺,则以文学性见长,知识内容相对浅一些。或只表现常识性知识。如金近的《春姑娘和雪爷爷》、鲁兵的《大力士》、孙幼忱的《"小伞兵"和"小刺猬"》等等。后一类作品更适合于儿童的心理特点和接受能力。因此,儿童科学文艺大都以儿童文学作家创作的作品为主。当然,有的科学文艺作家既有较高深的专业科学知识,又有较深厚的文学功底,善于抓住儿童的心理,将科学知识形象化,并赋予浓郁的儿童情趣,这类作品更加全面地体现出科学文艺的几个特点,深受儿童的喜爱。如叶永烈的科学文艺作品《圆圆和方方》、《小灵通漫游未来》、《奇怪的病号》、《世界最高峰的奇迹》等等。

第四节　儿童科学文艺的分类

科学文艺是一种体裁多样的文学门类。如果说儿童文学是一个小百花园，那么，科学文艺便是这个小百花园中的一个小花圃；科学文艺的种类几乎涉及所有的儿童文学体裁。常见的科学文艺体裁主要有：科学童话、科学诗、科学小品、科学故事、科学幻想小说、科学相声、科教电影等等。

一、科学童话

儿童科学童话又名知识童话，以前也曾称为自然童话，是一种以童话形式来介绍科学知识的体裁。

科学童话的主要功能是进行智慧教育。它借助于童话特有的艺术手法，向儿童展示出他们周围的自然界，从而使他们获得各种自然现象的初步观念和一些简单的科学知识。例如，《三颗星星》，准确地介绍了作为交通讯号的红灯、绿灯和黄灯各自的指挥语言；《圆圆和方方》告诉小朋友：什么东西是圆的，什么东西是方的，圆有圆的用途，方有方的作用；《小蝌蚪找妈妈》则介绍了青蛙的外形特征和整个生长发育过程。

由于科学童话的主要对象是学龄前期和学龄初期的儿童，因此，它的内容比较浅显，情节结构的安排也较为单纯、明了。例如比安基的著名作品《尾巴》，写苍蝇想要安条尾巴，先后向鱼、虾、啄木鸟、鹿和狐狸去要，都没有得到，最后又和牛纠缠，被牛尾巴一记抽死了。这个科学童话向小读者介绍了各种动物尾巴的功能：鱼尾巴是舵，虾尾巴当桨用，啄木鸟靠尾巴作支柱凿树干寻食等等，从而说明所有动物的尾巴都不是为了好看，而是有用的，在动物的躯体上并没有什么多余的东西。

科学童话的重要功能之一是激发少儿读者对科学知识的浓厚兴趣。要求科学童话的选题必须独特新鲜，围绕一个新鲜的主题编构一个内容丰富的故事，才能对少儿读者充满吸引力。但目前市场科学童话类的图书，多是《十万个为什么》的翻版,缺乏故事性,对少儿读者缺少吸引力。

一部优秀的科学童话类图书,除了主题内容新鲜丰富之外,还要具有能合理展现这些内容的新颖结构以及生动活泼的表现形式。就科学童话的结构而言,其新颖合理的要求主要表现为根据少儿读者的特征有针对性地安排科学童话书稿各个部分的构成。科学童话的读者都是年龄偏小的少年儿童,还未形成逻辑思维的习惯,在阅读方式上缺乏独立翻阅能力而需更多地依赖亲子共读。

著有《谁丢了尾巴》、《闪光的蛇宝石》、《魔术师的绝招》、《最后的一个梦》、《奇异的宝盒》、《小猴哈里流浪记》等童话的著名童话家鲁克曾经说过:"科学文艺不是科学和文艺结婚"。而是他们结婚后养下来的孩子。这句话生动形象地点明了科学童话中科学和童话的关系"它们不是简单地拼凑在一起,而是两者的水乳交融",从而产生一个新的鲜活的宁馨儿。

科学童话应注意知识本身的趣味性。科学童话的目的是培养孩子们对科学的兴趣"为他们以后进入科学的殿堂奠定基础"。所以在科学童话中介绍的科学知识"不能太复杂、深奥",而应是浅显的,通俗易懂的,孩子们又乐于接受的科学知识。

二、科学故事

科学故事是将科学内容以故事的形式表现出来的一种文艺作品。能够激发人类的想象力、创造力,深受各个年龄阶段特别是少年儿童的喜爱。科学故事是把科学技术中的种种情况描写得有头有尾、有人物有情节,娓娓动听,趣味盎然。即用故事的形式讲述科学技术方面的种种知识。科学故事的史实必须准确,知识必须正确。如萧建亨的《影子的故事》,讲述影子怎样帮助人类确定时间、判断历史、测量月球、制造现代化的精巧零件以及为孩子们演影子戏等等,十分新颖动人。

科学故事的特点。一是科学和故事的统一。科学是人类的发明创造,它遍布各个领域并且在不断地延伸。它是严肃的、严密的,而故事是一种文艺作品,它具有娱乐性、教育性、知识性、趣味性。将二者有机地结合起来,将人们已有的科学知识加以文学性的渲染,使严肃性和科学性巧妙结合,从而形成了这样一种形式。二是创造与想象的统一 。科学为想象插上了翅膀，想象的内容不是现实中现有的，是人们对美好愿望的向往和渴求，它需要对原有的科学成果进一步创造才能实现。因此二者的统一是科学故事的又一鲜明特点。

科学故事的分类。从内容上分，有科学生活故事，如伊林的《在你周围的事物》；科学幻想故事，如王琴兰、王沂的《穿山甲之路》；科学家故事，如《少年伽利略》等。从学科上分，有天文科学故事，地质科学故事，物理科学故事，化学科学故事，数学科学故事，生物科学故事……余类推。

科学故事的写作。一是把人物活动与引人入胜的故事情节有机地统一起来。科学故事要有引人入胜的故事情节，同时还要有人物活动。虽然它不必像小说那样要着重刻画人物性格和人物形象，但是也不等于说人物形象就可以"千部一腔"、"千人一面"，只是充当概念化的甲、乙、丙、丁等说话人，人物活动就可以游离于故事情节之外。相反，必须把人物活动与故事情节有机地统一起来。就是说，人物活动的经过要自然地构成故事情节，从人物活动中可以看出情节发展的必然趋势，而事件的情节发展则通过人物活动去推动和完成，从事件的情节发展中体现出人物性格发展的必然逻辑。而科学故事要写得引人入胜，故事情节一方面必须是有头有尾、前后连贯、首尾圆合、合情合理的，另一方面，又要曲折跌宕，波澜起伏，有张有弛，出人意料，入人意中，做到偶然性与必然性的统一，自然巧合。"无巧不成书"。在情节发展紧要关头，还要善于"卖关子"，造成悬念。

二是将科学知识内容与故事情节融为一体，表现科学的主题。科学故事不能让人只记住了故事却忘掉了科学。写作时一定要将科学知识内容与故事情节融为一体，表现科学的主题。例如伊林写的《五年计划的故事》、《人和山》、《征服大自然》、《在你周围的事物》、《人怎样变成巨人》等科学故事书中，都表现了一个科学的总主题。这个总主题就是劳动的人们怎样在同自然进行斗争的过程中去认识自然、掌握自然的规律、利用自然的资源和条件及改造自然，使自然为人类服务的科学主题。

三是注意语言的形象化、通俗化和口语化。科学故事跟文学故事一样，要注意语言的形象化，通俗化和口语化，做到通俗易懂，深入浅出，才能有效地表达科学的内容和主题。但有些科学故事在叙述时用了一大堆儿童感到生疏冷僻和抽象难懂的科技名词术语,不能吸引少年儿童读者。这是写作时应当注意避免的。

三、科学诗

科学诗是用诗的艺术形式和表现方法反映出科学内容的作品。它既要求真实地反映出一定的科学内容,又要求用凝练的语言,生动的形象,饱满的感情,极纯熟的诗歌这种艺术形式来表现,并且要求做到二者的有机统一。

科学诗和科学童话、科学故事等形式一样,以准确地介绍某种科学知识为它的基本任务,要求有高度的科学性。诗歌是饱和着作者丰富的思想感情和想象的文学体裁,因此,科学诗更便于培养少年儿童热爱科学、志向科学的情操。但是也不能远离题旨抒发情感,变成了不折不扣的抒情诗,使读者在知识上毫无所获。借科学题材抒发情感,单纯歌颂某一科学成就,歌颂科学工作者献身科学、鼓舞人们向科学进军的诗歌一般不列入作为科学文艺体裁之一的科学诗中。

(一)科学诗的发展概况

诗中有科学,这是古已有之。"春种一粒粟,秋收万颗子",就说明了"春华秋实"(李绅《古风》)这一科学规律;"离离原上草,一岁一枯荣。野火烧不尽,春风吹又生"(白居易《古原草》),科学地写出了野草的生长规律和它顽强的生命力;"东边日出西边雨,道是无晴却有晴"(刘禹锡《竹枝词》),则是江南梅雨的科学写照。再如,"九曲黄河万里沙"(刘禹锡《浪淘沙》),"高处不胜寒"(苏轼《水调歌头》),"欲穷千里目,更上一层楼"(王之涣《登鹳雀楼》),"东南水多咸"(戴复古《频酌淮河水》),"问渠何得清如许,为有源头活水来"(朱熹《观书有感》),"春来江水绿如蓝"(白居易《忆江南》),"稻花香里说丰年,听取蛙声一片"(辛弃疾《西江月》)……这些信手拈来的诗句中,无不包含丰富的科学知识。所以,诗中有科学,科学用诗来表达,这可以追溯到遥远的古代。

然而,科学与诗结合起来,形成一种别具一格的诗——科学诗,则是近年来的事。

我国首屈一指的科学诗人,当推高士其。高士其的第一首科学诗是《天的进行曲》,1946 年写于广州。新中国成立后,他写了《我们的土壤妈妈》、《空气》等四十来首科学诗,收成我国第一本科学诗集《科学诗》,于 1959 年由作家出版社出版。

(二)科学诗的特点

1.目的明确,重在普及科学知识

科学诗以普及科学知识为主要目的和基本内容。这是它跟其他诗歌和儿童诗歌的主要区别之处。高士其曾这样谈到他写科学诗的目的,"写作科学诗,有一个崇高的目的,那就是为了建设社会主义,为了实现共产主义的伟大理想而奋斗。它不是为了写诗而写诗,也不是单纯地为了介绍科学知识而写作它;要激发少年读者们爱祖国、爱人民、爱劳动的感情,培养他们树立起唯物主义世界观,鼓舞他们向科学进军,引导他们去攀登科学顶峰,使他们能更好地为社会主义建设服务,这就是写作科学诗的基本思想和社会意义。"(高士其《科学诗》序言)

2.具有诗歌的基本特征

科学诗具有诗歌的基本特征,这是它与其他科普文学样式的根本区别之处。例如它具有优美的意境、丰富的联想和想象、饱满的感情、和谐的韵律、鲜明的节奏、精练的语言、大体整齐的字数、分行的格式、简短为主的篇幅等等。这些基本的特征构成一首科学诗歌的完整形式。优秀的科学诗总是体现科学内容与诗歌的完整形式完美的结合。例如高士其的《我们的土壤妈妈》。

3.形象情理,和谐统一

科学诗歌体现了形象、感情和科学原理或道理三者的统一。试看熊梅生的《美丽的银河》其中四节:"银河里流动着的是无数颗星星,它吸引许多恒星组成宇宙的一个村庄。这个庄名就叫'银河系',也包括了给地球带来光明的太阳。银河系是人口众多的集体,光是恒星就有一千亿颗以上。一万光年是它的厚度,十万光年才是它直径的长。我们的地球只是银河系里一粒细沙,太阳系也只是一朵小小的波浪。美丽而神秘的银河呵,我们真想跳进去游泳、划桨。天文学家老爷爷拍拍我们的肩膀,慈祥的目光充满殷切的希望。他说:从现在起你们刻苦学习,从小立下攀登科学高峰的志向。"这里用比喻、夸张、对比、反衬等手法描绘了银河的非常广阔和巨大的形象。从这些形象的描绘中说明了银河在宇宙中的地位,它与太阳系、太阳、地球的相互联系,它的厚度和直径的长度等等科学知识和原理。同时抒发了作者赞美银河和殷切希望少年儿童立志攀登科学高峰的感情。使情、理、形三者水乳交融,达到有机的统一。

4.浓郁的儿童趣味

科学诗的科学内容要能吸引少年儿童,引导他们走进科学的殿堂,培养他们学科学、爱科学的兴趣,树立攀登科学高峰的志向。它要有浓郁的诗味,使少年儿童被优美的意境所熏陶,引起心灵的共鸣,得到美的感受。例如圣野的《欢迎小雨点》就具有儿童特点的趣味性:为欢迎小雨点"来一点","泥土裂开了嘴巴等","小菌们撑着小伞等","小荷叶站出水面来等","小水塘笑了,一点一个笑窝。""小野菊笑了,一点敬一个礼。"用拟人手法把小雨点与大自然其他生物的和谐关系写得非常美,具有浓郁的诗情画意,清新活泼,趣味盎然,受到小读者的喜爱。

(三)科学诗的种类

科学诗的种类繁多,可以从不同的角度去划分。从其内容性质和表现形式来分,一般有以下几种:以叙事为主的称科学叙事诗,如郭风的《林中》(组诗);以抒情为主的称科学抒情诗,如艾青的《电》;以阐明哲理为主的称科学哲理诗,如马力的《向日葵》;以描绘科学幻想世界和事物为主的,称科学幻想诗,如孟天雄的《海边奇遇》,以童话故事形式为写的,称科学童话诗,如金近的《鸡冠花和公鸡》;以儿歌或歌谣体形式写的,称科学儿歌或歌谣,如刘御的《骆驼》、《太阳太阳照四方》。

四、科学小品

科学小品又称知识小品、自然小品。它是指只写科学知识的某一个方面或科学发展的某一个侧面,内容精当、结构自由、篇幅短小的科学散文,即简洁明快地介绍科学知识、传播科学思想和科学方法的小文章。如高士其的《细菌是怎样发现的》，全文1200字，生动地讲述了荷兰一个看门老工人发现了细菌的事。这类作品言简意赅，能够迅速及时地反映科学上的新事物、新思想、新动态，被称作科学文艺中的轻骑兵。它的读者对象不限于少年儿童，有不少科学小品是供成年人阅读的。这类作品数量最多，是最常见的科学文艺作品。

科学小品的发展概况。科学小品在我国有悠久的传统。唐代柳宗元的《种树郭橐驼传》和宋代周敦颐的《爱莲说》，就可以说是寓意深刻的科学小品。近代自然科学知识介绍到我国时，科学小品更成为一种重要的形式。鲁迅写的《说铂》等篇，也属于这种体裁。五四运动前后，科学小品形式的篇章就更多了。茅盾在商务印书馆出版编译所工作期间，也给《学生杂志》写过不少科学小品。当时许多综合性刊物以及文艺刊物也竞相刊登这类形式的文章。到了30年代，科学小品的创作更加兴旺。周建人、高士其、董纯才、顾均正、贾祖璋等，都是当时著名的科学小品文作家。他们的许多作品配合人民大众反帝反封建的斗争，传播科学，破除封建迷信，揭露帝国主义的侵略，为新民主主义革命贡献了力量。新中国成立后，我国科学小品创作进入了新的阶段。老一代科学小品作家如周建人、高士其、顾均正等，继续为孩子们写作，一些著名的科学家如李四光、茅以升、华罗庚等，也加入了科学小品作者队伍的行列。

科学小品的特征。一是题材广泛，形式活泼。科学小品题材十分广泛，不拘一格。自然科学和社会科学的各门学科、各种内容都可以不同程度地通过它来表现。二是立意新颖，小中见大。科学小品不仅注意反映科学的新发现、新知识等新题材，表现新的科学主题，而且对一些基础科学知识和旧的科学题材，也要从中发掘出新意，立意新颖。同时，它还从细小的科学题材中发掘出重大的科学主题来。三是短小精悍，文辞精美。科学小品之所以称"小品"，正由于它具有短小精悍、文笔优美的特点。它的篇幅大都是"千字文"，最多也不过二三千字。它篇幅虽短小，但科学内容却精粹而丰富，语言优美、准确、精练、生动、形象、富有文采。例如周瘦鹃的《国色天香说牡丹》就具有这些特点。

科学小品的种类。科学小品一般按其题材来分类。以天文知识为题材的称天文小品，如顾均正的《神话的月和科学的月》；以生物知识为题材的称生物小品,如贾祖璋的《萤火虫》;以花木知识为题材的称花木小品,如周瘦鹃的《花花草草》;以物理知识为题材的称物理小品,如顾均正的《"北京来到了我的面前"》;以化学知识为题材的称化学小品,如叶永烈的《化学元素漫谈》;以医学知识为题材的称医学小品,如傅连璋的《健康漫谈》;以地质学知识为题材的称地质小品,如石工的《火山和地震》;以建筑学知识为题材的称建筑小品,如茅以升的《没有不能造的桥》。以此类推。

五、科幻小说

科学幻想小说,顾名思义,就是运用幻想这一浪漫主义的艺术手法描绘未来科学发展远景和人类探索大自然奥秘的小说。

科学幻想小说是科学文艺的一种特殊体裁。它是19世纪中叶,科学技术迅猛发展下的产物,也是古老的幻想小说在大工业发达的新时代的发展。世界上第一部科学幻想小说,是1818年出版的《弗兰肯斯坦》,作者是英国的玛丽·雪莱。第一部被译成中文的西方科幻小说,是法国著名作家儒勒·凡尔纳的《八十日环游记》,由逸儒译,秀玉笔记,于1900年由世文社发行、出版。在中国,最早的科幻小说是创作于1904年,荒江钓叟在《绣像小说》连载的《月球殖民地小说》。该小说共三十五回,大约13万字。

科学幻想小说中所展现的种种景象是现实世界中并不存在的,但决非毫无根据的想入非非,也不同于一般文学作品的幻想。科学幻想要以科学为前提,符合科学发展规律,不悖常理。叶永烈的《小灵通漫游未来》,通过小记者小灵通幻游未来市的见闻和感受,向小读者展示了未来的人们在衣、食、住、行等许多方面科技发展的远景。

科学幻想应该新颖、大胆。事实上,科学幻想小说常常是科学未来的预告书。在上一世纪,凡尔纳写《海底两万里》时,世界上还没有潜水艇,而读者已经随着他的作品乘着潜水艇漫游绮丽的海底世界了。他的《从地球到月球》描绘了宇宙飞行的种种奇迹,包括宇宙飞行中人体失重的现象,事实上那时世界上还没有任何人离开过地球。而现在,那些非凡的幻想都已完全成为现实。今天,科学上的许多新发现和所取得的成就,是前人所不能想象的,而明天科学上的突破和将要达到的高度，又会大大超过今天最大胆的幻想。因此，只要不违背人类已知的科学原理，作者完全可以超越过去、现在和未来的界限，使自己的幻想自由大胆地驰骋。

科学幻想小说的特点。一是科学性。科学幻想小说的内容具有科学性，它所描写的故事尽管不是事实的，但应该在科学上能找到依据，必须在科学理论上站得住脚，是符合科学发展规律的，而不是胡思乱想的无稽之谈。二是幻想性。科学幻想是科学幻想小说的灵魂，也是这种体裁最鲜明的特点。它以跟科学有关的种种幻想为内容，其科学幻想的表现形式大致有三种情况：第一种是从已知的科学原理猜测过去可能发生过的事件。第二种是通过科学幻想，想象现有的科学技术在当今的新应用。第三种是根据今天科学水平所达到的认识高度，预测明天可能出现的科学上的创造发明。三是文艺性。科学幻想小说是用文艺形式提出科学课题，因而必须具备一般小说的特点。它必须遵循小说的创作规律，要求有典型环境的描绘，有栩栩如生的人物形象，有曲折生动的故事情节及完整的结构。

科学幻想小说的种类。科幻小说的分类，由于区分的角度不同，名目繁多，加上认识不一，所以还没有统一的标准。比较流行的分类法是根据科学内容性质的"软"和"硬"来划分，把内容涉及数学、物理、化学、天文、地质、生物、机械、医学等"硬科学"的，称为"硬科幻小说"，而把内容涉及人类学、生理学、心理学、人脑思维学、社会学等"软科学"的，称为"软科幻小说"。以科学幻想内容的表现形式分，还有假想过去科学现象的、假想现在科技新应用的、假想未来科技发展的科学幻想小说。

第五节　儿童科学文艺的创作

一、准确严谨的科学知识是创作的坚实基础

在儿童科学文艺作品中，我们看到很多科幻作品是对未来的科技做出许多

大胆的设想,由于作者遵循儿童科学文艺文字表达严谨的特点,是在符合科学原理和科学发展规律下,对科技做出的种种设想,不但给当时的读者带来奇幻的享受,甚至有的设想在将来还能变成现实。著名作家嵇鸿谈到他创作科学文艺作品时说,是"顺着科学知识这根藤,'摸'(构思)出一只只'瓜'(故事)来的"。可见,好的科学文艺作品,应顺着科学知识的规律(包括科学美的规律)来构思,或以科学知识为线索串起故事,情节不能违背科学,不能远离知识内容,特别是作品中的想象得符合科学规律,同时,又能突破科学的严密性、精确性的限制,从更广泛的生动的现实联系中,来展开情节,揭示科学的深层的意义。

法国科幻作家凡尔纳在他的作品中预言人类能潜入水底,登上月球,在他幻想的一百多年以后这些都实现了;叶永烈的儿童科学幻想小说《小灵通漫游未来》,通过小记者小灵通漫游未来市的所见所闻,对未来人们的衣食住行作全景式的"扫描":人们可以在雨中漫步而不需要借助任何的遮雨工具;使用的是可以看到对方"电视手表",老爷爷的眼睛里装上镜片,而不需要戴老花镜。这些在作品发表的年代听起来似乎天方夜谭的事。在三四十年的时间里由于符合科学原理和科学的发展规律,对如今的人们来说,有的已经变成现实是生活的一部分,有的正慢慢变成现实,那时候对未来的设想正逐渐变成我们的今天。

二、生动形象的文学表达是塑造文本的关键

前苏联科学文艺大师伊林认为,儿童科学文艺要用艺术家的眼光观察世界,把科学素材同诗意的感受世界结合在一起,这样儿童在获得科学知识的同时,也能得到文学艺术的审美享受。儿童科学文艺形象性不是靠平淡的描述来完成的,而是要善于进行艺术构思,把对抽象的科学知识的解释和虚构的故事糅合在一起,通过生动曲折的情节,细致逼真的细节和绘声绘色的语言。运用多种修辞手法来塑造感性形象,使儿童科学文艺文本表现为感性的形象。在孙幼忱的科学童话作品《"小伞兵"和"小刺猬"》中,作者把蒲公英和苍耳形象地称为"小伞兵"、"小刺猬",既符合这两种植物的最显著的特点,又富有文学色彩。作品以好朋友"聚—散—聚"曲折的故事情节和绘声绘色的语言使作品富有浓郁的文学色彩,使科学的知识得到充分的开掘,得到完美的表现,无疑使文章充

满了感性的认识,让读者轻松认识了蒲公英和苍耳这两种植物。

在高士其《我们的土壤妈妈》这首优秀的科学诗中,以拟人方法把土壤形象化:"她是地球工厂的女工"、"她是矿物商店的店员"、"她是植物的助产士"、"她是动物的保姆";这一组文字后面实实在在地隐含着一连串儿童生活中熟悉的形象:女工、店员、助产士、保姆……儿童读者在文本的阅读中就容易明白土壤的作用是分解有害物质,制造有机物,为动植物提供养料,帮助它们生长。多种修辞方法的运用能把抽象的科学概念化成生动的语言,这样理性的科学知识变成感性的人物形象,使儿童读者在文学氛围中不知不觉就接受了科学知识。儿童科学文艺作品以准确严谨的科学知识为文本基础,经过作家对文字、词组、句子匠心独运的文学表达后。成就了儿童科学文艺感性的文本,营造出虚幻而又具体可感的艺术世界,使儿童科学文艺作品既有严格的科学性,又有生动的文学形象性,带给读者精彩纷呈的美感体验。虽然科学性偏重于抽象思维,讲究严谨,文艺性偏重于形象思维,讲究浪漫色彩,但由于作者恰当地运用文学的表现手法,使科学性的知识得到完美的表现,体现了科学与文学的水乳交融。这种文本的独特性使儿童科学文艺在众多的文学体裁中凸显出来,明显区别其他的儿童文学文体。

三、多层次的全面认知彰显文体特色

在儿童科学文艺的文本中这表现为知识性的认知和思想性的认知,即通过儿童读者对文本的理解和对文本整体意义的把握。儿童科学文艺介绍的题材非常广泛,各个领域的知识都可以通过这种的文学形式传播,从儿童科学文艺作品文本中孩子能获得科学知识的道理。人们都能认识到,但儿童科学文艺文本提供的不仅仅是读者对文本的感知上,它还为读者提供了必须通过理解和品味深入文本结构的意味层即思想性的认知。这种思想上的认知,它或者表现一种哲理,或者颂扬一种人类美好的精神,人们在重视孩子从中获得各种知识信息的同时,往往会忽略了科学文艺作品文本思想上的认知作用。如科学童话《小蝌蚪找妈妈》,在文本中通过一个个意象的展现,儿童不仅了解了蝌蚪成长为青蛙的过程,还认识鱼、蟹、龟等动物的不同特征,获得了对自然科学知识的

认知。在小蝌蚪曲折寻母过程中,还给小朋友传达了这样的人生哲理:认识一个事物不是一件简单的事情,教育孩子对待问题要全面看待,不能以局部代替全部;同时让孩子明白,如果小蝌蚪在寻找妈妈的过程中,遇到困难就中途放弃那就找不到妈妈,启发孩子在科学探索的道路上应该具有百折不挠的精神,这就是读者在阅读中达到文本隐藏着的意味层——哲理上的认识。

作为潜在的可能审美空间,意味层有待欣赏者审美理解力的介入与参与,儿童科学文艺文本中意味层的体现,不是作品中标语口号式的说教,也不是外在的赋予和标签式的强加,而是渗透在作品中需要孩子在阅读中去理解和体会。

从教育入手揭示其思想内涵,让孩子从作品中受到思想启发,在孩子的心灵中播下真善美的种子。如欣赏《小蝌蚪找妈妈》就应赏析到这三个方面:①告诉读者青蛙的生长过程、习性、外形特征。②作品运用拟人、"误会"法等使情节曲折、生动、有趣;人物形象亲切可爱;语言优美、流畅、寓于感情色彩。③作品还告诉读者一个道理:看问题要全面,不能想当然。应该说,这三个方面是缺一不可的。一篇科学文艺作品对语言的要求很高。它既是文学的语言:明快、形象、生动;又是科学的语言:正确、客观、合理;同时又是孩子喜欢的语言:简短、有趣、纯洁。欣赏时,可对作品语言进行品味、推敲。好的作品,一读就懂却不是一览无余;百读不厌却又不会百知不解。如《小伞兵和小刺猬》的语言,显得生动、准确、合理。"我们要分散到别处去"中的"分散"就准确写出蒲公英的生活习性。"许多小伞兵紧紧地挤在一起""藏在泥土里""白绒球一下子散开了"等句中的"藏、挤、散"等词用得生动而贴切。

总之,文艺作品其科学性、文艺性、思想性是密不可分的。科学性是科学文艺的写作目的,作者创作科学文艺作品的目的是通过形象、生动、贴近生活的文学形式,来吸引读者对科学的兴趣。文学性则是表达科学知识的手段,是为科学性服务的,它是一篇科学文艺作品是否形象、生动,是否受读者欢迎的关键。思想性则是贯穿通篇的思想内涵,它使作品更具教育意义,这是任何一文学作品所应有的。由此可见,在创作科学文艺作品时,如果仅为了其科学性而创作,就会使科学知识陷于呆板、枯燥;如果仅限于文学性,则达不到作品传播科学知识的目的；如果只考虑到科学性和文学性，忽略了思想性，就体现不出作品的深层意味。因此，三者都应该考虑到，这才是创作的核心所在。

阅读赏析

1. 圆圆和方方（科学童话）

⊙　叶永烈

你认识圆圆吗？你认识方方吗？

它俩是你的老朋友啦：圆圆就是你下象棋的棋子。可不是吗？每一颗象棋的棋子，都是圆溜溜的，所以叫"圆圆"；方方就是你下军棋的棋子。可不是吗？每一颗陆军棋的棋子都是四四方方的，所以叫"方方"。

有一天夜里，象棋正好和陆军棋放在一起，圆圆跟方方没事儿就开始聊天了。

圆圆觉得自己的本领大，它对方方说："你瞧瞧，世界上到处都是我圆圆的兄弟——汤团是圆的，乒乓球是圆的，脸盆、饭碗、茶杯是圆的，就连地球、太阳、月亮也都是圆的！"

方方听了一点也不服气，它觉得自己的本领比圆圆强，说道："你瞧瞧，世界上到处是我方方的兄弟——书是方的，报纸是方的，床是方的，毛巾是方的，铅笔盒、信封、汉字是方的，就连天安门广场、人民大会堂也是方的！"

它俩都觉得自己本领大，你一言，我一语，吵到半夜，还是谁也说服不了谁。它俩争着，吵着，吵着，争着……声音越来越小，越来越轻——吵累了，争累了，夜深了，睡着了。

圆圆睡着了，开始做梦——

圆圆梦见自己来到建筑工地，一看，方方的同伴在那里——一大堆砖头都是方的。圆圆气坏了，说声"变"，就叫那些砖头都变成圆的。可是，用圆砖头砌成的房子，砖头会滚动，一下子就坍倒了。建筑工人叔叔对圆圆说："砖头不能做成圆形的。方的砖头能够紧密地砌在一起，墙壁非常结实，所以我们要方的不要圆的！"工人叔叔说声"变"，砖头重新变成方的了，砌成的房子又结实又

303

漂亮。

圆圆没办法,只好垂头丧气地离开了建筑工地。

圆圆来到了农村,一看,方方的同伴又在那里——成块成块的田都是方的。圆圆很不高兴,说声"变",就叫那些田都变成圆形的。这下子,圆圆可高兴啦。可是,它听见一个不高兴的声音:"是谁把田都变成圆的? 圆跟圆之间多出来一大块、一大块空地,这怎么行呢? 太浪费土地啦!"圆圆一看,原来是农民伯伯在说话。只听得农民伯伯说声"变",田地重新变成方的了。一块紧挨着一块,中间只留下一条细长的田埂,好让人们走路。

这一夜,圆圆做了好几个梦。在每一个梦里它都想把方方赶走,变成圆圆,可是都没有成功。这一夜,圆圆翻来覆去,没睡好。

想不到,方方睡着了,也做起梦来——

方方梦见自己在公路上遇到一辆自行车。它一看见自行车的车轮是圆圆的,心里就火了。它说声"变",自行车的车轮一下子就变成方的了。这时,自行车马上倒在地上。那骑自行车的阿姨从地上爬起来,非常生气,问道:"是谁把我的车轮变成方的? 方的车轮怎么滚动?"阿姨说声"变",把车轮重新变成圆的,骑着自行车飞快地跑了。

方方没办法,东游西逛,来到了炼油厂。它一看,炼油厂里贮藏汽油的油罐怎么都是圆的,很不顺眼。它说声"变",把油罐一下子变成了方的。想不到,这下子可闯祸了,油罐里的汽油直往外冒。方方知道,汽油是很危险的东西,一见火就会烧起来,不得了! 油罐生气地说:"是谁把我变成方的? 要知道,石油工人把我做成圆的,是因为圆形的东西装油装得最多。一变成方形的,油就装不下,流出来了。"方方一听,赶紧大叫:"变,变,变……"

这时,圆圆一夜没睡好,刚刚睡着,就被方方大叫"变、变、变"的声音吵醒了。

圆圆问方方为什么连声叫"变",方方不好意思地把自己做的梦告诉了圆圆。

圆圆一听,脸也红了,不好意思地把自己做的梦也告诉了方方。

从此,圆圆跟方方再也不吵了,互相尊重,互相学习。因为它俩懂得:圆圆有圆圆的优点,方方也有方方的优点。

它们俩愉快地互相合作。

在算盘里,圆圆的算盘珠住在方方的算盘框里,三下五除二,飞快地计算着。

在汽车中,方方的车厢坐在圆圆的车轮上,"嘟嘟——"飞快地前进。

还有,方方的电子仪器住在圆圆的人造卫星里。这时,圆圆的卫星在宇宙中飞行,方方的电子仪器用无线电波把太空中的见闻,告诉你和你的小伙伴。

【作者简介】 叶永烈,笔名萧通、久远、叶杨、叶艇,生于 1940 年 8 月 30 日,浙江温州人。现职作家、教授、科普文艺作家、报告文学作家。曾任中国科协委员、全国青联常委、上海市科协常委、上海市科普创作协会副理事长、世界科幻小说协会理事。20 岁时成为《十万个为什么》主要作者,21 岁写出《小灵通漫游未来》。自 1960 年出版第一本著作起至今已出版 300 多部著作。

【作品赏析】 圆和方是两种关于几何图形的抽象概念,但在童话中,却变成了两个会聊天、会吵架、会做梦,谁也不让谁,最后又愉快合作的小朋友。通过这个有趣的故事,既告诉孩子们圆形几何体与方形几何体的特点、用途等方面的常识,又教育小朋友任何事物都是各有所长,各有所短,要发挥自己的长处。团结合作,取长补短,才能真正有所作为。叶永烈的创作十分注意思想性、科学性和文艺性。他的作品巧妙地将科学知识融化在生动有趣的故事中,开启了小读者对人类为了生活的美好幻想。

2. 小蝌蚪找妈妈(科学童话)

⊙ 方惠珍 盛璐德

暖和的春天来了,池塘里的冰融化了,柳树长出了绿色的叶子。

青蛙妈妈在泥洞里睡了一个冬天,也醒来了。她从泥洞里慢慢地爬出来,伸了伸腿,扑通一声,跳进池塘里,在碧绿的水草上,生下了许多黑黑的、圆圆的卵。

春风吹着,阳光照着,池塘里的水越来越暖和了,青蛙妈妈生下的卵,慢慢地活动起来,变成一群大脑袋、长尾巴的小蝌蚪。

小蝌蚪在水里游来游去,非常快乐。

有一天,鸭妈妈带着小鸭到池塘来游水。小鸭子们跟在妈妈后面,嘎嘎嘎叫着。小蝌蚪看见了,就想起了自己的妈妈。

他们你问我,我问你:"我们的妈妈在哪里呢?"可是谁也不知道。

他们一齐游到鸭妈妈身边,问:"鸭妈妈,鸭妈妈,您看见过我们的妈妈吗?您告诉我们,她在哪里?"

鸭妈妈亲热地回答说:"看见过。你们的妈妈有两只大眼睛,嘴巴又阔又大。好孩子,你们到前面去找吧!"

"谢谢您,鸭妈妈!"小蝌蚪高高兴兴地向前面游去。

一条大金鱼游过来了,小蝌蚪看见大金鱼头顶上有两只大眼睛,嘴巴又阔又大。他们想:一定是妈妈来了,就追上去喊:"妈妈!妈妈!"

大金鱼笑着说:"我不是你们的妈妈。我是小金鱼的妈妈。你们的妈妈肚皮是白的,好孩子,你们去找吧!"

"谢谢您!金鱼妈妈!"小蝌蚪又向前面游去。

一只大螃蟹从对面游了过来。小蝌蚪看见螃蟹的肚皮是白的,就迎上去大声叫:"妈妈!妈妈!"

螃蟹摆着两只大钳子,笑着说:"我不是你们的妈妈。你们的妈妈只有四条腿,你们看我有几条腿呀?"

小蝌蚪一数,胖子有八条腿,就不好意思地说:"对不起呀,我们认错了。"

一只大乌龟在水里慢慢地游着,后面跟着一只小乌龟。小蝌蚪游到大乌龟跟前,仔细数着大乌龟的腿:"一条,两条,三条,四条。四条腿!四条腿!这回可找到妈妈啦!"

小乌龟一听,急忙爬到大乌龟的背上,昂着头说:"你们认错啦,她是我的妈妈。"

乌龟笑着说:"你们的妈妈穿着好看的绿衣裳,唱起歌来'呱呱呱',走起路来一蹦一跳。好孩子,快去找她吧!"

"谢谢您,乌龟妈妈。"小蝌蚪再向前面游过去。

小蝌蚪游呀游呀,游到池塘边,看见一只青蛙,坐在圆圆的荷叶上"呱呱呱"

地唱歌。

小蝌蚪游过去,小声地问:"请问您:您看见我们的妈妈吗?她有两只大眼睛,嘴巴又阔又大,四条腿走起路来一蹦一跳的,白白的肚皮绿衣裳,唱起歌来呱呱呱……"

青蛙没等小蝌蚪说完,就"呱呱呱"大笑起来。她说:"傻孩子,我就是你们的妈妈呀,我已经找了你们好久啦!"

小蝌蚪听了,一齐摇摇尾巴说:"奇怪!奇怪!为什么我们长得跟您不一样呢?"

青蛙笑着说:"你们还小呢。过几天,你们会长出两条后腿来;再过几天,又会长出两条前腿。四条腿长齐了,脱掉尾巴,换上绿衣裳,就跟妈妈一样了。那时候,你们就可以跳到岸上去捉虫吃啦。"

小蝌蚪听了,高兴得在水里翻起跟斗来:"呵!我们找到妈妈了!我们找到妈妈了!"

青蛙扑通一声跳进水里,带着小蝌蚪一块儿游玩去了。

后来小蝌蚪长大了,变成了小青蛙。小青蛙常常跳到岸上捉虫吃,还快活地唱着:"呱呱呱,呱呱呱,我们长大啦!我们长大啦!我们会捉虫,捉尽了害虫,保护庄稼。"

【作者简介】 方惠珍、盛璐德,原为上海市南京西路幼儿园教师。这篇童话创作于 20 世纪 50 年代,在我国儿童中有很大的影响。也是深受幼儿欢迎的作品。该作品于 1962 年拍成水墨动画片,多次在国际影坛上为祖国赢得荣誉,并且荣获 1980 年全国第二次少儿文艺创作一等奖。

【作品赏析】 这篇科学童话无论在科学性、艺术性和思想性方面都是成功的。作品以饶有趣味的误会法,形象地介绍了青蛙从卵到蝌蚪再到青蛙的成长过程,给孩子以具体而完整的知识,顺便为孩子们介绍了鸭、鱼、乌龟的一些外形特征,这些都能引起幼儿极大的兴趣。同时,作品生动地告诉小读者:要全面地观察事物,不能片面地看问题,不能用局部代替全局。

3.穿救生衣的种子(科学童话)

⊙ 杨红樱

秋天的池塘,水映着蓝蓝的天和洁白的云,显得非常清凉。鱼儿们成群结队,在水里快活地游来游去。

有一条小鲤鱼游到池塘中间,她看见一个"小球"在水面上漂啊漂。"嘻嘻,真好玩!"

小鲤鱼用头去顶了一下,只听"哎哟"一声,那"小球"叫了起来:"谁在撞我呀?"

"对不起,我是小鲤鱼。"小鲤鱼连忙给她道歉,"我还以为你是个小球呢!"

"我不是小球,是睡莲的种子。"

"真奇怪,种子都是长在地底下的,你怎么浮在水面上?"小鲤鱼惊奇地问。

种子得意地说:"你没见我身上穿着救生衣吗?"

小鲤鱼仔细一瞧,这种子身上果然穿着一件充满空气的救生衣,怪不得她在水上自由自在地,一点也不用担心会沉下去。

小鲤鱼和种子玩了一会儿,便告别了她,找妈妈去了。

穿救生衣的种子在池塘里漂啊,漂啊……

日子过得真快,转眼就到了第二年夏天。红的花、绿的树,映在池塘里,好看极了。

那小鲤鱼也长大了,她长成一条美丽的红鲤鱼姑娘。

一天,天气晴朗,树上的鸟儿在快乐地歌唱,池塘边的柳树在轻轻地舞蹈,红鲤鱼姑娘也在水里快活地游来游去。她一会儿扎进水底,一会儿跃出水面。突然,她看见静静的水面上,躺着一朵粉红色的花,她飞快地游了过去。

"你怎么掉进水里了?"

"我的家就在这里。"那朵花说,"我的名字叫睡莲。"

红鲤鱼姑娘惊喜地叫道:"你是那个穿救生衣的种子开出的花吧?"

"是啊。"

"你的种子不是在水上漂吗?怎么又跑到地底下去了?"

"我的种子在水里漂了很久很久,救生衣里的空气跑掉了,种子就沉到水底,到了春天,我就生长出来了。"

睡莲幸福地生活在池塘里。早晨,当太阳从东方升起的时候,她仰起脸儿,向着太阳一个劲儿地笑。傍晚,太阳下山了,她也悄悄地把花瓣合拢,进入甜蜜的梦乡……

【作者简介】 见童话《猫小花和鼠小灰》。

【作品赏析】《穿救生衣的种子》是杨红樱 1981 年写给孩子们的第一篇科学童话,也是她的第一篇儿童文学作品。虽然是起步阶段的文学创作,但是良好的艺术感觉与优美的文字内容奠定了这篇处女作重要的地位。

杨红樱创作了大量的有关动物、植物、自然现象物性的科学童话,《穿救生衣的种子》讲的是睡莲种子的传播方式。睡莲海绵质的浆果结构十分奇特,它是"水上漂"传播种子的典型。作家如何把孩子生活之外的这个常识种在他们心里,是很见文学功力的。这篇童话文字简洁,情节单纯,人物对白亲切,故事情境温馨怡人,满篇的童心之美,荡漾在作家所创造的"池塘"这样一个充满生命力的自然处所中。阅读作品,孩子感悟的就是睡莲的"生命"本身,而不是关于睡莲"是什么"的说明,这就是"科学童话"与"科普读物"的根本区别。

4. 我们的土壤妈妈(科学诗)

⊙ 高士其

我们的土壤妈妈,
是地球工厂的女工。
在大自然的建设计划中,
她担负着几部门最重要的工作。

她保管着矿物、植物和动物,
还有肉眼看不见的微生物;
她改造物质,发展生命,
经营着无机和有机

两大世界的巨大工程。

她住在地球表面的第一层，
由几寸到几千米的深度，
都是她的工作区。
她的下面有水道，
水道的下面是牢不可破的地壳。

她是矿物商店的店员。
在她杂色的柜台上，
陈列着各种的小石子和细沙，
都是由暴风雨带来的，
从高山的崖石上冲下来的。

她是植物的助产士。
在她温暖的怀抱里，
开放着所有的嫩茶和绿叶，
摇摆着各色的花朵和果实，
根和她紧密地拥抱。

她是动物的保姆。
在她平坦的摇床上，
蹦跳着青蛙和老鼠，
游行着蚂蚁和蚯蚓，
蜷伏着蛹和寄生虫。

她是微生物的培养者。
在她黑暗的保温箱里，

微生物迅速地繁殖着；
它们进行着化解蛋白质的工作，
它们进行着制造植物化肥的工作。

我们的土壤妈妈，
像地球的肺。
她会吸进氧气，
她会呼出二氧化碳；
有时还会呼出阿摩尼亚。

她又像地球的胃，
她会消化有机物。
地球上所有的腐物，
几千万年人和兽的尸体，
都由她慢慢地侵蚀。

她又像地球的肝。
毒质碰着她就会被分解，
臭味碰着她就会被吮吸，
病菌碰着她就会被淘汰，
使传染病停止了蔓延。

我们的土壤妈妈同水
有深厚的感情！
她有多孔性和渗透性，
她像海绵一样，
能够尽量吸收水。

我们的土壤妈妈同太阳
有亲密的友谊！
她能够接受太阳的热；
当黄昏来到的时候，
又把它发散出来。

气候也会影响她的健康。
冰雪的冬天，
把她冻坏了；
快乐的春天，
把她解放了。

在城市，有数不尽的垃圾堆，
都要经过她的改造，
才能变成美好的肥料。
我们的土壤妈妈，
完成了清洁队员未了的工作。

在农村，有数不清的田亩，
滴上农民们的血汗，
播种下谷子、小麦和高粱。
我们的土壤妈妈，
从不辜负农民的希望。

改造自然的伟大工程，
把沙漠变成了绿洲，
从荒芜走向繁荣，
我们的土壤妈妈，

更进一步展开她的工作。

【作者简介】　高士其(1905 年 11 月 1 日—1988 年 12 月 9 日),原名高仕
鎮,祖籍福建福州人,生物学家,化学家,科学文艺家,诗人,教育家。高士其
1918 年考进北京清华留美预备学校,于 1925 年毕业,后到美国留学。1928 年
在芝加哥大学医学研究院攻读医学博士,期间因实验中意外感染甲型脑炎病
毒,从此留下了周期性双眼昏花、眼球上翻以及两手颤抖的后遗症,导致 1939
年全身瘫痪。高士其 1931 年开始发表科学文艺作品。1935 年与人合著出版
了科学小品集《我们的抗敌英雄》。1949 年从香港到北京,其后主要进行科学
文艺创作。1949—1965 年,创作了大量的科学小品、论文及诗歌。他的科学小
品,被认为擅长通俗易懂地表达出深奥的科学道理,他的著作题材广泛,含有丰
富的趣味和丰富的知识。同时他的科学诗歌也被认为擅长用形象的比喻来说
明抽象的科学道理。

【作品赏析】　将丰富的科学知识融入诗的意境,实现科学与诗性的完美结
合。写诗要用形象思维,写科学诗也要用形象思维来表达科学。只有化科学为
形象,才能写好科学诗。高士其的科学诗,很注意运用形象思维来表达科学。
就拿《我们的土壤妈妈》来说,高士其用这样许多形象化的诗句,来表达土壤的
科学知识。把科学知识描写得生动、活泼,富有形象,跃于纸上。

5.一个树木的家庭(科学小说)

⊙　[法国]儒勒·列那尔

我是在穿过了一片被阳光照耀的平原之后遇见他们的。

它们不喜欢声音,没有住到路边。它们居住在未开垦的田野上,靠着一泓
只有鸟儿才知道的清泉。

从远处望去,树林似乎是不能进入的,但当我靠近,树干和树干就渐渐松
开,它们谨慎地欢迎我。我可以休息,乘凉,但我猜测,它们正在监视我,并不
放心。

它们生活在家庭里,年纪最大的住在中间,而那些小家伙,还有些刚刚长出
第一批叶子,差不多遍地都是,从不分离。

它们的死亡是缓慢的,它们让死去的树也站立着,直至朽落而变成尘埃。

它们用长长的枝条互相抚摸,像盲人凭此确信它们全都在这里。如果风气喘呼呼的要将它们连根拔起,它们的手臂就愤怒挥动,但是,在它们之间,却没有任何争吵,它们只是和睦低语。

我感到这才是我真正的家,我很快就会忘掉另一个家的。这些树木会逐渐接纳我的,而为了配受这个光荣,我学习应该懂得的事情。

我已经懂得监视流云。

我也懂得待在原地一动不动。

而且,我几乎学会了沉默……

【作者简介】 儒勒·列那尔(1864—1901),法国作家,早年当过职员、家庭教师。22岁出版了诗集《玫瑰花集》,初期创作受自然主义影响,后转向现实主义。主要作品有《胡萝卜须》、《寄生虫》、《海蟑螂》,散文代表作有《冷冰冰的微笑》、《自然记事》,还有《日记》和《书简》等。

【作品赏析】 《一个树木的家庭》是法国著名作家列那尔《自然素描》中的一篇。在这里作者把树木拟人化了。一片树林即是一个大家庭,而且是一个充满温馨、充满爱意的家庭。家庭里的每个成员都能和和睦睦相处。透过作者的想象,我们不难窥探出他在"一个树木的家庭"里所寄寓的一种理想化的思想。随着社会越来越向商品社会发展,城市的喧嚣,世俗的纷纭,人际关系的淡漠,使得这个人与人组成的大家庭——社会,扭曲了面孔。于是作者"穿过了一片被阳光烤炙的平原"寻找一个真正的"家"。这个家庭理应充满友爱、祥和、抚慰、团结、互助……在这个人类组成的大家庭里人们怡然自得地和睦相处,朝夕相伴,没有喋喋不休的争吵,就像"他们用长长的枝条相互抚摸,像盲人凭此确信他们全都在那里。""在他们之间,却没有任何争吵。他们只是和睦地低语","他们生活在家庭里","从不分离"。作者美好的愿望从"树木家庭"里自然地流溢出来,表现了作者渴望一种全新的生活,实则是在追求一种精神上的家园。这使我们自然地联想到陶渊明的"世外桃源"。但是列那尔的《一个树木的家庭》所表现出的思想境界则更贴近现实,因为,只要我们付出努力,"树木会逐渐逐渐接纳我",最终达到理想的境界。

314

目标检测

1.什么叫儿童科学文艺？说说儿童科学文艺的起源与发展。

2.儿童科学文艺主要有哪些作用？

3.儿童科学文艺主要有哪些特点？

4.科学文艺按体裁分,常见的主要有哪些种类？

5.以《小蝌蚪找妈妈》为例,谈谈儿童科学文艺的科学性与文学性和谐完美统一的特点。

6.试述科学童话的特征及其创作方法。

7.名词解释:科幻小说、科学童话、科学诗。

8.根据所学物理、生物等知识,试创作一篇儿童科学文艺作品。

第八章 儿童戏剧

了解并掌握儿童戏剧的基本理论；掌握儿童戏剧改编的方法；能进行儿童戏剧的排演。

学习内容

第一节 儿童戏剧的形成与发展

一、儿童戏剧的概念

戏剧是一门综合性的艺术，它以舞台表演为中心，融汇了文学、音乐、美术、舞蹈等多种艺术成分。从接受与观看戏剧的观众年龄上来看，戏剧大致可分为成人戏剧和儿童戏剧。儿童戏剧是指用语言、肢体、表情等表现形式表现的一种表演形式，设计轻松、愉悦、有情节、有故事性、有理念的表演。戏剧排演用的剧本又叫脚本，是戏剧中的文学成分，即戏剧文学。戏剧文学是戏剧的基本组成部分，它为舞台提供脚本，同时也是一种可供阅读的文学体裁。

二、儿童戏剧的发展概况

我国古代戏曲具有悠久的历史，但儿童戏剧十分缺乏，更谈不到有专供幼儿欣赏的戏剧。但这并不是说,先前古代戏剧中就没有一些贴近儿童心理、适宜儿童看的剧目。古代的歌舞戏、傀儡戏和皮影戏等剧目,因为它所具有的民间性和儿童性的特点,是很受那时孩子们欢迎的。20世纪初,西方资产阶级教育思想传入我国,许多知识分子在改革学校教育的同时,也引进了欧美学校设置的体育、音乐、美术等课程,并且提倡儿童戏剧,把它作为学校开展课外活动的重要内容。与此同时,一些文化先驱大量译介西方艺术作品,话剧、歌剧等戏剧的大量引进为中国戏剧的多元化发展提供了借鉴。

在这种良好的氛围下,关注和支持儿童戏剧发展的人越来越多。郭沫若于1919年11月在《上海时报·学灯》上发表儿童诗剧《黎明》。1922年1月,郑振铎在上海创办的儿童刊物《儿童世界》,刊载了20多个儿童剧,如《牧童与狼》、《两个洞》、《三个问题》等剧目,积极倡导儿童剧的创作与传播。更为难能可贵的是,该刊还向儿童征稿,发表了《唱山歌》、《寄信》、《告状》等孩子们自己创作的短剧。黎锦晖是我国儿童歌舞剧的创始者、倡导者。1922年,他在《小朋友》杂志上发表了儿童歌舞剧《麻雀与小孩》,这是我国最早出现的儿童戏剧。以后,又陆续创作了十余部歌舞剧,如《葡萄仙子》、《月明之夜》、《三蝴蝶》、《小小画家》、《苹果醒了》等都是可供儿童观赏的童话歌舞剧。这种载歌载舞的戏剧,主题新颖、语言自然、活泼有趣,深受孩子的喜爱。

抗日战争和解放战争期间,中国戏剧出现了"自有戏剧以来没有对国家民族起过这么伟大的显著作用",主要体现在宣传抗日、启发觉悟、成为对敌斗争的武器。一批左翼戏剧作家投身到儿童戏剧创作中,直指黑暗现实中儿童的悲惨命运。如叶圣陶在1920年曾为孩子们写过《风浪》、《蜜蜂》两部儿童歌剧,均由何明斋设计舞台动作并配曲。在这两部作品中,发出呐喊:"我们不是奴才,外来侮辱要抵抗,同胞相呼,来来来来!"(《蜜蜂》)"我们的力量合存一块了,胜利就在我们的手里了!"(《风浪》),鲜明的现实针对性与强烈的时代气息,使叶圣陶的作品成了20世纪30年代勃起的抗战儿童剧的先声,其历史意义是不可低估的。宋庆龄为了加强戏剧在教育中的重要作用,于1947年4月积极创办了中国福利基金会儿童剧团,这是我国历史上第一个专门为儿童演习的职业剧团。

新中国成立后,我国儿童戏剧事业迅速发展,作家们热情为孩子写戏,出现了不少脍炙人口的作品。如张天翼的《大灰狼》,取材于民间广为流传、家喻户晓的"狼外婆"故事。素来在创作上善于创新的张天翼将这一民间故事进行了大胆翻新,其语言风趣幽默、剧情生动活泼,可谓幼儿童话剧的典范之作。乔羽的《果园姐妹》《森林的宴会》,老舍的《宝船》,包蕾的《小熊请客》,金近的童话歌舞剧《兔妈妈种萝卜》和沈慕垠的木偶剧《老公公种红薯》,儿童特点都十分突出。至于柯岩把诗歌、戏剧、游戏融于一体的《打电话》《照镜子》《红灯绿灯和警察叔叔》,更是直接进入幼儿园中,是小朋友十分乐于扮演的节目。

新时期以来,一些幼教工作者参与儿童戏剧创作活动,他们的作品贴近幼儿生活,丰富了儿童戏剧园地。1987 年 4 月宝文堂书店出版了陈振桂、陈忠编的《低幼儿童剧本选》,著名戏剧评论家阳翰笙为书作序,《儿童文学大全》一书称"这集子是我国出版的第一部低幼儿童剧本选"。《南宁晚报》评价该书是"填补了我国出版业的一项空白"。1987 年 6 月广西人民出版社出版了广西区教育厅幼儿园教材编写组编写陈振桂、徐燕翔主编的《幼儿木偶剧》,全书 26 个剧本,根据剧本内容的深浅,排演的难易和幼儿的特点,按大中小班编排,这种以剧本的形式,作为幼儿园的补充教材,实际上也开了我国幼儿园教材的先河。

但是,幼儿戏剧至今未能像幼儿诗歌、童话、故事那样繁荣,从事幼儿戏剧创作的作家较少。因此,如何繁荣幼儿戏剧,仍需要大家的关心和努力。

第二节　儿童戏剧的特征

幼儿阶段是一生中可塑性最大、学习能力最强的时期。因此,每一项属于幼儿的活动都要强调它的多元价值。幼儿文学的教育不是直截了当的说教,而是寓于作品的形式之中,使其对幼儿产生潜移默化的影响。儿童戏剧也不例外,幼儿在参与戏剧性的活动或者观赏戏剧表演,可以从中学到增进沟通与表达的技能,促进逻辑概念构思的养成,进而培养想象与创造能力,建立自我概念及舒缓情绪等,而这一切跟儿童戏剧的特征息息相关。

一、浓厚的游戏性和趣味性

学龄前儿童非常喜欢游戏，"游戏是儿童认识世界的方法，也是他们认识世界的工具"。——俄罗斯著名作家高尔基。幼儿戏剧不仅在内容上大多反映、表现了幼儿的游戏活动，而且在艺术形也具备了幼儿游戏的特点。儿童戏剧所以受孩子们的欢迎，正是因为它富有极强的游戏性，符合孩子模仿、参与、表演的特点。儿童戏剧的题材取自由而现实生活，或取自儿童幻想世界，无论是现实题材还是非现实题材，儿童戏剧的题材都要考虑到孩子是否喜欢，儿童戏剧的演出，实际上就是一种经过组织的、具有戏剧艺术特点的高级游戏。那不认识妈妈的小蝌蚪，贪吃而不喜欢刷牙的小熊，不学无术的"妙乎"。这些戏剧形象，无不充满了游戏性和趣味性，

由此可见，游戏性、趣味性是儿童戏剧独有的艺术特征。儿童戏剧的演出，实际上就是一种经过组织的、具有戏剧艺术特征的高级的儿童游戏。整个表演就像一场庄重的预设的游戏活动，其实就是儿童对社会生活的模仿。游戏中的模拟动作和驰骋想象能给儿童极大的快乐。因此儿童戏剧如果能接近于他们的游戏，他们更感兴趣。儿童喜欢当积极的参与者而非消极的旁观者，如果戏剧中的游戏能让小观众一起参加，那就会使台上、台下、演员、观众打成一片。这时，小观众在看戏，也是在游戏，气氛极好，孩子从中能得到极大的快乐和满足。济南儿童艺术剧院的《三个和尚》剧中的小老鼠、小和尚、胖和尚与台下小朋友一起互动、游戏，传统的故事与时尚审美结合，娱乐性强，趣味搞笑，老少皆宜。

二、单纯而有趣的戏剧冲突

戏剧文学以社会生活的矛盾冲突作为基本情节，戏剧冲突是戏剧反映、表现生活的基本手段，是戏剧的轴心，所以说"没有冲突就没有戏剧"。儿童戏剧也属于戏剧，自然也不能违背、脱离这一艺术规律。但是，儿童戏剧中出现的戏剧冲突必须符合儿童的年龄心理特征，符合他们的接受能力和审美趣味。儿童戏剧的矛盾冲突往往比较单纯，而且充满儿童情趣，其特点：一是戏剧冲突因为

舞台形象生活经验和认识水平不足而引发的,如《妙乎回春》中的兔子眼睛红了,小猫妙乎说他得了出血病,小牛反刍说他得了胃癌等。二是戏剧冲突有对立的角色引起,表现为儿童能够理解的真假、善恶、美丑之间的矛盾冲突。儿童戏剧一般只有一条主线,而且十分鲜明,往往以幼儿能理解的真假、善恶、美丑之间的矛盾对立作为戏剧冲突。

还有,因为儿童的注意力容易分散,儿童戏剧往往设置悬念(但不宜多),创造出热烈紧张的氛围,这样,就能自始至终地吸引住小观众。

三、形象化、动作化的语言

戏剧主要通过台词——角色的对白和独白来塑造人物形象,推动情节发展和表达主题思想。戏剧语言要求简练、明确、口语化、性格化和富于动作性,儿童戏剧也不例外,但必须与儿童的年龄特征和审美趣味相适应。儿童戏剧不可能有大段的对话和独白,因此它的语言特别要求形象化和动作化,甚至常常用大幅度的、夸张的动作去表现人物的思想情绪和性格,让幼小的观众一听就明白,留下鲜明而深刻的印象。在儿童戏剧中,供儿童表演和排练的戏剧,要求语言要自然、朴实、浅显符合儿童口吻,同时要生动有趣,动作感强,适合儿童表演。人物语言要韵文化,好记好唱,载歌载舞,充分表达孩子们快乐有趣的游戏精神。如《小熊拔牙》中小熊出场后的一段独白:

　　　　妈妈上班了,啦啦啦;

　　　　现在我当家,啦啦啦;

　　　　先唱歌小熊哥:

　　　　1234,哇呀呀呀,呀。

　　　　再跳个小熊舞:

　　　　5432,蹦蹦蹦蹦,哒。

　　　　哎呀,答应过妈妈洗脸呀。

　　　　先洗洗小熊眼,

　　　　再擦擦熊嘴巴;

　　　　熊鼻子抹一抹,

熊耳朵拉两拉；

熊头发梳一下，

嗯，就不爱刷牙，

那——那就不刷吧！

小熊出场人物语言的动作性和口语化,戏剧冲突的趣味性和游戏性跃然纸上。

第三节　儿童戏剧的种类

我国的戏剧,源远流长,种类繁多,可以从许多不同角度去区分。儿童戏剧的分类与一般成人剧的分类是一致的。甚至儿童戏剧剧种比成人剧剧种还多。例如童话剧、木偶戏、皮影戏,主要是给儿童看的。儿童戏剧常见的分类有以下几种。

一、从作品内容、性质和美学意义分

(一)儿童悲剧

儿童悲剧主要表现主人公与现实之间不可调和的冲突极其悲惨结局。如独幕话剧《妈妈在你身边》,写台湾一个擦皮鞋的男孩子被警察追赶,一个贫苦的女孩子把他藏到大被单后面,避开了警察的追捕,最后,正当那男孩和女孩子玩得高兴的时候,警察突然闯入,逮走了男孩。

(二)儿童喜剧

儿童喜剧是以夸张手法讽刺丑恶和落后现象,突出这种现象本身的矛盾和它与健康、先进的事物的冲突,往往引人发笑,结局大多是圆满的。如《小孩闯大"祸"》,描写一个市长的孙子在"假如我是市长"的活动中,给市长爷爷写了一封很有建设性的信,于是由此引起一系列误会。胆小怕事的爸爸以为儿子闯了大祸,真不知该怎样惩罚他才好,护孙子的奶奶看不惯儿子的窝囊相,抄起勺子要打儿子,于是三个人像卡通片一般的快动作而相互追打时,传来了小汽车的停车声——市长派人送来了"小市民想大事情"的锦旗。

(三)儿童正剧

儿童正剧是以表现严肃的冲突为主要内容,兼有幼儿悲剧与幼儿喜剧的因素,剧中矛盾较复杂,便于多方面反映社会生活。如六场儿童话剧《报童》,写周恩来总理领导下的报童在国民党统治下的重庆勇敢机智地与敌人作斗争的故事,从一个侧面反映了当时革命地下工作的艰辛。

二、从容量的大小分

(一)独幕剧

独幕剧是不分幕的小型幼儿戏剧,一般情节比较简单紧凑,人物较少,演出时间较短,故事在一个场景里演完。如《蓉生在家里》、《小兔乖乖》、《小熊拔牙》等。独幕剧在幼儿园里运用得比较普遍。

(二)多幕剧

多幕剧是两幕或两幕以上的幼儿戏剧,一般人物较多,场景有变化、情节复杂,演出时间较长。如《小熊请客》、《马兰花》等。幼儿戏剧中最多有三幕。

三、从题材范围分

(一)儿童历史剧

儿童历史剧是以历史生活为题材的幼儿戏剧。根据历史事件发生的时间,又可分古代历史剧和现代历史剧,有代表性的古代历史剧有《花木兰替父从军》、《甘罗十二为使臣》等,现代历史剧如《报童》、《小小聂耳》等。历史剧以表演的方式来再现历史,有利于帮助孩子了解历史,接受优良传统美德。

(二)儿童现代剧

儿童现代剧是以现实生活为题材的幼儿戏剧,通常反映当代幼儿的学习和生活,因其贴近幼儿,富有时代气息而易于被孩子接受,如《"小祖宗"与"小宝贝"》、《红蜻蜓》、《小燕齐飞》等。

（三）童话剧

童话剧是以儿童想象、幻想的世界为题材并用拟人化的形式加以反映的儿童戏剧。如《小熊拔牙》、《长腿的鸡蛋》、《五彩小小鸡》、《小熊请客》、《"妙乎"回春》等都属于童话剧。它富于幻想，形象生动有趣，故事性强，反映现实生活，是儿童成长必要的精神食粮。

（四）神话剧

神话剧是以神话为题材的幼儿戏剧。如《真假美猴王》。

（五）科普剧

以儿童未知的科学知识或科学幻想为题材，展现自然界和人类社会生活的画面，引导儿童了解世界，培养儿童探求未知领域的兴趣的戏剧。它是孩子认识科学世界的窗口，能吸引儿童的兴趣。如《南极精灵》。

四、从表现形式分

（一）儿童话剧

儿童话剧是一种以人物的对话表情和动作等为主要表现手段的儿童戏剧形式，它的对话要求简明、浅显、生动、口语化，具有儿童语言特色。如《宋庆龄和孩子们》、《小雁齐飞》、《"小祖宗"与"小宝贝"》等。

（二）儿童歌剧

儿童歌剧是一种以歌唱为主，由唱词、乐曲、舞蹈等构成的儿童戏剧，它主要通过演员的歌唱来揭示戏剧的矛盾冲突和表现戏剧的思想内容，有的儿童歌剧除歌唱外还有对白作为补助。如《果园姐妹》、《闪光的心灵》。

（三）儿童舞剧

儿童舞剧是以舞蹈为主要表现手段的儿童戏剧，通过演员运用舞蹈语言，结合舞台音乐、哑剧动作等表现戏剧情节，塑造舞台形象，体现主题思想。如《草原儿女》、《春天是谁画的》。

（四）儿童歌舞剧

儿童歌舞剧是以歌唱和舞蹈为主要表现手段的小型歌舞剧。小型歌舞剧的故事情节结构要清晰而有层次,从每一个画面、每一个舞蹈语汇、每一段音乐入手,着力刻画人物,表现情节。在舞蹈编排上,讲究动作的优美,人物个性鲜明。在歌曲的谱写上,讲究旋律的明朗优美、抒情流畅,音乐语言要能够体现孩子的心灵和性格,便于儿童接受。这种戏剧形式,由于载歌载舞,气氛欢快热烈,所以深受儿童的欢迎。黎锦晖的名作《麻雀与小孩》、《三只蝴蝶》,金近的《兔妈妈种萝卜》,柯岩的《照镜子》等都是儿童歌舞剧。

(五)儿童木偶剧

儿童木偶剧是用无生命的木偶来表现有生命的人和物的一种戏剧艺术。表演时,演员在幕后一边操纵木偶,一边演唱,并配以音乐。木偶戏的木偶可分为提线木偶(傀儡戏),指头木偶(布袋戏),杖头木偶等。幼儿园演出的木偶戏多数是指头木偶。这种木偶容易制作,而且幼儿自己也能学会使用。幼儿园教师可以利用木偶戏来提高幼儿学习语言的兴趣。木偶戏可广泛利用各种剧本,只要适合木偶演出。有时木偶还可以和人同台演戏,如《一只小黑猫》中的老爷爷可以是人扮演的,而小黑猫和老鼠可以是木偶。在演出中木偶可以表演人在舞台上所做不到的或难以做到的动作,如飞跑、钻地、腾越等等。

(六)儿童皮影戏

儿童皮影戏是我国别具一格的一种戏剧形式,它用羊皮、牛皮、驴皮等材料,经过绘画和雕刻,制作成生、旦、净、末、丑等皮影人物,用来表演各种戏剧故事,它的动作与唱腔配合,构成一种独特的戏剧艺术。如取材《西游记》的《大战红孩儿》等一系列儿童皮影戏。

(七)儿童哑剧

儿童哑剧是一种不用台词而以动作和表情表达剧情的儿童剧。如日本的《板凳上的钉子》就是一部优秀的儿童哑剧剧本。

(八)儿童传统戏曲

儿童传统戏曲是运用地方戏曲的唱腔,通过演员的唱、念、做、打和剧中人物的歌唱和带有节奏感的道白,以及富有民族色彩的舞蹈动作来表现故事情节,反映儿童现实生活的戏剧形式。如台湾豫剧团的《钱要搬家啦》,该剧采用舞台动画剧和人物表演的形式,将豫剧和儿童动画结合,吸引了小朋友对豫剧的爱好。

第四节　儿童戏剧的改编

在日常教育、节假日活动或大型庆典活动中,教师常常要为孩子们编排一些节目,而现成的幼儿戏剧剧本很少,如果能学会把故事性较强的幼儿诗、图画故事书、神话与传说、童话、幼儿故事、动画片等改编成幼儿戏剧,就可以解决这一矛盾。

一、选择儿童喜爱的剧本题材

(一)童话故事

童话故事能借助幻想,将许多常见的人、事、物或者现象编织成一幅幅奇异的图像,现出一个超现实的世界。以童话故事为题材的戏剧作品,适合于年龄层较低或初次接触儿童剧的儿童观众。它的题材奇特、新颖、亲切;内容幽默、滑稽;人物夸张、变形、拟人;它的情节神奇、荒诞;主题直接、鲜明。一旦把这些充满幻想的童话故事搬上舞台,那种打破幻想来到现实的刺激感便不言而喻。如童话《长袜子皮皮》被改编成了音乐剧《皮皮·长袜子》,当中典型的音乐剧元素,好听的朗朗上口的音乐歌词、充满色彩感的演员造型和舞台结构,趣味性极强的跌宕起伏的情节,这一切都让孩子们深深着迷。《白雪公主》是经久不衰的经典童话故事。台湾如果儿童剧团将童话故事中的人物、情节和结局改编成《你不知道的白雪公主》。

(二)神话与传说

神话和传说是一个民族和国家的宝贵精神财富,在文学史上有着很重要的地位。它的题材内容和各种神话人物对后世文学的发展起着重要作用,特别是它丰富奔放、瑰奇多彩的想象和对自然事物的拟人夸张的叙述手法,是儿童戏剧题材中最自然的资料来源。如十二生肖的传说由中国儿童艺术剧院改编成童话剧《十二生肖》。剧中的主人公是一个孩子,代表着全世界的孩子,同十二生肖在一起,去追寻那纯净的希望。该剧运用中国传统文化元素,烘托一个全球关注的主题——水资源的保护。又如中国儿童艺术剧院根据中国古典文学四大名著之一的《西游记》改编的"神话舞台连续剧"《西游记》,将三部相对独立又浑然一体的儿童剧分年次搬上中国儿童戏剧舞台,开创了中国乃至世界的儿童戏剧创作先河。表现形式集音乐、舞蹈、功夫、台词为一体,可谓"唱念做打"俱全,在舞台上创造出梦幻般奇特意境的新型神话剧,不仅适合少儿观众观看,也会满足带着孩子来看戏的家长的审美需求。再如神话传说为主题的著作《云豹森林》描述了一个现代都市孩子,走进山中神奇的传说故事中,幻化成传奇的小猎人,云豹的传奇又再度活起来。

(三)图画故事书

图画故事书是儿童文学中的璀璨明珠,透过奇妙鲜活的图像,生动有味的浅语,呈现世界万物的潜在美质,开启孩子的心灵之眼。其中故事类的图画故事书内容以虚构为主,写作题材丰富,涉及儿童生活故事、童话、神话、寓言等。如图画故事书《我选我自己》,题材切合现实,结合"选举"这一项活动,让大家明白不论做什么事情不要只顾着自己,还要为大家想一想。在个人利益和集体利益面前,要以集体为重。同时也告诉我们每个人的想法都不一样,都从自己的角度考虑问题有些欠妥,的确提供了我们对于"选举活动"再一次思考的空间,具有较强的教育意义。再如日本顶级绘本大师宫西达的《你看起来很好吃》被北京儿童艺术剧院改编。台湾九歌儿童剧团的《小纸箱》也是根据图画故事书《小纸箱》而改编的。

二、搭好改编剧本的架构

把儿童文学作品改编为儿童戏剧剧本时必须根据儿童的特殊心理特点、剧本改编要求和舞台演出需要作必要改动。剧本改编最重要的是逻辑性的发展,为能有效地完成作品的改编,须依照剧本架构要项来进行改编。其架构内容大致包含下列几项。

（一）角色

儿童戏剧中的角色安排最重要的是个性化，这种个性化是独一无二的。主要体现在：音色的处理、标志性的肢体动作或者口头禅、外貌特征、颜色表征、鲜明的个性特征等等。如《皮皮·长袜子》中的皮皮火红的头发，向两边翘起的两根辫子，小土豆鼻子，满脸可爱的雀斑，过人的大力气……一下子吸引住了孩子的眼球。在这个剧里，其他角色也毫不逊色：不管是两个笨贼，还是两个呆警察，或是假装优雅的布鲁斯太太，或是马戏团的演员们，每一个人都有极其鲜明的特征。

（二）故事

改编时既可以忠于原作的故事，也可以将故事中的人物、情节和结局稍作变化或延伸，但创编者必须致力于透过剧情紧紧抓住观众的注意力，并朝向一个满意的结局前进。

创编者要在已建立的背景中进行摸索，使角色置身其中再开始进行情节的拓展，这时需处理好：故事发展的主脉朝结局的发展脉络；主角如何进行探索达到剧本的主题；故事发展中的伏笔如何处理；剧中人物关系如何安排能更好地服务主题；剧中矛盾冲突怎样结合儿童心理特征；剧中人物是否有一个梦想……如台湾九歌儿童剧团的《爱上白雪公主的小矮人》，以最小的小矮人半月奋不顾身的展开为白雪公主寻找解药的艰难历程展开。透过小矮人与白雪公主的互动，一段寻求"爱的真谛"的过程，让小朋友了解纯真又无私的爱的意义，传达一股真爱的清流。如《皇帝的新装》，在改编时淡化皇帝出丑的环节，突出表演了皇帝和大臣害怕、焦虑的情节，力图让儿童理解皇帝和大臣们并不是坏人，他们只是因为爱慕虚荣才上了当。

总之，儿童戏剧的结局应该是圆满的，无论角色曾经遇到任何苦难，观众都愿意分担困难，分享快乐。

（三）结构

可以用一张大纸，试着将事情从开始到结束的发展顺序列出，其实这就是故事的雏形。接下来就是在这个中规中矩的雏形上制造意外,这时需思考好运歹运的转变或者极度快乐时突然变成危险的紧张关头。需要找出不同的气氛、紧张的时刻、高潮迭起的时刻,特别是前半场结束前留下的伏笔。试着从实际面想象如何制造危机,或事件逆转不可或缺的原因。只有清楚地思考了这些问题才能有助于剧情的铺陈和剧本结构的架构。

(四)动作

在剧本创编时设计好有特征的戏剧动作,使人物形象更加鲜明,以增强感染力,达到良好的表演效果。检验在舞台上动作设计是否到位,可以闭着眼睛试想成视觉画面。如果动作过多,整个舞台显得杂乱主题不够突出,这时可以用台词来替换或者精简动作,把多余的一系列动作设计成典型的个性化动作。如果动作表现的机会不多,可以用追逐的技巧来代替,或利用道具增加动作的数量,或利用慢动作,或采用默剧代替。总之舞台上的动作设计要紧紧抓住儿童的心理特征让舞台保持流动性,并且找到惊奇点,使观众保持乐趣并时时处于警觉状态,渴望知道下一步会发生什么。

(五)语言

如果原作中没有叙述人语言,改编时应尽量提炼、概括原作的叙述内容,并把它转化为人物台词或舞台提示。如环境描写改为舞台布景,人物的身份介绍、行动路线(含上、下场)、表情动作、感情交流通过剧中的舞台提示说明,有的则可写进台词里。在设计每一个角色的语言时,同样需注重个性化。如有一些角色说方言,那另一些则说普通话;角色语言要紧扣性别年龄段;动物角色的语言要模拟动物声音的典型特征;设计"口头禅";说话方式紧扣角色性格特征呈现多元化:油腔滑调的、低声优雅的、结结巴巴的、粗声粗气的、贼眉贼眼的、大声坦率的……也可设计一些无意义的声音,如机器人用单一音节的声音说话等。

(六)剧场元素

剧场元素就是剧场技术的运用。改编时应考虑到灯光、音效、布景、服装等元素。在进行改编时要对剧场的设备资源进行了解,才能使剧场的功能得到以

328

发挥,而不至于纸上谈兵。

最后要仔细推敲全剧,确定剧情的发展是否逻辑性强且张弛有度,人物个性是否鲜明形象,剧场元素是否运用恰当等。

三、掌握剧本的书写格式

剧本文面是指剧本呈现的样式,它由语言符号组合成的。在改编的时候,了解剧本语言的构成,掌握其书写的要求,写出的剧本才会得体、规范。

剧本语言分舞台提示和台词两部分。舞台提示一般包括人物提示、场景提示和角色提示。人物提示简要介绍角色姓名、性别、年龄、身份、个性特点等,放在标题下面。场景提示是时间、地点、布景、角色上下场的说明,它们是剧本情节的有机组成部分,常用〔 〕标示。角色提示是对人物对话、演唱、道白时的表情动作、内心状态的具体提示,常用( )标示,放在对话、唱词、道白前面,也可放中间或后面,它与人物台词密切配合,是刻画人物的必要手段。舞台提示语言要求准确、简介、清楚,用极少语言表达丰富内容,能给演员揣摩、想象的余地。台词包括对白、独白、旁白歌舞剧中还包括对唱、独唱、旁唱。除对白外,独白、旁白前用(独)或(旁)提示。此外,角色称呼与台词之间不用加冒号,用空格标示即可;台词也不用加引号。

第五节 儿童戏剧的排演

儿童戏剧活动是由成人引导让儿童亲身参与过程的戏剧行为游戏或者是直接由成人表演的戏剧行为。遗憾的是在幼儿园的儿童戏剧排练更多的是"六一节模式",是一种典型的"时间短,见效快,又有秩序"的戏剧活动。因为这类活动的目标就是在短时间里要拿出一台像样的戏,老师的价值取向是演出的结果很重要,所以必然不可能给孩子很多时间充分发表、交流自己的意见,也不能给他们很多机会尝试自己的想法,在这种情况里更多的是对老师意见的无条件的贯彻,这是一种被动的促成,甚至都不是一个学习的过程。在这里主要介绍幼儿亲身参与的戏剧行为游戏,因为它是一种幼儿参与的"游戏",所以重点在于参与的过程,而非以表演呈现为其终极目的。儿童戏剧活动的主要精神就在于游戏的过程中如何玩得投入、玩得愉快,幼儿透过自身肢体及思考(身与心)的参与,从过程中得到收获与满足,在潜移默化中培养他们的人生观和价值观。

一、选择恰当的剧本

选择剧本主动权应该交给孩子,孩子们选择剧本时可以是成人为他们编写的,也可以是他们集体参与编写的,还可以是他们自己编的。只有幼儿真正参与选择、改编和创作的故事,才能真实地反映他们对生活的体验和理解。在选择剧本的时候,孩子们会出现激烈的争论。这时我们的教师就需要给孩子们一定的指导建议,在给孩子提指导建议时需要注意几个问题:一是搭建起完美的框架,二是提供逗人心弦的戏剧线索,三是编织完整的故事情节,四是制造激烈的戏剧冲突。这样的作品才能真正地引起孩子的共鸣,得到孩子的喜爱。

二、分配角色

在排练开始前,要罗列出剧中的演员表,在分配角色时,老师鼓励每个幼儿先尝试表演某个自己感兴趣的角色,并提示他们按照自己对角色的理解来表演,强调创意,鼓励他们大胆创编台词、动作等。最初很多幼儿缺乏信心不敢演,有的甚至临场放弃,教师应不断鼓励,孩子们经过反复的尝试,会渐渐喜欢上这种能展示自己的方式。在排练的过程中也有幼儿会提出一些新的角色并愿意自己承担,教师应和幼儿进行商量共同完成角色分配工作。

三、排练语言和动作

孩子们演戏和大人不同。如果把台词反反复复地告诉孩子,让他们背诵下来,只有使台词失去活性。指导者应该重视孩子们的创作能力,让他们成为戏剧的中心。戏剧表演中的语言表达对幼儿来说是很有难度的,他们在"说"剧本的时候语言很流畅,到了表演的时候就会暂时性忽视语言,把注意焦点放在动作的表达上。开始排演时,小演员往往感到紧张,或讲话声音太低,或说话时背对观众。这些表演中语言技巧问题，也不要强求幼儿。在排练时，可以让孩子们对作品进行进一步的感受、模仿、体验，在模仿中把握角色的情感、动作、语言。在这一过程中，孩子们会互相帮助设计语言和动作，甚至还会有争议，这时指导者要进行很好的引导。

总之在进行对话和动作时，指导者可以让孩子成为戏剧表演真正的主人，孩子们在表演中娱乐了自身，点燃了想象力，那是会给你很多意外的惊喜。

四、布景和道具

一个好的节目离不开布景和道具等大量的幕后工作，孩子们在舞台上赢得的鲜花和掌声，自然离不开老师们台下精心的设计、制作和布景。而这些都与手工有关。在进行布景和道具制作时一定要把握几个原则。一是要创设适应幼儿的特点，富有想象，形式活泼、夸张。二是整体设计要与表现主题一致。三是设计中的各个元素（立体物、平面图、装饰品、幻灯投影等）搭配要和谐统一。可以说这是一项统一而繁琐的工作，我们要有很清晰的设计思路和精巧的制作表现。四是设计要有时代性和区域性特点。为了保障演出顺利进行并取得良好的演出效果，要预先做一个比较详细的整体设计方案，列出本次演出的主题、布景所采用的形式、道具制作、平面效果图或者幻灯绘制等，这样有助于我们把繁琐的工作做得井然有序，同时能较好地表现主题和区域特点。与此同时，同样要发挥孩子的主体性，让孩子大胆想象，自由表达。孩子能做的就一定要孩子来做，孩子不能做的要听他们的建议，一起商量，这样的布景和道具一定深受孩子喜爱。

总之，在进行戏剧排练的过程中，孩子应该是整个排练演出过程中的主角，让他们在合作中自由地、创造性地表达自己的思想、感受和愿望，这才是戏剧真正的魅力。作为教师，要善于为幼儿搭建时间、表达的舞台，提供探究、反思的机会。

1."妙乎"回春（童话剧）

⊙ 方 园

人物 猫大夫（著名的动物界医生）

小猫"妙乎"（猫大夫的儿子）

小兔小牛小鹅

时间 早晨

场景 "动物医疗站"。一间芭蕉叶盖的屋子。墙上挂着写有"妙手回春"的横幅,猫医生的椅子像只倒放的灯笼辣椒,病员坐的是扁豆荚形的长凳。床、桌等各有特色。

　　〔幕启时,只见小屋外戴眼镜的猫大夫在打太极拳。远处公鸡叫,一会儿,他侧耳听听屋里,见没动静,摇摇头,向树林跑去。不一会儿,躺着的小猫"妙乎"翻过身蒙头大睡。猫大夫回来,敲窗。〕

猫　妙乎,该起来了！唉！还想当名医呢！

妙　（又翻了个身）呜……呜……

猫　（进门）妙乎,妙乎,怎么不响啊？

　　（掀开被,拎妙乎耳朵）

妙　妙——呜！妙——呜！爸爸,您不知道我在背书吗？

猫　背书？我看你连书都不翻,还背什么书？

妙　您在家,我跟您学！您不在家,我才念书！

猫　好了,我没空和你斗嘴。我要去出诊了,有谁来了你就记下来。有急事,你打电话来,号码369。

　　（拿起电话拨号,听筒和话筒是苹果形,柄是香蕉形）

　　喂,喂！嗯,没人接电话,一定病得很重,我得赶快去了。

妙　（起床坐到桌边）爸爸,您去好了。有谁来看病,我给看。

猫　你还没学会,好好看书,将来我教你。（匆匆忙忙下）

妙　（边吃东西边翻书）ABC，CBA，看书真想打瞌睡，当个医生谁不会？胡说八道信口吹！哎哟，好累呀！（伏在书上睡着）

[小兔挎着草莓篮上。]

兔　猫大夫！猫大夫！

妙　（抬起头）妙呜妙呜！（开门）喂，你是谁？

兔　我是小兔。猫大夫在吗？我请他看病。

妙　不在家。

兔　您是他的儿子吗？

妙　我不回答你。不过我告诉你，我是大名鼎鼎的妙乎医生。

兔　真的吗？我怎么没听说过？

妙　我才当医生，你当然不知道。不过，有句话你该知道。

兔　什么？

妙　人家赞扬我医术高明，是"妙乎回春"！

兔　好像只有妙手回春……

妙　不对，你记错了，我这儿有书为证。（翻书）翻不着，反正是你错了。

兔　我不跟您争了。妙乎医生，今天猫大夫不在家，请您给我看看好吗？

妙　行，小事一桩，坐下吧。（给小兔按脉，看面色）哎哟不好！你生大病啦！

兔　（吓一跳）什么什么？

妙　你生一种出血病，出血病，危险透了！

兔　（吓坏了）啊！

妙　（拿起镜子）你看，你的眼睛都变红啦！

兔　（松了一口气）我们从小就是红眼睛，我爸爸妈妈，爷爷奶奶，哥哥姐姐弟弟妹妹……生来就是红眼睛，不是出血。

妙　生来就这样？那就是遗传性的毛病，非看不可。

兔　（糊涂了）那，那猫大夫怎么从来没讲过？

妙　（一本正经）你到底听谁的？

兔　那请您给看看吧。

妙　这是红药水，一天吃三顿，还用它滴眼睛，也是一天三次。（拿一大瓶红

药水给小兔)

兔　（不敢接）红药水能吃、能滴眼睛吗？

妙　你不照照你的眼睛，都红成什么样了！坐着马上吃,马上滴!

　　〔兔怀疑地接过，坐着犹豫不决。小牛上。〕

妙　还磨蹭什么？谁不知道我"妙乎回春"!

牛　哞———,谁的喉咙这么大呀?

兔　（如获救）小牛快来,妙乎医生让我吃红药水,还要用红药水滴眼睛。我
　　有点儿害怕。

牛　从没听说红药水能吃呀!

妙　妙呜妙呜,你是谁,来这儿大发议论?

牛　哞———,我是小牛,您是医生吗?

妙　我是得过"妙乎回春"锦旗的医生妙乎!

牛　什么！"妙乎回春"?

妙　　对。

　　〔小牛反刍,胃里的草回上来,用口嚼着,没有能接话。〕

妙　你怎么啦? 不做声光努嘴?!

牛　（咽下草）哞———,不是,刚才我胃里的东西回上来,得嚼一嚼。

妙　（拍拍小牛背）得了,又是一个病号!

牛　怎么啦?

妙　你呀,生了大病哆!

牛　什么病?

妙　吃的东西要回上来,那是胃病；经常回上来,那就是胃癌。

牛　癌?

妙　对,这非我看不可!

牛　我们从小吃东西都要回上来嚼嚼,我爸爸妈妈,爷爷奶奶,哥哥姐姐……

妙　得了,跟小兔一样,遗传的病。你可得开刀才行! 要不半路上倒下去,我
　　可不会救哆!

牛　（害怕地）那我怎么办呢?

妙　　躺在那床上去,我来磨刀,给你做手术。

　　　　〔妙乎拿起一把大菜刀,在门槛上磨起来。小鹅上。〕

牛　　(慢腾腾躺上去)真害怕呀!怎么拿菜刀给我动手术……

兔　　(坐立不安地)真害怕呀!红药水吃下去肚子不疼吗?

鹅　　(鞠个躬)吭——,请问,谁在里面叫害怕?

妙　　(抬起头)是小兔小牛,我给他们治病。喔,你也是来看病的?

鹅　　我没生病。

妙　　不,很明显,你生了大病。

鹅　　(镇静地)什么大病?

妙　　脑瘤。脑子里的瘤都长到外面来了!非开刀不可!

鹅　　(笑)吭吭吭,我们生来就这样……

妙　　那你和他俩一样,得了遗传病。

鹅　　(继续笑)吭吭吭,你这样的医生我也会当。

妙　　乱讲!我可是得了“妙乎回春”的锦旗的!

鹅　　吭吭吭,只有妙手回春,没有“妙乎回春”!

妙　　你们三个都一样地读白字!

鹅　　(端详着他,灵机一动)好吧,就算你对。(看看发抖的小兔、小牛)不过,
　　　　我也学过一点儿医,我看你也生了大病。

妙　　(有点儿紧张)别骗人!我生了什么病?

鹅　　吭——,你生了未老先衰病。

妙　　(不明白)怎么讲?

鹅　　你小小年纪就衰老得不行了,不医好马上得完蛋。

妙　　(更紧张,凑近他)你,你有什么根据?

鹅　　自然有。(拿起镜子给他)你自己瞧瞧,瞧你的胡须有多长!

妙　　(照着)胡须?这胡须一生下来就……

牛　　(疑问地)哞——,那也是遗传病?

妙　　啊!我?

鹅　　是吧?你爸爸妈妈,爷爷奶奶,姐姐哥哥,弟弟妹妹,生下来都有胡

335

须……

妙　（害怕起来）难道我也是遗传病，那我当不了名医了！妙呜呜呜……（哭起来）

鹅　（推推小兔小牛）有一个办法可以治好。（这时猫大夫回来了，在门外挂着手杖听）

妙　只要能救我，用什么办法都行。

鹅　我先问你：小兔和小牛到底得了什么病？

妙　天知道他们生什么病。

兔　你不是说我生了出血病，眼睛都变红了吗？

牛　哞——，不是说我得了胃癌，走不到家半路就会倒下去吗？

妙　我是随便说说。

牛　哞——，随便说说？我差点儿没让你用菜刀宰了！

兔　嘿，我差点儿没把红药水吃掉！

鹅　（笑）吭吭吭，他俩没病，你倒是真有病啊！

妙　（又紧张起来）怎么办？

鹅　小兔小牛帮个忙。（拿出一根细绳，在墙上一个铁环中穿过，一头交给兔、牛，另一头拿着）来，"妙乎回春"大夫，把胡须结在这一头，拉它七七四十九次，胡须掉下来就好啦！

妙　不疼吗？

鹅　有一点儿，可是要痛好哪。（用绳子扎住他的胡须）

牛　（开心地用力拉）嗨哟，哞——！

妙　（怪叫）哎哟！妙——乎！妙乎！妙——乎！……

鹅　（一本正经）一下、两下、三下、四下……

妙　哎哟、哎哟，哎哟哟！（垒身跟着绳一上一下）

兔、牛　哈哈，哈哈！

妙　（忍不住）几下啦？

鹅　十三，十四，十五……妙乎大夫，还有二十几下就行啦！

妙　什么大夫不大夫，我连书都没好好看过一本。（把绳子从胡须上取下，抓起电话拨号）369，喂喂！

［猫大夫出现在门口。］

兔

牛　猫大夫好！

鹅

妙　爸爸！您可回来了……

猫　我早就在窗外边，瞧你吹得晕头转向的！（搂住小鹅肩）孩子，你今天帮
　　助了妙乎，我谢谢你，也谢谢小兔、小牛！（小动物们摇头表示不必）

妙　爸爸，（摸摸胡须羞愧地）我今后一定老老实实学习，不吹牛了！

鹅　到时候啊，我送你一面锦旗，就写上"妙乎回春"四个大字！

［众笑。幕落。］

（选自《儿童时代》1981年第6期）

【作者简介】　方园，1947年生，原名方选之，安徽桐城人。曾在无锡市人
民医院、卫生防疫站从事宣传工作。现在无锡市文联从事专业创作。1979年
开始发表作品，主要有长篇童话《蟋蟀国历险记》、《圣诞小人历险记》，小说《带
箭的康娜》和童话剧《"妙乎"回春》、《红房子》等，作品曾获得冰心儿童图书奖等
多项奖励。

【作品赏析】　《儿童时代》杂志为庆祝创刊三十周年举办了一次儿童独幕
剧征文，编辑部曾收到来稿五千多篇，最后评出二十五篇得奖作品。方园的
《"妙乎"回春》是三篇获一等奖作品中之一篇。

　《"妙乎"回春》是儿童十分喜爱的童话剧。它以寓思想教育于有趣的故事
之中而获得了成功。作者巧妙地利用小猫、小兔、小牛、小鹅等动物的特性与孩
子们所掌握的常识的矛盾，进行合理的想象和精心的构思，使全剧充满喜剧色
彩，波澜起伏，妙趣横生。剧本内容反映的是一个爱吹牛的小猫妙乎，自以为懂
得医道，一连出了好几个洋相，最后，聪明的小鹅巧施妙计，才使它认识了自己
的缺点并下决心改正。该剧剧本戏剧性较强，情节发展，有起有伏，波澜迭起。
起初，按照妙乎医生的诊断，小兔要喝红药水，小牛需上"手术台"开刀，正在这
"紧急关头"，小鹅来了，虽然它也被错判为生了"肿瘤"，但小鹅机智地抓住妙乎

把"妙手回春"当做"妙乎回春"的错误,化被动为主动,反给妙乎治起病来了。通过有趣的诊察,终于查出了妙乎"不老老实实学习"的大毛病。寓思想教育于有趣的故事之中是该剧本的一个成功之处。

作者善于把人物置于戏剧冲突的中心,围绕人物个性特点展开剧情,是创作成功的根本原因。小猫"妙乎"信口开河地说小兔、小牛、小鹅这个病了、那个病了,它编造的那些病症与幼儿已知的动物生理特征形成矛盾,暴露出"妙乎"不懂装懂,自以为是的缺点。"小鹅"以子之矛攻子之盾,说"妙乎"得了"未老先衰病",要拔掉胡须才能治好。这是用游戏方式来解决戏剧冲突,符合幼儿的审美趣味。

剧本中的台词极富个性化,特别是以"妙乎"这日常生活中唤猫和猫叫的声音,且"乎"与"手"又字形相近,因此小猫把"妙手回春"当做"妙乎回春",既显得合理,又渲染了"妙乎"的不懂装懂和骄傲自大。

此外,作者在运用拟人化手法的同时,亦注意不同动物之特性,如小兔的眼睛是红的,牛的反刍的习性,鹅的头上有肉瘤以至小猫有胡须,且叫声为"妙乎"……这一切都使剧中"人物"显得更加真实,且风味十足。

2. 小蝌蚪找妈妈(童话剧)

⊙ 耿延秋

人物　　青蛙妈妈
　　　　一群小蝌蚪
　　　　鸭妈妈和孩子们
　　　　鹅妈妈和孩子们
　　　　乌龟妈妈和孩子们
时间　　春天
地点　　池塘和小河里
　　　　先请一位小朋友朗诵歌词,全班小朋友大合唱:
　　　　1＝D
　　　　优美

338

青蛙　　　　（从合唱队伍中跳出，边表演边朗诵）

　　　　　　呱呱呱，呱呱呱，

　　　　　　我睡一冬醒来啦。

　　　　　　扑通一声进池塘，

　　　　　　伸伸腿儿叫呱呱。

　　　　　　高高兴兴来玩耍，

　　　　　　碧绿水草是我家。

　　　　　　生下许多小黑崽，

　　　　　　一天一天在长大。（退下）

蝌蚪们（群舞）

1＝D

欢快　活泼

［鸭妈妈带着小鸭们高高兴兴地走到台中。］

鸭妈妈　　　（高兴）

　　　　　　呷呷呷，呷呷呷，

　　　　　　我的孩子真听话。

小鸭甲　　　妈妈妈妈咱去哪？

鸭妈妈　　　池塘里边去玩耍。

　　　　　　［小蝌蚪们跑了过来。］

蝌蚪　　　　（互相问）我们的妈妈在哪里呢？

蝌蚪甲　　　鸭妈妈，鸭妈妈！您看见过我们的妈妈吗？

　　　　　　您知道我们的妈妈长得什么样吗？

鸭妈妈　　　我看见过，你们的妈妈，头顶上有两只眼睛，嘴巴又宽又大，在前边

　　　　　　去找吧！

蝌蚪们　　　谢谢鸭妈妈！

　　　　　　小小的尾巴黑黑的头，

高高兴兴往前游。

［金鱼妈妈带着孩子们游了过来。］

蝌蚪甲　　（发现了金鱼头上有两只眼睛,高兴地喊起来）

　　　　　妈妈 来啦!（高兴地摇头摆尾）

蝌蚪们　　（齐喊）妈妈! 妈妈!

金鱼妈妈　（和蔼地）

　　　　　对不起,对不起,

　　　　　我的孩子是小金鱼,

　　　　　正在我身边做游戏。

　　　　　快去前边找找看,

　　　　　你们的妈妈是白肚皮。

蝌蚪们　　（有礼貌地表示感谢）谢谢金鱼妈妈!

　　　　　小小的尾巴黑黑的头,

　　　　　高高兴兴往前游。

　　　　　［正当小蝌蚪们往前游的时候,迎面游来了白鹅妈妈和她的孩

　　　　　子们。］

鹅妈妈　　（自由自在地）

　　　　　大白鹅我前边叫,

　　　　　孩子们!

小白鹅　　（着急地追赶着妈妈）

　　　　　小小白鹅我后边跑,

　　　　　一个一个紧跟上,

　　　　　小鱼小虾吃个饱。

蝌蚪甲　　弟弟妹妹快来看! 她的肚皮是白颜色的。

　　　　　（指着鹅妈妈）

蝌蚪们　　（高兴地齐声高喊）妈妈! 妈妈!

鹅妈妈　　（亲切地）

　　　　　小蝌蚪,别着急,

听我慢慢告诉你，

你的妈妈四条腿，

快到前边找找去！

蝌蚪们　　白鹅妈妈再见！

游呀游，游呀游，

我们大家真发愁，

找来找去找不到，让我们往哪里游？

［乌龟妈妈和小乌龟慢吞吞地游过来。］

乌龟妈妈　（自由自在）

大乌龟我慢慢游，

小乌龟　　（紧追）小小乌龟在后头，

不着急，不发愁，

跟着妈妈乐悠悠。

蝌蚪甲　　弟弟妹妹来看！来看它有几条腿？

蝌蚪们　　（认真地数）一、二、三、四，（高兴地喊）四条腿！四条腿！

蝌蚪甲　　（比较老练、认真地，又仔细看了看）别忙！别忙，咱们可不能太心
急了！

（游到乌龟妈妈面前轻声地问）你是我们的妈妈吗？

小乌龟　　（一贯慢吞吞的小乌龟这下可着急了）她是我们的妈妈，怎么又成了
你们的妈妈？

乌龟妈妈　（和蔼地）我不是你们的妈妈，你们的妈妈是：

身穿绿花袍，

四腿蹦蹦跳，

两眼鼓又大，

唱歌呱呱叫。

你们到前边去找吧！

蝌蚪们　　（齐鞠躬）谢谢您，乌龟妈妈！

游呀游，游呀游，我们大家不发愁，

341

下定决心往前找，

妈妈一定在前头。

［前边荷花叶子上坐着一只大青蛙，这正是要找的青蛙妈妈。］

青蛙　　　（像发现了什么）

呱呱呱，呱呱呱，

游来一群黑娃娃。

蝌蚪们　　（恭敬地）请问，您是我们的妈妈吗？

青蛙　　　（有意地考考他们）你们能告诉我，

你们的妈妈长得什么样吗？

蝌蚪们　　（齐声）能！

身穿绿花袍，

四腿蹦蹦跳，

两眼鼓又大，

唱歌呱呱叫。

青蛙　　　傻孩子！我就是你们的妈妈呀！

蝌蚪们　　（忙扑上去，又跳又叫）妈妈！妈妈！我们找到妈妈啦！

青蛙和蝌蚪们（欢乐歌舞）

——剧终

（选自《幼儿戏剧歌舞小丛书》，中国戏剧出版社1987年版）

【作者简介】　耿延秋，北京第二幼儿园教师。为孩子们改编过，《咕咚来了》、《雪花》等幼儿童话剧，并由戏剧出版社出版。

【作品简析】　原作写的是一个暖和的池塘里发生的一个温馨的故事。剧本从幼儿审美心理和观赏兴趣出发，根据舞台演出需要，在不改变原作基调和主题的基础上，进行了成功的再创作。

一是增加了动物孩子，并为各组动物设计了各具特征的情态和戏剧动作。如青蛙呱呱呱，鸭妈妈呷呷呷，鹅妈妈边走边慈爱地呼喊小白鹅，乌龟慢吞吞地游，特别是摇头摆尾的小蝌蚪天真幼稚，欢快活泼。这些设计，生动地表现了不同角色的外形和性格特点，很合乎幼儿观赏情趣。

二是开头和结尾的改动很有特色。小朋友参与的大合唱相当于"解说";青蛙的朗诵和小蝌蚪的歌舞,则既简单介绍了人物,又推动了剧情发展。它们由原作的描述性语言转化而成,游戏娱乐性明显。结尾安排的欢乐歌舞,不但表现了小蝌蚪找到妈妈以后的欢喜心情,还呼应开头,很好地烘托了人物和主题,也给小观众带来兴奋和喜悦。

3. 回　声(话剧)

⊙　[日本]坪内逍遥

对面是高山,山旁一轩农家,一个孩子和母亲到这里过暑假。

大郎　　(五六岁。高高兴兴地跳出来)真高兴! 真高兴,妈妈叫干的活儿都干完啦,这回光剩下玩儿啦。(说着,高高兴兴地,这儿那儿地跑跳着。)

大郎　　万岁! 万岁!

　　　　[山那边响起了回声。]

回声　　万岁! 万岁!

　　　　[大郎吃了惊,奇怪地望着。]

大郎　　(自语)唉呀! 这是谁呀!

　　　　(大声地)谁在那儿哪……

　　　　[山那边重复着。]

回声　　……在那儿哪?

大郎　　(自语)哎呀! 山那边也问啦! (大声地)你是谁呀?

回声　　你是谁呀?

大郎　　我呀,是大郎!

回声　　我呀,是大郎!

大郎　　我才是大郎哪!

回声　　我才是大郎哪!

大郎　　不! 你不是大郎!

回声　　不! 你不是大郎!

大郎　　是大郎!

回声　　是大郎！

大郎　　哎呀！你真讨厌！

回声　　……呀！你真讨厌！

大郎　　讨厌！

回声　　讨厌！

大郎　　去你的！

回声　　去你的！

大郎　　你！小狗。

回声　　你！小狗。

　　　　［妈妈从窗里探出头来。］

妈妈　　大郎！你跟谁那么粗声粗气的……

大郎　　（要哭的样子）妈妈！山那边有个坏孩子，净这个那个的学我。

妈妈　　那，你跟他说什么啦？

大郎　　我跟他说："讨厌！去你的！小狗！"

妈妈　　你好好跟他说说试试，他也就跟你好好说啦。可别像刚才那样粗声粗

　　　　气的啦！啊。

　　　　［妈妈缩回头。］

大郎　　（向山那边）噢衣……

回声　　噢衣……

大郎　　别生气啦！刚才我不对啦！

回声　　别生气啦！刚才我不对啦！

大郎　　咱俩做朋友吧。

回声　　咱俩做朋友吧。

大郎　　你来这儿玩吧。

回声　　你来这儿玩吧。

大郎　　到这儿来！

回声　　到这儿来！

大郎　　我过不去！

回声	我过不去!
大郎	那!咱们就这样说话吧。
回声	那!咱们就这样说话吧。
大郎	行吗?
回声	行吗?
大郎	好吧。
回声	好吧。〔妈妈又从窗口探出头来。〕
妈妈	大郎,吃饭啦,快回来吧。
大郎	唉!(向山那边)我吃饭啦,不说啦!
回声	吃饭啦,不说啦!
大郎	再见。
回声	再见。
妈妈	大郎!快点呀,你还在那儿磨蹭什么哪!
大郎	妈妈,刚才我照你说的那样,和和气气地,跟他说话,那孩子就跟我好啦。
妈妈	嗯,你看是不!你跟人家好好的,人家也跟你和和气气地吧?可得好好记住点。来吧,来吧,快回来吧。

——剧终

【作者简介】 坪内逍遥(1859—1935),原名坪内雄藏,日本小说家、剧作家、评论家、翻译家。晚年热心于儿童剧运动,编写《家庭用儿童剧》三卷,《学校用小剧本》等,对日本儿童剧的发展,起了很大作用。1928 年为庆祝坪内 70 寿辰,并表彰他以戏剧运动为中心的在文艺上的多方面的功绩,为他创立了戏剧博物馆。

【作品简析】 《回声》是比较典型的幼儿话剧。剧本的构思十分奇特,台上的主要演员是一个五六岁的孩子和看不见的角色——回声;还有一个是只从窗口探了两次头的妈妈。它抓住幼儿不能理解山谷回音,确实以为山那边也有人在说话的现象,巧妙地设置了大郎与山谷回音的戏剧冲突,使一种生活哲理和山谷回音的知识,尽在这情趣十足、耐人寻味且富于艺术感染力的作品中得到生动的显现。回声是一种普通的物理现象,大郎却把它当成了一位小朋友。他好奇地与之"对话",发现对方老是顶嘴,因而被激怒。这就产生了矛盾冲突。他说话越来越粗声粗气,冲突也不断升级。其实大郎与回声的冲突是他要求别人说话和气有礼貌、而自己并未如此对待别人造成的。当他在妈妈的启发指点下,以友好的语气说出承认并克服自己缺点的话时,矛盾也就自然缓和、解决了。当然,大郎才5岁,不明白回声是怎么回事,对神秘的回声感到好奇、产生乐趣。正是如此,整出戏才充满幼儿情趣。充满幼儿情趣的矛盾冲突是幼儿戏剧的灵魂和本质。

本剧的台词十分生活化、幼儿化,完全是幼儿的稚气的口吻,而且简练朴实、亲切直白,概括了待人接物的基本道理,充分体现了幼儿剧的语言特色。

4. 小熊请客(小歌剧)

⊙ 包 蕾

第一场 在树林中

(太阳透过树丛,照射着绿油油的草地,各种颜色的小野花,开得可好看啦!树上的小鸟快活地叫着。在一阵怪里怪气的音乐声中,狐狸顺着林中小路一颠一拐地走了多来)

狐狸 (数板)

我的名字叫狐狸

一肚子的坏主意

人人见我都讨厌

说我好吃懒做没出息。

(他抬头看了看太阳)

太阳升得高又高

肚子里还没吃东西

(白)唉!真倒霉!到现在连一点儿吃的还没弄到手,饿得我两条腿一点儿劲儿都没有了,我还是先到大叔背后躺着歇一会儿吧!

346

（狐狸靠着大数懒懒地眯上了眼睛。）

（一阵轻快的音乐由远而近，小猫咪提着一包点心，连唱带跳地跑了过来。）

小猫　　（唱第一曲"到小熊家里去"）

喵喵喵。

真呀真快活。

今天过节小熊请课。

我们到他家里去，

又吃又玩又唱歌

喵喵喵，喵喵喵，

真呀真快活！

（狐狸听见小猫的歌声，就从树后跳了出来。）

狐狸　　喂！小猫咪！你到小熊家去吗？带我去吧？

小猫　　你？（唱第二曲"我才不带你"）

狐狸，狐狸！

你没出息，

你自己不做工，

还想白白吃东西。

我呀，哼！

我才不带你！

（小猫咪头也不回，连蹦带跳地渐渐走远了。狐狸看着小猫咪的背影气呼呼地骂了起来。）

狐狸　　哼！真气死我啦！小猫咪真是个坏东西！（他伸了伸懒腰，打了个哈欠）唉！我还是在这儿躺一会吧！

（狐狸背靠着树，两眼刚刚眯起来。远远又传来一阵愉快的音乐。小花狗带着给小熊的礼物，蹦蹦跳跳地跑来了。）

小花狗（唱第一曲"到小熊家去"）

汪汪汪。

真呀真快活，

今天过节小熊请客。

我们到他家里去，

又吃又玩又唱歌。

汪汪汪，汪汪汪，

真呀真快活！

（狐狸等小花狗走近了，又从树后跳了出来。）

狐狸　　　小花狗，你今天打扮得真好看，上哪儿去呀？

小花狗　　今天过节，我们到小熊家去玩！

狐狸　　　小花狗，你带我一块去吧！

小花狗　　你？（唱第二曲"我才不带你！"）

　　　　　狐狸，狐狸！

　　　　　你没出息，

　　　　　你自己不做工，

　　　　　还想白白吃东西，

　　　　　我呀，哼！

　　　　　我才不带你去！

狐狸　　　哼！小花狗真是个坏东西！我还是在这儿再歇会儿吧！

　　　　　（狐狸伸了一个懒腰，垂头丧气地靠在大树背后，远远传来了小

　　　　　鸡的歌声。）

小鸡　　　（唱第一曲"到小熊家里去"）

　　　　　叽叽叽，

　　　　　真呀真快活

　　　　　今天过节小熊请客。

　　　　　我们到他家里去，

　　　　　又吃又玩又唱歌。

　　　　　叽叽叽，叽叽叽，

　　　　　真呀真快活！

（狐狸又跳了出来，满脸含笑地迎着小鸡走过来。）

狐狸　　哎呀呀，亲爱的小鸡呀！我简直都不敢认你啦！你今天打扮得多么漂亮呀！这是要到哪儿去呀？

小鸡　　今天小熊请客，我们到它家玩去！

狐狸　　这可真是太好啦！咱们可以在一块儿好好地玩玩啦！我跳舞给你看。小鸡，

　　　　（狐狸把两眼眯成一条缝，声音特别柔和地）你带我一块去吧？

小鸡　　（上下看了狐狸一眼）你？

　　　　（唱第二曲"我才不带你！"）

　　　　狐狸，狐狸！

　　　　你没出息，

　　　　你自己不做工，

　　　　还想白白吃东西，

　　　　我呀，哼！

　　　　我才不带你！

　　　　（小鸡连头都没有回一下。就一跳一跳地走远了。狐狸气死了，看着小鸡的背影，恨恨地骂起来。）

狐狸　　哼！又是一个坏东西！（想了想）好哇，你们不带我去，我自己去。到了小熊家，我就把好吃的东西，一口气都吞到肚子里，你们等着吧！

　　　　（狐狸眨了眨眼睛，舔了舔舌头，一颠一拐地朝小熊家走了去。

　　　　（音乐也随着渐隐下去。幕落。）

第二场　小熊的家

（在一间用石头堆起来的屋子中间放着一张木桌，四个小木桌。桌上摆着小熊给朋友们准备好的小鱼、肉骨头和小虫子。一盆开得非常好看的红花放在桌子中央。）

（小熊正在一边唱着一边收拾屋子。）

小熊　　　　　　(唱第三曲"朋友来了多高兴"!)

把地扫干净,

桌子凳子擦干净,

朋友来了多高兴!

啦啦啦,啦啦啦,

朋友来了多呀多高兴

("砰砰砰",响起了敲门声。)

小熊　　　　　　谁呀?

小猫　　　　　　我是小猫咪。

小熊　　　　　　(小熊高兴地跑去把门打开,亲切地把小猫迎进来,又把门关好。)

小熊　　　　　　(唱第四曲"欢迎曲")

欢迎你,欢迎你!

好朋友,我欢迎你!

小猫　　　　　　(唱)

看见你真高兴,

(白)小熊!

这一包点心送给你!

(小猫咪把点心递给小熊。)

小熊　　　　　　(唱)

谢谢你!

我也请你吃东西,

这是骨头、小鱼和小虫,

随便吃点别客气。

小猫　　　　　　(唱)

骨头、小虫我不爱,

小小鱼儿我最欢喜!

(小猫正在高兴地吃着,又响起了一阵敲门的声音。)

小熊　　　　　　谁呀?

小花狗	我是小花狗。
	（小熊扭动着胖胖的身子要去开门，小猫已经跑到前面把门打开，让小花狗进来，又把门关好。）
小熊 小猫	（唱第四曲"欢迎曲"）
	欢迎你，欢迎你！
	好朋友。我们欢迎你！
小花狗	（唱）看见你们真高兴，
	（白）小熊！
	这一包点心送给你！
	（小花狗把带来的点心交给小熊。）
小熊	（唱）
	谢谢你，
	我也请你吃东西，
	这是骨头、小鱼和小虫，
	随便吃点别客气！
小花狗	（唱）
	小鱼、小虫我不爱，
	肉骨头我是最欢喜！
	（小猫咪、小花狗正在高兴地吃着，"砰砰砰"门响了。）
小熊	谁呀？
小鸡	我是小鸡。
	（小花狗第一个跑过去打开门，把小鸡让进来。又把门关好。）
小熊 小猫 小花狗	（唱第四曲"欢迎曲"）
	欢迎你，欢迎你！
	好朋友，我们欢迎你！

小鸡　　　　（唱）

　　　　　　　看见你们真高兴，

　　　　　　　（白）小熊！

　　　　　　　这一包点心送给你！

小熊　　　　（唱）

　　　　　　　谢谢你，

　　　　　　　我也请你吃东西，

　　　　　　　这是骨头、小鱼和小虫，

　　　　　　　随便吃点别客气！

小鸡　　　　（唱）

　　　　　　　骨头、小鱼我不爱，

　　　　　　　小小虫儿我最欢喜！

　　　　　　　（在欢快的音乐声中，大家正吃得高兴，忽然想起了几下重重的敲门声。）

小熊　　　　谁呀？

狐狸　　　　快开门，我是大狐狸！

小熊　　　　（惊讶地）哎呀！原来这个坏东西来了。

　　　　　　　（门敲得更厉害了。）

狐狸　　　　快开门！把好吃的东西都拿来！

　　　　　　　（大伙很快地凑在一块，小鸡、小猫不停地问："怎么办？""怎么办呀？"）

小熊　　　　（低声地）别急！我有办法啦！

小鸡　　　　快说呀！

小花狗
小猫　　　什么办法？快说！

小熊　　　　我盖房子的时候，还剩下来好些石头块儿，我把它分给你们。等一开门，咱们就一块儿拿石头砸他！

大伙　　　　好！快点儿！

（小熊这时好像一点儿也不笨啦，很快就把石头分完了。）

小熊　　　（轻声地）好了吗？我去开门。

　　　　　（门"吱呀"一声开了，狐狸一步就跨进了门口。）

狐狸　　　快把好吃的东西拿来！别惹我生气！

大伙　　　好吧！给你！给你！给你！

　　　　　（大伙一面喊着，一面把石头恨恨地朝狐狸扔过去。狐狸抱起
　　　　　头，狼狈地叫起来。）

狐狸　　　哎哟！哎哟！疼死我啦！快点儿逃走吧！

　　　　　（狐狸夹起尾巴，想夺门逃走他猛一转头，一下子碰在石头墙上，
　　　　　痛得他倒退了两步，才看准门口。一溜烟跑了出去。）

　　　　　（紧接着响起一阵快乐的笑声。）

小熊　　　现在咱们大家可以好好地玩玩啦！

　　　　　（大家一边唱歌，一边跳起舞来。）

小猫　　　（唱第五曲"赶走大狐狸"）

　　　　　喵喵喵

小花狗　　汪汪汪

小鸡　　　叽叽叽叽、叽叽叽叽。

大伙　　　哈哈哈哈。

小熊　　　赶走大狐狸！

大伙　　　心里多欢喜！

小熊　　　跳起舞来唱起歌。

大伙　　　高高兴兴来游戏！

　　　　　啦啦啦啦啦啦啦啦！

　　　　　啦啦啦啦啦啦！

　　　　　赶走大狐狸！

　　　　　心里多欢喜！

　　　　　跳起舞来唱起歌。

　　　　　高高兴兴来游戏！

啦啦啦啦啦啦啦啦!

啦啦啦啦啦啦!

(欢腾的尾声音乐清脆地响了起来!幕慢慢地落下来。)

【作者简介】 包蕾(1918—1989)原名倪庆秩,笔名叶超,浙江镇海人,现代剧作家、儿童文学家。幼儿文学代表作有童话《小兔子"我知道"》、《猪八戒新传》、《剪纸片》、《猪八戒吃西瓜》,动画片《三个和尚》等。

【作品简析】 这是一出脍炙人口、深受几代孩子青睐的童话剧。剧本的情节很单纯:爱劳动的小猫、小花狗、小鸡再去小熊家做客的路上,分别遇到懒而馋的狐狸,并先后拒绝他也要去做客的要求;当小动物们礼貌地来到小熊家,并受到主人殷勤招待时,狐狸蛮横霸道地闯进屋,要吃掉所有好东西,最终被小动物们齐心协力地用石头轰跑。由于作品采用游戏性质的方式表现角色之间的矛盾冲突,整出戏便纯净明快、气氛热烈,充满浓郁的幼儿情趣。其中,情节的两处反复,小动物和狐狸到小熊家的不同言语造成的对比,加工朗朗上口的台词、极富个性的音乐和对狐狸的脸谱化处理,使角色性格鲜明,能让幼儿加深印象、加强记忆,让他们在享受游戏快乐的同时受到思想教益。

本剧以广播剧形式问世,它以舞台剧形式直接面向小观众,同样具有极强的吸引力。

目标检测

1.什么叫儿童戏剧?简述儿童戏剧的发展概况。

2.儿童戏剧有什么特征?

3.儿童戏剧可以按四个标准划分,具体各可以分为哪些种类?

4.幼儿喜欢的剧本题材有哪些?请举例说明。选择一则童话或故事,试着改编成儿童戏剧。

5.儿童戏剧排练应该注意哪些问题?学生分组活动、选择合适的剧本,每组排演一场儿童剧,在班里表演,老师评定成绩。

第九章　儿童图画书

学习目标

　　了解儿童图画书的含义、发展概况、作用、特点和分类，掌握儿童图画书的鉴赏要求和创作方法，能较好地进行图画书脚本文字的创作。

学习内容

第一节　儿童图画书的含义

　　儿童图画书是相对于儿童文字书提出的概念，因此与前面几章儿童文学的文体分类并非采用同一标准。图画书在儿童文学作品中占有较大的比重且越来越体现出与单纯的文字书不同的特征，因此单立一章进行讲授。

一、什么是儿童图画书

　　图画书在英文中称为"picture book"，在日文中称为"绘本"。其概念有广义和狭义之分。从广义上讲，凡文图搭配的书皆可称为图画书，如插画书、漫画书、认知型画书等；狭义的图画书则专指适合儿童阅读欣赏的以图画为主，文字为辅来讲述故事、表达情感的文学类图书。此类作品无图则无故事、无图则情节就无法完整表达，情感就无法充分表现，作品如《鼠小弟的小背心》、《母鸡萝丝去散步》等。

什么是图画书呢？它是运用美术和文字两种媒介而创作出版的文学书籍。图画书是文本，是儿童文学的一种表现形式。图画书也是一种综合性的美术设计，一本图画书是用一组图画，去表达一个故事，或一个主题。图画书的主要媒介是美术，它和有插图的故事不同，图画是占主要地位的，绘画是图画书讲故事的主要的语言。但如果画家脱离了故事本身来讲述绘画技巧对于图画书创作和出版恐怕很难有好的效果。因为图画书中，画家的构图、造型、线条、色彩等，都深受它所要讲述的故事的左右。虽然图画书的外部形态主要是图画，但它的基础仍然是文学。

儿童图画书中，图画处于主体地位，文字处于辅助地位，且图文互相融汇，互相补充，共同完成一个文学作品。日本图画书出版家松居直用两个公式深刻地道出了图画书之文图关系的精髓：文＋画＝带插图的书；文＊图＝图画书。

早在 20 世纪 60 年代，陈伯吹就持此种观点，他说："也许有人以为既然全部是图画，或者绝大部分是图画，就不能把它们视为文学了。究其实际：图画只是文学凭借它来作为一种表现的形式"，"正像凭借文字来作为表现的形式一样，它的实质是个有目的、有组织、有思想、有艺术、经过精心构思的文学故事，不但有动人的情节，还有深刻的教育意义。图画在幼童书籍中当然并不是'装点门面'，也不仅是帮助'说明内容'，而是作为主体来表达思想的，它比文字更形象地直接诉诸幼童的感官。这也可算是幼童文学的一个特色吧。"图画书之于文学，正如电影电视戏剧等之于文学的关系，文学属性是其根本。

儿童是图画书阅读的主体，儿童阅读图画书的主要方式是一边用耳朵听成人"讲述"文字，一边自己用眼睛看图画书中的图画。儿童在边听边看中体验到一种阅读的乐趣，在心中营造出一个广大的世界。在图画书中同时有两套语言系统共存，一个是以文字来表记的故事，另一个是绘画，其实图画书中的绘画都能被作为语言来阅读的，绘画这种东西全部都是语言世界，绘画是用线条、形状和颜色来说话。孩子阅读的是存在于画里的语言，而且是完全同时的用耳朵体验语言的世界。用耳朵听到的语言世界和用眼睛看到的语言世界，在孩子的心里融为一体。学龄儿童也是图画书的重要读者，图画书中的画依然有效地帮助着他们建构着想象中的文学世界，儿童文学有着儿童和成人双重读者，图画书这一特征更为明显,图画书不仅吸引着孩子也同样以它特有的魅力吸引着成人读者。据统计最近几年,在校大学生喜欢图画书的也不在少数。

漂亮的画面加精彩的情节,图画书势不可挡地占领了儿童文学的大半江山,并成为儿童文学研究者和阅读推广者着重关注的对象。

二、儿童图画书与其他画书的区别

与图画书相比,插图本作品中的插图一般只起到辅助作用,使故事更形象、直观,而并未特别鲜明地表现出影响故事讲述或表情达意的作用。

与图画书相比,卡通动漫书的图片动感更强,且常采用夸张、变形手法,读者亦更为广泛。不过一些图画书作品对卡通动漫作品的手法也有所借鉴。

与认知型画书相比,儿童图画书具有文学属性。

第二节 儿童图画书的发展概况

一、国外儿童图画书的发展简况

儿童图画书的萌芽最早可追溯至 17 世纪。西方世界第一本有插画的儿童书是 1658 年捷克教育家夸美纽斯(1592—1670)所编写的《世界图绘》,此书以图画的形式向孩子介绍自然,社会等各方面的知识。

1744 年英国纽伯瑞(1713—1767)创立了世界上第一家儿童书店,并出版了内页配有木刻插画的美丽的小书。此书插图优美,印刷考究,装帧精致,对儿童图画书的发展起到了变革性的作用。

19 世纪,英国出现了三位杰出的图画书作家:瓦尔特·克雷恩、兰道夫·凯迪克、凯特·格林纳威。如今美国权威的图画书奖是用凯迪克的名字命名的,英国的图画书奖是用格林纳威的名字命名的。伦道夫·凯迪克在理论上探索了图画书的图文关系并进行了实践。他强调图文只有在视觉上变为一个整体,彼此之间才能真正融合。因其对图画书的贡献,凯迪克被后人誉为"现代图画书之父",其为《骑士约翰的趣闻》绘制的约翰骑在马上驰骋的插图,也成为美国凯迪克奖的标识。

英国比特克丝·波特(1866—1943)原本自费出版的 250 本《小兔子彼得的故事》,1902 年由 Warne 出版社正式出版。此系列图画书被认为是现代图画书之始,堪称图画书进入新纪元的里程碑之作,成为百年来最畅销的图画书。

1928 年由德国移民美国的童书作家汪达·盖(1893—1946),以处女作《100 万只猫》一举成名,此作品常常被认为是美国第一本真正意义上的图画书。

1970 年美国插画家莫里斯·桑达克获得安徒生插画家大奖,代表作有《野兽出没的地方》、《厨房之夜狂想曲》、《在那遥远的地方》等。他被评论界称为"图画书创始以来最伟大的创作者"。其中《野兽出没的地方》,获得 1964 年凯迪克奖金奖,《厨房之夜狂想曲》(1970)《在那遥远的地方》(1981),分别于 1971 年、1982 年获凯迪克奖银奖,莫里斯·桑达克自己称为这三部作品为"三部曲"。他自己说这三本书"是同一主题的变化:孩子如何掌握各种感觉——气愤、无聊、恐惧、挫败、嫉妒——并设法接受人生的事实。"

1980 年日本的赤羽末吉(1910—1990)获国际安徒生插画家大奖,是第一位获此大奖的东方人,代表作有:《追、追、追》、《马头琴》、《桃太郎》等。

美籍华人插画家叶阳 1990 年以《狼婆婆》一书获得凯迪克金牌奖,除了主题是中国民间故事之外,这也是第一位美籍华人创作者获得该奖。

1998 年法国的汤米·温格尔(1931—)获国际安徒生插画家大奖,代表作有《三个强盗》、《月球男人》等。

2000 年英国的安东尼·布朗(1946—)获国际安徒生插画家大奖,代表作有《穿过隧道》、《威利的梦》、《我爸爸》、《动物园》等。

此外,比较重要的图画书作家作品有:美国的列欧·列奥尼,其代表作为《小蓝和小黄》,作品打破以往追求"形似"的绘画方式,使抽象的绘画方式取得成功。其他代表作有《小黑鱼》《亚历山大与发条鼠》等;美国克罗格特·约翰逊的"阿罗系列"被称为开创了一种新的图画类型和风格;美国威廉·史代格的《驴小弟变石头》获 1930 年的凯迪克金奖;德国画家艾瑞克·卡尔特别善于运用有形的设计,他的代表作为《好饿好饿的毛毛虫》;荷兰的迪克·布鲁纳的"米菲系列",被称作"孩子们的第一本图画书";美国谢尔·希尔弗斯坦的《爱心树》《失落的一角》等;美国苏斯博士的《我看见了什么》、《戴高帽的猫》、《绿鸡蛋和火腿》等。

亚洲图画书发展得比较好的是日本,主要的作家作品有芭蕉绿的"提姆兰莎系列";佐佐木洋子编绘的"噼里啪啦系列";日本中川李枝子、大村百合子的代表作《古利和古拉》等;五味太郎的《鳄鱼怕怕牙医怕怕》等;柳生弦一郎的科学系列图画书等;宫西达也的《霸王龙》、《你看起来好像很好吃》等;中江嘉男、上野纪子的《鼠小弟系列》等。

为了鼓励图画书的创作与出版,国际上设立了多种图画书的奖项,除美国的凯迪克奖、英国的格林纳威奖外,还有德国青年文学协会负责评选的德国绘本奖、意大利的波隆那儿童书展奖、国际儿童读物联盟(简称 IBBY)设立的国际安徒生奖的图画书奖(1965 年)、联合国教科文组织(UNESCO)赞助的布拉迪斯国际插画双年展(英文简称 BIB)奖等。国内的图画书奖主要有"丰子恺图画书奖"(2009 年),此奖是第一个在世界范围内广泛征集原创作品的华文图画书奖项;台湾信谊基金会主办的"信谊图画书奖"(2010 年)则专门授予那些尚未出版的原创图画书作品。

二、国内儿童图画书的发展简况

我国在漫长的封建社会里,几乎没有专为儿童创作的图画书,只在明朝出版过一本《日记故事》,但影响不大。

直到 20 世纪 20 年代,才出现为数不多的图画书作家和作品。郑振铎先生是我国图画书的倡导者和开拓者。他于 1922 年在上海创办的儿童周刊——《儿童世界》,被视为我国图画书的开端。他在上面发表了《两个小猴子的冒险》《河马幼稚园》等 46 篇图画故事。赵景深继郑振铎之后,在 20 世纪 30 年代创作了《哭哭笑笑》、《一粒豌豆》等作品。

新中国成立后,由于学前教育普遍受到重视,加上受欧美、日本等发达国家的影响,我国图画故事质量和数量都有了较大的提高,出现了两次飞跃:一次是

20 世纪 50 年代,出版了《小马过河》、《蜗牛看花》等图画书;一次是 20 世纪 80 年代图画书质量有了较大提高。

20 世纪 90 年代,中日两国曾合办了两届"小松树"儿童图书奖,得奖作品有《贝加的樱桃班》(郑春华文,沈苑苑画)《贝贝流浪记》(孙幼军文,周翔画)等。不过,从总体来看,20 世纪国内图画书的数量和质量与国际的整体水平相比还存在着很大的差距。

进入 21 世纪,本土原创图画书作品开始慢慢成长起来。江苏少年儿童出版社于 2003 年出版了"我真棒"幼儿成长图画书,2004 年又推出"我在这儿"成长阅读丛书。除此之外,该社属下的《东方娃娃》1999 年创刊以来一直致力于图画书作者的培养和引导,2005 年更是在全国刊物中率先推出了专门的下半月"绘本刊",一月固定推出一期,并通过幼儿园等渠道对读者进行推广和宣传,绘本刊初期主要推广引进作品,如《十一只小猫》、《第一次旅行》等,后期开始力推本土原创作品,如《火焰》、《漏》等。

近年来,本土较突出的图画书作品主要有"信谊原创图画书系列"(《一园青菜成了精》、《躲猫猫大王》、《漏》、《小鱼散步》、《团员》等);熊亮的"中国原创图画书系列"(好玩的汉字,中国 12 个传统节日,京剧猫新传等);熊磊等的"小企鹅心灵成长故事"(《小鼹鼠的土豆》等)。其中《团圆》被《纽约时报》评为 2011 年最佳儿童图画书;《火焰》不仅在首印后一销而空,还得到了日本蒲浦兰绘本馆的认同,在中国内地与日本同时出版。

台湾图画书作品代表性的有方素珍的《妈妈心,妈妈树》、《我有友情要出租》、《祝你生日快乐》等;李瑾伦的《子儿,吐吐》等;赖马的《我和我家附近的野狗们》等。

进入 21 世纪,父母教师对儿童的图画书阅读日益重视,图画书阅读需求日益增加,因此国内众多出版社开始大量引进国外优秀的图画书作品。比较具代表性的有二十一世纪出版社引进的"恩德系列绘本"、"彩乌鸦系列绘本"(2000 年)、"不一样的卡梅拉系列绘本"(2006 年)等,其中"卡梅拉系列"已成为该社最著名的图画书品牌;湖南少儿社引进的"青蛙弗洛格系列"(2006 年);浙江少儿社引进的"雅诺什系列"(2007 年);明天出版社引进的莫妮克·弗利克斯的

"无字书系列"（2003 年），此系列是内地最早引进出版的无字图画书，其出版为该社图画书出版获得了荣誉；南海出版公司引进的美国谢尔·希尔弗斯坦的《爱心树》、《失落的一角》、《失落的一角遇上大圆满》以及"爱心树绘本馆"（包括《今天运气怎么这么好》等）"爱心树世界杰出绘本选"（包括《石头汤》等）、"可爱的鼠小弟系列"等；中国少年儿童出版社 2004 年推出的英国百年品牌图画书"比得兔的世界"（包括《比得兔的故事》等 23 本书）；接力出版社推出《活了一百万次的猫》、"阿罗系列"、"查理与萝拉系列"等享誉世界的图画书精品；上海译文出版社出版了"苏斯博士系列"；人民邮电出版社引进了"兔子米菲系列"；人民文学出版社推出了"小象巴贝尔系列"；贵州人民出版社引进了"斯凯瑞金色童书系列"等。

　　除了出版推手，还有一些合作出版推手对图画书的推广起到了不可忽视的作用。其中最重要的即来自中国台湾的信谊和来自日本的蒲蒲兰，基于内地现行的出版法规，这两家对图画书制作出版经验丰富的机构均以供稿者的方式与内地相关出版社合作出版图画书。信谊与上少社合作推出了《鳄鱼怕怕牙医怕怕》（2004）、《猜猜我有多爱你》（2005）、《逃家小兔》（2005）、《要是你给老鼠吃饼干》（2005）、《爷爷一定有办法》（2005）、《母鸡萝丝去散步》（2006）等，与明天出版社合作推出了《钢丝网上的小花》（2007）、《团圆》（2008）、《宝儿》（2008）、《驿马》（2008）等。蒲蒲兰与北少社合作推出了《你看起来好像很好吃》（2004）、《我是霸王龙》（2004）、《莎娜的红毛衣》（2006）等，与 21 世纪出版社合作推出了《你真好》（2005）、《猫太噼哩噗噜在海里》（2005）、《荷花镇的早市》（2006）、《我永远永远爱你》（2008）等。湖北海豚 2007 年开始介入图画书出版。该公司与湖北美术出版社合作，推出了数十本"绘本花园"。代表性作品有"汉斯·比尔系列"（6 本）、《动物绝对不应该穿衣服》、《我的爸爸叫焦尼》、《爷爷变成了幽灵》、《松鼠先生和月亮》等。

　　日本松居直的《我的图画书论》是国内较早引进的图画书理论著作，该书以平直的语言、聊书的口吻对图画书的理论进行了阐述，对图画书的阅读进行了具体的指导；国内彭懿的著作《图画书：阅读与经典》对图画书的阅读与推广起到了极大的推动作用；台湾郝广才的《好绘本如何好》亦对图画书的理论有较多阐述，值得一读。

第三节 儿童图画书的作用

图画书与文字书表现形式不同,因此对儿童的作用也会有所不同。

一、图画书可更好地引儿童入文学之门、培养阅读兴趣

图画书是最早进入儿童阅读世界的儿童文学样式,图画对儿童有着天然的吸引力。它富有吸引力的画面,它富有趣味性的情节,都给孩子留下深刻的印象。新西兰图书馆馆员多罗西·怀特在《关于孩子们的书》一文中曾说:"图画书是孩子们在人生道路上最初见到的书,是人在漫长的读书生涯中所读到的书中最最重要的书。一个孩子在图画书中体会到多少快乐,将决定他一生是否读书。儿童时代的感受,也将影响到他长大成人以后的想象力。"美国图书馆学家姆亚也曾说:"儿童从图画和故事中所获得的印象,是永恒不灭的,同时也是非常微妙的。如果要我表示意见,那么会说:一个人对于艺术的认识,想象力的培养,对异国产生人类的共识、共感等胸怀,都是从阅读图画书萌芽的。……良好的图画书,在养成读书的趣味和习惯方面,它的影响力是大得无法估计的。"

二、图画书是亲子共读的最佳文学样式

儿童可以阅读图画书的图画,很多时候还可以读出成人所不能读出的内容。如读《蚂蚁和西瓜》,儿童几乎可以在每页都能认出哪只蚂蚁在做什么,而成人基本只会读主要情节,对这些细节会忽略。成人与儿童因观察及思维的方式有所不同,因此共读时就拥有更多的对话空间。在对话过程中,成人可以重拾童年的很多感受,并就自己的理解与知识给儿童以指导,让儿童发现并理解书中更多的讯息与意义;同时,儿童也可以感受到成人所不能感受到的意义,想象成人所不能达成的想象,从而给成人以启示。

三、图画书可以增加儿童阅读的主动权

儿童阅读图画书,可以自己把控阅读节奏,并对图画书文本有自己的理解。同时,当他熟悉图画书文本以后,可以自己进行阅读。阅读的主动权可以给儿童很大的成就感,把图画书握在手里的感觉会让他觉得很舒服,让他觉得他可以把握世界的一部分。儿童看了一些图画书后,在成人的指导下,还可以自己制作图画书。

四、图画书更有利于儿童观察与想象能力的培养

图画书中每一个事物、每一个细节的安排,都与书的整体所要表达的内容有着契合的统一性。因此,读者要细细观察并思考:图中画了什么,为什么要画这个? 文本想告诉我们什么? 观察到的细节越多,思考越多,所获得的阅读乐趣也就越多。

图画书提供给幼儿想象的通道,每一细节都提供给孩子想象的契机,就如文字故事中的文字所提供给成人的思考触点。如果说成人的思考更多的是在理性层面,那么孩子的思考则更多是在表相和想象层面。

五、图画书可以更好地培养孩子的语言表述能力

图画书以图画作为表述手段,因此不具备文字表述的确定性,同一幅图可以用不同的语言进行表述,从语言层面说,可以更好地锻炼孩子的表述能力。因图画书是画面叙事,因此,先说什么,后说什么,如何具有逻辑性都是孩子要考虑的。

六、图画书可以培养幼儿对绘画的审美能力

文字书对幼儿审美能力的培养,主要在语言层面与想象层面,而图画书对幼儿审美能力的培养还有一个更重要的层面,即绘画层面的审美。图画书呈现给读者的是精美的图画,孩子常与此种艺术水准较高的画作接触,并细读画作的每一个细节与元素,那么孩子对绘画的审美能力,将会有潜移默化的提升。

第四节　儿童图画书的分类

本章所讲的幼儿图画书专指文学类图画书,不过因非文学类幼儿图画书在市场占有相当大的比例,并且越来越受家长和教师的重视,如知识类图画书、玩具类图画书、思维训练类图画书等等。因此,本节用一定的篇幅对此类作品进行相关介绍。

按照不同的分类标准,儿童图画书有不同的分类。具有无限可能性的图画书的创作、出版形式多种多样,要想将丰富多彩的、充满个性的图画书作出穷尽性分类,几乎是不可能的事情。这里,我们只能以描述性方式,作出一个大致的区分。下面的这些种类之间多有交叉,只是列举常见的种类而已,不是严格的、很有逻辑的划分。

一、文学类图画书

按照有无文字,文学类图画书又可分为有文图画书和无文图画书。

（一）无文图画书

无文图画书是指完全用画面表现情节、抒发情感的图画书,比较具代表性的作品为莫妮克的"小老鼠无字书系列"。此类图画书没有一个文字,画面连续性强,读者可以通过观察、分析、比较图画中人物的行为、表情、背景等的变化来了解作品的情节与情感。

（二）有文图画书

有文图画书是指那种既有图画又有文字,以图为主以文为辅,图文相互配合,相互补充说明来讲述情节或表达情感的图画书,此类为图画书最常见的形式。这类作品包括两种:一种以图为主,只有少量文字,文字带动故事情节的发展,一般跳跃性较强。如《鼠小弟的小背心》,全书以图画为主体讲述故事,而同时精简的文字又对图画所不能表现的内容进行补充。一种是文图并茂,文字较多,较能完整讲述故事,不过几乎每页又都有图画来配合讲述情节,如《犟龟》等,此类作品更贴近插图本图书,而前一种更能体现图画书的本质。

儿童图画书与儿童文字书只是表现手段不同,一为文字一为图画,在文学性上两者是一致的,因此图画书的文体分类与文字书的文体分类相同,包括图画生活故事,如《我绝对绝对不吃番茄》;图画童话故事,如《逃家小兔》;图画散文,如《我爸爸》等类别。

二、非文学类图画书

(一)知识类图画书

知识类图画书是指那种主要目的是使孩子学到一些知识的图画书,一般情节性较弱,知识性较强。主要分为两类:第一类为生活知识类图画书,指通过图画使孩子认知社会生活中的各种常识及各种事物的书,如《工具》,使孩子通过图画认识生活中的各种工具,了解工具就在我们身边;第二类为科学知识类图画书,即指通过图画使孩子了解自然界的各种事物的书。如《奇妙的尾巴》,使孩子在好奇中,一步步得到答案,在乐趣中直观地获得各种动物尾巴的生动印象。

(二)玩具类图画书

玩具类图画书是指那种既可以玩又可以阅读的图画书。作品如"迪士尼宝宝摇铃书系列",幼儿在翻翻看看的同时,小手摇一摇,就像玩玩具一样,带给孩子很多乐趣。同时,书中还有一些朗朗上口的儿歌,可以伴着摇铃一起吟唱。

随着印刷和装帧技术的不断进步,幼儿玩具类图画书有了更多的形式。如枕头书,即是指那种既可以用来阅读,也可以用来当做枕头睡觉的书,典型的作品有"妈妈布书系列枕头书"。孩子可以抱着又大又软的枕头,阅读有趣的故事,困了的时候还可以枕着进入梦乡;带香味的书,指那些只要用手在书上摩擦就会发出该物体的香味的书,这些香味可能是水果,也可能是花朵等,此类图画书不太常见;还有立体活动书,书的内页可以折开成立体物品,给孩子以惊喜感,"噼里啪啦立体玩具书"即属于此类;也有一些图画书,配有录音设备,书一翻动即会自动读故事、或模仿动物发出叫声等。总之图画书的形式越来越有创意,也越来越让孩子们喜欢。

因分类是相对划分,并不很科学,因此玩具类图画书很多是文学类的。也可以是知识类的或是思维训练类的。

(三)思维训练类图画书

思维训练类图画书是指侧重于训练孩子思维能力的图画书。作品如《用纸杯做玩具》等,通过动手动脑、剪剪玩玩,锻炼幼儿的分析思维、创新思维等能力。

从内容划分,图画书又可分为以下许多的种类。

三、故事图画书

故事图画书是图画书的主体(还有非故事性图画书),它通过讲述故事介绍知识、叙写生活,属于儿童文学的范畴。故事图画书的题材多种多样,主要包括童话故事、民间故事、幻想故事、生活故事、动物故事等等。

四、科学、知识图画书

科学、知识图画书就是以传递科学、知识作为目的的图画书。但是,也应该纠正一种误解,那就是只把科学、知识图画书看作是对学习有帮助的辅助教材。科学、知识图画书可大致分为故事性和非故事性两类。如《小水珠的冒险》(玛丽亚·特里克夫斯卡文、波夫坦·布丁科图)写的是从村妇的水桶里溅出的一滴水珠的冒险故事。

五、设置"机关"的图画书

所谓设置"机关",是指通过剪切、镂空、挖洞、遮挡、伸缩立体图形等方式,使画面出现丰富变化,展示空间效果的图画书。这种图画书比较充分地显示出图画书的创意性。设置"机关"的图画书往往是利用图画书的图画的接续性来设置"机关"。比如,五味太郎的《爸爸走丢了》,虽然只是运用传统的、简单的剪切、镂空这样的方法来设置"机关",却使读者很好地感受到了空间的变化。

六、婴幼儿图画书

如果说前面几种类型的图画书是从形式或内容这些角度所作的分类,那么,婴幼儿图画书的提出,则是从读者对象角度考虑的一种分类。这里所谓婴幼儿读者的年龄大体是一到两岁。婴幼儿图画书的阅读一般要包含两个要素,一个是游戏性,另一个是认知性。如松谷美代子作文、濑川康男作画的《没了没了,猫!》就是写婴幼儿喜欢玩的躲猫猫游戏。

第五节　儿童图画故事的特点

图画故事是图画书中文学类的一种,它以学龄前儿童和小学低年级儿童为主要对象,通过连续的画面表达完整的故事和主题的儿童文学样式。它是绘画和语言相结合的艺术形式之一。从形式上看,图画故事有文有图,文图并茂,文字部分简洁清楚,画面活泼鲜明。从内容上看,图画故事有儿童百科全书的性质,可以帮助儿童熟悉周围的事物,养成良好的生活习惯,启迪他们的良知和智慧,因而从形式和内容的统一来看,图画故事是既有趣又有益。图画故事的主要特点。

一、形象的直观性

以文字来表达的儿童文学虽然也具有形象性,但图画故事更为形象直观。其中画面所展现的人物、动作及环境都是十分具体形象的,或写实,或夸张,都能让儿童感到逼真传神、生动有趣。图画故事的图画作为艺术,应该受到高度重视,要有创造性的构思、有趣味的情境、熟练的技法、和谐而完整的版面、美感的造型(形象和色彩)、独特的风格、精巧的印刷配合等创作要素。可见,图画故事中的图画决不能因为读者对象是儿童就降低艺术标准,相反,需要画家更高的创作技巧。因此,图画故事要求图画精美,故事表现力强,耐看、耐读,能够吸引小读者反复欣赏,并不断提供新鲜感受。

图画故事的图画要吸引儿童,就应该具有"新"和"奇"的特点。在他们能理解的前提下要做到新颖、新奇、有趣。同时,适度的夸张、鲜艳的色彩、富于动感都是增强形象性的手段。例如日本画家宫西达也的图画故事《我是霸王龙》,借用的是野兽派画风。画面显得非常有力度,画家经过强烈的形象夸张和色彩对比,把史前期恐龙的强悍表达出来了。同时画家又在画面背景点缀上星空,使整个画面具有诗意和柔情。

二、构图的连续性

图画故事的图画区别于插图的特征是它的连续性,做到了让小读者"看画就能明白故事"。但图画故事要发挥讲故事的作用,必须注意画与画之间的衔接,使之具有连续性,这种衔接起着推动故事情节的作用,由于故事所表现的时间、空间、人物变化等很大程度都依赖画面来实现,如果画与画之间跳跃性太大,儿童就很难看下去。因此,"图画书中的每一张画,在传递内容之余,都应扮演好'承先启后'的角色","如此一张接连一张,自然而然就有了动态,有了情感的起伏,于是,观图者在这些画面的带动下,终于得以完成异于一般书籍的阅读"。

画面的衔接大都靠主人公的动态来表现,如《小泥狗哈利》中,第一幅是哈利在浴池边叼起刷子,第二幅则转换到叼着刷子的哈利正急速地下楼梯。作者巧妙地把浴池处理成画面的背景,从而增强了画与画之间的连续性。有时,也可以靠"不动"来衔接。例如《淘气的小猫》一书,自始至终用代表着地面的一条线接连,在线上有一只小猫和一只乌龟慢慢地移动,以此展开情节。故事在这一条线和小猫、乌龟、小水坑几个有限的物体中展开,读者被稳定地连续地引导,聚精会神地跟着故事走。

三、画面的趣味性

以儿童为主要读者的图画故事,必须具有浓郁的趣味性。这种趣味性,就是儿童情趣视觉化的艺术表现,画面应让儿童感到亲切。例如美国图画故事

《去问熊先生》,讲的是一个叫达尼的小男孩想送妈妈一件生日礼物,于是去找动物们商量,但动物们的提议都被否决了,因为这些礼物妈妈已经有了。达尼决心去森林中问熊先生。熊先生没有什么东西当礼物,却搂着达尼悄悄教给他一个好办法。听了熊先生的话,达尼高兴地跑回家里,让妈妈猜他要送的礼物是什么。妈妈怎么也猜不出来。于是达尼搂着妈妈的脖子,做了一个"熊式拥抱",这个"熊式拥抱"就是达尼送给妈妈的礼物。这则故事温馨感人,但又充满着悬念。经典的图画故事很多都具有类似的风格。再如,曾获国际安徒生儿童文学大奖的美国画家安东尼·布朗的《我爸爸》,画家选择了超现实主义的风格,内容主要讲述"我爸爸"是如何的出色,情节则完全是孩子式的想象。比如,说到"我爸爸吃得像马一样多"时,画家把爸爸的头换成了马头,坐的椅子也变成了马腿,但下半身却仍保留人的形状,并穿着爸爸一直穿的睡衣,神态也仍是爸爸的自信表情;说爸爸像鱼一样灵活时,也是采用这样鱼头人身的组接方式,整个画面充满趣味。

图画故事的趣味性主要通过画面来表现,色彩、线条、构图的各个环节都应符合幼儿的审美需要。这种趣味有时并不需要通过夸张的造型和浓烈的色彩来表现,优秀的图画故事有许多都具有素描写实风格。而那些常以"甜、俗、浅、陋"来表现图画故事内容的作者,实际上并未真正了解儿童的审美能力。

四、整体的传达性

整体的传达性,是指图画故事中的图画具有整体感,能够完整地表达故事的内容。它是图画故事最具实质的内在特征。

整体的传达包括文字和画面以及它们之间的关系。图画故事每幅图画的文字尽管可以长短不一,多少不定,或者有跳跃性,但优秀的图画故事中的文字都考虑了情节、场景、人物变化,显示出画面之间的流动,给人一种整体感。图画故事中的图画虽然由多幅组成,但幅与幅之间也是一脉相承,连续相通的。图画和文字的互相融汇,有机结合,图画故事的整体传达性就显露出来了。

从"书"的角度来说,图画故事的整体传达性还包括封面封底以及扉页和装帧。优秀的图画故事往往从封面或扉页就开始进入情节,并将封底也利用起来,让儿童回味故事或引发儿童新的想象。例如,安东尼·布朗的《穿过隧道》,内容是写小兄妹俩只要碰到一块,就吵个不停,后来经过隧道中的一番探险后,兄妹俩终于和好了。书的封面画的是妹妹正在穿过隧道的场面,脚边有一本打开的书。到封底则只有一个隧道口,书却合上了,暗示故事已经讲完了。在扉页上,画面是一片花纹和一堵墙,暗示女孩儿和男孩儿,画的下方则放了一本书,暗示妹妹心理的孤单,到故事讲完后的环扉上,却变成了书和足球放在一起,暗示兄妹俩已经和好。

从图画故事的整体传达性考虑,幼儿教师在给幼儿讲述图画故事时,不要遗漏画面,可以让孩子通过封面猜测故事内容,并通过对比,发现有意义的细节。

第六节 儿童图画故事的创作和改编

在图画故事中,文字不是图画的说明,图画也不是文字的图解。文字与图画的关系应该是互补的。对于这样一种特殊的文学样式,图画故事在文字和绘画上都有着特殊的要求。除了自写自绘的作者外,图画故事一般都要求故事作者与画家通力合作,充分了解对方的创作要求。

一、文字要求

这里所说的"文字",包含两种含义,一是有文图画故事中的文字;一是无文图画故事中的构思。二者总的要求是要符合儿童的兴趣、爱好和接受水平,符合儿童文学语言的要求。

(一)要有可视感和动感

图画故事的文字通常是画家绘画的依据,整个故事是否线索明晰、结构完整、富于情节性,这多半是由文字决定的(即使是无文图画书,作者构思时脑中也有很完整的情节发展线索),因此,图画故事的文字首先要具有"可视感"。即文字在图画中易于表现。例如,"忽然,大灰狼从树后跳了出来"这句话用绘画就很好表现,而"日子过得真快呀"就不易表现。

图画故事的文字还要富有动感。

在写故事时首先要考虑到情节、场景、人物应有变化。由于图画故事是以连续的图画来表现故事,单一的场景、人物和平淡的情节会使画面雷同,使画家很难绘画。例如在冰波的童话《买梦》(王晓明/图)中,白天、黑夜、清晨交替变换,同是做梦,有在湖里游的梦,有在蓝天飞的梦,有荡秋千的梦。时间、场景的多次切换增强了动感,使静止、瞬间的绘画艺术同流动、连续的语言艺术形成统一。

脚本文字也要富于动感。例如,童话《嘎嘎叫的红靴子》中的脚本文字:

①笃、笃、笃……小鸭子听到敲门声,连忙打开屋门。

②早晨,天上下起了鹅毛大雪。两只小鸭换上漂亮的衣服,准备出发了。

③两只小鸭穿着滑雪板,唱着歌向森林里滑去。

④他们经过一座木房子的时候,不小心,掉进了雪窝窝里面。

⑤傍晚,雪停了。圣诞老爷爷走出木房子,掸掉积雪。啊!一只红红的靴子露了出来。

⑥老爷爷背上装满礼物的红靴子,向树林里走去。

⑦圣诞老爷爷推开小白兔的屋门,立刻被小动物团团围住了。

⑧圣诞老爷爷笑眯眯地弯下腰,去拿红靴子。小动物们高兴地睁大眼睛,静静地等待着。突然,靴子里传出了奇怪的叫声。

⑨圣诞老爷爷纳闷地举起红靴子,向桌上一倒:"哗啦啦——"随着五彩缤纷的礼物,两只小鸭也滚了出来。

⑩大家围着美丽的圣诞树,唱啊,跳啊,度过了一个欢乐的夜晚。

在这个脚本中可以看到一连串的动作:打开屋门——换衣服——掉进雪窝——露出靴子——向树林走去——围住老爷爷——睁大眼睛等待——两只小鸭滚出来——跳舞。场景不断变换,人物从一个、两个、三个到多个,也不断变化。每段文字都有这种可供画家作为绘画依据的句子。

（二）要有节奏感

图画故事的文字要求精练，但绝不是干巴巴的内容梗概，而应当是生动、优美、富于节奏感的语言。例如图画《虾儿跳跳》：

①今天吃大红虾，元元可高兴了。

②大红虾，跳跳跳，一二三，跳到爸爸嘴里了！（画着元元夹起一只大红虾朝爸爸嘴里送。）

③大红虾，跳跳跳，一二三，跳到妈妈嘴里了！（画着元元夹起一只大红虾朝妈妈嘴里送。）

④大红虾，跳跳跳，一二三，跳到元元嘴里了！（画着爸爸妈妈各夹起一只大红虾往元元嘴里送。）

⑤绿葱花，大红虾，全家吃得笑哈哈。

语句浅近、生动，节奏流畅，使画面显得更加生动。又如《老鼠嫁女》（鲁风/文、缪印堂/图）：

①哩哩啦，哩哩啦，敲锣鼓，吹喇叭，老鼠家里办喜事，有个女儿要出嫁。

②女儿嫁给谁？妈妈问爸爸。爸爸是个老糊涂。他说："谁神气就嫁给他。"

③爸爸就去找太阳，太阳说："乌云要遮我，乌云来了我害怕。"

④爸爸又去找乌云，乌云说："大风要吹我，大风来了我害怕。"

⑤爸爸又去找大风，大风说："围墙要堵我，我见围墙就害怕。"

⑥爸爸又去找围墙，围墙说："老鼠会打洞，老鼠来了我害怕。"

⑦太阳怕乌云，乌云怕大风，大风怕围墙，围墙怕老鼠，老鼠怕谁呀？

脚本运用儿歌形式，读来朗朗上口，合辙押韵，像是唱歌一般。

（三）精练、准确、生动、有色彩

图画故事的文字在大多数情况下是绘画的补充，它不可能太长，因而要求精练、准确、生动，最好有色彩。如《金色的房子》第一句是："红的墙，绿的窗，金色的屋顶亮堂堂。"不仅优美,色彩也十分艳丽。又如《大象、皮球和蚂蚁》,在10条文字中,仅表现动作的词就用了"喷、飞、落、滚、掉、爬、勾、顶、抢",准确而又生动;画家根据文义加以想象,使用多种强烈对比色:红气球、绿草地、土黄色大象、褐色刺猬、绿青蛙、花蚂蚁等等,可谓多姿多彩。

二、绘画要求

(一)符合儿童欣赏图画的特点

为儿童编创图画书,首先要研究、掌握儿童欣赏图画的特点。

图画是视觉艺术,人对图画的欣赏,是在想象和思维指导下的一种有目的、有计划的观察活动。作家和画家要在总体上把握幼儿认识图画能力的水平,同时还要注意研究他们观察图画时在形象、画面、色彩等方面的具体特点。

1.形象

幼儿喜欢人比物多,人物形象应是画面的主要部分。幼儿很注意人物的面部形象,喜欢面部表情活泼。喜欢用夸张手法表现高兴、生气、着急、哭泣等表情。对于一些动物形象,画家要突出动物形象夸张而又突出的个体特征,如大象的鼻子、猪肥胖的身躯,河马的大嘴巴。

2.画面

幼儿观察图画一般是先看轮廓大的,后看精细的,作品中就需要把主要内容放在画面中央,还要画得很有吸引力。幼儿空间知觉虽有一定的发展,但只限于以自身为中心的有限空间,对画面上具有较大抽象性的空间透视关系,三四岁幼儿完全不能掌握,给他们看的画面,背景要简单,细节要少。幼儿五六岁以后逐渐懂得近大远小,开始有深度视觉,但他们感觉重叠着的物体形象的能力还比较差,因而画面互相遮盖的现象不要多。

3.色彩

色彩是认识对象的重要外部特征,幼儿常常借助色彩确认对象。幼儿感知客观事物比较笼统、不精细,而彩色有对比感,可以帮助幼儿更精细地把握画面上的各种事物。画家在为幼儿作画时,既要照顾到他们对鲜艳色彩的偏爱,也要注意不同年龄幼儿辨色能力的发展特点。例如,《黑猫警长》中的黑猫本身就给人一种威严、庄重的感受,是其他颜色不能代替的。3岁左右的幼儿一般只能区分几种基本色,其中以红黄为主,然后才能分辨蓝、绿、橙等,对混合色不能很好区分。因此,给年龄较小的幼儿绘画,色彩要求简单、鲜艳,红、黄色要用得多一些。随着幼儿年龄的增长,辨色能力也逐步提高,画面就可以色彩缤纷了。

(二)掌握图画的绘制要求

图画的质量是图画故事是否完美的关键,如何适合幼儿的理解水平和情趣,在图画的形式、色彩、比例、构图、连接等方面,幼儿图画书有以下要求。

1. 富于儿童情趣

富于儿童情趣的图画能触动儿童感情,引起共鸣。要做到这点,图画就需要具有幼儿生活气息,或是他们凭借生活经验能想象出来、能理解的情景。这样的画,一经唤起幼儿的记忆,其情就会油然而生。比如画老虎摔跤,把动物的神态动作画成和幼儿自己摔跤一样,同时配上其他动物观众对它们摔跤的不同反映的画面,就能使幼儿产生情感共鸣,觉得有趣味。

夸张和拟人是使图画显得有趣和新奇的重要手法,如果把动物画得像标本一样,就不会吸引儿童。比如画动物的整体时,要画出老虎、狮子威风凛凛的气概、猴子的淘气、兔子的胆小警觉等;画局部时,画大河马头部特写,可露出它锋利的牙齿,胡须戟张,怒目圆睁,就会有如闻其吼声的感觉。画动态时,也可运用夸张,把动物画活。如画捕猎动作,可多种多样:或俯伏,或迂回,或曲背弓腰,或张牙舞爪,神态生动,有感情,也就具有了一定的人格化的意味。以上手法运用得好,可以取得较好的艺术效果。

总之,图画构图新奇,造型稚拙、夸张、变形,色彩鲜艳等,都能使幼儿感到有趣,但这种情趣不应是附加的,而是生活情趣和艺术情趣的融合。

2. 适合幼儿的理解水平

幼儿受思维水平的局限,他们对画面的理解与成人有很大不同。如他们的深度视觉尚未发展,很难理解画面的透视关系。他们知道房子的正面、侧面都有窗子,那么就应把它们展现在平面的图画上。了解幼儿这一特点的画家,在为幼儿作画时,往往采用水平垂直样式,即只有二度空间的构图方式。如画排队的人一般画成横向,而不画成纵向;画群山,也可以采取横向或让后面的山重重叠叠竖起来,以便使画面易为幼儿接受。另外,图画中所要反映的内容都要见诸画面,使幼儿能直接看到。画外有画的手法,不便于幼儿理解。

3.有动感

图画故事的画面在读者眼里应是活动的。图画故事为了能够以画的连续来讲故事,要求每幅画都要富于动感。如《小象要回家》(李其美/文、张世明/图)中,从幼儿园来到元元家玩的小布象,到晚上想妈妈哭起来,跟元元闹着要回家。元元就用望远镜朝幼儿园望去,看到活动室里焦急地寻找小象的妈妈,就骑长颈鹿把小象送回幼儿园去。画家将这一过程表现得极富动感,每幅画面既有连续性又有变化。再如周锐的《草地上的空罐头》,主题是人人从自己做起,爱护环境,故事描写了一个空罐头作为废物的经历,共 17 节,充满动感,1、2节静态地写出草地上的一只空罐头,以后依次出现扔、砸、堵、堆、踢、接、漂、捞、乘等动态,深化了主题,也为插图的动感提供了很好的基础。

4.有细节

幼儿形象性的思维特征,使他们很善于"读"画,他们有时甚至比成人更能发现画面中的细节。有经验的画家,常在不影响故事主题线索的前提下,配上丰富的细节,给幼儿更多发现的喜悦。这些细节与主要内容相结合,能够使整个故事更富于韵味。如瑞士画家费里克斯·霍夫曼画的"格林童话"《睡美人》中,作者在几幅画面中都添加了一只原文未提及的猫。当巫婆诅咒王后的婴儿将死去时,猫吓得把头钻进王后的衣服下摆里,用这一细节来增添不安与紧张的氛围。再如,英国图画故事《爷爷一定有办法》,描写的主要是从前犹太人的生活场景,画家在图中安排了地板下老鼠一家的生活场景,幼儿很快就能发现上下两种生活场景是对照来画的——虽然故事中只字未提老鼠一家的生活。

5.充分利用图画书翻页的欣赏方式

翻页是图画书欣赏的一大特点。幼儿常按自己的感受和意识来翻页,他们既可以仔细阅读画面的细节,又可以因急于知道故事发展而往下翻页。这种快慢,形成图画书欣赏的一种节奏。因此,将故事划分为每幅图画时,应该考虑到这一点,细心设计画面的结构。优秀的图画书,往往能很好地利用这种翻页的方式让小读者爱不释手,因为欣赏图画书的小读者抱有期待,希望能在下一幅画面中找到满意的情节,而这满意有时是合乎情理的发展,有时则是意料不到的情节突转。如《古利和古拉》(中川李枝子/文、大村百合子/图)中,第一个场面是古利和古拉带着大篮子去森林里寻找食物,下面的文字写道:"他们边说边走。于是……哇!在路的中间有个很大的……",文字便戛然而止。到底有什么呢?

读者赶紧翻页,于是看见有半页大的一个大蛋,比古利和古拉的身体大很多倍,怎么带它回去呢? 他们想来想去,回家搬来了最大的锅、面粉、牛奶等,把蛋就地做成一个蛋糕。香味吸引了很多朋友,大家在灶前焦急地等着。一翻页,一个又大又黄的蛋糕便出现了。在巧妙利用翻页上,这本图画书对我们很有启发。

6.有节奏感

同文字一样,图画书结构线索的展开,要有开头、高潮、结尾的连接与变化。体现这种节奏,可以有很多手法。如《小迷糊兔》(杨红樱/文、颜青/图)中通过每幅图画的大小、色彩、镜头远近的变化来表现;《让路给小鸭子》(麦克罗斯基/图),运用了电影的俯瞰手法,真实地表现出在波士顿大街上空飞翔着两只野鸭在寻找做巢地方的情节;《最难遵守的规定》(季颖/编译、缪惟/图)中,最后以一幅通过窗户看教室的远景图结束。这些都是通过构图的变化,赋予故事节奏感和韵味的。

以上分别论述的是图画书在文图方面的创作要求。在文图合一时,还应注意文图之间的构成关系,画图应预先设计好文字的位置,以免临时加上文字使整个画面失去均衡感。在书的编排方式上,也要力求活泼多样。

第七节　儿童图画书的鉴赏

儿童图画书的鉴赏首先要看封面封底和整本书的装帧设计,然后就集中在图画书内页的画面上。因图画表情达意的要素主要是色彩、线条、细节等,因此鉴赏图画书,关键在于阅读表现画面的元素。找到图画元素所渗透的意义与图画书整体所要表达的思想的联结点,才能更好地理解图画书作品。

一、认真阅读细节

细节是图画书不可或缺的部分,读者可以通过细节猜测人物心理、性格,感受所要表达的情感,预测情节的后续发展等等。儿童阅读图画故事,很大的乐趣在于寻找细节,透过细节来感受文本所传达的含意,而图画故事的作者也有意识地设置一些细节留待读者发现。《逃家小兔》是比较典型的例子:第二页的文字部分:小兔子:我要逃跑啦,我要变成一条小鱼游得远远的;妈妈说:你要是变成小鱼我就变成渔夫,抛下鱼饵等着你! 接下来是两幅无文的画面:一幅是黑白图,妈妈准备去拿钓鱼的器具;一幅是彩图,妈妈煞有介事地穿着捕鱼的衣服来到河边,然后抛下诱饵(注意:诱饵是胡萝卜),河里远远的地方就是可爱的兔头鱼尾的小家伙。显然,小兔子变成鱼的形象、诱饵的选择、兔妈妈充满信心的表情等都是文本的细节。透过这些细节,我们可以了解小兔子是多么可爱而淘气的小家伙,而兔妈妈又是个多么聪明细心而且了解自己孩子的妈妈。图画书的细节很重要,很多细节都诠释主题或渗透某种情感,如《我爸爸》,在开头一页,"我的爸爸是最棒的"文字下的图中画着爸爸穿着睡衣,睡衣上面有个小小的太阳,而门上仔细观察也有半个太阳,作品处处渗透着"我的爸爸像太阳一样棒"的想法。

二、仔细观察色彩

颜色能引起某些联想或具有某种象征意含,因此儿童图画故事的鉴赏,色彩很重要。儿童喜欢鲜艳的色彩,色彩是界定物体外部轮廓的一种形式,可以用夸张手法处理色彩,如大楼的色彩不一定与现实的色彩一样。图画书常用的六种主色调是:红、黄、蓝、黑、绿、棕。如迪克·布鲁纳的《米菲兔》,只采用几种固定的色彩,且每种色彩采用的情境都不同,红黄色一般是室内色,代表温馨安全,绿色一般是户外的颜色,出现蓝色一般代表角色内心不安等。迪克·布鲁纳认为"颜色之所以重要,是因为每一种颜色都会产生唯有那种颜色才会有的特别的力量。"儿童图画书经常用大块颜色表现空间,如在"米菲系列"中,天空是蓝色的,草地是绿色的,海滩是黄色的,每一种空间都有明确的颜色指向,而且选择的都是单一的纯色,没有任何深浅和层次的变化。以《米菲的梦》为例,整书的封面和内页的叙事空间都充满了蓝色,蓝色所填充的空间里有云,有星星,所以这一空间暗示了天空,同时也象征性地暗示出梦境的颜色。

三、细心分析线条

线条作为绘画的语言,亦具有叙事和表情达意的功能。以线条来叙事的图画书,数量较少,比较有代表性的作品是《流浪狗之歌》,此作品是一本完全用线条来讲故事的无字书,每幅图画就像一幅幅速写,不去描写环境,而是以寥寥数笔勾勒出故事的主要人物——被抛弃的小狗,描述出它的动态,看似潦草而凌乱的线条体现出狗儿被舍弃之后的心情,既悲伤可怜又有些狂躁不安。绘者在画面表现上做出很多取舍,不求细致,力求单纯和传神,从而使图画具有了朴素简洁、概括明确的特点。通过线条之间虚实、疏密关系的对比,营造音乐的节奏和旋律,仿佛再现出真实的场景和氛围,打动人心。

线条分直线、曲线,一般图画用很多有棱角的线条会显得有点生硬或让人产生恐惧感。而曲线而给人带来柔和的感觉,如《野兽国》中,虽然画了很多野兽,还龇牙咧嘴,张牙舞爪,却不让人觉得害怕,就是因为绘者采用了较圆润的线条,让野兽显得可爱。

有些作品会用框线把画面框起来,如《野兽国》,框线是变化的,最开始框线很小,随着主人公情绪的变化,越来越大,直至撑开整个页面。从而很好地表现了主人公受压抑的情绪以及情绪得以释放的过程。作品高潮部分以后框线又越来越小,表现主人公情绪渐渐稳定,从兽性回归人性。

第八节　儿童图画书的教学

　　幼儿园的图画书阅读教学,总的来说就是:凸现幼儿自主阅读为主,教师引领为辅;幼幼互动为主,师幼互动为辅。幼儿要做到"手不离本,眼不离图",教师可根据需要"用图引出文字,用文字补充图意",提升幼儿的阅读能力,培养幼儿的阅读习惯。具体做法如下:

一、选择合适的儿童图画书

　　首先,儿童图画书阅读应纳入幼儿园课程,选择的图画书最好与课程内容相吻合。这样,幼儿有相关的生活和学习经验,就容易解读图画书内容。如《鸟窝里的树》放在春天比较合适,《棕熊的神奇事》作为"一个生命的诞生"主题活动的辅助教材很合适。

　　第二,顺应学习对象的需要。除了根据儿童心理特点和学习特点选择图画书以外,更注重让幼儿参与选择。最简便的方法是,提供大量的图画书样本放入区角,观察并统计幼儿对图画书的关注程度,据此再决定选择什么样的图画书作为教学材料。一般来说,幼儿比较喜欢情节性强的故事类图画书。如《胆小的老鼠》有具体的角色形象,有一次次的活动经历,再加上图像夸张,比较符合幼儿好动、好奇的心理特点。教师可以根据幼儿的需要,把图画书作为引发幼儿知识经验的载体,激发幼儿的阅读兴趣。

　　第三,要利用家庭资源(图书材料、家长对阅读的理解等)。可以邀请和组织家长进行儿童图画书教学的座谈,鼓励家长参与图画书的推荐。对各年龄段幼儿选择图画书的建议如下:小班——画面物体动态明显,背景清晰,便于幼儿学习、应用动词、象声词等,文字少或没有。中班——除了选择以动物为主要角色的童话故事以外,还可选择与幼儿生活接近的人物故事。画面主体明显,有相应的配角,有表示事件发生的环境,可激发幼儿用完整句表示物物之间的联系,学习运用情景性语言。一般画面上文字短小。大班——以人物故事为主,画面丰富,给予幼儿充分观察、猜测和推理的线索,让幼儿有尝试角色独白和对话的可能,使阅读具有个性化。一般画面上有一段文字。

二、解读图画书

儿童图画书图文并茂,反映儿童生活经验,具有文学性、美术性、结构性、教育性等特点。从文学的角度来说,儿童图画书有趣的内容、生动的情节、精美的语言等;从美术的角度说,儿童图画书的美术表达形式多样,物像形态生动,色彩鲜明协调;从结构上来说,儿童图画书精美完整(包括封面、封底、环衬、扉页、独页、跨页等);从教育性来说,儿童图画书有着丰富而深刻的内涵,会对儿童产生潜移默化的影响。

因此,教师要站在教育者的角度对作品的文学特点、美术特点、结构特点等进行解读,充分挖掘其中的教育元素。如《獾的美餐》,首先在画面上找角色的生活习性——杂食动物;从行动上看它的行为特征——不安于现状,有改变现实生活的意愿,结果得不偿失;从美术表现上观察画面物像的特点——有动线,用物像大小表示角色的运动……教师只有理清了各种元素,才能判断该书是否有教育价值,从而找到教学活动的切入点,并编制活动链。

三、设计和组织教学活动

在对图画书进行详尽而深入的解读之后,要根据作品特点和幼儿学习特点编制阅读教学活动链。活动链的每个活动之间相互联系,层层递进。因为儿童图画书内涵丰富,促使我们对教育内容及其价值进行多元思考。人类的学习特点告诉我们,所有人的理解性学习都是由表及里、层层递进的,是需要时间的。教师要跟随幼儿的阅读状态,分角度、分阶段地引导幼儿学习,从而达到预期目标。

第一阶段:进入式阅读。即对书本特点的了解性阅读。让幼儿自主阅读图书,寻找自己喜欢的或有疑问的画面进行集体交流,促成幼幼互动。教师的任务是促成幼儿浏览整本书,大概了解书本内容及其特点。幼儿发现什么,教师就和他们讨论什么。教师点到即止,不作深入分析,不必追问,尽量把时间留给每个幼儿介绍自己的发现,让幼儿体会到自己是阅读的主人。此阶段为整个活动链的热身环节。

第二阶段:理解式阅读。即以看图讲述的方式引导幼儿阅读。保证幼儿自由选择画面,注重幼儿对画面的观察和描述,教师的指导重点是帮助幼儿提高语言表达以及同伴间互相倾听、互相补充的能力。根据图画书的特点和幼儿阅读过程中的需要,引导幼儿寻找有联系的画面,感受片段性故事情节。这一阶段仍然不追求故事的完整性,而是注重让幼儿带着信息以验证的态度反复阅读图画书。

第三阶段:分析式阅读。即以故事教学的形式引导幼儿阅读。首先,教师引领幼儿在以上活动的基础上有序地编讲完整的故事,继续要求幼儿观察画面,寻找编讲依据,以保证幼儿用心看书和深入解图。在编讲中教师自然地对图画书所传递的自然知识或人文知识进行适度的分析,然后将幼儿自编的内容组成完整的故事,有声有色地讲述,让幼儿完整欣赏,体验自编故事的快乐。

第四阶段:提升式阅读。即对文字及其他符号等的感受性阅读。利用幼儿对文字的兴趣,教师引领幼儿跟随语音指点文字,根据文本所提供的事实寻找相应的形容词、象声词、叠音词、排比句、比喻句、标点符号等,提升幼儿对文学的感受能力,体验书面语言所带来的美感,如文字的韵律、节奏等。在欣赏的同时,教师仍然引导幼儿寻找画面上的相关表现,感受图画与文字的对应关系,保持幼儿的阅读兴趣。

第五阶段:应用式阅读。即依据文本特点选择相应的活动形式,表达对故事的理解。有些图画书可以编排成故事剧,但表演一定要建立在对作品深入理解的基础上,这样才能做到有声有色。为了满足幼儿的表演欲望,根据图画书特点和本班幼儿的学习能力,教师可以引导幼儿进行片段式的表演,甚至只表现某段对话。有些图画书可以引发专项的美术活动,如画面欣赏、临摹绘画等,甚至可以在绘画基础上自制图画书。有些图画书可以设计成各种类型的游戏。

需要说明的是,上述阅读教学活动链最适合在大班进行,且适用于文学性强的儿童图画书。活动链中的一个阶段不等于一个活动,某阶段课时的多少由幼儿的学习情绪和他们发现信息的多少及其价值来决定。前三个阶段的次序不可逆,第四阶段可以自然地插入各个阶段的教学活动中,也可单独成为教学活动。第五个阶段应该以独立的课时出现,可有机插入阶段与阶段之间。

四、教师在教学活动的回应策略

在图画书阅读活动中,教师应该做一位细心的倾听者,及时捕捉幼儿有价值的想法,并给予适当的回应,以此来进一步提升幼儿的经验。图画书教学活动中的教师回应策略主要有以下几种:

1.激励。教师对幼儿的反馈要尽量给予肯定,以激发幼儿参与活动的积极性与创造性。首先,教师要善于从幼儿的回答中挖掘其在表达和思维方面的亮点,运用多种肯定性语言给予激励、表扬,减少"你真棒""很好"之类的空洞评价。其次,教师要允许幼儿"犯错误",不要急于提供所谓正确的观点或方法,不要因过于注意幼儿言语的逻辑性而给出消极的反馈,进而影响幼儿互动的积极性。

2.追问。为了唤起幼儿的已有经验,打开幼儿的思路,教师可以采用追问的回应方式。

3.辐射。教师充分利用自己设计的活动环节吸引全体幼儿参与到教学活动中来,让互动呈辐射状,以提高活动的有效性。

4.示范。教师在组织阅读活动时要有意识地使用规范、精练、优美的语言,以利于幼儿在潜移默化中积累丰富的词汇,并在不知不觉中学会正确的表达方式。

5.提示。幼儿由于认知和思维能力有限,常常会得出错误的结论,这时教师可给予提示,以引导幼儿进一步观察、思考,整理和提升自己的经验。

1. 老鼠嫁女

⊙ 鲁　风写　缪印堂画

1. 哩哩啦，哩哩啦，敲锣鼓，吹喇叭，老鼠家里办喜事，有个女儿要出嫁。

2. 女儿嫁给谁？妈妈问爸爸。爸爸是个老糊涂。他说："谁神气就嫁给他。"

3. 爸爸就去找太阳，太阳说："乌云要遮我，乌云来了我害怕。"

4. 爸爸又去找乌云，乌云说："大风要吹我，大风来了我害怕。"

5. 爸爸又去找大风，大风说："围墙要堵我，我见围墙就害怕。"

6. 爸爸又去找围墙，围墙说："老鼠会打洞，老鼠来了我害怕。"

7. 太阳怕乌云，乌云怕大风，大风怕围墙，围墙怕老鼠，老鼠怕谁呀？

（选自《小朋友宝库（故事）·帽子下的秘密》，少年儿童出版社 1987 年版）

【作品赏析】 这是一篇根据民间故事加以翻新改造的图画故事。作品文图诙谐幽默，讽喻性极强，引人发笑，可以让孩子在轻松活泼的笑声中悟出浅显而深刻的道理。那带有变形的夸张画法，不论是有生命的老鼠和猫，还是无生命的太阳、乌云、风和墙，均能给孩子们带来乐趣；那循环反复的结构安排和朗朗上口的韵文语言，不但画龙点睛地提示了主题，而且易记易诵，能给孩子留下难忘印象。

2. 小猫刮胡子

⊙　叶永烈设计　丁小三画

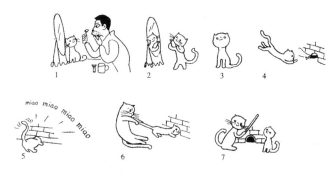

（选自《小朋友》1963 年第 2 期）

3. 喂　食

⊙　张乐平

（选自《小朋友宝库(幽默画)·笑个痛快》
少年儿童出版社 1987 年版）

4. 阿宝的耳朵

⊙ 王 汶写 詹 同画

阿宝不爱洗耳朵，　　　　一天到外面走呀走，
泥土积了半寸厚。　　　　一粒种子飞进耳朵沟。

春天到，太阳照，　　　　小牛见了眯眯笑，
耳朵里长出一株草。　　　追着耳朵吃青草。

（选自《〈小朋友〉三百期作品选·好玩儿》，

少年儿童出版社 1981 年版）

5. 鼠小弟的背心

⊙ ［日本］中江嘉男　上野纪子

妈妈给我织的小背心。挺好看吧？ 　　小背心真漂亮，让我穿穿好吗？
　　　　　　　　　　　　　　　　　　嗯。

有点紧，不过还挺好看吧？ 　小背心真漂亮。让我穿穿好吗？ 　有点紧，不过还挺好看吧？
　　　　　　　　　　　　　　嗯。

小背心真漂亮。让我穿穿好吗？ 　有点紧，不过还挺好看吧？
嗯。

387

小背心真漂亮。让我穿穿好吗？
嗯。

有点紧，不过还挺好看吧？

小背心真漂亮。让我穿穿好吗？
嗯。

有点紧，不过还挺好看吧？

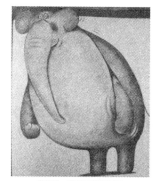

小背心真漂亮，让我穿穿好吗？
嗯。

有点紧，不过还挺好看吧？

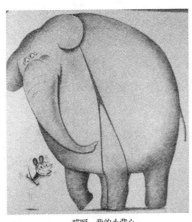
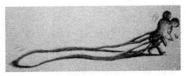

哎呀，我的小背心

小动物穿上背心后感觉怎样？你从哪里看出来呢？一起来学学小动物穿上小背心的表情吧！

【作者简介】 （文）中江嘉男，生于日本神户县，毕业于日本大学艺术学系美术专业。（图）上野纪子，生于日本埼县，毕业于日本大学艺术学系美术专业。

【作品赏析】 《鼠小弟的背心》被选为日本一百本经典图画书之一。鼠小弟穿着妈妈织的小红背心站在舞台中央，鸭子、猴子……一个比一个大的动物轮番登场试穿小背心。所有试穿背心的动物都处在舞台的中心，重复着同样的语言："有点紧，不过还挺好看吧？"但这种重复，并不是简单的重复，动物一个比一个大，画面也一次比一次满。等到大象出场时，身体占了满满的画页还不够，以至耳朵冲出画框，而大象的大与背心的紧所造成的反差，是那样的滑稽。一次次的反复，不断地增强了作品的荒诞性。

绘本故事以亲子阅读为主，以培养幼儿阅读图画书的兴趣为主，不做复述故事内容的要求。

目标检测

1.什么叫儿童图画书？简述儿童图画书的发展概况。

2.结合生活实际，说说儿童图画书的作用和特征。

389

3.儿童图画书一般分为哪些类型?

4.儿童图画故事的创作与改编对文字和绘画各有什么要求?自选一篇童话或故事作品改写成图画故事脚本,然后配上图画。

5.儿童图画书的鉴赏应该注意哪些问题?请选取你喜欢的一本儿童图画书进行鉴赏,并写一篇作品赏析。

6.儿童图画书的教学应该掌握哪些步骤?请结合实习,选一本图画书进行试教。

图书在版编目（CIP）数据

当代儿童文学 / 陈振桂编著. —杭州：浙江大学
出版社，2013.8
ISBN 978-7-308-12002-9

Ⅰ.①当… Ⅱ.①陈… Ⅲ.①中国文学－当代文学－
儿童文学－文学研究 Ⅳ.①I207.8

中国版本图书馆 CIP 数据核字(2013)第 184402 号

当代儿童文学

陈振桂 编著

责任编辑	葛　娟	
封面设计	续设计	
出版发行	浙江大学出版社	
	（杭州市天目山路 148 号　邮政编码 310007）	
	（网址：http://www.zjupress.com）	
排　　版	杭州中大图文设计有限公司	
印　　刷	德清县第二印刷厂	
开　　本	710mm×1000mm　1/16	
印　　张	25.75	
字　　数	381 千	
版印次	2013 年 8 月第 1 版　2013 年 8 月第 1 次印刷	
书　　号	ISBN 978-7-308-12002-9	
定　　价	45.00 元	